Anna Karenina 1

The Classic Books

안나 카레니나 1

레프 톨스토이

북로드

— 차
례 —

복수는 나의 것

내가 갚으리!*

* '복수는 내 할 일이니 내가 갚아주겠다'는 하느님의 말씀이 있다고 《로마서》에 나온다.

제1부

1

행복한 가정은 모두 고만고만하지만 불행한 가정은 각기 다른 불운을 안고 있다.

오블론스키 집안은 엉망진창이었다. 아내는 남편이 전에 고용했던 프랑스인 가정교사와 바람을 피운 것을 알고 남편에게 더 이상 같이 살 수 없다고 선언했다. 그런 상태로 사흘이 지나자 당사자인 부부뿐 아니라 다른 가족들과 하인들까지 이만저만 괴로운 게 아니었다. 가족들과 하인들 모두 자기들이 함께 사는 의미가 없으며, 어느 여관에서 우연히 만난 사람들도 자기들, 즉 오블론스키 집안의 가족과 하인들보다 훨씬 가까운 사이일 거라고 느낄 정도였다. 아내는 자기 방에 틀어박혀 꿈쩍도 하지 않았고, 남편은 사흘째 집에 들어오지 않았다. 아이들은 부모를 잃은 것처럼 온 집 안을 헤집고 다녔다. 영국인 여자 가정교사는 가정부와 다투고 나서 새 일자리를 찾아달라고 친구에게 편지를 썼다. 그런가 하면 요리사는 어제 점심 식사 시간에 맞춰 훌쩍 떠나버렸고, 찬모와 마부는 급료를 계산해달라고 성화였다.

부부 싸움을 하고 사흘째 되던 날, 스테판 아르카디치 오블론스키 공작(사람들은 그를 스티바라고 부른다)은 평소처럼 아침 8시에 서재의 모로코산 가죽 소파에서 잠이 깼다. 그는 소파에 누운 채로 뚱뚱한 몸뚱이를 돌려 마치 잠을 더 자고 싶은 사람처럼 베개에 한쪽 얼굴을 파묻었다. 그러다 갑자기 벌떡 일어나 소파에 앉으며 생각했다.

'그러니까 이게 어떻게 된 거지? 맞아! 알라빈이 다름슈타트에서 만찬을 베풀었지. 아냐, 다름슈타트가 아니라 미국 같았어. 그렇지, 꿈에서는 다름슈타트가 미국에 있었어. 알라빈은 유리 식탁에 만찬을 차렸어. 그 유리 식탁이 '나의 보물'을 불렀지. 아니, 그보다 더 아름다운 노래였어. 그리고 작은 유리병들이 놓여 있었는데, 그것들 모두 여자였고.'

그는 꿈을 더듬어가며 생각했다.

스테판 아르카디치의 두 눈은 유쾌하게 반짝였고, 그는 웃음을 머금고 생각했다.

'그래, 참으로 좋았어. 정말 굉장한 것들이 많았어. 말로 표현할 수도 없고 상상도 할 수 없는 것들이 말이야.'

그리고 커튼 사이로 스며든 한 줄기 햇살을 보자 경쾌하게 일어나더니 아내가 작년에 생일 선물로 직접 만들어준, 모로코 가죽으로 테두리를 장식한 금빛 슬리퍼를 두 발로 더듬어 찾았다. 그리고

9년 동안 늘 그랬듯이 앉은 채로 침실에 가운이 걸려 있는 쪽으로 손을 뻗었다. 그때 비로소 그는 왜 그리고 무엇 때문에 자기가 침실이 아닌 서재에서 잠을 잤는지 떠올렸다. 그의 얼굴에서 웃음기가 사라졌고, 미간을 찌푸렸다.

"아, 아, 아아, 아……."

그는 모든 일들이 떠오르자 신음 소리를 냈다. 그러자 아내와 싸운 이유와 자기가 처한 상황이 다시금 떠올랐다. 그리고 자기 잘못이라는 사실이 무엇보다 괴로웠다.

'아내는 용서하지 않겠지? 아니 용서할 수가 없을 거야. 더 나쁜 건 그게 다 내 잘못이라는 거야. 내가 잘못했어. 하지만 내 책임은 아냐. 그게 이 드라마의 핵심이야.'

그는 아내와 말다툼할 때 유독 괴로웠던 순간들을 떠올리면서 절망적으로 중얼거렸다.

무엇보다 끔찍했던 건 첫 장면이었다. 그가 아내에게 줄 커다란 배를 들고 유쾌하게 극장에서 돌아왔을 때, 아내는 거실에도, 더구나 서재에도 없었다. 그녀는 침실에 있었는데, 마침내 모든 것이 폭로된 편지를 든 채 괴로워하고 있었다.

언제나 조바심을 내고 수선스러우면서도 다정한 여자라고 생각했던 돌리가, 편지를 손에 든 채 꼼짝도 하지 않고 앉아 두려움과 절망과 분노의 눈초리로 남편을 노려보았다.

"이게 뭐죠? 이게?"

그녀가 편지를 흔들며 소리쳤다.

그 순간을 생각하면, 종종 그렇기는 하지만, 그는 사건보다 아내의 말에 대한 자신의 태도 때문에 더욱 괴로웠다.

수치스러운 일에 대해 갑자기 추궁을 당했을 때 으레 사람들이 나타내는 것과 똑같은 반응을 그도 보였던 것이다. 자신의 잘못을 아내에게 들킨 상황에 적합한 표정을 짓지 못했다. 화를 내거나, 잘못을 부인하거나, 적당히 둘러대거나, 용서를 빌거나, 그도 아니면 차라리 태연한 척했으면 좋았을 것이다. 그 어느 것도 그가 실제로 보여준 행동보다 나았을 것이다. 그는 정말 자기도 모르게 무의식적으로(생리학을 좋아하는 오블론스키는 '뇌신경계의 반사작용'이라고 생각했다) 평소의 선하면서도 아둔한 미소를 짓고 말았다.

그 아둔한 미소만큼은 도저히 용서할 수 없었다. 그 미소를 보고 돌리는 마치 통증을 느낀 것처럼 온몸을 부르르 떨며, 특유의 성깔을 터트리더니 지독한 욕설을 퍼붓고는 방을 뛰쳐나갔다. 그 뒤로 그녀는 남편을 외면했다.

"그 바보 같은 미소가 화근이었어. 어쩌면 좋지?"

오블론스키는 절망적으로 중얼거렸지만 어떻게 해야 할지 알 수가 없었다.

2

스테판 아르카디치는 스스로에게 솔직한 사람이었다. 그는 자신을 속일 수 없었기에, 자기 행동을 뉘우친다고 말할 수도 없었다. 그는 서른네 살이며 잘생긴 데다 다정다감한 자신이 지금 살아 있는 다섯 아이와 죽은 두 아이의 엄마이자 자기보다 한 살 어린 아내를 더 이상 사랑하지 않는다는 사실을 뉘우치지 않았다. 그는 다만 자신의 부정을 철저히 숨기지 못한 것을 후회했고, 사태의 심각성을 깨닫고 아내와 아이들, 그리고 자신의 처지를 안타까워했다. 아내가 이렇게 나올 줄 알았다면 좀더 확실하게 감췄을 것이다. 그는 막연하게나마 아내가 자신의 부정을 눈치채고도 모른 척하는 거라고 생각했다. 더구나 나이 들어 더 이상 아름답지도 않고, 그저 평범한 부인이자 엄마에 지나지 않은 아내가 그런 자신을 너그럽게 봐주어야 한다고 여겼다. 하지만 실제로는 전혀 그렇지 않았다.

'아아, 젠장! 젠장! 이 일이 있기 전에는 아무 탈 없이 우리 모두 더없이 행복했는데! 아내는 아이들을 키우며 만족했고, 나는 아내가 하는 일을 전혀 간섭하지 않았지. 그래, 그녀가 가정교사로 들어온 게 문제였어. 그게 문제였어. 아이들 가정교사 꽁무니를 따라다니다니. 천박하고 점잖지 못한 짓이었어. 하지만 그녀는 여느 가정교사와 다르지(그는 마드무아젤 롤랑의 교태 어린 검은 눈동자와 미소가 눈에 선했다)! 그러나 그녀가 우리 집에 머무는 동안에는 아무 짓 안 했어. 가장 나쁜 건 그녀가 이미…… 모든 것이 의도적이었던 것 같아. 아! 아! 어떻게 하면 좋단 말인가?'

스테판 아르카디치는 같은 말을 되풀이해보았지만 뾰족한 해결책이 생각나지 않았다.

해답이 없었다. 너무 복잡해서 풀 수 없는 어려운 문제에 대해 삶이 말해주는 보편적인 해답만 있을 뿐이었다. 그것은 매일 주어진 일을 하는 것, 말하자면 잊어버리는 것이었다.

"나중에 알게 되겠지."

오블론스키는 이렇게 중얼거리며 일어나 회색 가운을 걸치고 허리끈을 맸다. 그리고 딱 벌어진 가슴으로 공기를 한껏 들이마신 다음, 경쾌한 걸음으로 창가로 다가가 커튼을 걷고 기운차게 종을 울렸다. 종소리를 듣고 오랜 친구이자 하인인 마트베이가 옷과 부츠와 전보 한 장을 들고 들어왔다. 마트베이를 뒤따라 이발사가 면도 도구를 들고 들어왔다.

"관청에서 서류가 왔나?"

오블론스키는 전보를 받아 들고 거울 앞에 앉으면서 물었다.

"책상 위에 있습니다."

마트베이는 동정 어린 눈빛으로 뭔가 묻고 싶은 듯이 주인을 흘끗 쳐다보며 대답했다.

그리고 잠시 기다렸다가 음흉한 미소를 지으면서 덧붙였다.

"그리고 삯마차 주인이 사람을 보내왔습니다."

오블론스키는 아무 대답도 하지 않고 거울에 비친 마트베이의 얼굴만 힐끔 쳐다보았다.

마트베이는 두 손을 코트 주머니에 찔러 넣고 한쪽 다리를 벌린 채, 알 듯 모를 듯한 미소를 지으며 주인을 바라보았다.

"일요일에 오라고 했습니다. 그리고 그때까지는 주인님을 성가시게 하거나 괜히 헛걸음하지 말라고 했습니다."

그는 미리 생각해둔 말을 했다.

오블론스키는 마트베이가 농담으로 주의를 끌려고 한다는 것을 알아챘다. 그는 전보를 뜯어, 늘 그렇듯 잘못 쓴 단어들을 짐작으로 고쳐가며 읽었다. 그의 얼굴이 환해졌다.

"마트베이, 누이동생 안나가 내일 온다네."

"잘됐네요."

마트베이도 주인과 마찬가지로 이 방문의 의미를 알고 있었다. 즉 오블론스키의 사랑하는 누이동생 안나가 부부의 화해에 보탬이 될 것이다.

"혼자 오시나요, 아니면 남편분과 함께 오시나요?"

마트베이가 물었다.

마침 이발사가 윗입술을 다듬고 있어서 말할 수 없었던 오블론스키는 대답 대신 손가락 하나를 치켜들었다. 마트베이는 거울을 향해 고개를 끄덕이고 말했다.

"혼자 오시면 2층에 마련할까요?"

"다리야 알렉산드로브나한테 한번 물어보게."

"마님께요?"

"그래, 이 전보를 보여주고 뭐라고 하는지 나한테 알려줘."

'마님의 마음을 떠보려는 거로군.'

마트베이는 이렇게 생각했지만 겉으로는 그저 "알겠습니다."라고 대답했다.

마트베이가 전보를 들고 부츠를 끽끽거리며 느린 걸음으로 돌아왔을 때 오블론스키는 세수를 끝내고 머리도 단정하게 빗은 다음 옷을 갈아입으려던 참이었다. 이발사는 이미 가고 없었다.

"마님께서는 곧 외출하신답니다. 그리고 주인님이 알아서 하시랍니다."

마트베이는 눈으로만 웃고는 두 손을 호주머니에 넣은 채 고개를 조금 갸울이고 주인을 바라보았다.

오블론스키는 잠시 그대로 서 있더니 조금 뒤 조각 같은 선한 얼굴에 처연한 미소를 띠었다.

"그래?"

오블론스키가 고개를 저으며 말했다.

"괜찮습니다, 나리. 잘될 겁니다."

"잘될 거라고?"

"그럼요."

"그렇게 생각해? 거기 누구야?"

문 밖에서 여자의 옷자락이 스치는 소리가 나자 오블론스키가 물었다.

"저예요."

야무지고 경쾌한 여자의 목소리가 들렸다. 이어 뚱하고 곰보 자국이 난 유모 마트료나 필리모노브나가 나타났다.

"무슨 일이지, 마트료나?"

오블론스키가 문 쪽으로 다가서면서 물었다.

"그래, 무슨 일이야?"

그는 답답한 투로 또다시 물었다.

"나리께서 가셔서 다시 한번 용서를 구해보세요. 틀림없이 하느님이 도와주실 거예요. 마님께서 무척 괴로워하고 계세요. 제 마음이 다 아플 지경이라니까요. 게다가 집은 말이 아니에요. 주인님, 무엇보다 아이들이 불쌍해요. 용서를 빌어보세요. 다른 도리가 없잖아요! 노력을 하셔야……."

"하지만 나를 보려고도 하지 않을 거야."

"그래도 나리께서 할 수 있는 만큼 하셔야 해요. 하느님께서 자비를 베푸실 거예요. 기도하세요, 나리. 하느님께 기도하세요."

"알았네. 이제 그만 가보게."

오블론스키는 문득 얼굴을 붉히며 말했다.

"이제 옷을 입어야겠어."

그는 마트베이를 향해 돌아서더니 가운을 벗었다. 마트베이는 흡족한 표정으로 주인에게 루바시카(러시아의 남성용 셔츠 모양 윗옷—옮긴이)를 입혀주었다.

3

옷을 갈아입은 오블론스키는 몸에 향수를 뿌리고 루바시카의 소매를 바로잡고, 익숙한 동작으로 담배, 지갑, 성냥 그리고 두 겹의 줄과 작은 장식이 달린 시계를 주머니에 넣었다. 그리고 행복하지는 않지만 깔끔한 차림새로 향기를 풍기며, 또한 건강하고 활기찬 육체의 기운을 느끼며 식당으로 갔다. 그곳에는 이미 커피와 함께 편지와 관청에서 온 서류가 놓여 있었다.

편지 한 통은 몹시 불쾌한 내용으로, 아내의 영지에 있는 숲을 사려는 상인이 보낸 것이었다. 어차피 팔아야 할 숲이기는 했지만 아내와 화해하기 전까지는 말을 꺼내기 뭣한 일이었다. 무엇보다 언짢은 것은 아내와 화해하는 데 돈 문제가 얽히는 일이었다. 이 일에 매여, 그러니까 처분하기 위해 아내와 화해하려고 애쓸 거라는 점이 불쾌했던 것이다.

오블론스키는 편지를 모두 읽고 나서 관청 서류를 훑어보고 서너 곳에 표시를 한 다음 커피를 마셨다. 커피를 마시고 나서는 아직 눅눅한 조간신문을 읽었다. 그리고 신문을 다 읽고 커피를 한 잔 더 마시며 버터 바른 칼라치(반지 모양의 하얀 빵—옮긴이)를 먹었다.

오블론스키는 자리에서 일어나 조끼에 떨어진 빵 가루를 털고 넓은 가슴을 펴며 흡족한 미소를 지었다. 특별히 즐거운 일이 있어서가 아니라 소화가 잘되어 만족스러웠던 것이다. 그러나 이 흡족한 미소에 이어 곧 모든 일들이 떠올랐고, 그는 생각에 잠겼다.

오블론스키는 문밖에서 작은아들 그리샤와 큰딸 타냐가 소란스럽게 떠드는 소리를 듣고 문으로 다가가 아이들을 불렀다. 그들은 기차 삼아 갖고 놀던 상자를 내던지고 아버지에게 다가왔다.

딸은 뛰어오더니 아버지를 부둥켜안고 늘 그랬던 것처럼 웃으며 그의 목에 매달려 구레나룻에서 풍기는 향수 냄새를 즐겼다. 아이는 아버지의 얼굴에 입을 맞추고 나서 두 손을 풀고 도로 뛰어가려고 했지만 아버지가 붙잡았다.

"엄마는 뭐 하고 계시냐?"

그는 딸의 부드러운 목을 어루만지며 물었다. 그리고 아침 인사를 하는 아들에게 웃으면서 인사했다.

"안녕."

그는 자신이 아들을 딸보다 덜 사랑하고 있다는 것을 알고 있었기 때문에 똑같이 대하려고 애썼다. 그러나 아들도 그것을 느끼고 아버지의 냉랭한 미소에 구태여 미소로 답하지 않았다.

"엄마요? 일어나셨어요."

딸이 대답했다.

오블론스키는 한숨을 내쉬며 생각했다.

'또 밤새 자지 않은 게로군.'

"그래, 엄마 기분은 괜찮아 보이던?"

딸아이는 아버지와 어머니가 싸웠고, 그래서 어머니 기분이 좋을 리 없으며, 아버지 또한 그것을 알면서도 아무렇지 않은 척하고 있다는 것을 알고 있었다. 그래서 딸아이는 아버지가 묻자 얼굴을 붉혔다. 아버지 또한 그것을 알아채고 얼굴을 붉혔다.

"몰라요. 엄마는 공부하라고도 하지 않고 미스 굴이랑 할머니한 테 가서 놀라고 하셨어요."

"그럼 가거라, 우리 예쁜 딸. 아니, 잠깐."

그는 여전히 딸을 놓지 않고 부드러운 손을 쓰다듬으면서 말했다. 그는 어제 벽난로 선반에 놓아둔 과자 상자를 집어 딸이 좋아하는 초콜릿과 크림 과자(사탕처럼 설탕을 녹여 부드럽고 매끄럽게 굳혀 만든 것—옮긴이)를 하나씩 주었다.

"그리샤도 줘요?"

딸은 초콜릿을 가리키며 물었다.

"그럼, 그러려무나."

그리고 또 한 번 딸아이의 조그만 어깨를 어루만지며 머리와 목에 입을 맞추고 놓아주었다.

"마차 준비되었습니다. 그런데 여자 청원자 한 분이 오셨습니다."

마트베이가 말했다.

"오래 기다렸나?"

"30분쯤 됐습니다."

"손님이 오면 곧장 알리라고 몇 번이나 일렀나!"

"하지만 커피 드실 시간이라도……."

마트베이는 도저히 화를 낼 수 없는 다감한 투로 말했다.

"들여보내게."

오블론스키는 미간을 찌푸리며 퉁명스럽게 말했다.

이등대위 부인 칼리니나는 할 수도 없고 말도 안 되는 일을 부탁했다. 그러나 오블론스키는 평소대로 그녀에게 자리를 권한 다음 그녀의 말을 끝까지 들어주었다. 그러고 나서 누구에게 어떻게 의뢰해야 하는지 자세히 알려주었을 뿐만 아니라, 그녀를 도와줄 만한 사람한테 보여줄 소개장을 큰 글씨로 알아보기 쉽게 잘 써주었다. 오블론스키는 이등대위의 부인을 보내고 나서 모자를 집어 들더니 뭔가 잊은 것이 없는지 잠시 머뭇거렸다. 그러나 잊기를 바랐던 아내의 일 이외에는 없었다.

'아, 그렇지!'

그는 고개를 숙였다. 잘생긴 그의 얼굴은 수심으로 가득 찼다.

"갈까, 말까?"

그는 혼자 중얼거렸다. 그러자 마음속에서는 갈 필요 없다고 말했다. 그러자면 위선적으로 행동할 수밖에 없고, 관계를 개선하거나 회복하기는 힘들다고. 왜냐하면 아내가 매력적이고 사랑스러운 여자가 될 수 없을뿐더러 자신도 사랑에 무감각한 노인이 될 수는 없기 때문이었다. 지금으로서는 기만과 위선 외에는 할 수 있는 일이 없지만, 그의 성격상 그럴 수는 없었다.

"하지만 때론 필요하지. 언제까지나 이렇게 지낼 수는 없으니까."

그는 이렇게 중얼거리며 용기를 냈다. 그는 가슴을 쭉 펴고 담뱃불을 붙여 두 모금을 빤 다음, 진주조개로 만든 재떨이에 던지고 빠른 걸음으로 어두운 거실을 지나 문을 열었다. 그것은 아내의 침실로 통하는 문이었다.

4

다리야 알렉산드로브나는 블라우스를 입고 있었다. 젊었을 때는 숱이 많고 아름다웠지만 지금은 듬성듬성한 머리칼을 목덜미께에서 뭉쳐 핀으로 꽂고 있었다. 핼쑥한 얼굴에 유독 튀어나와 보이는 겁먹은 듯한 눈을 가진 그녀는 물건들이 마구 어질러진 방 한가운데 서 있었다. 그녀는 서랍장에서 뭔가를 꺼내다 남편의 발소리를 듣고는 하던 일을 멈추고 문 쪽을 돌아보았다. 냉랭하고 경멸에 찬 표정을 지으려고 했으나 다가오는 남편과 마주 보기를 두려워하는 빛이 역력했다. 그녀는 사흘 동안 열 번도 더 했던 일을 지금도 하고 있었다. 아이들과 자기 물건을 챙겨 친정으로 가려고 했으나 그녀는 여전히 단행하지 못했다. 그러나 무슨 수를 써서라도 남편에게 벌을 주고 모욕을 주어, 자기가 받은 고통을 조금이라도 되돌려주지 않으면 안 된다고 생각했다. 그녀는 이 집을 나가겠다고 말하면서도 마음속으로는 그럴 수 없음을 느꼈다. 왜냐하면 그녀는 그를 여전히 남편으로 생각하고 사랑하는 마음이 굳어져 떨쳐버릴 수 없었기 때문이다. 게다가 이 집에서도 다섯 아이를 겨우 돌보는 판국에 다른 곳에서는 상황이 더 나빠질 거라는 것도 알았다. 그렇지 않아도 지난 사흘 동안 막내아들은 상한 수프를 먹고 병이 났고 다른 아이들도 어제 저녁을 거의 먹지 못했다. 그녀는 떠날 수 없다는 것을 알고 있었다. 하지만 그녀는 자신을 속이면서 여전히 물건들을 꺼내 정말로 집을 나가려는 의지를 보이지 않을 수 없었다.

남편이 나타나자 그녀는 서랍에 손을 넣고 뭔가를 찾는 척했다. 그가 그녀 옆으로 다가왔을 때야 그녀는 마침내 그를 돌아보았다. 그러나 냉정하고 단호한 표정을 지으려던 그녀의 얼굴에는 고통스러운 빛이 드러나고 말았다.

"돌리!"

오블론스키는 주눅이 든 목소리로 나지막이 불렀다. 그는 고개를 떨구고 불쌍하고 순종적인 모습을 보이려고 했지만 여전히 당당하고 건강해 보일 뿐이었다.

그녀는 당당하고 건강한 그의 모습을 머리끝부터 발끝까지 훑어보았다.

'이 사람은 행복하고 만족해하고 있어. 그런데 나는 이게 뭐지? 이 유순한 모습. 모든 사람들이 좋아하고 칭찬하는 이 유순한 태도

가 정말 지긋지긋하고 역겨워.'

그녀의 입술이 오므라들면서 창백한 오른쪽 뺨이 바르르 떨렸다.

"무슨 일이에요?"

그녀는 평소와 다른 답답한 목소리로 재빨리 말했다.

"돌리! 안나가 오늘 온다는군."

그가 떨리는 목소리로 말했다.

"그게 나랑 무슨 상관이에요? 난 만날 수 없어요!"

그녀가 소리쳤다.

"하지만 돌리……."

"나가요! 어서요! 썩 나가라고요!"

그녀는 남편을 쳐다보지도 않고 소리쳤다. 그 소리는 마치 육체의 고통으로 인한 비명 같았다.

오블론스키는 조금 전 아내에 대해 생각할 때는 마음이 놓이면서 마트베이의 말대로 다 잘될 거라고 기대했기에 차분한 마음으로 신문을 읽고 커피를 마실 수 있었다. 그러나 괴로워하고 힘들어하는 그녀의 얼굴을 보고, 절망과 슬픔에 잠긴 목소리를 듣자 그는 숨이 막히고 목이 메는 것 같았으며, 눈에 눈물까지 그렁그렁했다.

"아, 내가 무슨 짓을 한 거지? 돌리! 제발! 정말……."

그는 흐느낌으로 목이 메어 말을 이을 수가 없었다.

그녀는 서랍장을 쾅 닫고 그를 돌아보았다.

"돌리, 할 말이 없소. 한마디만 할게. 용서해줘. 제발 용서해줘. 생각해봐. 지난 9년의 결혼 생활로 그 일을 보상할 수 없을까? 그 순간을 말이오?"

그녀는 시선을 내리깔고 그가 무슨 말을 할지 기대하면서 듣고 있었다. 마치 자기가 오해하고 있다고 그가 말해주기를 진심으로 바라는 것 같았다.

"순간적으로 마음을 빼앗긴……."

그가 계속 말하려는데, 다시금 육체의 고통에 사로잡힌 듯 그녀의 입술이 오므라들면서 오른쪽 뺨이 떨렸다.

"나가요! 이 방에서 당장 나가라고요! 마음을 뺏겼네 어쩌네 하는 그 야비한 짓에 대해서는 한 마디도 하지 말아요."

그녀는 더욱 흥분해서 외쳤다. 그녀는 방에서 나가려고 하다가 갑자기 비틀거리며 의자 등받이를 잡았다. 그의 얼굴은 커졌고, 입술은 부풀었고, 두 눈에는 눈물이 그렁그렁했다.

"돌리! 제발, 아이들 생각을 해줘. 아이들이 무슨 죄야? 벌은 나한테 주고, 속죄하게 해줘. 무슨 짓이든 할게! 내가 잘못했어. 정말 내가 잘못했어. 입이 열 개라도 할 말이 없어. 하지만 나를 용서해주면 안 되겠소?"

그는 어느새 흐느껴 울면서 말했다.

"나도 아이들을 생각해서 그 아이들을 위해서라면 무슨 일이든 할 거예요. 하지만 어떻게 해야 할지 모르겠어요. 아버지한테서 떼어놓아야 할지, 아니면 이대로 바람둥이 아버지와 함께 살게 할지.

자, 어디 한번 말해봐요. 그런 일을 저지르고도 우리가 함께 살 수 있
겠어요? 그럴 수 있다고 생각해요? 그럴 수 있겠냐고요? 내 남편이,
내 아이들의 아버지가, 그들의 가정교사와 불륜을 저지르다니……."

그녀는 점점 목소리를 높이며 말했다.

"그럼 어떻게 할까? 내가 어떻게 하면 되겠어?"

그는 자신이 무슨 말을 하는지도 모르는 채 점점 고개를 숙이며
처량하게 말했다. 그러자 그녀는 더욱 흥분해서 소리쳤다.

"당신은 정말이지 구역질이 나요. 당신의 눈물은 허위예요! 당신
은 한 번도 나를 사랑하지 않았어요. 진심으로 고마워하는 마음도
없어요! 당신은 야비하고 역겹고, 남이나 매한가지예요. 맞아요, 남
이라고요!"

괴로움과 분노에 찬 그녀는 악을 쓰면서 스스로도 두려워하던
'남'이라는 말을 내뱉었다.

그는 그녀를 바라보았다. 그는 그녀의 적의 어린 표정에 놀랐지
만, 그녀가 자신의 동정에 더욱 화가 났다는 사실을 알지 못했다.
그녀는 남편이 자신을 사랑하는 게 아니라 동정하고 있다는 것을
알아차린 것이다.

그는 생각했다.

'그녀는 나를 미워하고 있어. 나를 용서하지 않을 거야.'

그리고 중얼거렸다.

"아, 끔찍한 일이다! 끔찍한 일이야!"

이때 옆방에서 아이의 울음소리가 들렸다. 넘어진 게 분명했다. 이 소리를 듣는 순간 돌리의 얼굴빛이 갑자기 온화해졌다.

자신이 어디에 있고 무엇을 해야 할지 모르던 그녀는 퍼뜩 정신이 든 듯 벌떡 일어나 문 쪽으로 걸어갔다.

'그녀는 내 아이들을 사랑하고 있어. 내 아이는 사랑하면서 나는 왜 미워하는 거지?'

아이의 울음소리를 듣고 그녀의 낯빛이 변하는 것을 보고 그가 생각했다.

그는 그녀를 쫓아가며 말했다.

"돌리, 한마디만 더 할게."

그러자 돌리가 소리쳤다.

"계속 나를 따라오면 사람들과 아이들을 부를 거예요! 그러면 당신이 얼마나 야비한 사람인지 다 알게 되겠죠. 당신은 여기서 애인하고 살아요. 나는 나갈 테니!"

그녀는 문을 쾅 닫고 나갔다.

오블론스키는 한숨을 내쉬고 얼굴을 닦고 조용히 문 쪽으로 걸어가면서 생각했다.

'마트베이가 다 잘될 거라더니, 이게 뭐람? 잘되기는커녕 그럴 기미도 보이지 않는데. 이제 어쩌지? 돌리는 어쩜 그리 상스러운 말을 내지르는 거야?'

그는 그녀가 내지른 소리와 함께 '비열한'이니 '애인'이니 하는 말들을 떠올리며 중얼거렸다.

'하녀들이 들었으면 어쩌지? 어쩜 그리 상스러운 말을! 정말 끔찍해.'

오블론스키는 눈을 비비고 한숨을 쉬더니 가슴을 펴고 방을 나갔다.

5

오블론스키는 머리가 좋아 공부를 잘하기는 했지만 워낙 게으른데다 놀기를 좋아해서 졸업할 때는 꼴찌를 면치 못했다. 그러나 늘 방탕한 생활에 젖어 있고, 높은 관등도 아닐뿐더러 나이가 많은 것도 아닌데 모스크바의 한 관청에서 권위 있고 연봉도 많은 부서장 자리에 있었다. 그는 누이동생 안나의 남편 알렉세이 알렉산드로비치 카레닌의 도움으로 이 자리에 올랐다. 카레닌은 그 관청을 감독하는 정부 부서의 요직에 있었다. 그러나 카레닌의 도움이 없었다 하더라도 스티바 오블론스키는 다른 형제, 누이, 사촌, 삼촌, 숙모 등 온갖 인맥을 통해 그와 비슷한 자리쯤은 얻어서 연봉 6천 루블은 받고 있었을 것이다. 아내의 재산도 상당히 많았지만 그의 씀씀이가 헤퍼서 연봉 6천 루블은 꼭 받아야 했다.

모스크바와 페테르부르크 상류사회의 절반 이상이 오블론스키의 친척 아니면 친구들이었다. 그는 이 사회 권력자들 사이에서 태어나고 자랐다. 관직에 있는 사람들 3분의 1은 아버지의 친구들이어서 어릴 때부터 알고 있었고, 또 3분의 1은 그에게 말을 놓는 사이였으며, 나머지 3분의 1은 가까운 지인들이었다. 따라서 지위와 임대료, 이권 등 지상에서 누리는 좋은 것들의 분배자들이 모두 그의 친구들로서 그를 외면할 리 없었기 때문에, 오블론스키는 특별한 직위를 얻기 위해 따로 노력할 필요조차 없었다.

그저 남의 부탁을 거절하거나 남을 시기하거나 싸움을 하거나 화를 내지만 않으면 되었다. 그리고 워낙 선한 성품을 타고났기 때문에 그런 적도 없었다. 누군가 그에게 필요한 만큼의 연금을 받을 수 있는 직위를 얻지 못할 것이라고 말한다 해도 그는 대수롭지 않게 여길 것이다. 딱히 큰 것을 바라지도 않았기 때문이다. 그는 다만 자기 연배의 사람들이 앉는 만큼의 자리를 원했고, 그 정도 자리에서 일을 처리하는 능력 또한 뒤떨어지지 않았다.

사람들은 오블론스키의 선량하고 쾌활하며 솔직한 성품을 좋아했다. 뿐만 아니라 그의 아름답고 밝은 외모도 사람들에게 매력적으로 비쳤다. 초롱초롱한 눈동자, 검은 눈썹과 머리칼, 희고 홍조를 띤 얼굴 등은 친근하고 명랑한 인상을 풍겼다. 그를 만나면 사람들은 절로 환한 미소를 지었다. 그를 만나는 동안 조금도 즐겁지 않았다 하더라도 그다음 날 그를 다시 만날 때는 여전히 유쾌했다.

부서장으로 있는 관청 사람들도 오블론스키를 좋아했다. 그것은 그의 성격 때문이었다. 우선 그는 자신의 부족함을 알기에 무척 겸

손했고, 자유주의 사상에 따라 모든 사람들을 동등하게 대했으며, 마지막으로 가장 큰 이유는 무슨 일이든 크게 관심을 두지 않았기 때문이다. 따라서 그는 일에 골몰하지도, 그렇다고 실수를 하지도 않았다.

근무지에 도착한 오블론스키는 예의 바른 관리자의 안내를 받아, 서류 가방을 들고 자기 방으로 들어가 제복을 입고 사무실로 갔다. 서기와 부하 직원들 모두 일어나 정중하게 인사했다. 오블론스키는 평소처럼 얼른 자기 자리로 가서 동료들과 악수를 나누고 의자에 앉았다. 그리고 무례하지 않을 만큼 몇 마디 농담과 사적인 이야기를 나눈 다음 일을 시작했다. 즐겁게 일하는 데 필요한 자유와 솔직함, 그리고 규범 사이의 경계를 오블론스키만큼 잘 아는 사람도 없었다. 오블론스키가 근무하는 관청의 모든 사람들이 그렇듯 비서가 서류를 들고 쾌활한 태도로 다가와 친근하고도 자유로운 말투로 정중하게 말했다.

"펜자 현청(縣廳)에서 보고서가 왔습니다. 여기 있습니다. 이 일은 이렇게……."

오블론스키가 손으로 서류를 젖히면서 말했다.

"드디어 도착했군. 그러면 여러분……."

이렇게 일이 시작되었다.

그는 고개를 숙이고 진지한 표정으로 보고를 들으며 생각했다.

'저들이 알면 뭐라고 할까? 30분 전까지만 해도 자기 상관이 나

쁜 사람이었다는 것을 알게 된다면 말이다.'

그러고는 보고서를 읽으며 눈으로만 웃었다.

중간에 쉬는 시간 없이 2시까지 일하고, 그다음은 점심시간이었다.

그런데 2시가 채 못 돼서 갑자기 사무실의 커다란 유리문이 열리더니 누군가 들어왔다. 직원들은 주의를 환기할 기회가 생겼다는 생각에 일제히 고개를 빼고 문 쪽을 바라보았다. 그러나 수위가 곧 그 사람을 내보내고 유리문을 닫아버렸다.

오블론스키는 보고서를 다 읽고 나서 몸을 쭉 펴며 자리에서 일어났다. 그리고 당시의 분위기가 그렇듯 자유롭게 담배를 물고 자기 집무실로 갔다. 동료 둘, 니키틴과 시종무관 그리네비치가 함께 나왔다.

오블론스키가 수위에게 말했다.

"아까 들어온 사람이 누군가?"

"말도 없이 갑자기 들어와 다시 내보냈습니다. 각하를 뵈러 왔다고 하길래 나오시면……."

"그래, 그 사람은 어딨나?"

"현관으로 나간 것 같습니다. 계속 서성거리고 있었는데…… 아, 저기 있네요."

수위가 가리킨 사람을 보니, 어깨가 딱 벌어지고 강건한 체격에 곱슬곱슬한 수염을 기른 남자였다. 그는 양가죽 모자도 벗지 않고 가벼운 걸음으로 재빨리 돌계단을 뛰어 올라오고 있었다.

오블론스키는 계단 위에 서 있었다. 수놓은 제복 깃 위로 밝고 선한 그의 얼굴이 그 남자를 알아보는 순간 더욱 밝아졌다.

"역시 자네였군! 레빈, 드디어 왔군! 이 소굴까지 나를 찾아오다니?"

그는 레빈을 보고 살가우면서도 짓궂은 미소를 지으며 말했다. 그러고는 악수로는 만족하지 못한 듯 입맞춤을 했다.

"그래, 오래 기다렸나?"

"지금 막 왔네. 자네를 보고 싶어서 말이야."

레빈은 쑥스러운 듯하면서도 불안한 표정으로 주위를 두리번거리며 말했다.

"우선 내 방으로 가지."

오블론스키는 자존심 강하고 쉽게 흥분하는 친구의 성격을 알기 때문에 마치 위험한 물건들 사이를 빠져나가듯 그의 손을 잡고 걸어갔다.

레빈은 오블론스키하고 비슷한 연배로 두 사람은 죽마고우였다. 둘은 성격이나 취미는 달랐지만 아주 어릴 때부터 친하게 지내던 친구들이 그렇듯 막역한 사이였다. 그러나 일하는 분야가 서로 다른 사람들이 흔히 그러듯 겉으로는 상대가 하는 일을 이해하고 옹호했지만 속으로는 경멸했다. 둘은 상대의 삶은 아무 의미가 없으며 자신의 삶이 진정으로 가치 있다고 여겼다. 오블론스키는 레빈이 시골에서 뭘 하는지 알지도 못하고 관심도 없었고, 모스크바에 올라오면 조금 불편해하면서 종종 짜증을 내는 레빈을 얕잡아 보면서도 좋아했다. 레빈도 도시에 사는 친구의 삶이나 일은 다 부질없다고 여기며 속으로 멸시했다. 다만 오블론스키는 우월감에서 너그러운 마음으로 얕잡아 보았다면, 레빈은 가끔 골을 내며 경멸했다.

"오래전부터 자네가 오기를 기다렸어. 정말 반갑네. 만나서 기뻐. 그런데 어떻게 지냈나? 언제 온 건가?"

오블론스키는 자기 집무실로 들어서자 레빈의 손을 놓으며 말했다. 그제야 위험 지역을 빠져나왔다는 듯이.

레빈은 아무 대꾸도 하지 않고 낯선 두 동료의 얼굴을 바라보았다. 그는 그리네비치의 우아한 손을 유심히 바라보았다. 가늘고 흰 손가락, 길고 누르스름하며 끝이 굽은 손톱, 셔츠 소매 끝에 반짝이는 커다란 커프스 단추 등에 정신이 빼앗겨 있는 것 같았다. 오블론스키는 그것을 알아채고 싱긋 웃었다.

"아, 그래, 소개하지. 같이 일하는 필립 이바노비치 니키틴과 미하일 스타니슬라비치 그리네비치."

이어서 그는 레빈을 돌아보며 말했다.

"여기는 지방의회에서 일하는데, 한 손으로 5푸드(1푸드는 약 16.38킬로그램—옮긴이)를 들어 올리는 운동선수이자 목축업과 사냥을 하는 내 친구 콘스탄틴 드미트리치 레빈. 세르게이 이바노비치 코즈니셰프의 동생이기도 하지."

"정말 반갑습니다."

니키틴이 말했다.

"형님 세르게이 이바노비치와는 아는 사이입니다."

그리네비치는 긴 손톱의 가느다란 손을 내밀면서 말했다.

레빈은 인상을 찌푸리면서 냉랭하게 악수하고는 곧 오블론스키를 돌아보았다. 비록 러시아 전역에 널리 알려진 작가이며 아버지가 다른 형을 매우 존경했지만, 남들이 자기를 콘스탄틴 레빈이 아닌 유명한 코즈니셰프의 동생으로 대하는 건 견딜 수 없었다.

레빈은 오블론스키를 보며 말했다.

"아니, 지금은 지방의회에서 일하지 않아. 사람들이랑 다툰 뒤로는 나가지 않거든."

"그래? 어떻게 된 거야? 무슨 일로?"

오블론스키가 미소를 지으며 말했다.

"말하자면 길어. 다음에 얘기하지."

그러면서 레빈은 계속 이야기했다.

"간단히 말해서 지방의회 일이라고 할 만한 것도 없고 있을 수도 없기 때문이야."

그는 마치 누가 자기를 모욕하기라도 한 듯 말했다.

"지방의회는 장난감에 지나지 않아. 한마디로 의회 놀이를 하는 거지. 하지만 나는 장난감을 가지고 놀 만큼 젊지도 않고 그렇다고 늙은 것도 아니거든. 그리고 그건 지방 세력가들의 돈벌이 수단인 거야. 예전에는 감독기관이나 법원이 그랬다면 지금은 지방의회가 그러는 거지. 그것도 뇌물이 아니라 합법적인 봉급으로 말이야."

그는 마치 누가 자기 의견에 반박이라도 한 듯 흥분해서 말했다.

"허! 자네는 또 새로운 변화를 맞게 되었군. 이번에는 보수주의인 가. 그 얘기는 나중에 하지."

오블론스키가 말했다.

"그래, 어디서 보면 좋겠나? 자네에게 꼭 할 얘기가 있거든."

레빈은 싫은 표정으로 그리네비치의 손을 노려보며 말했다.

오블론스키는 슬쩍 미소 지었다.

"전에는 절대 유럽식 양복은 입지 않겠다고 하지 않았나? 보아하 니 심경의 변화가 생긴 게 분명한 것 같은데."

프랑스 재봉사가 지은 것으로 보이는 레빈의 새 양복을 찬찬히 훑어보면서 오블론스키가 말했다.

돌연 레빈의 얼굴이 빨개졌다. 그것은 어른들이 저도 모르게 어 렴풋이 얼굴을 붉히는 것이 아니라, 아이들이 몹시 부끄러움을 느 끼고 울음을 터뜨릴 정도로 얼굴이 빨개지는 것이었다. 이 지혜롭 고 남자다운 얼굴에서 그런 아이 같은 표정이 나타나자 오블론스키 는 묘한 기분으로 그를 쳐다보았다.

"그럼 어디서 만날까? 자네한테 꼭 해야 할 얘기가 있네."

레빈이 또다시 말했다.

오블론스키는 잠깐 생각하고 말했다.

"그럼 이렇게 하지. 구린에서 함께 식사를 하자고. 3시까지 시간이 있거든."

"그건 좀 곤란해. 난 또 가봐야 할 데가 있어서."

잠시 생각하더니 레빈이 대답했다.

"그럼 저녁 식사를 할까?"

"저녁 식사? 그런데 뭐 특별한 일은 아니야. 그저 두어 마디 물어보면 되거든. 소소한 얘기는 그다음에 하면 되고."

"그 두어 마디는 지금 해보게. 다른 얘기는 식사하면서 하고."

"별다른 얘기는 아니야."

레빈은 부끄러운 기색을 감추려다가 얼굴이 일그러졌다.

"셰르바츠키 집안사람들은 잘 지내나? 여전한가?"

레빈이 물었다.

레빈이 자기의 처제 키티를 좋아한다는 것을 알고 있던 오블론스키는 어렴풋이 미소 지었다. 그는 눈을 반짝이며 말했다.

"자네는 두어 마디로 물어봤지만 내 대답은 두어 마디로 부족하네. 왜냐하면⋯⋯. 잠깐 실례하겠네."

때마침 비서가 들어왔다. 비서들이 으레 그러듯 그 또한 공손하면서도 상사보다 자기가 업무를 더 잘 파악하고 있다는 듯한 태도로 문제점을 설명하기 시작했다. 하지만 오블론스키는 끝까지 듣지 않고 한 손을 부드럽게 비서의 옷소매에 얹으며 말했다.

"아니, 그냥 내가 말한 대로 하게."

그는 미소를 지으며 그 사건에 대한 자기 의견을 간단하게 설명하고 나서 서류를 밀어놓았다.

"그렇게 하게, 자하르 니키틴."

비서는 당황한 표정으로 물러갔다. 그동안 레빈은 어정쩡한 기분을 완전히 떨쳐버리고 어느새 두 손으로 의자를 짚고 서 있었다. 그는 비웃는 기색으로 말했다.

"이해할 수 없어. 정말이지, 이해가 안 돼."

"뭘 말인가?"

오블론스키가 유쾌한 미소로 담배를 꺼내면서 물었다. 그는 레빈의 입에서 어떤 엉뚱한 말이 튀어나오나 하고 가만히 기다렸다.

"자네들이 하는 일 말이야. 자네는 어쩜 그리 진지하게 그럴 수 있지?"

레빈이 어깨를 으쓱하며 말했다.

"그게 무슨 말인가?"

"그러니까, 별 할 일이 없잖은가 말이야."

"그건 자네 생각이야. 우리는 할 일이 태산 같아."

"서류상으로 말이지. 하긴 자네는 그런 일에 소질이 있으니까."

"그러니까, 내가 부족하다고 생각하는 건가?"

"그럴 수도 있지. 하지만 나는 자네가 잘해 내고 있어서 기뻐. 대단해. 자랑스럽고. 그건 그렇고 자네는 아직 내 질문에 대답하지 않았네."

레빈은 용기를 내어 오블론스키의 눈을 똑바로 쳐다보며 말했다.

"그래, 좋아 좋아. 조금만 기다려. 결국 자네도 이렇게 될 테니. 자네는 카라진 군(郡)에 땅이 3천 데샤티나(1데샤티나는 약 1헥타르—옮긴이)나 있고, 멋진 근육질에 열두 살짜리 소녀 같은 생기가 있어서 좋겠어. 하지만 자네도 언젠가는 우리와 같은 신세가 되고 말 거야. 그런데 참, 별일 없냐고 물었지? 자네가 너무 오래 발길을 끊어서 섭섭했네."

"그게 무슨 말인가?"

레빈은 깜짝 놀라며 물었다.

"아냐, 아무것도. 그 얘기는 천천히 하지. 그나저나 여기는 무슨 일로 왔나?"

"아, 그 얘기도 천천히 하지."

레빈은 또다시 귀뿌리까지 빨개졌다.

"그래 좋아, 그렇게 하지. 자네를 우리 집으로 초대하고 싶은데, 사실 아내가 몸이 좀 불편하다네. 하지만 셰르바츠키 집안사람들은 4시부터 5시까지는 동물원에 있을 거네. 키티가 거기서 스케이트를 타고 있을 거야. 자네도 그리로 가보게. 나도 거기 갈 테니까. 그리고 함께 식사하러 가지."

"좋아, 그럼 나중에 보세."

"내가 자네를 잘 알아서 하는 말인데, 깜빡 잊어버리거나, 말도 없이 시골로 가버릴까 봐 걱정이야."

오블론스키가 웃으며 소리쳤다.

"걱정하지 말게. 이번에는 안 그럴 테니."

레빈은 문으로 걸어갔다. 그는 문 앞에 이르러서야 오블론스키의 동료들에게 인사하지 않았다는 것을 깨달았으나 그냥 나갔다.

"아주 활력이 넘치는 사람이군요."

레빈이 나가자 그리네비치가 말했다.

"그러게 말이야. 정말 행운아야! 카라진 군에 땅이 3천 데샤티나나 있겠다, 앞길도 창창하겠다. 게다가 혈기 왕성하지 않은가! 우리한테 비할 바 아니지."

"당신도 부족한 게 뭐가 있습니까, 스테판 아르카디치?"

"아, 추악하고, 옹졸하지."

오블론스키는 무겁게 한숨을 내쉬며 말했다.

6

오블론스키가 무슨 일로 왔느냐고 물었을 때, 레빈은 얼굴을 붉혔는데, 그 때문에 그는 화가 났다. '자네 처제에게 청혼하러 왔네!'라고 대답하지 못했기 때문이다. 사실 그가 모스크바에 온 목적은 오직 그 때문이었다.

레빈은 모스크바의 유서 깊은 셰르바츠키 집안과 친하게 지냈다. 대학생 때 그는 하마터면 맏딸 돌리를 사랑할 뻔했지만, 그녀는 곧 오블론스키와 결혼했다. 그래서 그는 둘째 딸에게 마음이 끌리기 시작했다. 그는 자매 중 하나와 꼭 사랑을 해야 한다고 느꼈는데, 그렇다고 누구 하나를 정하지는 못했다. 그러나 나탈리도 사교계에 나가자마자 외교관 리보프에게 시집가고 말았다. 레빈이 대학을 졸업했을 때 키티는 아직 어렸다. 그러다 젊은 셰르바츠키가 해군에 입대하고 발트해에서 익사한 뒤부터 레빈과 셰르바츠키 집안의 관계는 서먹해졌다. 비록 그가 오블론스키와 친하게 지냈지만 말이다. 그러나 올해 초겨울, 시골에 있던 레빈이 1년 만에 모스크바에 와서 셰르바츠키 집안사람들을 만났을 때, 그는 세 자매 중에서 누가 자신의 운명인지를 깨달았다.

두 달 동안 모스크바 사교계에서 매일 키티를 보며 황홀하게 보내고 나더니 그는 불현듯 두 사람이 맺어질 수 없다고 결론 내리고는 시골로 내려가 버렸다. 그 이유는 키티 부모의 입장에서 볼 때 자신이 아름다운 그녀에게는 어울리지 않는 배필이라고 여겨졌기 때문이다. 또한 키티도 자신을 사랑하지 않을 거라고 생각했다. 부모의 시각으로 볼 때, 그는 사회적으로 내세울 만한 경력과 지위도 없는 서른두 살의 사내였다. 그의 친구들은 이미 대령이나 시종무관, 또는 교수, 은행장, 철도청장, 아니면 오블론스키처럼 관청의 높은 자리에 있었다. 하지만 그는(남들이 자신을 어떻게 바라보는지 그는 잘 알고 있었다) 한낱 지주로서 소를 기르고 도요새를 사냥하고, 건물을 짓는, 이를테면 무엇 하나 변변치 않은, 그야말로 세상 사람들의 눈에는 아무 쓸모 없는 남자에 지나지 않았던 것이다.

그처럼 신비로운 아름다움과 매력을 가진 키티가 못생기고(그는 스스로 그렇게 생각하고 있었다) 지극히 평범한 남자를 사랑할 리 없었다. 더구나 예전에 자신과 키티의 관계, 즉 오빠의 친구로서 어른과 아이의 관계였던 것이 또 다른 장애물이라고 생각했다.

못생기고 평범한 남자를 사랑하는 여자도 있다고는 하지만 그는 믿지 않았다. 왜냐하면 자기만 해도 신비로울 정도로 아름답고 특별한 여자를 사랑하기 때문이었다.

그러나 두 달 동안 시골에서 혼자 보내고 나서 그는 자신의 감정이 예전과 다르다는 것을 확신했다. 말하자면 지금의 감정은 한시도 그를 가만 놔두지 않았던 것이다. 그는 이 문제, 즉 그녀와의 결혼을 결정하지 않고서는 한시도 살 수가 없을 것 같았다. 게다가 자신이 절망에 빠진 것은 오직 자신의 상상에서 비롯된 것일 뿐이며 거절당할 이유가 전혀 없다고 확신했던 것이다. 그리하여 그는 청혼을 하고 그것을 받아준다면 결혼하겠다는 결심을 굳히고 모스크바로 왔다. 그러나 그는 거절당했을 때 어떻게 할지는 생각하지 않았다.

7

아침 기차로 모스크바에 도착한 레빈은 아버지가 다른 형 코즈니셰프의 집에 여장을 풀었다. 그는 옷을 갈아입고 모스크바에 온 이유를 형에게 말하고 조언을 들어보려고 서재에 들어갔다. 그러나 형은 유명한 철학 교수와 함께 있었다.

세르게이 코즈니셰프는 모든 사람들에게 그러듯 점잖으면서도 차가운 미소로 동생을 맞아들이고 교수에게 소개한 다음 계속 대화를 이어갔다. 이마가 좁고 안경을 끼고 체구가 작은 교수는 인사할 때 잠깐 말을 끊었다가 곧 레빈을 외면하고 대담을 계속했다. 레빈은 자리에 앉아 교수가 돌아가기를 기다렸으나, 그도 곧 화제에 흥미를 느꼈다. 인류의 기원과 생물학, 사회학의 관점에서 인간의 삶과 죽음의 의미를 살펴보는 것이었는데, 요즘 그의 정신을 지배하고 있는 것이 바로 삶과 죽음의 문제였던 것이다. 그러나 두 사람은 과학과 결부해 중요한 정신적 문제를 다루다가도 번번이 논점을 벗어나는 터에 대체 무슨 이야기를 하는지 알 수가 없었다.

그래서 레빈은 더 이상 귀 기울이지 않고 교수가 갈 때까지 기다렸다.

교수가 떠나자 세르게이가 동생에게 말했다.

"얼굴을 보니 기쁘구나. 얼마나 있을 거니? 농사일은 어떠냐?"

형이 농사에는 전혀 관심이 없고 그냥 인사로 물어보는 것일 뿐임을 잘 알고 있는 레빈은 밀 판매와 매상에 관한 이야기만 했다.

레빈은 형에게 결혼에 대한 조언을 구하고 싶었다. 그러나 막상 형을 만나고, 그가 교수와 대화를 나누는 것을 듣고, 또 보호자라도 되는 듯 농사일에 대해 묻는(어머니의 영지는 나누지 않고 레빈이

다 관리하고 있었다) 것을 보고는 결혼에 대해서는 형하고 상의하기 힘들겠다는 생각이 들었다. 형은 결혼 문제를 자신과 다른 견해로 볼 거라고 느꼈던 것이다.

"그래, 지방의회는 어떠냐?"

세르게이는 지방의회에 관심이 많고 거기에 큰 의미를 부여하고 있었다.

"잘 몰라요."

"모르다니? 넌 의원이 아니냐?"

"이젠 아니에요. 그만뒀어요. 더 이상 회의에 참석하지 않아요."

레빈이 대답했다.

"유감이구나!"

세르게이는 미간을 찌푸리며 말했다. 레빈은 자기 입장을 설명하려고 지방의회에서 무슨 일이 벌어지고 있는지 이야기했다.

"늘 그렇지!"

세르게이가 그의 말을 가로막더니 계속 말을 이었다.

"러시아 사람들은 늘 그래. 어쩌면 그게 우리의 장점일 수도 있지. 단점을 볼 수 있으니 말이야. 하지만 우리는 지나친 면이 있어. 항상 비아냥거리는 것으로 만족한단 말이야. 한마디만 하마. 우리의 지방자치제도 같은 것이 유럽의 다른 나라, 말하자면 독일이나 영국에 있다면 그들은 아마 거기서 자유를 얻어냈을 거다. 그런데 우리는 비아냥거리기만 할 뿐이야."

"별수 없잖아요? 나는 최선을 다했어요. 그야말로 전력을 다했다고요. 하지만 안 됐어요. 능력이 모자란 거죠."

레빈은 책임감을 느끼며 말했다.

"능력이 모자라다니……? 그런 식으로 접근하면 안 돼."

세르게이가 말했다.

"그런가요."

레빈이 기운 없이 대답했다.

"그건 그렇고, 니콜라이가 여기 다시 왔다던데……."

니콜라이는 콘스탄틴 레빈의 친형이며, 세르게이한테는 아버지가 다른 동생이었다. 니콜라이는 재산을 거의 탕진하고 지금은 행실이 나쁜 사람들과 어울려 형제들과 사이가 벌어졌다.

"뭐라고요? 그런데 그걸 어떻게 알았어요?"

레빈은 겁먹은 목소리로 소리쳤다.

"프로코피가 길에서 봤다더구나."

"모스크바에서요? 어디 있는데요? 아세요?"

레빈은 당장이라도 찾아갈 것처럼 의자에서 일어났다.

"너한테는 얘기를 안 하는 건데……."

세르게이는 동생이 흥분하는 것을 보고 고개를 저으며 말했다.

"니콜라이가 있는 곳을 알아내서 그 애랑 친한 트루빈 편에 돈을 보내줬더니 이런 답장을 보냈더구나."

세르게이는 문진 밑에서 편지 한 장을 꺼내 레빈에게 주었다. 레빈은 낯익은 글씨를 읽어 내려갔다.

제발 나를 그냥 내버려두세요. 사랑하는 형제들에게 바라는 건 이
것 하나뿐입니다.

니콜라이 레빈

레빈은 다 읽고 나서도 그것을 계속 손에 든 채 고개도 들지 않고
서 있었다. 이 불행한 형을 잊고 싶은 마음과 그것은 옳지 않다는
생각이 교차하고 있었다.

"그 녀석은 틀림없이 나를 모욕하고 싶었던 거야. 하지만 그럴 수
없을 거야. 그 애를 도와주고 싶은데 그럴 수 없겠다 싶구나."

세르게이가 말했다.

"그래요. 그런 형의 태도를 존경스럽게 생각해요. 하지만 난 니콜
라이 형한테 가봐야겠어요."

"그렇게 하렴. 하지만 권하고 싶지는 않구나. 나하고 어떻게 되든
그건 상관없어. 그 녀석이 너하고 나를 이간질하지는 못할 거야. 하
지만 너는 가지 않는 것이 좋겠어. 어차피 도울 수도 없는 일이니.
하지만 정 원한다면 더 이상 말리지는 않겠다."

세르게이가 말했다.

"도움을 줄 수 없더라도 지금 이 순간, 아니 이건 다른 문제이지
만 그냥 있을 수가 없어요."

"난 도무지 이해할 수 없구나. 하지만 한 가지는 알겠다. 겸손의 미덕이지. 니콜라이가 그렇게 된 뒤로는 불명예를 좀더 너그러운 시선으로 바라보게 되었어. 그 녀석이 무슨 짓을 했는지 너도 알잖니."

세르게이 이바노비치가 말했다.

"아, 정말 끔찍한 일이에요. 정말 끔찍해요."

레빈이 거듭 말했다.

레빈은 세르게이의 하인한테 니콜라이의 주소를 받은 즉시 그를 찾아가려고 했으나 다시 생각해보고 나서 저녁에 가기로 했다. 마음의 안정을 찾으려면 모스크바에 온 용건부터 해결해야 했다. 레빈은 형의 집을 나와 오블론스키가 일하는 관청으로 찾아갔고, 거기서 셰르바츠키 집안의 근황을 듣고 나서 키티를 만날 수 있는 곳으로 향했다.

8

4시, 동물원 입구에 도착한 레빈은 마차에서 내려 두근거리는 가슴을 안고 나지막한 산과 스케이트장으로 이어진 좁은 길을 걸어 갔다. 입구에서 셰르바츠키 집안의 마차를 보고는 틀림없이 그녀를 만날 수 있을 거라고 생각했다.

춥지만 맑은 날이었다. 그는 걸어가면서 되뇌었다.

"흥분하지 마. 침착해. 왜 그래? 뭐가 무서워서? 진정해, 멍청이 같으니!"

이렇게 그는 자기의 심장에 대고 소리쳤다. 그러나 마음을 가라
앉히려고 할수록 더욱 숨이 차는 것 같았다. 아는 사람이 부르는데
도 레빈은 알아차리지 못했다. 산등성이로 다가가자 눈썰매가 미
끄러지는 소리며 쇠사슬 소리, 유쾌한 웃음소리가 요란하게 들려왔
다. 조금 더 가자 스케이트장이 보였고, 레빈은 스케이트를 타는 사
람들 사이에서 금방 그녀를 찾아냈다.

키티를 보는 순간 그는 기쁨과 두려움에 휩싸였다. 그녀는 스케
이트장 맞은편 가장자리에 서서 한 부인과 이야기를 하고 있었다.
그녀가 특별한 옷차림이나 몸짓을 하고 있는 것도 아닌데 레빈의
눈에는 쐐기풀 속에 핀 장미 한 송이로 보였던 것이다. 그녀는 환한
빛 같았다. 그녀의 미소는 그야말로 주위를 환하게 비췄다.

그는 생각했다.

'정말 내가 저 얼음판으로 내려가서, 그녀에게 다가가도 될까?'

마치 성지처럼 감히 그녀 가까이 갈 수 없을 것 같아 그는 돌아갈
까도 생각했다. 그만큼 엄두가 나지 않았던 것이다. 레빈은 많은 사
람들이 그녀 주위를 돌아다니고 있는 것을 보고 용기를 내어 자신
도 스케이트를 타고 그녀 곁으로 다가갈 수 있다고 생각했다. 그는
태양과도 같은 그녀를 똑바로 쳐다보지 않고 내려갔다. 하지만 눈
으로 보지 않더라도 생생하게 느낄 수 있었다.

키티의 사촌 오빠 니콜라이 셰르바츠키는 짧은 조끼에 딱 붙는

바지를 입고 스케이트를 신고 벤치에 앉아 있다가 레빈을 알아보고
는 소리쳤다.

"러시아 최고의 스케이팅 선수! 언제 왔나? 빙질이 참 좋아. 스케
이트를 신지그래?"

"스케이트가 없어."

레빈은 그녀가 있는 곳에서 그렇게 대답하고 거리낌 없이 행동하
는 자신에게 놀랐다. 그는 그녀를 똑바로 쳐다보지는 않았지만 한
시도 그녀를 시야에서 놓치지 않았다. 그는 태양이 점점 자기를 향
해 다가오고 있음을 느꼈다. 가장자리에 서 있던 그녀는 목이 긴 부
츠를 신은 가느다란 다리를 조심조심 옮기며 불안한 몸짓으로 얼음
을 지쳐 니콜라이 셰르바츠키에게 다가왔다. 그녀는 니콜라이의 손
을 붙잡고 웃으며 고개 숙여 레빈에게 인사했다. 그녀는 그가 상상
했던 것보다 훨씬 더 아름다웠다.

"여기 오신 지 한참 되셨어요?"

그녀는 레빈에게 손을 내밀며 말했다.

"나 말인가요? 아니, 오래되지 않았어요. 어제……, 아니 오늘 왔
어요. 사실 집으로 찾아가려고 했어요."

레빈은 상대의 질문을 제대로 알아듣지 못하고 이렇게 대답하고
는 곧 자기가 그녀를 찾아온 이유를 떠올리고 당황해서 얼굴이 빨
개졌다.

"당신이 스케이트를 타는 줄 몰랐어요. 잘 타네요."

그러자 그녀는 검은 장갑을 낀 작은 손으로 머프에 붙은 성에를 털어내면서 말했다.

"칭찬해주시다니 영광이에요. 당신이 전설적인 스케이팅 선수라는 소문이 여기까지 파다하던데요."

"나도 한때는 꽤 열심히 탔지요. 완벽의 경지에 이르려고요."

"당신은 뭐든 열심히 하는 것 같아요. 당신이 스케이트 타는 모습을 보고 싶어요. 어서 스케이트를 신으세요. 그리고 함께 타요."

그녀가 웃으며 말했다,

'함께? 꿈은 아니겠지?'

레빈은 그녀를 바라보며 생각했다.

"금방 신고 올게요."

그는 스케이트를 신으러 갔다.

그는 스케이트장 관리원이 스케이트를 신겨주는 동안 너무 기뻐서 웃음이 나려는 것을 간신히 참으며 생각했다.

'그렇다. 이것이 인생이고 행복이다! 그녀가 '함께'라고 말했다. '함께 타요'라고 말이다. 차라리 지금 이야기해버릴까? 그러나 내가 지금 행복한 건 희망이 있기 때문이야. 어쩐지 얘기하기가 두려워. 만일 그렇게 되면……? 그래, 반드시 얘기해야 해! 꼭 해야 해! 약한 마음은 떨쳐버려!'

레빈은 부드럽게 얼음을 지치며 수줍은 마음으로 키티에게 다가갔다. 미소 짓는 그녀를 보는 순간 그의 마음이 다시 편안해졌다.

키티가 한 손을 내밀었다. 그리고 그들은 조금씩 속도를 내면서 나란히 달렸는데, 속도가 빨라질수록 그녀가 그의 손을 더 꽉 쥐었다.

"당신이랑 같이 타면 금방 늘겠어요. 왠지 든든해요."

그녀가 말했다.

"당신이 나한테 의지하니 나도 자신감이 생기네요."

그는 이런 말을 하고는 스스로도 깜짝 놀라 얼굴을 붉혔다. 그도 그럴 것이 태양이 먹구름 뒤로 숨어버리듯 이 말을 하자마자 그녀의 얼굴에서 상냥한 표정이 사라져버렸던 것이다. 무슨 생각을 하는 듯 그녀의 매끈한 이마가 찌푸려졌다.

"무슨 기분 나쁜 일이라도 있으세요? 내가 물어봐도 되는지는 모르겠지만……."

그가 얼른 말했다.

"왜요? 아니요, 그런 일 없어요."

그녀는 조금 냉랭하게 대답하고는 바로 덧붙였다.

"마드무아젤 리농을 만나셨나요?"

"아니요, 아직 못 만났어요."

"그녀에게 가보세요. 그녀는 정말 당신을 좋아하고 있어요."

그녀의 말을 듣고 레빈은 생각했다.

'무슨 뜻이지? 나 때문에 화났나 보군. 오, 하느님, 도와주세요!'

레빈은 벤치에 앉아 있는 은발의 프랑스 여자에게 갔다. 그녀는 의치를 드러내고 활짝 웃으며 오랜 친구를 맞이하듯 그를 반겼다.

그녀가 눈으로 키티를 가리키며 그에게 말했다.

"벌써 저렇게 컸다니! 우리 키티 스케이트 참 잘 타죠? 당신도 어서 가서 타세요."

그가 다시 키티에게로 돌아갔을 때 그녀의 얼굴에서는 어느새 차가운 기색이 사라지고 순수한 두 눈이 부드럽게 빛났다. 그러나 레빈은 그녀의 얼굴에서 애써 냉정함을 나타내려는 기색을 느끼고는 침울했다. 그녀는 나이 든 가정교사의 괴팍한 성격에 대해 이야기하고 나서 레빈의 안부를 물었다.

"시골에서는 겨울이 지루하지 않아요?"

"아니에요. 워낙 바빠서 그럴 틈이 없죠."

레빈은 그녀가 자기의 감정을 누그러뜨리려 한다는 것과, 지난 초겨울처럼 그것을 피할 수 없음을 느끼며 대답했다.

"오래 머물 예정이세요?"

키티가 물었다.

"글쎄요."

그는 자기가 무슨 말을 하고 있는지도 몰랐다. 그녀가 의도한 대로 담담하고 우정 어린 태도를 받아들이면 이번에도 아무 소득 없이 돌아가야 한다고 생각했다. 그래서 그는 한번 부딪혀보기로 마음먹었다.

"글쎄라니요?"

"당신한테 달렸거든요."

그는 이 말을 내뱉음과 동시에 자신의 말에 두려움을 느꼈다.

그의 말을 들었는지 아니면 듣고 싶지 않았는지, 그녀는 넘어질 것처럼 발을 몇 번 지치더니 급히 그의 곁을 떠났다. 그녀는 마드무아젤 리농 옆으로 가서 뭔가 말한 후 부인들이 스케이트를 벗는 작은 건물 쪽으로 가버렸다.

'맙소사! 내가 무슨 짓을 한 거지! 하느님, 도와주세요. 저에게 길을 인도해주세요!'

레빈은 기도했으나 동시에 운동하고 싶은 욕구가 강하게 솟구쳐 원을 그리며 스케이트를 지치기 시작했다.

마드무아젤 리농과 함께 작은 건물을 나오던 키티는 마치 좋아하는 오빠를 보듯 부드러운 미소를 지으며 얼음을 지치는 그를 쳐다보고 생각했다.

'멋지고 좋은 분이야. 내가 나쁜 걸까? 내가 어떤 나쁜 짓을 한 걸까? 남들은 이게 애교 떠는 거라고 하지. 나는 저 사람을 사랑하지 않아. 하지만 함께 있으면 즐거워. 정말 멋진 분이야. 그런데 왜 그런 말씀을 하셨을까?'

키티가 돌계단에서 만난 어머니와 함께 돌아가려는 것을 본 레빈은 격한 운동 후의 상기된 얼굴로 멈춰 서서 생각에 잠겼다. 그는 스케이트를 벗고 동물원 입구까지 그녀들을 따라갔다.

공작 부인이 그에게 말했다.

"뵙게 되어 반가워요. 원래 우리는 목요일마다 손님을 초대한답니다.”

“그럼 오늘이군요.”

“와주시면 모두 기뻐할 거예요.”

공작 부인은 의례적인 투로 말했다. 키티는 어머니의 딱딱한 태도가 마음에 들지 않아 그것을 무마해보려고 고개를 돌려 미소 지으며 말했다.

“이따 봬요.”

이때 오블론스키가 모자를 비스듬히 눌러쓰고 환한 얼굴로 두 눈을 반짝이며 개선장군처럼 당당하게 동물원으로 들어섰다. 그러나 장모가 돌리의 몸은 좀 어떠냐는 물음에 침울하고 죄스러운 표정으로 대답했다. 기운 없는 목소리로 나지막이 장모와 이야기를 나누고 나서 그는 가슴을 펴고 레빈의 팔을 붙잡더니 의미심장한 표정으로 친구의 눈을 바라보며 말했다.

“자, 이제 갈까? 나는 계속 자네 생각만 했어. 자네가 와서 정말 좋아.”

“그래, 가자고.”

‘이따 봬요.’라는 그녀의 목소리와 미소가 머릿속을 떠나지 않던 레빈은 기쁘게 대답했다.

“앙글리야 어때? 아니면 에르미타주?”

“나는 아무래도 좋아.”

“그럼 앙글리야로 가지.”

오블론스키가 앙글리야를 택한 것은 에르미타주보다 거기가 외상이 더 많기 때문이었다. 외상을 많이 지고 있는 곳을 피하는 건 좋지 않다고 생각한 것이다.

"자네 마차로 가세. 내 마차는 돌려보냈거든."

두 사람은 말없이 마차를 타고 갔다. 레빈은 키티의 표정이 변한 것이 무슨 뜻인지 생각하며 희망을 품었다가 이내 낙담하곤 했다. 하지만 그녀가 미소를 지으며 '이따 봬요.'라고 말한 이후와 이전의 자신은 전혀 다른 사람이 된 기분이었다.

오블론스키는 줄곧 뭘 먹을지 생각했다. 도착할 무렵 그가 레빈에게 물었다.

"자네, 넙치 좋아하나?"

"넙치? 그럼, 좋아하고말고."

9

레빈이 오블론스키와 함께 호텔로 들어섰을 때, 그는 친구의 얼굴과 몸 전체에서 풍기는 특별한 기운을 느꼈다. 말하자면 억눌려 있던 빛이 뿜어져 나온다고 할까. 오블론스키는 외투를 벗고 모자를 비스듬히 쓰고 식당으로 들어가서, 연미복 차림에 냅킨을 들고 따라오는 타타르인(러시아 중동부의 소수민족―옮긴이) 웨이터에게 이런저런 지시를 했다. 그리고 어디서나 그렇듯 반가워하는 지인들에게 좌우로 고개 숙여 인사했다. 그런 중에도 레빈은 온통 키티 생각뿐이었고, 그의 두 눈은 기쁨과 행복으로 빛났다.

"나리, 여기 앉으십시오. 아주 조용한 자리입니다."

은발의 나이 많은 타타르인이 말했다. 엉덩이가 커서 연미복 끝자락이 벌어져 있었다.

"나리, 어서 이리로."

그는 레빈에게도 그렇게 말했다. 오블론스키에 대한 경의의 표현으로 그와 함께 온 손님에게도 깍듯이 예의를 갖추는 것이었다.

웨이터는 새로 식탁보를 깔고 냅킨과 메뉴를 든 채 말했다.

"별실은 조금 있으면 빌 테니 원하시면 그리로 안내하겠습니다. 그리고 마침 싱싱한 굴이 들어왔는데 어떠신지요?"

오블론스키는 고민하는 표정으로 말했다.

"굴은 확실히 싱싱한가?"

"플렌스부르크에서 온 겁니다, 나리. 오스텐드산은 없습니다."

"플렌스부르크라, 싱싱하단 말이지?"

"어제 들어온 겁니다."

"그럼, 굴부터 주게. 레빈 자네는 어떤가?"

"아무래도 좋아. 난 양배추 수프와 죽이 제일 좋지만, 여기에는 없을 테고."

"러시아식 죽도 있습니다."

마치 유모가 아이를 어르듯 웨이터가 레빈에게 몸을 숙이며 말했다.

레빈은 오블론스키가 못마땅한 기색을 내비치는 것을 눈치채고 이렇게 말했다.

"아냐, 빈말이 아니고 자네 먹고 싶은 걸로 주문하게. 스케이트를 탔더니 배가 엄청 고프군. 나는 신경 쓰지 말고 주문하게. 나는 뭐든 잘 먹으니까."

"물론이지! 뭐니 뭐니 해도 이것은 인생의 즐거움 가운데 하나니까. 그럼 굴 20개……. 아니, 그 정도로는 적을 것 같으니 30개 가져오고, 채소 수프, 진한 소스를 곁들인 넙치, 로스트비프. 신선한 걸로 해야 하네. 그리고 닭 요리, 과일 조림을 내오게."

오블론스키가 말했다.

웨이터가 와인 메뉴판을 내놓자 오블론스키가 레빈에게 말했다.

"뭐 마실까?"

"아무거나 좋아. 난 조금만 마시겠네. 샴페인 어때?"

레빈이 대답했다.

"처음부터? 뭐, 그러지."

잠시 뒤 웨이터가 굴과 술병을 들고 왔다.

오블론스키는 은제 포크로 굴을 까서 먹었다. 레빈도 굴을 먹기는 했지만 마음속으로는 하얀 빵에 치즈를 곁들여 먹는 게 낫겠다고 생각했다.

오블론스키가 레빈에게 말했다.

"자넨 굴을 별로 안 좋아하나? 아니면 무슨 걱정거리라도 있나?"

그는 레빈이 즐거워하기를 바랐으나 레빈은 그러기는커녕 몹시 불편해했다. 그 음식점은 지금 레빈의 감정과 어울리지 않았던 것이다. 물건이며 웨이터까지 모든 것이 마음에 들지 않았다. 레빈은 자신의 마음속을 가득 채우고 있는 것들이 더럽혀질까 봐 두려웠다.

"나? 그래, 마음에 걸리는 것이 있네. 게다가 여기에 있는 모든 게 마음에 거슬리네. 나 같은 촌부에게는 이 모든 것이 부담스럽다네. 자네 사무실에서 만난 그 신사의 손톱처럼 말이네."

"아, 나도 봤어. 자네가 그 가엾은 그리네비치의 손톱을 아주 유심히 보더군."

오블론스키가 웃으면서 말했다.

"참을 수 없다네. 내 입장에서 생각해보게. 우리 시골 사람들은 일하기 편하게끔 손을 다듬지. 손톱을 짧게 깎고 소매를 걷어붙이고. 그런데 이곳 사람들은 손톱을 최대한 길게 기르고, 작은 접시만 한 커프스를 달기도 하지. 손으로는 아무것도 할 수 없게 말이야."

오블론스키가 크게 웃더니 말했다.

"거친 일을 할 필요가 없기 때문이야. 그 친구는 머리 쓰는 일을 하니까."

"그래, 그렇겠지. 하지만 나는 못 봐주겠네. 여기도 그렇고. 시골 사람들은 일을 하려고 밥을 빨리 먹지. 그런데 자네나 여기 사람들은 가능한 천천히 먹을 생각만 해. 굴 같은 것을 먹으면서 말이야."

그러자 오블론스키가 그의 말을 끊었다.

"그렇기는 하지. 하지만 이게 바로 문명의 목적이야. 모든 것으로 부터 쾌락을 얻는 것."

"그렇다면 나는 차라리 야만인이 되려네."

"자네는 그렇지 않아도 야만인이야. 레빈 일가 모두 야만인이지."

레빈은 니콜라이 형을 떠올리고는 부끄러운 마음에 얼굴을 찌푸리며 한숨을 쉬었다. 그때 오블론스키는 다른 이야기로 화제를 돌렸다.

"그런데 어떻게 할 텐가? 오늘 저녁에 셰르바츠키 댁을 방문할 참인가?"

그는 울퉁불퉁한 굴 껍데기를 옆으로 치우고 치즈 접시를 당기면서 의미심장하게 눈을 빛내며 말했다.

"그럼, 가야지. 공작 부인은 썩 반갑지 않은 것 같지만."

레빈이 대답했다.

"그게 무슨 말인가! 그런 말 말게. 그건 단지 그분 성격일 뿐이야. 바니나 부인의 음악회에 들렀다가 나도 그리로 갈 거야. 그리고 자네는 야만인이 분명해. 그렇지 않고서야 갑자기 모스크바를 떠난 걸 어떻게 설명할 건가? 셰르바츠키 집안사람들은 내가 마치 알고 있다는 듯이 계속 물어보았네. 하지만 내가 알고 있는 것은 하나뿐이라네. 자네는 언제나 남들이 안 하는 행동을 한다는 거지."

그러자 레빈은 조금 흥분한 투로 천천히 말했다.

"그래, 자네 말이 맞네. 나는 야만인이야. 하지만 그건 내가 이곳을 떠났기 때문이 아니라 다시 왔기 때문이야."

오블론스키는 레빈의 눈을 바라보며 말했다.

"아, 자넨 정말 행운아야!"

"그게 무슨 말인가?"

"준마는 낙인으로 알고, 사랑에 빠진 젊은이는 눈빛을 보면 알지. 자네 앞에는 모든 것이 펼쳐져 있어."

오블론스키는 선언하듯 말했다.

"자네는 그렇지 않다는 건가?"

"자네한테는 미래지만 나에게는 현재라네. 그것도 그냥저냥 한."

"무슨 일이 있나?"

"썩 좋지 않아. 하지만 내 이야기는 하고 싶지 않네. 다 말할 수도 없고. 그건 그렇고 대체 모스크바에는 무슨 일로 온 건가?"

"눈치챘나?"

레빈은 진지한 눈빛으로 오블론스키를 쳐다보며 물었다.

"물론이지. 하지만 내가 먼저 꺼낼 수는 없잖아. 이 정도 말했으면 내가 정확하게 눈치챘다는 것을 알 텐데?"

오블론스키가 미묘한 웃음을 띠고 레빈을 바라보며 말했다. 그러자 레빈의 얼굴 근육이 부르르 떨렸다. 그리고 그는 역시나 떨리는 목소리로 말했다.

"그래, 자네 생각은 어떤가? 자네 의견을 말해주게."

오블론스키는 레빈을 똑바로 쳐다보면서 술잔을 비우고 말했다.

"나 말인가? 가장 바라는 일이지. 가장 좋은 일이니까."

"정말 그렇게 생각하는 건가? 무슨 얘기인지 알고 하는 말이야? 가능한 일이라고 생각하느냐 말이야."

레빈은 친구의 얼굴을 뚫어지게 쳐다보며 말했다.

"물론이지. 안 될 이유가 뭔가?"

"정말 가능하다고 생각해? 아니, 잠깐, 자네 생각을 다 말해보게! 거절하면 어떡하지? 확신하건대……."

"왜 그런 생각을 하나?"

오블론스키는 미소 띤 표정으로 불안해하는 레빈을 바라보며 말했다.

"그런 생각이 들어. 나나 그녀에게 엄청난 일이니까."

"아가씨한테 엄청날 게 뭐 있나? 아가씨들은 청혼을 받는 것을 자랑으로 여기는데."

"다른 아가씨들은 다 그래도 그녀는 아냐."

오블론스키는 빙긋 웃었다. 그는 그렇게 말하는 레빈의 기분을 잘 알고 있었다. 레빈에게 이 세상 아가씨들은 딱 두 부류였다. 그녀와 그녀를 제외한 아가씨들. 그녀 외의 모든 아가씨들은 여러 가지 결함을 가진 지극히 평범한 여자들이었다. 그리고 그녀는 아무런 결점이 없을뿐더러 누구보다 고상하고 순결한 여자였다.

"이 일은 나에게 죽느냐 사느냐 하는 문제와 같다네. 아무한테도 이야기하지 않았어. 자네가 처음이야. 물론 자네와 나는 취향이나 시각을 비롯해 모든 점에서 다르지. 그러나 자네가 나를 아끼고 이해해주는 것을 알아. 그래서 자네를 무척 좋아하는 거고. 그러니 솔직히 말해주게."

레빈의 말에 오블론스키가 미소 지으며 말했다.

"난 내 생각을 있는 그대로 말하는 거야. 내 말 들어봐. 내 아내는 정말 놀라운 여자야⋯⋯."

오블론스키는 아내와의 관계를 떠올리자 한숨을 내쉬고 잠시 말을 멈추더니 이윽고 말을 이었다.

"그녀는 선견지명이 있어. 사람들의 마음을 꿰뚫어보기도 하고 앞으로 무슨 일이 일어날지도 알고 있네. 특히 결혼 문제를 잘 예측하지. 예를 들어 그녀는 샤홉스카야와 브렌텔른이 결혼할 거라고 예단했어. 아무도 믿지 않았는데 그렇게 되었지. 그런 그녀가 자네 편이란 말이야."

"무슨 말인가?"

"집사람은 자네를 굉장히 마음에 들어 하는 데다 키티가 반드시 자네의 아내가 될 거라고 말했다네."

그 말을 듣는 순간 갑자기 레빈의 얼굴에 미소가 번지면서 감격에 겨워 눈물까지 맺혔다.

"그녀가 그렇게 말했단 말이지! 나는 늘 말했지. 자네 아내는 정말 멋진 여자라고 말이야. 이젠 됐어. 더 이상 이야기하지 않아도 되네."

레빈이 자리에서 일어나며 말했다.

"그래. 하지만 좀 앉아보게."

그러나 레빈은 가만히 앉아 있을 수가 없었다. 그는 눈물을 감추려고 눈을 깜박거리면서 서성거리다 겨우 자리에 앉더니 말했다.

"이건 단순한 사랑이 아니야. 나도 사랑한 적이 있는데, 이건 그런 것과 다른 거야. 내 감정이라기보다 외부의 어떤 힘에 홀린 것 같아. 그때 나는 이루어질 수 없다고 생각했기 때문에 떠난 거야. 이 세상에서는 도저히 누릴 수 없는 행복 같았거든. 그러나 나 자신과 싸운 끝에 이 행복 없이는 내 삶도 없다는 것을 깨달았네. 그래서 어떻게 해서든지 매듭을 지어야겠다고……."

"대체 뭣 때문에 떠났지?"

"아, 잠깐만! 지금 너무 많은 생각이 떠올라 머릿속이 복잡해! 물어보고 싶은 것도 얼마나 많은지! 방금 자네가 한 말이 나한테 어떤 의미인지 모를 거야. 나는 너무 기뻐서 날아갈 것 같아. 나는 모든 일을 잊고 있었어. 난 오늘 니콜라이 형이 이곳에 있다는 말을 들었는데 형의 일까지 잊어버렸던 거야. 형마저 행복한 것처럼 느껴져. 정신이 나간 거지. 그러나 두려운 것이 하나 있어. 자네는 결혼했으니까 어떤 기분인지 알 거야. 우리처럼 나이 먹고 과거가 있는, 더욱이 사랑이 아닌 죄악을 저지른 사람이…… 순결한 아가씨를……. 이건 정말 역겨운 일이야. 그래서 나는 그녀에게 다가갈 자격이 없다고 생각한 거야."

"그렇다고 자네가 무슨 큰 잘못을 저지른 건 아니잖나?"

"어쨌든 내 과거를 되돌아보면 진저리 나고 저주스럽고 한탄스러울 뿐이야. 그런 마음이 들어."

레빈이 말했다.

"그건 어쩔 수 없네. 세상이 다 그런걸."

오블론스키가 말했다.

"내가 좋아하는 기도문이 유일한 위안이네. '잘한 일에 따라 저를 용서하지 마시고, 자비로 용서하소서.' 그녀가 나를 용서할 수 있는 것은 오직 그 하나뿐이야."

레빈이 말했다.

10

레빈은 잔을 비웠다. 두 사람은 잠시 말없이 앉아 있었다.

오블론스키가 먼저 입을 열었다.

"자네한테 얘기해줄 게 하나 있네. 브론스키를 아나?"

"아니, 모르는 사람이야. 그런데 왜? 내가 알아야 하나?"

"물론 자네가 알아야 하지. 자네 경쟁자 중 하나니까."

"브론스키는 뭐 하는 사람인가?"

어린아이처럼 기뻐하던 레빈의 얼굴이 일순간 불쾌하게 일그러졌다.

"브론스키는 키릴 이바노비치 브론스키 백작의 아들이네. 페테르부르크에서 가장 인기 많은 귀공자 가운데 하나지. 나는 트베리에서 일할 때 그 친구를 알게 되었어. 그는 신병 모집 때문에 그곳에 묵었지. 대단한 부자에 잘생기고 인맥도 넓어. 시종무관인 데다 아주 친절하고 성품이 좋은 사람이지. 더구나 여기 와서 보니까 교양 있고 아주 똑똑하기까지 하더군. 크게 성공할 사람이야."

레빈은 별다른 대꾸 없이 인상을 찌푸렸다.

"자네가 떠난 직후에 그가 여기 나타났어. 그리고 내가 보기에 키티가 그에게 반했다네. 자네도 알다시피 그 어머니가……"

"미안하지만 자네가 무슨 말을 하는지 모르겠네."

레빈은 이마를 찌푸리며 우울한 표정으로 말했다. 그때 그의 머릿속에 니콜라이 형이 떠올랐고, 그를 잊고 있었던 자신이 혐오스럽게 느껴졌다.

"나는 내가 알고 있는 그대로 말하는 것뿐이야. 그리고 다시 말하지만 모든 점에서 자네도 가능성이 충분해."

오블론스키가 미소 띤 얼굴로 그의 손을 잡으며 말했다.

레빈의 얼굴이 창백하게 변했다. 그는 말없이 의자 등받이에 몸을 기댔다.

오블론스키가 레빈의 잔에 술을 따르며 말을 이었다.

"하지만 가능한 빨리 이 문제를 매듭짓도록 하게."

레빈은 잔을 밀어놓으면서 말했다.

"고맙지만 취할 것 같아 더 못 마시겠어. 그런데 자네는 어떤가?"

그는 이야기를 다른 쪽으로 돌렸다. 그러나 오블론스키가 계속 말했다.

"다시 말하지만 이 문제를 빨리 매듭짓는 것이 좋을 거야. 그렇다고 오늘 당장 말하라는 건 아냐. 내일 아침에 전통적인 방식으로 청혼하게. 그러면 하느님이 축복을 내리실 거야."

"그런데 어떻게 된 건가? 만날 때마다 사냥하러 오겠다더니? 올봄에는 꼭 오게."

레빈이 말했다. 그는 오블론스키에게 이 이야기를 한 것을 몹시 후회했다. 페테르부르크 장교와의 경쟁이니 오블론스키의 예상과 조언으로 그의 특별한 감정이 저속한 것으로 전락해버렸던 것이다.

레빈의 이런 속마음을 알아차린 듯 오블론스키가 빙긋 웃으며 말했다.

"꼭 한번 가지. 그런데 말이야, 모든 것이 여자를 중심으로 돌아간단 말이야. 하나의 중심축이라고 할 수 있지. 지금 내 상황은 엉망진창이야. 이게 다 여자 때문이고. 자네의 솔직한 조언을 듣고 싶어."

오블론스키는 한 손에 시가를, 그리고 다른 손에는 술잔을 들고 말했다.

"도대체 무슨 일인데 그러나?"

"가령 자네가 결혼했는데 사랑하는 아내 말고 다른 여자에게 매료되었다면⋯⋯."

"미안하지만 나는 이해할 수 없군. 도무지 이해할 수 없어. 그건 마치 배 터지게 먹고 난 뒤에 빵집 옆을 지나가다가 빵을 훔치는 것과 같아."

오블론스키의 눈은 여느 때보다 더욱 빛났다.

"어째서 그렇지? 참을 수 없을 만큼 빵 냄새가 좋을 때도 있지 않은가 말이야."

내가 지상의 욕망을 극복했다면
천국에 이른 듯 기쁘겠지.
하지만 그렇지 못하더라도
나는 쾌락을 맛보았네!

오블론스키는 이렇게 읊조리며 묘한 미소를 지었다. 레빈도 따라 웃지 않을 수 없었다.

"그래, 농담은 그만두지. 아무튼 나를 좀 이해해주게. 정말 상냥하고 다정하고 착한 여자야. 그리고 가엾고 외로운 여자지. 그녀는 모든 것을 희생했는데 이렇게 됐다고 해서 내가 그녀를 버릴 수 있겠느냐 말이야? 가정을 깨지 않으려고 그녀와 헤어진다고 하더라도, 그녀에게 연민조차 느껴서는 안 된단 말인가? 그녀를 도와주면 안 돼? 뭔가를 베풀어주면 안 되느냐 말이야?"

오블론스키가 말했다.

"미안하지만 자네도 알다시피 나는 이 세상의 모든 여자를 두 부류로 나누고 있어. 난 타락한 고결한 여자를 본 적도 없고, 앞으로도 보지 못할 거야. 저 카운터에 앉은 여자, 얼굴에 덕지덕지 분칠을 하고 머리를 볶은 저런 여자들은 내 눈에 짐승처럼 보이지. 타락한 여자들은 다 그렇게 보여."

"그럼 복음서에 나오는 여자는?"

"그런 말은 하지 말게. 후세 사람들이 그렇게 악용할 줄 알았다면, 예수님께서도 결코 그런 말씀을 하지 않았을 거야. 복음서 내용 중에서 기억한다는 게 고작 그런 말뿐이니. 나는 생각하는 것이 아니라 느낀 바를 말할 뿐이네. 방탕한 여자는 싫어. 자네는 거미를 무서워하지만 나는 그런 짐승 같은 여자가 더 무서워. 아무튼 자네도 거미를 연구하지 않았으니 그 습성을 모르겠지. 나도 마찬가지네."

"자네는 그렇게 말해도 무방하겠지. 복잡한 문제는 모두 다 왼손으로 오른쪽 어깨 너머로 던져버리는 디킨스 소설의 주인공(《우리의 친구(*Our Mutual Friend*)》에 등장하는 존 포드스냅을 말한다. ─ 옮긴이)처럼 말이야. 그러나 사실을 부정하는 게 능사가 아니네. 어떻게 하는 게 좋을지 말해보게. 아내는 점점 늙어가는데, 자네는 원기 왕성하다면? 주위를 둘러보는 즉시 곧바로 알 수 있지. 아내를 높이 사기는 하지만 더 이상 사랑할 수 없다는 것을 말이야. 그럴 때 갑자기 사랑하는 사람이 나타나 자네는 타락에 빠진 거야. 타락에 빠졌다고."

오블론스키가 힘없이 말했다.

레빈은 말없이 미소 지었다.

"그래, 타락했어. 이제 어떻게 하면 좋겠나?"

오블론스키가 계속 말했다.

"빵을 훔치지 않으면 되지 않겠나?"

레빈의 말에 오블론스키가 웃음을 터뜨렸다.

"이런 도덕군자를 봤나! 하지만 여기에는 두 부류의 여자가 있다는 걸 명심해. 한 여자는 자기의 권리만을 주장하고 있네. 그 권리란 자네가 줄 수 없는 자네의 사랑이라네. 다른 여자는 자네를 위해 모든 것을 희생하고도 아무것도 바라지 않네. 그러면 자네는 어떻게 행동하겠나? 이것이 바로 이 드라마의 끔찍한 부분이지."

"솔직한 내 의견을 듣고 싶다면 말해주지. 내 생각에 여기에 드라마 같은 건 없어. 플라톤의 《향연》에서 말한 두 가지 사랑을 생각해봐. 둘 다 인간에게 시금석이 된다고 했지. 어떤 인간은 한쪽 사랑만을 알고, 또 다른 인간은 다른 사랑만을 이해하네. 그런데 육체적 사랑만을 좇는 사람은 드라마 운운해봤자 소용없어. 그런 사랑에는 드라마가 있을 수 없기 때문이야. '쾌락을 느끼게 해줘서 감사합니다. 안녕히 가세요.' 이게 다야. 그리고 플라토닉 사랑에도 드라마가 있을 수 없네. 왜냐하면 모든 것이 분명하고 순수하기 때문이지. 그러니까……."

그 순간 레빈은 자기가 저지른 실수와 그간의 내적 갈등을 떠올리며 느닷없이 이렇게 덧붙였다.

"어쩌면 자네 말이 옳을지도 몰라. 하지만 모르겠네. 정말 모르겠어."

그러자 오블론스키가 말했다.

"이봐, 자네는 그야말로 완전무결한 사람이야. 그건 자네의 장점이자 단점이지. 자네 성격이 그렇기 때문에 자네 삶도 그러기를 바라지. 하지만 현실적으로 그건 있을 수 없네. 자네는 관청에서 하는 일과 목적이 부합하지 않는다고 비난하지만, 실제로 자네가 말한 것처럼 될 수가 없어. 자네는 사람이 목적에 맞는 행동만 하고, 사랑과 결혼 생활도 서로 부합하기를 바라지만 그 또한 현실적으로는 불가능해. 인생의 모든 것, 모든 아름다움과 모든 매력도 빛과 어둠으로 이루어져 있는 법이야."

레빈은 아무 대꾸도 하지 않고 한숨을 내쉬었다. 그는 자기 생각을 하느라 친구의 말을 듣고 있지 않았다.

그때 두 사람은 함께 식사하고 술을 마시는 친구 사이지만 각자의 일이 상대에게는 아무 의미 없음을 깨달았다. 오블론스키는 함께 식사를 하고 나서 더 가까워지기는커녕 더 멀어진 듯한 기분을 느낀 게 한두 번이 아니었다. 그리고 그는 이런 때 어떻게 해야 하는지 누구보다 잘 알고 있었다.

"계산!"

타타르인 웨이터가 계산서를 들고 왔다. 평소 같으면 자기 몫의

14루블을 보고 소스라치게 놀랐을 레빈이지만 이번에는 개의치 않고 돈을 지불하고 숙소로 돌아왔다. 옷을 갈아입고 운명이 결정될 셰르바츠키 공작의 저택으로 가기 위해서였다.

11

셰르바츠키 공작의 딸 키티는 올해 열여덟 살이었다. 그녀는 올겨울 사교계에 데뷔했는데, 두 언니보다 더 성공적이었고, 공작 부인의 기대 이상이었다. 게다가 모스크바에서 열린 무도회에 드나드는 젊은이들 대부분이 키티에게 반했을 뿐만 아니라, 사교계에 데뷔한 첫해 겨울에 벌써 두 사람이나 그녀에게 청혼했다. 바로 레빈과 그가 귀향하자마자 나타난 브론스키 백작이었다.

초겨울 레빈이 나타나 자주 방문하고 사랑하는 눈빛으로 키티를 바라보는 것을 보고 공작 부부는 처음으로 키티의 앞날에 대해 진지하게 이야기를 나누는가 하면 그로 인해 말다툼을 하기도 했다. 공작은 레빈에게 호의적이었고 키티에게 그보다 더 좋은 배필은 없다고 생각했다. 그러나 공작 부인은 여성 특유의 우회적인 태도로 키티는 아직 어리고 레빈도 진지하게 생각하는지 알 수 없으며, 키티도 그에게 별 관심 없다고 말했다. 이렇게 말하는 그녀의 속내는 더 좋은 혼처가 나타나기를 바라는 것이었다. 그래서 레빈이 갑자기 모스크바를 떠났을 때, 부인은 보란 듯이 "거봐요. 내 말이 맞잖아요."라고 말했다. 그리고 브론스키가 나타나자 그녀는 좋은 정도를 넘어서서 더할 나위 없는 신랑감이라고 확신했다.

공작 부인에게 브론스키는 레빈과 비교할 수 없는 상대였다. 그녀는 레빈의 보통 사람과 다른 날카로운 비판력이나 사교계에 어울리지 않는 행동(그녀는 이것이 오만함 때문이라고 생각했다), 또 가축이나 농사꾼들과 함께 미개한 시골 생활을 하는 것이 도무지 마음에 들지 않았다. 더 못마땅했던 것은 키티에게 매료되어 한 달 하고도 보름 가까이 집을 방문하면서도 마치 청혼하면 명예가 크게 실추되기라도 하는 듯 망설이면서 사랑을 고백하지 않은 것이었다. 그러다 그가 어느 날 갑자기 아무 말도 없이 사라지자 공작 부인은 '매력적인 사람이 아니어서 다행이지 뭐야. 키티가 그에게 마음을 두지 않은 것도 다행이고.'라고 생각했다.

반면 브론스키는 공작 부인의 모든 기대에 부응하는 사람이었다. 굉장한 재력가에 똑똑하고 명성도 높고 시종무관으로서 장래가 촉망되고, 더욱이 매력적인 미남이었다. 그 이상 좋을 수가 없었다.

브론스키는 무도회에서 유난히 키티를 따라다녔고, 그녀와 춤추고 집에도 찾아왔다. 그가 키티를 진지하게 생각하는 것이 분명했다. 하지만 키티의 어머니는 겨우내 조바심이 났다.

공작 부인은 브론스키가 키티를 쫓아다니다 말까 봐 걱정이었다. 키티는 이미 그를 좋아하고 있었으니 말이다. 하지만 그는 명예를 지킬 줄 아는 사람인 만큼 그럴 리가 없다고 생각하며 마음을 달랬다. 그러나 한편으로 지금처럼 이성 교제가 자유로운 시대에 아가씨들은 쉽게 감정에 휩쓸리고, 남자들은 그런 잘못쯤 대수롭지 않게 여긴다는 사실을 잘 알고 있었다. 지난주 키티는 어머니에게 브론스키와 마주르카를 추면서 주고받은 이야기를 들려주었다. 그것을 듣고 공작 부인은 웬만큼 안심이 되기는 했지만 완전히 마음을 놓을 수는 없었다. 브론스키는 키티에게, 자기와 형은 어머니의 말씀을 무조건 따르며, 중요한 일은 반드시 어머니와 상의한 후에 결정한다고 말했다는 것이었다. 그리고 그는 "때문에 지금 나는 특별한 행복을 고대하며 어머니가 페테르부르크에서 오시기만을 기다리고 있습니다."라고 말했다고 했다.

키티는 그 말을 크게 염두에 두지 않았으나 그녀의 어머니는 달랐다. 그 어머니가 아들의 선택을 기꺼워하리라고 그녀는 확신했다. 하지만 그녀는 브론스키가 어머니의 마음이 상할까 봐 청혼하지 않고 있다는 것이 의심스러웠다. 그러나 그녀는 이 혼인을 그 무엇보다 원했고, 불안한 마음을 달래고자 자신의 예측을 믿고 싶었다. 공작 부인은 불행한 처지에 놓인 맏딸 돌리 때문에 괴로웠지만 이제 곧 막내딸의 운명이 결정되리라는 들뜬 마음이 다른 모든 감정을 억눌렀다. 그런데 오늘 레빈이 나타나자 그녀는 새로운 불안감에 휩싸였다. 한때 레빈에게 호의를 품었던 키티가 순진무구한 성품으로 브론스키를 마다하지 않을까, 그래서 레빈이 다 된 밥에 코를 빠뜨리지나 않을까 걱정이었다.

"그 사람 온 지 얼마나 됐다던?"

집으로 돌아오는 길에 공작 부인이 딸에게 레빈에 대해 물었다.

"오늘 왔대요."

"너한테 일러둘 말이 있단다."

공작 부인이 말을 꺼내자 키티는 이미 어머니가 무슨 말을 할지 알아채고 낯을 붉히면서 말했다.

"엄마 제발, 그 얘기는 하지 마세요. 무슨 얘기를 하실지 다 알아요."

어머니가 원하는 것을 그녀 역시 원하고 있었지만 그 동기가 못마땅했다.

"한마디만 하마. 네가 희망을 보인 사람에게……."

"제발요, 엄마. 그만하세요. 그 얘기는 하고 싶지 않아요."

어머니는 딸의 눈에 눈물이 그렁한 것을 보고 얼른 말했다.

"그래, 그만하마. 하지만 한 가지만 약속해다오. 나한테 아무것도 숨기지 않겠다고. 알겠지?"

"그럴게요. 약속해요."

키티는 빨개진 얼굴로 어머니를 똑바로 쳐다보며 대답했다.

"그러나 지금은 드릴 말씀이 없어요. 하고 싶은 말이 있어도 어떻게 말해야 좋을지 모르겠고요."

'그래, 거짓말을 하는 눈빛은 아니야.'

공작 부인은 흥분과 행복이 엇갈리는 딸의 얼굴을 보며 생각했다. 그리고 어린 처녀의 마음속에서 얼마나 중요하고 엄청난 일이 일어나고 있는지 알기에 미소 지었다.

12

저녁 식사가 끝나고 파티가 시작될 때까지 키티는 마치 전투를 앞둔 군인과 같은 기분이었다. 심장은 격렬하게 고동쳐서 아무 생각도 할 수 없었다.

그녀는 두 남자가 처음으로 마주하는 오늘 저녁에 자신의 운명이 결정되리라고 직감했다. 그녀의 머릿속에서는 두 사람 생각이 떠나지 않았다. 그녀는 한 사람씩, 혹은 두 사람을 나란히 놓고 상상해 보았다. 과거와 결부해 레빈을 생각하면 따뜻한 감정이 솟았다. 소녀 시절의 회상, 세상을 떠난 오빠와의 우정을 생각하면 레빈과의 관계가 특히 서정적인 매력으로 다가왔다. 그래서 레빈을 생각하면 마음이 가벼웠다. 그러나 브론스키를 생각하면 왠지 마음이 무거웠다. 그는 훨씬 더 사교적이고 점잖은 사람이었지만 위선이 느껴졌던 것이다. 그가 아니라(그는 솔직하고 성품이 좋은 젊은이였다) 그녀 자신에게 말이다. 그녀는 레빈하고 있을 때면 가식 없는 진솔한 자신을 느꼈다. 그러나 브론스키와 함께 있을 때는 찬란하고 행복한 미래가 떠올랐지만, 레빈과 함께하는 미래는 불투명했다.

야회복으로 갈아입으려고 2층으로 올라가 거울 앞에 섰을 때 그녀는 그 어느 때보다 기분이 좋았다. 자신이 더없이 아름다워 보였고, 이것은 곧 맞닥뜨릴 일에 있어 무엇보다 필요한 것이었다. 그녀는 겉으로는 평온함과 고상한 기품을 풍겼다.

7시 30분, 키티가 아래층 응접실로 내려가자 하인이 '콘스탄틴 드미트리치 레빈' 나리께서 오셨다고 알렸다. 공작 부부는 아직 나오지 않았다. 그녀는 '역시 그랬어.'라는 생각이 들면서 온몸의 피가 한꺼번에 심장으로 몰리는 듯했다. 그녀는 거울에 비친 자신의 창백한 얼굴을 보고 깜짝 놀랐다.

그녀는 알고 있었다. 레빈이 이렇게 일찍 온 이유는 자기 혼자 있을 때 청혼하기 위해서라는 것을. 그때 그녀는 처음으로 이 문제를 전혀 다른 시각으로 보았다. 이것은 자기 혼자만의 문제, 그러니까 누군가를 사랑하고 그와 행복을 나누는 단순한 문제가 아니었다. 그녀는 자기가 좋아하는 사람에게 상처를 주어야 했다. 그야말로 잔인한 일이었다. 단지 그 선량한 사람이 자기를 사랑하고 반했다는 이유만으로. 그러나 어쩔 수 없는 일이었다. 그럴 수밖에 없고, 그렇게 해야 했다.

'정말 내 입으로 말해야 하나? 나는 당신을 사랑하지 않는다고 말해야 하나? 그건 거짓말이야. 그럼 뭐라고 해야 하지? 다른 사람을 사랑한다고 말할까? 아니야, 그럴 수는 없어. 차라리 피하는 게 낫겠어. 도망가는 거야.'

그녀가 문에 다가가자 벌써 그의 발소리가 들렸다.

'아니야, 그건 옳지 않아. 내가 왜 두려워해야 하지? 나는 잘못한 게 없어. 어떻게든 되겠지. 그와 거북한 사이로 남고 싶지는 않아. 아아, 벌써 오셨어.'

당당하면서도 수줍은 듯 자기를 쳐다보는 그의 빛나는 눈을 보며 키티는 마음속으로 중얼거렸다. 그녀는 마치 용서를 구하는 듯한 눈빛으로 그를 똑바로 쳐다보고 손을 내밀었다.

"내가 너무 일찍 왔나 봅니다."

그는 텅 빈 응접실을 둘러보며 말했다. 그가 원했던 대로 자신의 계획을 방해할 사람이 없다는 것을 확인하자 그의 표정이 어두워졌다.

"아니에요."

키티가 탁자 옆에 앉았다.

"사실 당신 혼자 계실 때 뵙고 싶었어요."

그는 용기를 잃을까 봐 앉지도 않고, 더구나 그녀를 쳐다보지도 않고 말했다.

"조금 있으면 어머니가 나오실 거예요. 어머니께서 어제 몹시 피곤하셨나 봐요. 어제……."

그녀는 자기가 무슨 말을 하는지도 모르고, 애원하는 듯 부드러운 눈길을 그에게 고정한 채 말했다.

레빈이 그녀를 쳐다보자 그녀가 입을 다물었다. 그녀의 얼굴이 빨개졌다.

"내가 말했죠? 내가 여기 얼마나 머물지 알 수 없다고. 그리고 그건 순전히 당신에게 달렸다고."

그녀는 곧 그가 할 말에 대해 어떤 대답을 해야 할지 몰라 고개를 숙였다.

"당신에게 달렸어요. 내가 말하고자 하는 건……. 나는 이것 때문에 여기 온 겁니다. 내 아내가 되어주세요."

레빈은 자신이 무슨 말을 하는지도 모른 채 그렇게 내뱉었다. 그러나 가장 말하기 두려웠던 말을 꺼냈다는 사실을 깨닫고 입을 다문 채 그녀를 바라보았다.

그녀는 고개를 숙인 채 한숨을 내쉬었다. 그의 마음은 행복감으로 벅차올랐다. 그녀는 레빈의 사랑 고백이 이렇게 가슴 벅찰 줄은 미처 몰랐다. 그러나 그것은 한순간이었다. 그녀는 브론스키를 떠올리고는 맑고 순수한 눈길로 레빈을 바라보았다. 절망감이 드리운 그의 얼굴을 바라보며 그녀가 재빨리 대답했다.

"용서하세요. 그럴 수 없어요."

1분 전만 해도 그에게 그녀는 얼마나 친근한 존재였던가? 그의 삶에 얼마나 소중한 존재였던가! 그런데 이제 얼마나 먼 타인처럼 느껴지는가!

"역시 그랬군요."

그는 그녀의 얼굴을 보지 않고 말했다. 그는 허리 숙여 인사하고 나가려 했다.

13

그때 공작 부인이 들어왔다. 딸과 레빈이 진지한 표정으로 단둘이 있는 것을 보고 공작 부인의 얼굴에 두려운 빛이 떠올랐다. 레빈은 말없이 그녀에게 고개 숙였다. 키티도 말없이 눈을 내리떴다.

'거절했나 보군. 다행이야.'

이런 생각이 들자 공작 부인의 얼굴에는 목요일에 손님을 맞이할 때마다 으레 짓는 미소가 떠올랐다. 그녀는 자리에 앉아 레빈에게 농촌 생활에 대해 이것저것 물어보았다. 레빈은 손님들이 북적일 때 몰래 나가려고 다시 자리에 앉았다.

5분 뒤 작년 겨울에 결혼한 노르드스톤 백작 부인이 들어왔다. 키티의 친구인 그녀는 신경질적인 여자였다. 키티를 좋아하는 그녀는 결혼한 여자들이 으레 아가씨들에게 그러듯 자기가 생각하는 이상적인 조건에 맞춰 키티를 결혼시키고 싶어 했다. 그녀는 키티가 브론스키와 맺어지기를 바랐다. 그녀는 초겨울에 자주 마주친 레빈을 마음에 들어 하지 않았다. 그래서 그녀는 레빈을 만날 때마다 빈정거렸는데, 이번에도 그녀가 레빈에게 쏘아붙였다.

"어머! 콘스탄틴 드미트리치! 타락한 우리 바빌론에 또 나타나셨네요."

언젠가 그가 모스크바를 바빌론이라고 말한 것을 기억했던 것이다. 그러고는 조소 띤 얼굴로 키티를 돌아보며 덧붙였다.

"바빌론이 좋아진 건가요, 아니면 당신이 타락한 건가요?"

레빈은 마음을 가다듬고 예전에 늘 그랬듯이 빈정거리는 표현으로 맞받아쳤다.

"백작 부인께서 내 말을 기억해주시다니 더할 나위 없는 영광입니다. 그 말이 꽤 인상 깊었나 봅니다."

"그럼요. 난 뭐든 적어두는 버릇이 있거든요. 그런데 키티, 너 또 스케이트를 탔구나?"

그러고는 그녀는 키티와 이야기를 나눴다. 레빈은 지금 자리를 뜨기가 거북했지만 저녁 내내 키티를 보고 있는 것보다는 나을 것 같았다. 키티가 자기의 시선을 피하면서 이따금 힐끔 쳐다보는 것이었다. 그가 일어서려는데 공작 부인이 말을 건넸다.

"모스크바에 얼마나 계실 건가요? 지방의회 일을 보고 계시죠? 그럼 오래 머물기는 힘들겠네요."

"아닙니다, 공작 부인. 지방의회 일은 그만두었습니다. 저는 며칠 머물다 갈 겁니다."

그때 노르드스톤 백작 부인이 엄숙하고 진지한 레빈을 보고 생각했다.

'오늘은 좀 이상하네. 매번 이야기를 장황하게 늘어놓곤 하더니. 그럼 내가 좀 끄집어내 볼까? 키티 앞에서 이 사람을 바보로 만드는 것만큼 재밌는 일도 없지.'

백작 부인이 말했다.

"콘스탄틴 드미트리치, 설명 좀 해주세요. 당신이라면 잘 알 거예요. 사실 칼루가의 우리 영지에서는 남정네나 아낙네나 할 것 없이 모조리 술독에 빠져 우리한테 한 푼도 지불하지 않거든요. 대체 어떻게 된 걸까요? 당신은 항상 농부들을 높이 평가하시잖아요."

이때 또 다른 귀부인이 들어오자 레빈이 일어나며 말했다.

"죄송합니다만 이제까지 들어본 적도 없는 일이라 드릴 말씀도 없습니다."

귀부인을 따라 군인 하나가 들어왔는데 그를 보고 레빈은 생각했다.

'저 사람이 브론스키인가 보군.'

레빈은 자기의 생각을 확인하려고 키티를 힐끗 보았다. 그녀는 벌써 브론스키를 보고 나서 레빈을 보았다. 그녀의 눈빛이 반짝이는 것을 보고 레빈은 그것만으로도 그녀가 이 남자를 사랑하고 있음을 알 수 있었다. 그녀의 눈빛은 말만큼이나 확실하게 그녀의 마음을 나타내고 있었다.

이제 레빈은 좋든 싫든 계속 남아 있기로 했다. 그녀가 사랑하는 남자가 어떤 사람인지 알고 싶었던 것이다.

브론스키는 상체가 딱 벌어진 잘생긴 남자였으며, 차분하고 결단력이 있어 보였다. 바짝 깎은 검은 머리와 깔끔하게 면도한 턱, 품이 넉넉한 제복까지 단정한 멋을 풍겼다. 브론스키는 공작 부인과 키티에게 차례로 다가갔다.

키티 가까이 다가갔을 때 그의 아름다운 두 눈은 유달리 부드러 럽게 빛났다. 그리고 행복하면서도 공손하며 당당한 미소(레빈의 눈에는 그렇게 보였다)를 어렴풋이 짓고, 몸을 숙여 크지는 않지만 넓적한 손을 내밀었다.

그는 모든 사람들에게 인사를 건네고 몇 마디 나눈 다음 자리에 앉았다. 그러나 자신을 계속 보고 있는 레빈에게는 한 번도 눈길을 주지 않았다.

공작 부인이 말했다.

"소개할게요. 이쪽은 콘스탄틴 드미트리치 레빈입니다. 그리고 이쪽은 알렉세이 키릴로비치 브론스키 백작입니다."

공작 부인이 말했다.

브론스키는 일어나 살가운 눈빛으로 레빈을 바라보며 악수를 건 넸다.

"실은 올겨울에 당신과 식사를 하고 싶었는데 당신이 별안간 시 골로 내려가셨다더군요."

그러자 노르드스톤 백작 부인이 나섰다.

"콘스탄틴 드미트리치께서는 도시와 도시인들을 경멸한답니다."

"그렇게 또렷이 기억하시다니 내 말이 정말 인상적이었나 봅니다."

레빈은 아까도 이 말을 했다는 사실을 떠올리고 얼굴을 붉혔다.

브론스키는 레빈과 노르드스톤 부인을 바라보며 싱긋 웃었다.

"계속 시골에서 생활하십니까? 겨울에는 무료하지 않나요."

브론스키가 물었다.

"일이 있으니 무료하지 않습니다."

레빈이 딱 잘라 말했다. 브론스키는 그의 말투를 눈치챘으나 모른 척 말했다.

"나도 시골을 좋아합니다. 언젠가 어머니와 니스에서 겨울을 보냈는데 그때 러시아의 시골이 무척 그리웠어요. 목피 신발을 신은 농부들이 있는 시골 말이에요. 오히려 니스가 지루했죠."

브론스키는 다정한 눈빛으로 사람들을 바라보며 계속 이야기했다. 레빈도 이야기하고 싶었으나 머릿속으로 '이제 일어나야지.'라고 쉴 새 없이 중얼거리면서 망설이는 것이었다.

한참 대화가 오가고 키티의 눈이 레빈의 눈과 마주쳤을 때 그녀의 눈은 이렇게 말하고 있었다. '저를 용서하세요. 저는 지금 너무 행복해요.' 그러면 레빈의 눈이 대답했다. '모두 다 증오해요. 당신도, 나도.'

마침내 레빈이 모자를 집어 들고 나가려는 순간 노공작이 들어왔다. 그는 부인들과 인사를 나누고 레빈에게 다가가 반갑게 말했다.

"언제 왔나? 자네가 온 줄은 몰랐네. 정말 반갑네."

노공작은 레빈을 '자네'라고 하대하기도 하고, 어떤 때는 '당신'이라고 부르며 존대하기도 했다. 그는 레빈을 포옹하고 말했다. 그러나 그는 브론스키가 일어나 공작이 말을 건네주기를 기다리고 있다는 것을 알아채지 못했다.

키티는 아버지가 친절하게 대할수록 레빈의 마음이 더욱 괴로울 거라는 생각이 들었다. 또한 그녀는 아버지가 브론스키의 인사를 냉랭하게 받는 것을 보았다. 브론스키는 공작이 왜 자신을 냉대하는지 알 수 없어 부드럽지만 의아한 표정으로 아버지를 바라보았는데, 그것을 보고 키티는 얼굴을 붉혔다.

레빈은 노공작이 자리를 옮기자 조용히 응접실을 나왔다. 그날 저녁 그가 마지막으로 본 것은 브론스키가 무도회에 참석할 거냐고 물었을 때 대답하는 키티의 행복에 겨운 얼굴이었다.

14

키티는 파티가 끝난 뒤 레빈과 있었던 일들을 어머니에게 들려주었다. 레빈에게 미안한 마음이 들었지만 그에게 '청혼'을 받은 것은 기뻤다. 그녀는 자신이 올바르게 대처했다고 생각했으나 한 가지 생각이 머릿속을 계속 맴돌아 한동안 잠을 이루지 못했다. 그것은 아버지가 이야기를 건넬 때 미간을 찌푸리며 자기와 브론스키를 번갈아 바라보던 침울하고 슬픈 레빈의 얼굴이었다. 그러자 그가 안됐다는 생각에 눈물이 핑 돌았다. 그러나 그녀는 곧 레빈 대신 선택한 사람을 생각했다. 남자답고 당당한 얼굴, 기품 있고 점잖으며 어떤 일이든 어떤 사람이든 선하게 대하는 놀라운 태도가 선명하게 떠올랐다. 또한 자기가 사랑하는 사람이 자기에게 보여주는 애정까지. 그러자 그녀의 마음은 다시금 기쁨으로 충만했고, 행복한 미소를 지으며 자리에 누워 속으로 중얼거렸다.

'미안하고 안됐어. 하지만 어쩔 수 없어. 내 잘못이 아니야.'

그러나 그녀의 마음은 다른 말을 하고 있었다. 그녀는 후회스러운 것이 레빈을 유혹한 일인지 아니면 그의 청혼을 거절한 일인지 자신도 알 수 없었다. 그래서 그녀는 마음 한구석이 불편했다.

그때 아래층 서재에서는 귀여운 딸 때문에 공작 부부가 언성을 높이고 있었다.

공작은 손을 내젓고 하얀 가운을 여미며 소리쳤다.

"당신은 품위도 없고 자존심도 없소. 당신은 딸의 체면을 깎아내리고 있소. 천박하고 어리석은 중매로 딸의 장래를 망치려 들고 있단 말이오!"

"말도 안 돼요. 내가 뭘 어쨌다고 그래요?"

공작 부인이 울먹이며 말했다.

그녀는 딸과 이야기하고 난 다음 행복하고 만족스러운 마음으로 늘 그랬듯이 공작에게 저녁 인사를 하러 갔다. 그래서 레빈의 청혼을 키티가 거절했다는 얘기는 하지 않고 브론스키와의 일이 거의 성사된 것이나 마찬가지고 그의 어머니가 오면 바로 결정 날 것 같다고 넌지시 비쳤다. 그런데 공작은 아내의 말을 듣자마자 버럭 화를 내더니 험한 말까지 내뱉은 것이었다.

"당신이 뭘 했는지를 모른다고? 좋아, 알려주지. 첫째, 당신은 신랑감을 꾀어내서 집으로 들였소. 이제 모스크바 전체가 수군댈 거요. 당연히 그러겠지. 파티를 열 거면 다 불러요. 몇 명만 골라서 부르지 말고. 그 햇병아리들도(공작은 모스크바의 젊은이들을 그렇게 불렀다) 다 부르고 악사들도 데려다 춤추게 해요. 오늘처럼 신랑감들만 부르지 말고. 아주 역겹고 구역질 나니까. 아무튼 당신은 목적을 달성했구려. 아이를 멍청이로 만들어놨으니 말이야. 레빈이 수천 배는 훌륭해. 그런데 페테르부르크의 저 멋이나 부릴 줄 아는 사내는 아주 기계로 찍어낸 것처럼 다른 사내들과 똑같아. 다 쓸모없소. 그 녀석이 왕자라고 한들 내 딸을 주고 싶지 않아!"

"그게 뭐 어떻다고 그러세요?"

"그러니까……."

공작이 소리치려고 하자 공작 부인이 말을 가로막았다.

"당신 말만 듣다가는 평생 시집 못 보낼 거예요. 그럴 거면 시골에나 가 있든가요."

"그래, 차라리 시골로 가는 게 낫겠군."

"내 얘기 좀 들어보세요. 내가 알랑거리기를 했어요, 아니면 억지로 데려오기를 했어요? 젊은이가, 그것도 아주 멋진 젊은이 스스로 사랑에 빠진 거라고요. 그리고 또 그 애도……."

"그래, 당신 눈에는 그렇게 보였겠지! 그러다 그 애가 진짜 사랑에 빠지고, 그 녀석은 결혼할 생각이 없다면 어쩔 거요? 난 그런 꼴 절대 못 봐! 자칫 잘못하다간 우리가 카텐카(키티의 애칭—옮긴이)를 불행에 빠뜨릴 거요."

"왜 그렇게 생각해요?"

"그렇게 생각하는 게 아니라 그렇게 되리라는 것을 아는 거요. 남자들 눈에는 다 보여. 여자들 눈에는 안 보이지. 내 눈에는 누가 진실한지 다 보인단 말이오. 레빈이야말로 진실해. 그리고 별 볼 일 없는 녀석은 잠시 즐기는 것뿐이야. 당신이 그걸 깨닫는 순간에는 이미 늦은 거요. 다셴카처럼."

"알았어요. 그러니 그만해요."

공작 부인은 불행한 돌리 얘기를 꺼내자 남편의 말을 가로막았다.

두 사람은 성호를 긋고 입맞춤을 하면서도 각자의 생각에 빠져 있었다.

공작 부인은 오늘 파티에서 키티의 운명이 결정된 거나 다름없고, 브론스키의 마음도 확실하다고 믿었다. 하지만 남편의 말을 듣고 불안했다. 침실로 돌아온 그녀는 키티와 마찬가지로 예측할 수 없는 미래에 대한 두려움으로 몇 번이고 마음속으로 '하느님, 보살펴주소서. 하느님, 보살펴주소서!'라고 되뇌었다.

15

브론스키는 가정생활이 어떤 것인지 전혀 알지 못했다. 그의 어머니는 처녀 때부터 사교계에서 인기를 누리며 염문을 뿌리고 다니는 것으로 유명했고, 결혼 생활에 종지부를 찍은 후에는 더했다. 그는 아버지에 대한 기억이 전혀 없었다.

사관학교를 졸업한 그는 아주 젊은 나이에 멋진 장교가 되자마자 페테르부르크의 부유층 군인 사회에 발을 들여놓았다. 그리고 가끔 페테르부르크의 사교계를 출입했지만, 연애는 사교계 밖에서 했다.

그는 화려하지만 저속한 페테르부르크 생활에 젖어 있다가 모스크바 사교계에서 처음으로 순진하고 다정한 아가씨를 만나 그녀의 매력에 빠졌다. 그리고 그녀도 그를 사랑했다. 그는 키티와 관계를 맺는 것이 나쁠 수도 있다는 생각은 조금도 하지 않았다. 그는 무도회에서도 주로 그녀와 춤추었고, 그녀의 집을 무시로 드나들었다. 그는 사교계에서 흔히 하는 별 의미 없는 이야기도 그녀와 나눌 때는 저도 모르게 특별한 의미를 부여했다. 그는 그녀의 마음이 자신에게 쏠리는 것을 느끼며 즐거워했고, 그럴수록 그녀에 대해 훨씬 부드러운 감정을 느꼈다. 그는 키티에 대한 자신의 태도를 일컫는 말이 있다거나, 그것이 결혼할 생각도 없으면서 아가씨의 마음을 빼앗는 행동이라는 것, 그리고 젊고 멋진 젊은이가 흔히 저지르는 잘못된 행동이라는 것을 알지 못했다. 그는 그저 흡족한 기분을 처음으로 느끼고 이것을 만끽할 뿐이었다.

그날 밤 키티 부모가 나눈 대화를 그가 들었다면, 그래서 가족들이 자기가 키티와 결혼하지 않으면 그녀가 불행해질 것으로 여긴다는 사실을 알았다면 깜짝 놀랐을 것이다. 그는 자신뿐만 아니라 그녀에게도 흡족한 일이 나쁜 결과를 초래할 수도 있다고는 믿을 수 없었다. 더욱이 자신이 결혼하지 않으면 안 된다는 사실은 더욱더 그랬다.

그는 결혼에 대해 현실적으로 생각해본 적이 한 번도 없었다. 그는 가정을 이루고 사는 생활을 좋게 보지 않았다. 독신 남자들의 관점에서 보면 가정, 특히 남편이라는 것은 왠지 생소하고, 해가 되는 것, 그리고 무엇보다 우스꽝스러운 것이었다. 브론스키는 키티 부모의 대화를 꿈에도 생각 못 했지만, 이날 밤 셰르바츠키 집을 나서면서 자기와 키티 간의 은근하고 정신적인 관계가 더욱 공고해진 느낌이어서 뭔가 해야 할 것만 같았다. 그러나 무엇을, 어떻게 해야 할지 알 수 없었다.

'그래서 좋아.'

브론스키는 늘 그렇듯 깨끗하고 신선한 기분으로(그것은 저녁 내내 담배를 피우지 않았기 때문이기도 했다) 셰르바츠키 집을 나오면서 생각했다. 그리고 그녀의 사랑을 느끼며 새로운 감정에 휩싸였다.

'우리 두 사람은 서로 아무 말도 하지 않고 눈짓과 말투만으로 대화를 나누면서도 서로를 잘 이해했어. 그래서 좋은 거라고. 정말 사랑스럽고 순수해. 그리고 무엇보다 믿음이 생겨. 나 자신이 더 나은, 더 순수한 사람이 된 것 같아. 나에게도 심장이 있고 좋은 점이 많은 것 같거든. 사랑에 빠진 그 사랑스러운 눈빛! '네, 정말……'이라

고 말할 때의 눈빛. 하지만 그게 어떻다는 거야? 별거 아니잖아. 나도 좋고 그녀도 좋은 것뿐이지.'

그러고는 그는 그날 밤을 뭘 하며 보낼지 생각했다.

'클럽은 어떨까? 카드 게임이나 하고 이그나토프와 샴페인을 마실까? 아니, 그만두자. 샤토데플뢰(‘꽃의 성’이라는 뜻으로 식당 이름 — 옮긴이)로 갈까? 오블론스키도 있을 텐데. 노래나 듣고 캉캉이나 구경할까? 아냐, 그것도 지겨워. 이래서 셰르바츠키 집안사람들이 좋다니까. 그 집을 다녀오면 내가 더 나은 사람이 되거든. 그냥 호텔로 가야겠다.'

그는 숙소인 듀소 호텔로 가서 밤참을 주문해 먹었다. 그리고 옷을 갈아입고 늘 그렇듯 눕자마자 깊은 잠에 빠져들었다.

16

이튿날 아침 11시, 브론스키는 페테르부르크 선 기차역으로 어머니를 마중 나갔다. 큰 계단에서 그는 여동생을 기다리는 오블론스키를 우연히 만났다.

"아니, 백작 나리 아닌가! 자네는 누구 마중을 나온 건가?"

오블론스키가 소리쳤다.

"난 어머니를 마중 나왔네."

오블론스키를 만난 사람이라면 누구나 그렇듯 브론스키도 환하게 웃으며 대답했다. 그리고 오블론스키와 악수를 하고 함께 계단을 올라가면서 말했다.

"페테르부르크에서 오시는 중이야. 곧 도착할 거야."

"그나저나 난 어젯밤 2시까지 자네를 기다렸네. 셰르바츠키 댁에서 나와 어디로 간 건가?"

"그냥 호텔로 갔네. 그 댁을 나올 때 기분이 너무 좋아서 아무 데도 가고 싶지 않았다네."

브론스키가 대답했다.

"준마는 낙인으로 알고, 사랑에 빠진 젊은이는 눈빛을 보면 알지."

오블론스키는 레빈에게 했던 말을 똑같이 되풀이했다.

브론스키는 굳이 부인하지 않는다는 듯 싱긋 웃고 바로 화제를 돌렸다.

"그런데 자네는 누구를 마중 나온 건가?"

"나는 아름다운 여인을 마중 나왔지."

"그래?"

"이상하게 생각지 말게. 여동생 안나가 오기로 했어."

"아, 카레니나 부인!"

"자네도 알지?"

"알 것 같네! 아냐, 사실 기억이 안 나네."

카레니나라는 이름에서 왠지 가식적이고 답답한 인상을 느낀 브론스키는 대충 얼버무렸다.

"그러나 매제인 알렉세이 알렉산드로비치는 알겠지? 세상이 다 아는 사람이니까."

"명성은 익히 들어 알고 있네. 본 적도 있고. 총명하고 학식 높고, 종교적인 인물이라더군. 그러나 나하고는 다른 부류라서……."

"그래, 대단한 사람이지. 조금 보수적이기는 해도 훌륭한 사람이야. 훌륭한 사람."

오블론스키가 콕 집어 말했다.

"그럼, 그로서는 더할 나위 없지."

브론스키가 미소 지으며 말했다.

브론스키는 모든 사람들이 오블론스키에게서 느끼는 호감 말고도, 자기와 키티의 관계로 인해 그에게 더욱 친근감을 느꼈다.

"그건 그렇고, 이번 일요일에 아가씨를 위해 저녁 만찬을 가지는 건 어떨까?"

브론스키가 오블론스키의 팔짱을 끼며 말했다.

"좋지. 내가 사람들을 초대하지. 아 참, 자네 어제 내 친구 레빈을 만나지 않았나?"

"만났네. 그런데 웬일인지 일찍 돌아가던데?"

"정말 좋은 사람이야. 그렇지 않은가?"

"글쎄, 잘 모르겠는걸. 모스크바 사람들은 어떻게 된 게 모두 날카롭고 예민한 구석이 있어. 물론 지금 나하고 얘기하는 사람은 빼고. 왜 그런지 모르지만 미심쩍어하며 못마땅해하는 것 같단 말이야. 마치 상대에게 뭔가 느끼게 하려는 듯이."

브론스키가 빈정거리는 투로 말했다.

"사실 그런 면이 있기는 하지."

오블론스키가 유쾌하게 웃으면서 말했다.

열차가 도착할 시간이 가까워지자 역은 점점 더 시끄럽고 어수선했다. 뛰어다니는 짐꾼들이며, 경찰과 역무원들이 눈에 띄었고, 마중 나온 사람들도 점점 늘어났다. 차디찬 증기 너머로 반외투 차림에 부드러운 펠트 부츠를 신은 철도 인부들이 굽은 선로를 가로지르는 것이 보였다. 멀리서 기적 소리와 함께 묵직한 것이 움직이는 소리가 들렸다.

"아니야."

오블론스키는 레빈이 키티에게 청혼할 생각이라는 말을 하고 싶어서 불쑥 이렇게 말했다.

"그건 아냐. 자네는 레빈을 잘못 생각하고 있어. 미심쩍어하는 면이 거슬릴 때도 있지만 아주 좋은 친구야. 정직하고 순수하고 마음씨가 고운 사람이지. 어제는 특별한 일이 있어서 그랬어. 어제 그 친구는 아주 행복했거나 아주 불행했거나 둘 중 하나였을 거야."

오블론스키는 의미심장한 미소를 지으며 말했다.

그러자 브론스키가 걸음을 멈추고 직접적으로 물었다.

"그게 뭔가? 그 사람이 자네 처제에게 청혼이라도 한 건가?"

"아마도 그런 것 같아. 그가 기분이 안 좋은 상태에서 일찍 갔다면……. 오래전부터 사랑했으니까. 안타깝군."

"그랬군. 하지만 자네 처제는 더 좋은 배우자를 만날 자격이 있다고 생각하네. 레빈이 어떤 사람인지 잘 모르겠지만."

브론스키는 가슴을 쭉 펴고 다시 걸으면서 말했다.

"괴롭겠군. 그래서 사람들이 클라라(매춘부를 지칭한다.—옮긴이)를 상대하는 게 낫다고 여기는 거야. 안 좋은 일을 당해도 돈이 없다는 사실만 드러나고 말지. 하지만 이쪽은 인간의 가치를 재려고 든다니까. 그건 그렇고 기차가 들어오는 모양이야."

과연 플랫폼이 진동하면서 추위에 아래로 증기는 내뿜으며 기관차가 들어왔다. 연신 인사를 해대는 기관사는 목도리를 둘둘 감은 채 서리로 덮여 있었다. 화물과 개를 실은 짐칸에 이어 객차가 역사 안으로 들어왔다.

차장이 호각을 불면서 민첩하게 뛰어내렸고, 성미 급한 승객들이 잇따라 내리기 시작했다. 브론스키는 오블론스키와 나란히 서서 객차에서 쏟아져 나오는 사람들을 바라보았다. 그러나 그는 어머니를 까맣게 잊고 있었다. 키티 이야기를 듣고 마음이 들뜨고 기뻤던 것이다. 그의 가슴이 저절로 펴졌고 눈은 빛났다. 그는 자신이 승리자라고 느꼈다.

"브론스카야 백작 부인께서는 이 차량에 타고 계십니다."

민첩한 차장이 브론스키에게 다가와 말했다.

차장의 말에 그는 비로소 어머니를 만날 생각을 했다. 사실 그는 어머니를 좋아하지 않았다. 왜인지는 알 수 없었으나 어머니를 사랑하지도 않았다. 사회 통념과 교육에 따라 겉으로는 어머니의 말에 복종하고 존경하는 척했지만, 그럴수록 존경하고 사랑하는 마음이 더욱 줄어들었다.

17

브론스키는 차장을 따라 객차로 들어가다가 문 앞에서 때마침 기차에서 내리려는 귀부인에게 길을 비켜주었다. 사교계의 예의범절에 익숙한 브론스키는 겉모습만으로도 그녀가 상류층 귀부인임을 알아보았다. 그는 가볍게 목례만 하고 객차 안으로 들어갔지만 그녀를 한 번 더 보고 싶었다. 대단한 미인이어서도 아니었고, 세련되면서도 꾸밈없는 아름다움 때문도 아니었다. 유난히 다정하고 부드러운 얼굴 표정 때문이었다. 그가 뒤돌아보았을 때 그녀도 고개를 돌렸다. 짙은 속눈썹 때문에 그늘져 보이는 회색 눈동자가 다정한 눈빛으로 그의 얼굴을 유심히 쳐다보았다. 그를 아는 것 같았다. 그러나 곧 누군가를 찾는 듯 사람들 쪽으로 눈길을 돌렸다. 브론스키는 이 짧은 순간 정숙한 그녀의 눈길에서 억제된 생기를 알아차렸다. 그녀의 얼굴 전체에서 일렁이는 생기가 빛나는 두 눈에서 남실거리고, 희미한 미소로 휘어진 붉은 입술에도 감돌았던 것이다. 어떤 감정이 한 존재를 한껏 채우고 흘러넘치듯, 그것은 그녀의 의지와 상관없이 빛나는 시선과 미소에까지 드러나는 것이었다.

브론스키는 객차 안으로 들어갔다. 검은 눈동자에 검은 곱슬머리를 한 비쩍 마른 노부인이 눈을 가늘게 뜨고 아들을 쳐다보며 살짝 미소 지었다. 그녀는 자리에서 일어나 하녀에게 손가방을 맡기고, 아들에게 작고 야윈 손을 내밀었다. 그리고 아들의 머리를 손으로 들어 올려 이마에 입맞춤을 했다.

"전보 받았니? 별일 없고? 다행이구나."

"여행은 편안하셨어요?"

브론스키가 어머니 옆에 앉으면서 안부를 물었다. 그러면서 무심결에 문 쪽에서 들려오는 소리에 귀를 기울였다. 문 앞에서 스친 귀부인의 목소리였다.

"아무튼 동의할 수 없어요."

귀부인의 목소리였다.

"페테르부르크 방식이군요, 부인."

"페테르부르크 방식이 아니라 여자의 의견이에요."

그녀가 대답했다.

"그러면 손에 키스하는 것을 허락해주십시오."

"안녕히 가세요, 이반 페트로비치. 그리고 오빠가 오셨는지 좀 봐주세요. 보시면 내가 여기 있다고 알려주시고요."

그녀는 문 옆에서 말하고는 다시 객실로 들어왔다.

"오빠는 찾으셨어요?"

브론스카야 백작 부인이 귀부인에게 물었다.

브론스키는 그제야 그녀가 카레니나 부인이라는 사실을 떠올리고 말했다.

"당신 오빠도 여기 계십니다. 미처 알아뵙지 못해 죄송합니다. 워낙 짧게 뵈었던 터라. 나를 기억하실지 모르겠네요."

그러자 그녀가 말했다.

"아니에요. 나야말로 당신을 알아봤어야 했어요. 오는 내내 당신 어머니하고 당신 이야기만 했으니까요."

분출하고 싶어 하던 생기를 미소에 담아 그녀가 말했다.

"그런데 오빠는 왜 안 보이죠?"

"알료샤, 네가 가서 모셔 오너라."

백작 부인이 아들에게 말했다.

브론스키는 플랫폼으로 나가서 외쳤다.

"오블론스키! 여기야!"

그러나 카레니나 부인은 오빠를 보는 순간 기다리지 않고 거침없고 가벼운 걸음으로 기차에서 내렸다. 오빠가 다가오자, 브론스키도 놀랄 만큼 과감하면서도 우아한 몸짓으로 왼팔을 오빠의 목에 걸고 냉큼 자기 쪽으로 끌어당겨 기운차게 키스했다.

브론스키는 그녀를 뚫어지게 바라보다가 무심코 싱긋 웃었다. 그러다 어머니를 떠올리고 객차 안으로 들어갔다.

"참으로 사랑스러운 분이야, 그렇지? 그 남편이 내 옆에 앉게 했단다. 줄곧 이야기를 나누면서 왔는데 정말 즐거웠어. 그건 그렇고 듣기로는 완벽한 사랑을 찾았다던데, 참 잘됐다. 참 잘됐어."

백작 부인이 말했다.

"무슨 말씀을 하시는지 모르겠네요. 그만 가시죠, 어머니."

아들이 냉랭하게 대답했다.

카레니나 부인은 백작 부인에게 인사하려고 다시 객실로 들어와 말했다.

"부인께서는 아드님을 만나고, 저는 오빠를 만나고, 그리고 제 이야기도 바닥났네요. 이제 더 해드릴 이야기도 없답니다."

그러자 백작 부인이 그녀의 손을 잡고 대답했다.

"무슨 말씀을. 당신과 함께라면 전 세계를 돌아다녀도 전혀 지루하지 않을 거예요. 당신은 정말 사랑스러운 분이에요. 그래서 이야기를 하든 하지 않든 함께하면 기분이 좋답니다. 그리고 아드님 걱정은 하지 말아요. 언제까지나 같이 있을 수는 없으니까요."

카레니나 부인은 조금도 움직이지 않고 꼿꼿이 서서 눈웃음을 지었다.

백작 부인이 아들에게 설명했다.

"안나 아르카디예브나에게는 여덟 살짜리 아들이 있는데 지금까지 한 번도 떨어져본 적이 없다는구나. 그래서 계속 아들이 신경 쓰이는 거야."

"맞아요. 나는 부인과 계속 아들 얘기만 했어요. 나는 내 아이 이야기를 하고, 부인께서는 또 당신 아드님 이야기를 하고."

그러면서 그녀의 얼굴에 환한 미소가 떠올랐다. 그를 보면서 부드러운 미소를 지었던 것이다.

"따분하셨겠군요, 부인?"

그녀가 던진 교태의 공을 곧바로 가로채며 그가 말했다. 그러자 그녀는 그런 투로 이야기하고 싶지 않은지 늙은 백작 부인에게 말했다.

"정말 고마웠어요. 덕분에 어제가 어떻게 지나갔는지 모를 정도였어요. 그럼 백작 부인, 안녕히 가세요. 또 뵙기를 바라요."

"잘 가요, 친구. 당신의 그 고운 얼굴에 키스하게 해주세요. 나는 옛날 방식밖에 모르는 사람이라 돌리지 않고 말할게요. 난 부인이 참 마음에 들어요."

지극히 형식적인 인사였지만 카레니나 부인은 그 말을 있는 그대로 받아들이고 기뻐했다. 그녀는 얼굴을 붉히며 몸을 조금 숙여 백작 부인의 입술에 자기의 얼굴을 갖다 댔다. 그러고는 몸을 똑바로 세우고 눈과 입술에 미소를 지으며 브론스키에게 손을 내밀었다. 그는 그녀의 작은 손을 잡았고, 그녀가 특별히 그의 손을 꽉 잡고 힘차게 흔들자 기분이 좋았다. 그녀는 제법 풍만한 몸을 신기하리만큼 가볍게 움직여 잰걸음으로 찻간을 나갔다.

"정말 사랑스러운 부인이야."

늙은 백작 부인이 말했다.

그녀의 아들도 같은 생각을 하고 있었다. 우아한 카레니나 부인의 모습이 보이지 않을 때까지 그는 그녀에게서 눈을 떼지 않았고, 그의 얼굴에서 미소가 사라지지 않았다. 창문 너머로 오빠의 손을 잡고 생기 넘치게 이야기하는 부인의 모습이 보였다. 두 사람이 자기와는 아무 상관 없는 이야기를 하리라 생각하니 그는 서운한 마음마저 들었다.

"이제 나가시죠. 사람들도 많이 빠져나갔으니."

브론스키가 어머니에게 말했다.

그가 어머니의 팔짱을 끼고 객차에서 내렸을 때 사람들이 갑자기 겁에 질린 얼굴로 그들 옆을 달려갔다. 눈에 띄는 색깔의 모자를 쓴 역장도 뛰어갔다. 무슨 사고가 일어난 것이 분명했다. 열차에서 내린 사람들도 뒤따라갔다.

"뭐야? 무슨 일이야? 어디? 뛰어들었어! 깔렸다고!"

지나가는 사람들 사이에서 이런 말들이 들려왔다.

오블론스키는 여동생과 팔짱을 낀 채 놀란 표정으로 돌아와 사람들을 피해 객차 입구에서 걸음을 멈췄다.

부인들은 다시 객차 안으로 들어갔고, 브론스키와 오블론스키는 어떻게 사고가 났는지 자세히 알아보려고 사람들을 따라갔다. 경비원 하나가 술에 취했는지, 아니면 극심한 추위 때문에 외투 속에 몸을 깊게 파묻고 있어서였는지 선로를 바꾸는 기차 소리를 듣지 못하고 열차에 치인 것이었다.

브론스키와 오블론스키가 돌아오기 전에 부인들은 시종한테 자세한 경위를 전해 들었다.

오블론스키와 브론스키는 참혹하게 찢긴 시체를 보았다. 오블론스키는 몹시 괴로워 금방이라도 울 듯이 얼굴을 찡그리며 말했다.

"아, 끔찍해! 안나, 네가 그걸 봤다면……. 정말 끔찍해!"

브론스키는 아무 말도 하지 않았다. 잘생긴 얼굴은 심각한 표정을 짓고 있었지만 몹시 침착했다.

"아, 백작 부인, 당신이 그것을 보셨다면…… 그 사람의 아내도 있었는데……, 차마 눈 뜨고 볼 수 없더군요. 그 여자는 남편의 시체 위에 쓰러졌답니다. 그 사람 혼자 많은 가족들을 부양했나 봅니다. 너무 불쌍해요."

오블론스키가 말했다.

"그 여자에게 뭔가 해줄 일이 없을까요?"

카레니나 부인은 감정이 복받친 목소리로 나지막이 말했다.

브론스키는 그녀를 한 번 바라보더니 일어나 문 앞으로 가서 뒤돌아보며 말했다.

"어머니, 곧 올게요."

백작 부인이 초조한 마음으로 아들을 기다리고 있는데, 얼마 뒤 그가 들어오면서 말했다.

"자, 이젠 그만 갑시다."

브론스키는 어머니와 함께 앞에서 걷고, 카레니나 부인과 오블론스키가 나란히 그 뒤를 걸어갔다. 역 출구에 거의 다다랐을 때 역장이 뛰어와 말했다.

"장교님께서 저의 직원에게 2백 루블을 주셨습니까? 실례지만 누구한테 주시는 건지 명확하게 알아야 할 것 같아서요."

"과부가 된 여자에게 주시오. 물어보나마나 당연한 거 아니오?"

브론스키가 어깨를 으쓱하면서 말했다.

"자네가 줬다고? 잘했네. 참으로 잘했어! 역시 훌륭한 친구야!"

오블론스키가 뒤에서 소리치며, 여동생의 손을 꼭 쥐었다.

두 사람이 출구를 나왔을 때 브론스키의 마차는 이미 떠나고 없었다.

카레니나 부인이 마차에 올랐다. 그러나 그녀는 입술을 부르르 떨면서 금방이라도 울음을 터뜨릴 듯한 표정을 짓고 있었다. 그 모습을 보고 오블론스키는 깜짝 놀랐다.

"왜 그러니, 안나?"

마차가 출발하고 조금 뒤 그가 물었다.

"불길한 징조예요."

그녀가 대답했다.

"쓸데없는 소리! 네가 왔으니 다 잘될 거야. 내가 너한테 얼마나 기대하고 있는지 넌 아마 모를 거다."

오블론스키가 말했다.

"오빠는 브론스키 씨를 알고 계셨어요?"

"그래, 우리는 그 친구가 키티하고 결혼하기를 바란단다."

"그래요?"

안나가 나지막이 말했다. 그러고는 자기를 성가시게 하는 뭔가를 떨쳐내듯 머리를 흔들며 덧붙였다.

"그럼 이제 오빠 얘기를 해요. 오빠 얘기요. 난 오빠 편지를 받고 왔으니까요."

"이제 네가 유일한 희망이다."

"그럼 나한테 전부 말해줘요."

오블론스키가 이야기했다.

집에 도착하자, 그는 누이동생의 손을 잡아 마차에서 내려주고 한숨을 내쉬더니 관청으로 갔다.

18

안나가 들어갔을 때 돌리는 조그마한 응접실에 앉아 아이가 프랑스어로 읽는 것을 듣고 있었다. 아버지를 꽤 닮아 밝은색 머리칼에 통통한 사내아이였다.

어제 그녀는 남편에게 시누이가 오든 말든 상관없다고 말했지만 내심 마음의 준비를 하며 그녀를 기다렸다. 돌리는 슬픔에 빠져 있었지만 페테르부르크 유력 인사의 아내인 안나를 신경 쓰지 않을 수 없었다. 그녀는 안나에게 모든 것을 얘기할 생각에 좋기도 했지만, 한편으로 모욕적인 일을 털어놓고 뻔한 조언과 위로를 들을 생각을 하니 화가 나기도 했다.

그녀는 매번 그렇듯 수시로 시계를 보며 시누이가 도착하기를 기다렸으나 정작 손님이 도착했을 때는 벨 소리를 듣지 못했다.

그녀는 문 쪽에서 옷자락 스치는 소리와 가벼운 발소리를 듣고서야 몸을 돌렸다. 그래서 고통에 찬 그녀의 얼굴에는 반가움보다 놀라운 빛이 떠올랐다. 그녀는 일어나 시누이와 포옹했다.

"벌써 왔어요?"

돌리가 시누이에게 키스하면서 말했다.

"새언니를 만나서 얼마나 기쁜지 몰라요."

"나도 그래요."

돌리는 힘없이 미소 지으며 안나가 알고 있는지 그녀의 표정을 살폈다.

그녀는 안나의 얼굴에서 동정의 빛을 느끼고 '알고 있는 게 분명해.'라고 생각했다.

"자, 아가씨 방으로 가요."

그 얘기는 최대한 나중에 꺼내려고 그녀가 말했다.

"이 애가 그리샤군요. 정말 많이 컸네요!"

안나는 사내아이에게 키스하고는 돌리를 쳐다보며 얼굴을 붉히고 말했다.

"아뇨, 그냥 여기 있고 싶어요."

안나는 숄을 벗고, 머리를 흔들어 곱슬곱슬한 머리칼을 풀면서 모자를 벗었다.

"아가씨는 행복하고 건강해서 얼굴이 참 밝고 환하네요."

돌리가 부러워하며 말했다.

"내가요? 그런가요?"

안나가 말했다. 그러고는 방으로 뛰어 들어온 계집아이를 돌아보며 말했다.

"어머, 타냐! 우리 세료자하고 나이가 같지. 어쩜 이렇게 예쁠 수가 있니? 너무 예쁘구나. 애들을 다 보고 싶어요."

그녀는 타냐의 손을 잡고 입맞춤했다.

그녀가 아이들 이름뿐만 아니라 생일과 성격, 어떤 병에 걸렸었는지까지 기억하는 것을 보고 돌리는 적잖이 감동받았다.

"그럼 아이들 방으로 가요. 바샤는 지금 자고 있어서 깨우기가 그러네요."

아이들을 보고 나서 둘은 응접실에서 커피를 앞에 놓고 앉았다. 안나는 잔을 받아 곧바로 내려놓고 말했다.

"오빠한테서 이야기 들었어요."

돌리는 냉담하게 안나를 바라보았다. 그녀는 으레 그렇듯 동정하는 말을 하리라 생각했으나 안나는 그런 말을 한 마디도 하지 않았다.

"난 오빠를 변명하거나 새언니를 위로할 생각은 없어요. 그럴 수도 없고요. 난 그저 새언니가 가여울 뿐이에요. 진심으로요."

짙은 속눈썹 아래로 반짝이는 그녀의 눈에 갑자기 눈물이 그렁했다. 그녀는 올케 곁으로 바싹 다가가 작은 손으로 그녀의 손을 꼭 잡았다. 돌리는 여전히 싸늘한 표정을 짓고 있었지만 안나의 손을 거부하지 않고 말했다.

"나를 위로해봐야 소용없어요. 이미 다 끝났어요. 다 끝났다고요."

그렇게 말하고 나서 그녀의 굳은 표정이 되레 풀렸다. 안나는 돌리의 마르고 거친 손에 입맞춤하고 말했다.

"하지만 어떻게 하면 좋을까요. 어떻게요? 이런 참담한 상황에서 어떻게 하는 것이 가장 좋을까요? 그걸 생각해봐야 하지 않겠어요?"

그러자 돌리가 말했다.

"다 끝났어요. 이제 끝이라고요. 하지만 가장 비참한 건 아가씨도 알다시피 그이를 떠날 수 없다는 거예요. 아이들 때문에요. 그렇다고 그이와 함께 살 수도 없어요. 그이 얼굴을 보는 것 자체가 고통이에요."

"오빠 이야기는 들었으니 이제 새언니 얘기를 듣고 싶어요. 나한테 다 말해줘요."

돌리는 미심쩍은 눈으로 안나의 얼굴을 쳐다보았다. 진심으로 자기를 사랑하고 동정하는 표정이었다.

돌리가 갑자기 이야기를 시작했다.

"얘기할게요. 하지만 그 전에 한마디 할게요. 내가 어떻게 오빠랑 결혼하게 됐는지는 알죠? 난 어머니한테 교육을 받은 탓에 순진한 바보였어요. 난 아무것도 몰랐거든요. 남편들은 아내에게 자기 과거를 털어놓는다고 들었는데, 스티바는……."

그녀는 고쳐 말했다.

"스테판 아르카디치는 아무 말도 하지 않았어요. 그래서 아가씨는 못 믿겠지만, 나는 지금까지 내가 그의 처음이자 마지막 여자라고 생각했어요. 8년을 살아오는 내내 그가 불륜을 저지를 거라는 의심은 추호도 없었어요. 절대 그럴 리 없다고 믿었죠. 그런데 어느 날 갑자기 끔찍하고 추악한 일을 알게 된 거예요. 행복한 생활을 하다가 벼락을 맞은 듯이 갑자기 말이에요."

돌리는 울음을 참으면서 계속했다.

"편지를 발견했어요. 그가 그 여자, 그러니까 우리 집 가정교사에게 보낸 편지를요. 아, 정말이지 끔찍해요."

그녀는 얼른 손수건을 꺼내 얼굴을 가렸다.

"잠깐 실수로 그럴 수도 있다고 생각해요. 하지만 계획적으로, 사악하게 나를 속이다니……. 더구나 상대가 누구인지 보세요. 그 여자와 관계하면서도 남편 노릇을 계속하다니……, 아, 끔찍해요! 아가씨는 이해할 수 없겠지만……."

"아니에요. 나도 알아요. 이해하고말고요."

안나가 그녀의 손을 잡으며 말했다.

"지금 내가 얼마나 비참한 지경에 빠졌는지 그 사람이 이해한다고 생각해요? 천만에요. 그 사람은 행복하고 만족스럽게 지내고 있어요."

"그건 아니에요! 오빠도 괴로워하고 있어요. 뼈저리게 뉘우치고 있다고요."

안나가 얼른 말했다.

"뉘우칠 사람이라야 말이죠."

돌리가 안나의 얼굴을 똑바로 쳐다보며 말했다.

"아니에요. 난 오빠를 잘 알아요. 오빠를 보면 안됐어요. 새언니나 나나 오빠가 어떤 사람인지 잘 알잖아요. 마음은 착하지만 자존심이 누구보다 센 사람이 완전히 기가 죽어 있다고요. 게다가 무엇보다 내 마음을 아프게 한 것은(이때 안나는 돌리의 마음을 돌려놓을 만한 것을 떠올렸다)……. 오빠는 두 가지 일로 힘들어하고 있어요. 하나는 아이들에게 부끄럽다는 것이고, 다른 하나는 새언니를 사랑하기 때문에……, 이 세상 누구보다 사랑하기 때문에……."

안나는 반박하려는 돌리를 재빨리 가로막고 말했다.

"새언니한테 잔인한 짓을 저지르고 크나큰 아픔을 안겨주었다는 사실에 괴로워하고 있어요. 오빠는 계속 '아냐, 그 사람은 절대 용서하지 않을 거야.'라는 말만 해요."

돌리는 눈길을 돌리고 깊은 생각에 잠긴 듯 말했다.

"그래요, 그 사람도 괴롭고 힘들겠죠. 원래 죄를 지은 사람이 그렇지 않은 사람보다 더 괴로운 법이니까요. 그 사람이 자기 때문에 모든 사람이 불행에 빠졌다는 것을 안다고 해도 내가 어떻게 용서할 수 있겠어요. 그런 일이 있었는데도 어떻게 다시 그의 아내로 살수 있겠어요? 그 사람이랑 함께 사는 것 자체가 괴로운데요. 과거에내가 그를 사랑했기 때문에……."

그녀는 말을 잇지 못하고 울음을 터뜨렸다.

그러나 마치 일부러 그렇게 하는 것처럼, 그녀는 마음이 누그러질 때마다 괴로운 일을 내뱉는 것이었다.

"젊고 예쁜 여자예요. 하지만 아가씨, 나도 젊은 시절이 있었다고요. 내 아름다움을 빼앗아간 게 누구죠? 그 사람과 아이들이에요.그이에게 내 모든 삶을 쏟아부었고, 나는 모든 것을 잃었어요. 그런데 이제 와서 젊고 수준 낮은 여자가 더 좋은 거예요. 그이는 틀림없이 그녀와 둘이서 내 이야기를 했을 거예요. 아무 말 안 했다면,그게 더 기분 나쁘지만……. 아가씨는 내 기분을 이해하겠어요?"

또다시 그녀의 두 눈이 증오로 불타올랐다.

"더 이상 그 사람을 믿을 수가 없어요. 이제 다 끝났어요. 생각해봐요. 조금 전에 나는 그리샤의 공부를 돌봐주었어요. 전에는 즐겁게 하던 일인데 지금은 괴로울 뿐이에요. 내가 왜 그래야 하죠? 무엇 때문에 아이들을 돌봐야 하는 거냐고요? 어느 날 갑자기 내 마음속에 사랑과 상냥함 대신 그 사람에 대한 적의만이 들끓고 있어요. 그게 끔찍해요. 그 사람을 죽이고 싶을 정도예요."

"새언니 기분이 어떤지 알겠어요. 하지만 자신을 괴롭히지는 말아요. 새언니는 슬픔과 격한 감정에 사로잡혀서 제대로 판단하지 못하는 거예요."

"아가씨, 내가 어떻게 해야겠어요? 말해봐요. 내가 어떻게 하면 좋을지? 난 도무지 모르겠어요."

안나도 뾰족한 방법이 떠오르지 않았지만 그녀는 올케의 한 마디 한 마디, 표정 하나하나에 공감하고 있었다.

이윽고 안나가 말했다.

"나는 오빠의 성격을 잘 알아요. 잘 잊어버리고, 유혹에 잘 빠지는 성격이에요. 그러고 나서 몹시 후회하죠. 오빠는 자기가 어쩌다 그런 짓을 저지르게 되었는지 모르겠다고 생각하고 있어요."

그러자 돌리가 안나의 말을 가로챘다.

"말도 안 돼요. 그 사람은 뻔히 알고 저지른 거라고요. 아가씨는 내 생각은 안 해요. 내가 덜 괴로운 처지라는 거예요?"

"사실, 오빠 얘기만 들었을 때는 새언니의 괴로움을 미처 생각지 못했어요. 그저 오빠와 가정이 엉망이 되었다는 생각만 했어요. 그때는 오빠가 안됐다고 생각했는데, 지금 언니 얘기를 듣고 보니 같은 여자로서 다른 생각이 드네요. 새언니가 얼마나 괴로울지 생각하면 말할 수 없이 마음이 아파요. 새언니가 얼마나 괴로운지는 알겠어요. 하지만 오빠에 대한 애정이 조금이라도 남아 있는지는 모르겠어요. 그건 새언니만이 알겠죠. 용서할 수 있을 만큼 애정이 남아 있는지를요. 조금이라도 애정이 남아 있다면 용서해주세요!"

"그럴 수 없어요."

돌리가 말하려 하자 안나는 그녀의 손에 입맞춤함으로써 그녀의 말을 가로막았다.

"나는 새언니보다 세상 물정을 더 잘 알아요. 오빠 같은 사람들을 잘 알아요. 그런 사람들이 이런 문제를 어떻게 받아들이는지도 잘 알고요. 새언니는 오빠가 그 여자와 자기 이야기를 했다고 생각하지만 절대 그렇지 않아요. 비록 불륜에 빠지더라도 자신의 가정과 아내는 신성시하죠. 그러면서 그런 여자들을 철저히 경멸해요. 가정과 그 여자들 사이에 분명한 선을 그어놓고 철저히 구분하죠. 왜 그런지는 나도 모르고 이해할 수도 없지만 아무튼 그래요."

"그렇지만, 그 사람은 그 여자와 키스하고……."

"언니, 제발. 언니한테 빠졌을 때 오빠가 어땠는지 알아요? 내 앞에서 눈물을 흘리며 언니 얘기를 했다고요. 자기한테는 과분할 만큼 고결한 여자라고 말이에요. 더구나 함께 살면 살수록 오빠는 언니를 더욱 고결한 사람으로 여겼고요. 오빠는 나랑 무슨 얘기를 할 때마다 '돌리는 정말 대단한 여자야.'라고 했고, 우리는 그걸 보고 웃곤 했죠. 오빠는 언제나 언니를 공경했어요. 이번 일은 오빠의 본의가 아니라……."

"그렇지만 다음에 또 그러면요?"

"절대 그럴 리 없어요. 내가 아는 한!"

"아가씨 같으면 용서하겠어요?"

"글쎄요, 뭐라고 말하기가 그러네요……. 아니요, 용서할 수 있어요."

안나는 잠시 생각하더니 말했다. 그녀는 이 상황을 마음의 저울로 헤아려보고 나서 덧붙였다.

"물론이에요. 용서할 수 있어요. 나 같으면 용서할 거예요. 전과 똑같을 수는 없겠죠. 하지만 아무 일도 없었던 것처럼 용서할 거예요."

"그럼요."

돌리가 재빨리 안나의 말을 가로챘다. 그러고는 수차례 생각해보았던 말을 내뱉는 듯 덧붙였다.

"그러지 않고서야 용서했다고 할 수 없죠. 용서하려면 완벽하게 해야죠."

그러고는 일어서면서 말했다.

"자, 아가씨가 지낼 방으로 가요."

그리고 돌리는 방으로 걸어가다가 안나를 껴안고 말했다.

"아가씨가 와줘서 얼마나 기쁜지 모르겠어요. 덕분에 마음이 훨씬 가라앉았어요."

19

그날 하루 종일 안나는 집 밖으로 나가지 않았다. 그녀가 왔다는 소식을 듣고 찾아온 지인들도 있었지만 만나지는 않았다. 안나는 돌리와 아이들과 함께 아침나절을 보냈다. 그녀는 오빠에게 집에 와서 점심을 먹으라는 내용의 짤막한 편지를 보냈다.

오블론스키는 집에 와서 점심을 먹으며 일상적인 이야기를 나눴다. 아내는 전과 달리 친근한 말투였다. 부부 사이는 아직도 어색했지만 헤어진다는 이야기는 쏙 들어갔다. 그래서 오블론스키는 화해할 수도 있겠다고 여겼다.

식사가 막 끝났을 때 키티가 찾아왔다. 그녀는 안나를 조금 알기는 했지만 언니 집에서 모두가 칭송해 마지않는 페테르부르크의 귀부인을 만날 생각을 하니 조금 겁이 났다. 그러나 키티는 안나가 자신을 마음에 들어 한다는 것을 알아챘다. 안나는 키티의 젊음과 아름다운 외모에 매료된 것 같았다. 키티도 어느새 안나에게 끌리는 자신을 느꼈다. 안나는 여느 사교계의 부인이나 여덟 살짜리 아들을 둔 어머니 같지 않았다. 키티는 그녀의 진지하고 가끔 애수에 젖은 듯한 눈빛에 강하게 끌렸는데, 그런 것만 아니라면 생기 있는 표정이나 미소, 눈빛 등이 스무 살 아가씨 같았다. 키티가 보기에 안나는 서글서글하고 꾸밈없는 여자였지만, 자신이 범접할 수 없는, 미묘하고 시적 감흥이 높은 사람 같았다.

식사가 끝나고 돌리가 자기 방으로 돌아가자 안나는 얼른 일어나 시가를 피우는 오빠에게 다가가 문을 가리키며 말했다.

"오빠, 어서 가봐요. 하느님이 도와주실 거예요."

그녀의 말을 알아들은 그는 시가를 끄고 나갔다.

오블론스키가 나가자 그녀는 아이들에게 둘러싸여 앉아 키티에게 물었다.

"무도회는 언제죠?"

"다음 주예요. 훌륭한 무도회죠. 항상 즐거웠어요."

"항상 즐거운 무도회가 있나요?"

안나는 부드럽지만 냉소적인 투로 말했다.

"이상하죠? 하지만 있어요. 보브리셰프 가의 무도회는 항상 즐거워요. 니키틴 가도 마찬가지고요. 그러나 메시코프 가는 늘 따분해요. 그렇지 않던가요?"

"아뇨, 나에게는 즐거운 무도회가 없어요. 고단하고 따분한 무도회는 있지만."

안나가 말했다. 그때 키티는 그녀의 눈빛에서 자신은 느껴보지 못한 특별한 세계를 보았다.

"당신 같은 분이 어떻게 무도회에서 지루할 수가 있죠?"

"왜 나라고 무도회가 지루하지 않겠어요?"

키티는 자기가 어떤 대답을 할지 안나가 이미 알고 있다는 것을 눈치챘다.

"가장 아름다운 분이니까요."

안나는 곧잘 그러듯 얼굴을 붉히며 대답했다.

"첫째, 전혀 그렇지 않아요. 둘째, 설령 그렇다 한들 그게 무슨 소용 있겠어요?"

"이번 무도회에 오실 건가요?"

키티가 물었다.

"아무래도 가야 할 것 같아요."

"부인께서 오시면 정말 좋을 것 같아요. 무도회에서 뵙고 싶거든요."

"아가씨가 왜 무도회에 오라고 하는지 알아요. 이번 무도회에 대한 기대가 커서 모두 왔으면 하는 거죠?"

"어떻게 아세요? 맞아요."

"좋을 때예요. 알죠, 푸른 안개. 스위스 산에 걸린 듯한. 소녀 시절의 마지막 황홀한 순간의 모든 것을 뒤덮는 안개. 행복으로 가득한 그 세계를 나오면 길은 점점 좁아지죠. 밝고 아름다워 보이는 그 길을 들어서자면 기쁘기도 하고 두렵기도 하죠. 그 길을 지나오지 않은 사람이 어디 있겠어요!"

키티가 말없이 미소 지었다.

'부인은 그 길을 어떻게 지나왔을까? 이분이 어떤 사랑을 했는지 모두 듣고 싶어.'

키티는 안나의 남편, 그러니까 낭만적인 분위기와는 거리가 먼 카레닌을 떠올리며 생각했다.

"오빠한테 들었어요. 축하해요. 참 좋은 사람이더군요. 기차역에서 브론스키를 만났어요."

안나가 말했다.

"그분이 역에 갔었나요? 형부가 무슨 말을 했어요?"

키티가 얼굴을 붉히며 물었다.

"전부 다 얘기하던데요. 나도 그렇게 되기를 바라요. 난 어제 브론스키의 어머니와 함께 기차를 타고 왔어요. 그 어머니는 오는 내내 아들 얘기만 했어요. 그 어머니가 가장 사랑하는 아들이더군요. 어머니들은 원래 자식한테 푹 빠져서 헤어나지 못하죠."

"그분 어머니는 무슨 얘기를 하시던가요?"

"많은 이야기를 했지요! 아들을 많이 아끼더군요. 기사도 정신을 가진 훌륭한 분이에요. 그 어머니가 그러는데, 전 재산을 형에게 양보하려고 했다더군요. 또 어렸을 때도 남달랐대요. 물에 빠진 여자를 구하기도 했대요. 한마디로 영웅적인 사람이죠."

안나가 미소 지으며 말했다.

그 순간 그가 역에서 2백 루블을 베푼 일이 떠올랐으나 그 얘기는 하지 않았다. 왠지 불쾌했던 것이다. 웬만큼 그녀 자신과도 연관된 일이었기 때문에 얘기하지 않는 것이 옳다고 생각했던 것이다.

안나가 계속 말했다.

"그 어머니가 몇 번이나 놀러 오라고 하더군요. 나도 그분을 보고 싶기도 해서 내일 찾아뵈려고 해요. 그건 그렇고 오빠가 새언니 방에 오래 있네요."

안나는 갑자기 말머리를 돌렸는데, 그 모습이 키티 눈에는 못마땅해하는 듯 보였다. 안나는 웃으면서 아이들에게 달려가 포옹하고는 재미있게 소리치는 아이들과 엉겨 넘어졌다.

20

차를 마시는 시간이 되자 돌리가 방에서 나왔다. 오블론스키는 나오지 않았는데, 뒷문으로 아내의 방을 나간 것 같았다.

돌리가 안나에게 말했다.

"2층은 추울 것 같으니 아래층 방으로 옮기도록 해요. 그러면 우리가 더 가까이 있을 수도 있고요."

"나는 괜찮아요. 내 걱정은 말아요."

안나는 두 사람이 화해했는지 알아보려고 돌리의 표정을 살폈다.

"여기가 더 밝을 거예요."

돌리가 말했다.

"겨울 쥐처럼 난 어디서나 잘 잔다니까요."

"무슨 이야기들을 하는 거야?"

오블론스키가 서재에서 나오면서 아내에게 물었다.

키티와 안나는 그의 말투로 두 사람이 화해했다고 여겼다.

"아가씨가 아래층 방으로 내려오면 좋겠다고요. 그러려면 커튼부터 바꿔야 해요. 그 일을 할 사람은 나밖에 없겠죠?"

돌리가 남편을 보며 말했다.

'정말 화해했을까?'

돌리의 냉랭하고 차분한 말투에 안나는 의구심이 들었다.

"돌리, 귀찮은 일은 항상 혼자 하다니. 필요하면 내가 다 할게."

오블론스키가 말했다.

'화해한 게 맞군.'

안나가 생각했다.

"당신은 늘 그래요. 마트베이가 할 수 없는 일을 시키고는 자기는 어딘가로 가버리죠. 그러면 마트베이는 일을 죄 망쳐놓고요."

이때 돌리는 버릇처럼 입꼬리에 주름이 잡히면서 조소를 머금었다.

'됐어, 완전히 화해했어. 잘됐어!'

안나는 이렇게 생각했다. 그녀는 노력한 보람을 느끼고 기뻐서 돌리에게 키스했다.

"무슨 소리야? 당신은 왜 나랑 마트베이를 쓸모없는 사람으로 보는 거요?"

오블론스키는 어렴풋이 미소 지으며 말했다.

그날 저녁 내내 돌리는 여느 때처럼 빈정대는 투로 남편에게 말했으나, 오블론스키는 즐거워했다. 용서받았다고 해서 금세 자신의 잘못을 잊은 듯이 굴지는 않았다.

9시 30분쯤 오블론스키 집에서 가족들이 차를 마시며 즐거운 시간을 보내고 있는데, 지극히 사소한 사건 하나가 그 분위기를 깨뜨렸다. 그러나 어찌 된 일인지 오블론스키 가족 모두 이 사소한 사건을 기묘하게 느꼈다. 한참 이야기하던 안나는 사진첩을 가져오려고 일어섰다. 가족들에게 아들 세료자를 보여주고 자기도 보고 싶었던 것이다. 안나가 응접실을 나왔을 때 마침 현관 벨이 울렸다.

"누구죠?"

돌리가 말했다.

"나를 데리러 오기에는 이르고, 손님이라면 너무 늦었군요."

키티가 말했다.

"사무실에서 서류를 갖고 왔나 보군."

오블론스키가 덧붙였다.

위층 계단을 올라가던 안나는 아래를 내려다보고는 램프 옆에 서 있는 방문객이 브론스키임을 알아차렸다. 그러자 묘한 만족감과 더불어 알 수 없는 두려움이 엄습했다. 그는 외투도 벗지 않고 서서 호주머니에서 뭔가를 꺼내고 있었다. 그녀가 계단 중간쯤에 이르렀을 때 브론스키가 고개를 들어 그녀를 올려다보았다. 그때 그의 얼굴에는 부끄럽고 놀란 표정이 떠올랐다. 안나는 살짝 고개 숙여 인사하고 지나쳤다. 곧 오블론스키의 큰 목소리가 들렸다.

안나가 사진첩을 들고 돌아왔을 때 그는 이미 가고 없었다. 오블론스키는 그가 내일 유명 인사들이 참석하는 만찬회 때문에 잠시 들렀다고 전했다.

"계속 들어오라고 했는데도 그냥 가버렸어. 왜 그러지? 이상하네."

오블론스키가 덧붙였다.

그 말을 듣고 키티의 얼굴이 빨개졌다. 그가 무엇 때문에 왔고, 또 무엇 때문에 들어오지 않았는지 안다고 여긴 것이다. 키티는 생각했다.

'우리 집에 갔다가 내가 없어서 여기로 찾아온 거야. 하지만 너무 늦은 데다 안나까지 있어서 들어오지 않고 그냥 간 거지.'

모두 말없이 서로를 한 번 쳐다보고는 안나의 사진첩을 보았다.

만찬에 대해 물어보려고 저녁 9시 30분에 친구 집을 찾아왔다가 들어오지도 않고 그냥 돌아가는 일이 특별히 이상할 것도 없었다. 하지만 모든 사람들이 이상하다고 생각했다. 누구보다 기묘하고 예사롭지 않은 기분을 느낀 사람은 안나였다.

21

붉은 카프탄을 입고 얼굴에 분칠을 한 하인들과 함께 키티와 어머니가 여러 가지 꽃으로 아름답게 꾸민 넓고 환한 계단으로 올라갔을 때는 무도회가 막 열린 참이었다. 홀에서는 마치 벌집처럼 바쁘게 왔다 갔다 하는 수선스러운 소리가 들려왔다. 두 사람이 층계참의 나무 사이에서 거울을 보며 머리와 옷매무새를 고치는 동안 홀에서는 깨끗하고 맑은 바이올린 소리가 들리기 시작했다. 첫 번째 왈츠가 시작된 것이다.

키티에게는 삶에서 가장 행복한 날이었다. 드레스는 딱 맞았고,

레이스 깃도 빳빳했으며, 장미 장식도 구겨지거나 망가진 것 하나 없었다. 굽이 높은 장밋빛 구두도 더없이 편했다. 그녀의 조그마한 머리 위에 올려진 풍성한 금빛 가체도 아주 잘 어울렸다. 그녀의 손을 감싼 목이 긴 장갑에 달린 단추 3개도 잘 잠겨 있었다. 특히 예쁜 검은 벨벳 리본은 부드럽게 목을 감싸고 있었다. 너무 예뻐서, 키티는 집에서 자기의 목을 거울에 비춰 보았을 때 이 벨벳 리본이 말을 하는 것처럼 느꼈을 정도였다. 그녀는 무도회에 와서도 그것을 여러 번 거울에 비춰 보고 미소 지었다. 키티는 자신의 드러낸 어깨와 팔이 대리석처럼 차갑게 느껴졌는데, 이런 느낌을 특히 좋아했다. 그녀의 두 눈은 빛났고, 빨간 입술은 자신의 아름다움을 한껏 느낌으로써 미소 지었다.

그녀는 홀에 들어가, 비단과 리본, 레이스와 꽃으로 장식하고 춤을 청하러 오기를 기다리는 귀부인들(키티는 한 번도 그 무리에 끼지 않았다) 곁으로 다가가기도 전에 왈츠 신청을 받았다. 더욱이 그 신청자는 춤을 가장 잘 추고, 무도회의 지휘자이며, 유부남이고, 잘생기고 멋진 예고루시카 코르순스키였다. 그는 첫 번째 왈츠를 바니나 백작 부인과 추고 나서 때마침 혼자 들어오는 키티를 보고는 세련된 걸음으로 다가가 의향도 묻지 않고 그녀의 가는 허리를 안으려 했다. 그녀는 부채를 맡길 사람을 찾아 주위를 돌아보았는데, 이 집 안주인이 웃으면서 그녀의 부채를 받았다.

"시간 맞춰 오셨군요. 늦게 오는 건 예의가 아니죠."

그는 그녀의 허리를 껴안으면서 말했다.

그녀는 왼손을 그의 어깨에 올리고 음악에 맞춰 재빠르고 경쾌하게 발을 움직였다.

"당신하고 왈츠를 추니 마치 쉬는 것 같군요. 정말 잘 추네요. 참으로 가볍고 정확해요."

그는 거의 모든 사람에게 하는 말을 그녀에게도 똑같이 했다.

그녀는 미소 지으며 그의 어깨 너머로 홀 왼쪽에 모여 있는 사교계의 꽃들을 보았다. 거기에는 어깨를 과하게 노출한 아름다운 여인 리디와 이 집의 안주인이 있었다. 젊은이들은 감히 다가가지 못하고 그쪽을 바라보기만 했다. 그녀는 거기에 있는 스티바와 검정 벨벳 드레스 차림의 아름다운 안나를 보았다. 그리고 '그'도 거기 있었다. 키티는 레빈의 청혼을 거절한 그날 밤 이후로 그를 보지 못했다. 시력이 좋았던 키티는 브론스키를 알아보았고, 그가 자기를 보고 있다는 것도 알았다.

"어때요, 한 번 더 출까요?"

코르순스키가 가볍게 숨을 고르며 말했다.

"아니, 괜찮아요. 고맙습니다!"

"그럼 어디로 모실까요?"

"저기 있는 카레니나 부인 곁으로 데려다 주세요."

코르순스키는 천천히 왈츠를 추면서 홀 왼쪽의 사람들이 모인 곳으로 갔다.

안나는 키티가 기대했던 보라색이 아니라 가슴이 깊게 파인 검정색 드레스를 입고 있었다. 레이스 테두리를 두른 드레스가 상아로 조각한 듯 뚜렷한 어깨선과 풍만한 가슴, 부드럽고 가느다란 손을 더욱 돋보이게 했다. 가체도 없이 팬지 화관만 쓴 그녀의 검고 곱슬곱슬한 머리가 늘 그렇듯 목덜미와 관자놀이에 늘어뜨려 있었고, 목선이 또렷하고 단단한 목에는 진주 목걸이를 두르고 있었다. 키티는 보라색이 아닌 검정색 드레스를 입은 안나를 보고는 그녀가 얼마나 매력적인지 새삼 깨달았다. 그녀는 보라색 드레스를 입을 필요가 없었다. 옷차림보다 그녀 자체가 더 아름다웠기 때문이다. 그녀가 입은 검정 드레스는 전혀 눈에 띄지 않았다. 단조로우면서도 꾸밈없고 세련되며 생기가 넘치는 그녀만이 눈에 띌 뿐이었다.

안나는 늘 그렇듯 꼿꼿하게 서서 살짝 고개를 돌리고 집주인과 이야기하고 있었다. 그녀는 키티를 보고 다정한 미소를 지으며 키티의 차림새를 훑어보더니 아름답다는 뜻으로 머리를 끄덕이고 말했다.

"아가씨는 춤을 추면서 홀로 들어오더군요."

그때 코르순스키가 초면인 안나에게 인사를 건네며 허리를 굽히고 말했다.

"안나 아르카디예브나, 왈츠 한 곡 추실까요?"

"서로 아는 사이였나요?"

집주인이 물었다.

"내가 모르는 사람이 어디 있습니까?"

코르순스키가 대답했다.

"나는 춤추지 않아도 될 때는 추지 않는답니다."

안나가 말했다.

"하지만 지금은 그럴 수 없습니다."

코르순스키가 대답했다. 그때 브론스키가 다가왔다.

"그래야 한다면 하는 수 없군요. 가시죠."

안나는 브론스키의 인사를 모른 척하고 얼른 코르순스키의 어깨에 손을 얹었다.

그때 키티는 안나가 브론스키의 인사를 일부러 무시했다는 것을 알아채고 생각했다.

'이분은 왜 브론스키를 못마땅하게 여기지?'

브론스키는 키티에게 첫 번째 카드릴(4명이 한 조가 되어 추는 춤—옮긴이)을 함께 추기로 했던 이야기를 하면서 그동안 만나지 못해 서운했다고 말했다.

키티는 왈츠를 추는 안나를 황홀한 눈빛으로 보면서 그의 말을 들었다. 그녀는 그가 자기에게 왈츠를 청하리라 기대했지만, 그는 그러지 않았다. 그녀가 놀란 표정으로 쳐다보자 그가 얼굴을 붉히며 급히 왈츠를 청했다. 그러나 그가 그녀의 가는 허리를 안고 첫발을 내딛는 순간 연주가 그치고 말았다. 키티는 바로 앞에 있는 남자의 얼굴을 응시했다. 자기가 사랑으로 가득한 눈빛으로 바라보았지만, 그런 자신을 바라보는 그의 눈빛에서는 아무것도 느껴지지 않은 사실이 몇 년이 지난 후에도 그녀에게 쓰라린 치욕으로 남았다.

"죄송합니다. 왈츠, 왈츠."

이렇게 외치는 코르순스키의 소리가 홀 저편에서 들리는가 싶더니, 그는 맨 처음 마주친 아가씨의 손을 잡고 춤추기 시작했다.

22

브론스키는 키티와 왈츠를 몇 번 추었다. 왈츠가 끝나고 키티가 어머니 곁으로 와서 노르드스톤 백작 부인과 이야기를 하고 있는데, 브론스키가 따라와 카드릴을 추자고 했다. 카드릴을 추는 동안 그는 별다른 이야기를 하지 않았다.

키티는 마음을 졸이면서 마주르카를 기다렸다. 마주르카를 추는 동안 모든 것이 결정되리라 여겼던 것이다. 카드릴을 추는 동안 브론스키는 마주르카를 청하지 않았지만 그녀는 불안해하지 않았다. 그녀는 이전에 열린 무도회에서 그랬듯이 브론스키와 마주르카를 출 거라고 확신했기 때문에 마주르카를 신청하는 5명을 거절했다. 마지막 카드릴이 끝날 때까지 이 무도회는 키티에게 기쁨으로 넘치는 꿈과 같은 세계였다. 그녀는 지쳤을 때만 춤을 추지 않고 쉬었다.

그런데 키티는 몹시 따분한 상대이지만 거절할 수 없는 청년과 마지막 카드릴을 추다가 브론스키와 안나와 마주쳤다. 그녀는 춤을 추는 동안 처음으로 마주친 안나에게서 뜻밖에도 전혀 새로운 모습을 보았다. 안나에게서 자기가 익히 알고 있는, 성공을 거두었을 때의 흥분을 발견했던 것이다. 안나는 저절로 우러나온 기쁨에 취해 있었다. 키티는 자신이 익히 알고 있는 감정과 징후를 안나에게서 보았다. 떨리는 시선과 아름답게 빛나는 눈빛, 행복과 흥분에 젖어 자기도 모르게 입술을 오므리며 짓는 미소, 눈에 띄게 우아한 모습, 가뿐하고 명료한 몸짓. 키티는 생각했다.

'누구지? 모든 사람일까? 아니면 한 사람일까?'

그녀는 춤추는 상대 청년의 말은 건성으로 듣고, 커다란 원을 만들라거나 기차놀이 대형을 만들라는 코르순스키의 유쾌한 구령을 따르면서 계속 안나를 관찰했다. 그러나 그럴수록 그녀의 가슴이 더욱 죄어드는 것 같았다.

'그녀가 기쁨에 취한 것은 모든 사람이 아니라 한 사람이 보낸 열광적인 눈빛 때문이야. 그게 누굴까? 설마 그인가?'

그가 안나에게 말을 건넬 때마다 안나의 눈은 기쁨으로 타올랐고, 그 붉은 입술을 오므리며 행복한 미소를 짓는 것이었다. 안나는 기쁨의 표정을 감추려고 애썼지만 얼굴에 그대로 나타나고 말았다.

'그렇다면 그는 어떨까?'

키티는 그의 얼굴을 보는 순간 두려움에 휩싸였다. 안나의 얼굴에서 보았던 바로 그 표정이 그의 얼굴에도 나타났던 것이다. 차분하고 딱딱한 행동이며 무심한 표정은 온데간데없었다. 그뿐 아니었다. 안나에게 말을 건넬 때마다 그는 마치 그녀 앞에 무릎을 꿇으려는 것처럼 고개를 숙였고, 오직 복종과 경외의 눈빛으로 그녀를 바라보는 것이었다.

'나는 내 자신을 욕되게 하고 싶지 않습니다. 내 자신을 구원하고 싶은데 어떻게 해야 할지 모르겠습니다.'

그의 시선은 번번이 이렇게 말하는 듯했다. 그는 키티가 이제까지 한 번도 보지 못한 표정을 짓고 있었다.

사실 두 사람은 별 의미 없는 지인들 얘기를 할 뿐이었는데, 키티가 느끼기에는 한 마디 한 마디가 자신의 운명과 결부되는 듯했다. 이상한 것은, 두 사람이 실제로는 이반 이바노비치가 프랑스어를 우스꽝스럽게 한다든가 더 좋은 사람이 엘레츠카야에게 청혼할 거라는 이야기를 했는데, 키티가 느꼈듯이 두 사람도 이런 이야기가 의미 있게 여겨졌던 것이다. 키티는 자신이 받은 엄격한 교육의 힘으로 스스로를 겨우 추스르면서 춤추고, 질문에 답하고, 웃음을 지었다. 그러나 마주르카가 시작되려 할 때 그녀는 비참하고 절망적인 기분에 빠졌다. 이미 5명이나 거절해버려서 마주르카를 출 상대가 없었던 것이다. 이제 와서 춤을 청할 사람도 없을 것이다. 사교계에서 인기 많은 그녀에게 춤출 상대가 없으리라고는 그 누구도 생각지 않았기 때문이다. 어머니에게 몸이 불편하다고 말하고 집으로 돌아갈 수밖에 없었으나 그럴 기운도 없었다.

그녀는 응접실 구석으로 가서 쓰러지듯 의자에 털썩 주저앉았다.

절망감에 빠진 그녀는 쓰라린 심정으로 생각했다.

'내가 잘못 본 건 아닐까? 그럴지도 몰라.'

그녀는 자기가 본 것을 다시금 되새겨보았다.

그때 노르드스톤 백작 부인이 소리 없이 다가와 그녀에게 말했다.

"키티, 대체 무슨 일이야? 어찌 된 일이야?"

키티는 아랫입술을 파르르 떨며 벌떡 일어났다.

"키티, 왜 마주르카를 안 추는 거야?"

"아니, 아니야."

키티는 울먹이는 목소리로 대답했다.

"그가 내 앞에서 그녀에게 마주르카를 청하더구나."

노르드스톤 백작 부인은 그와 그녀가 누구인지 키티는 알 거라고 생각하며 말했다.

"그러니까 그녀가 그에게 '당신은 셰르바츠키 양과 추시기로 하지 않았나요?'라고 하는 거야."

"아니, 난 괜찮아."

그녀의 심정을 아는 사람은 아무도 없었다. 그녀가 어제 한 남자, 자기를 사랑하고 있는지도 모를 남자의 청혼을 거절했다는 것을, 그것도 다른 남자의 사랑을 확신했기 때문에 그랬다는 것을 아는 사람은 아무도 없었다.

노르드스톤 백작 부인은 함께 마주르카를 춘 코르순스키를 찾아가 키티에게 춤을 청해달라고 부탁했다. 코르순스키는 무도회를 이

끄느라 바빠서 키티는 춤을 추는 동안 말을 하지 않아도 되었다.

키티는 좋은 시력으로 맞은편에 앉아 있는 브론스키와 안나를 쳐다보고, 춤출 때는 가까이에서 바라보았는데, 그럴수록 자신의 불행을 더욱 확신하게 되었다. 두 사람은 수많은 사람들이 꽉 들어찬 홀에서 마치 두 사람만 있는 듯 느끼는 것 같았다. 빈틈없고 당당하던 그의 얼굴에 순종적이고 어쩔 줄 모르는 표정이 가득한 것을 보고 키티는 깜짝 놀랐다.

안나의 미소는 그에게 전염되었고, 그녀가 생각에 잠기면 그도 심각한 표정을 지었다. 키티는 자기도 모르게 안나의 아름다움에 더욱 이끌렸다. 아름다운 목선, 곱슬한 머리칼, 우아하고 가벼운 몸짓, 생기 넘치는 예쁜 얼굴까지 매력적이었다. 그러나 그것은 뭔가 섬뜩한 매력이었다. 키티는 안나의 아름다움에 더욱 매료되었고, 그럴수록 더욱 괴로울 뿐이었다. 비참한 표정이 키티의 얼굴에 고스란히 드러났다. 브론스키는 마주르카를 출 때 키티를 마주쳤는데도 알아보지 못할 정도로 변해 있었다.

"훌륭한 무도회군요!"

무슨 말이든 해야 했던 그가 말했다.

"그러네요."

그녀가 대답했다.

마주르카를 추면서 안나가 원 가운데로 나가 키티를 자기 쪽으로 불렀다. 키티는 당혹스러운 표정으로 그녀를 바라보며 다가갔다.

안나는 눈을 가늘게 뜨고 미소 지으며 그녀의 손을 잡았다. 그러나 키티의 얼굴에 절망적이고도 놀란 표정이 역력한 것을 보고 거기서 빠져나와 다른 부인과 유쾌하게 이야기를 나눴다.

키티는 생각했다.

'뭔가 생소한 악마적인 매력이 있어.'

안나가 만찬을 들지 않고 가려고 하자 집주인이 한사코 만류했다.

그러자 안나는 미소 지으며 단호하게 말했다.

"아니에요. 가봐야겠어요. 그렇잖아도 페테르부르크에서 겨우내 추던 것보다 모스크바에서 더 많이 추었답니다."

그리고 옆에 서 있는 브론스키를 보면서 말했다.

"떠나기 전에 쉬어야지요."

"내일 떠나십니까?"

브론스키가 물었다.

"네, 그럴 예정이에요."

안나는 그가 대담하게도 이렇게 묻자 놀란 듯했다. 그러나 대답할 때 그녀의 눈과 미소에 어린 떨리는 섬광을 보고 브론스키의 마음은 불타올랐다.

안나는 만찬에 남지 않고 떠났다.

23

'그래, 내게는 사람들이 싫어하는, 밀어내는 뭔가가 있어. 더구나 나는 남에게 아무 쓸모 없는 인간이야. 사람들은 나를 거만하다고 말하지만 아니야. 그렇지 않아. 내가 거만하다면 이렇게 되지도 않았을 거야.'

레빈은 셰르바츠키 집을 나와 형이 있는 곳으로 가면서 생각했다.

그는 브론스키 생각을 했다. 행복하고 단정하고 총명하며 침착한 브론스키는 오늘 저녁 자신과 같은 상황에 처해보지 않았을 것이다.

'그래, 그를 선택하는 게 당연해. 당연하고말고. 남 탓할 필요 없어. 다 내 잘못이야. 대체 무슨 근거로 그녀가 나와 함께 살고 싶어 할 거라고 생각했을까? 내가 뭐라고? 아무 도움도 안 되는 보잘것 없는 사람을.'

레빈은 형을 생각했다. 그가 생각하기에 니콜라이 형은 그야말로 엉망진창으로 살아왔지만, 그를 경멸하는 사람들보다 더 올바르지 못한 것은 아니었다. 절제할 수 없고 이성적이지 못한 성격을 타고 난 것은 그의 잘못이 아니다. 더욱이 그는 언제나 좋은 사람이 되고 자 했다.

'형에게 모든 것을 얘기하자. 그리고 형이 모든 것을 이야기하도록 만들자. 그리고 내가 형을 사랑한다는 것을, 형을 이해하고 있다 는 것을 보여주자.'

10시 넘어서 주소록에 적힌 여관에 도착했을 때 레빈은 이렇게 다짐했다.

"2층 12호와 13호실입니다."

수위가 레빈의 물음에 대답했다.

"안에 계시나요?"

"그럴 겁니다."

반쯤 열린 12호실 문으로 한 줄기 불빛과 함께 짙은 담배 연기가 새어 나왔다.

레빈이 마지막으로 형을 본 게 3년 전이었다. 지금 그는 그때보다 훨씬 여위었다. 짧은 프록코트를 입어서 두 손과 딱 벌어진 골격이 더욱 도드라져 보였다. 머리숱은 많이 빠졌고, 여전히 곧은 수염이 윗입술을 덮고 있었으며, 늘 그렇듯 신기해하면서도 순박한 표정으로 사람을 바라보았다.

"아, 코스탸(콘스탄틴의 애칭—옮긴이)!"

동생을 보는 순간 반가운 기색으로 그의 눈이 빛났다. 그러나 다음 순간 레빈이 익히 알고 있는, 마치 넥타이가 죄이기라도 하는 것처럼 머리와 목을 떠는 듯이 움직였다. 그러고는 야윈 얼굴에 조금 전과 전혀 다른, 사납고 고통스러우며 잔인한 표정이 떠올랐다.

"나는 이미 너와 세르게이 형에게 편지를 썼어. 나는 너희를 알지도 못하고 알고 싶지도 않다고 말이야. 그런데 무슨 일이야? 너, 아니 너희가 원하는 게 뭐야?"

레빈이 상상했던 것과 전혀 다른 모습이었다. 그는 형의 성격 가운데 가장 나쁜 점, 즉 의사소통을 하기 어렵다는 점을 잊고 있었다. 그러나 그의 얼굴을 보는 순간, 특히 경련을 일으키듯 머리를 돌리는 모습을 보는 순간 그 모든 것들이 떠올랐다.

"볼일이 있어서 온 건 아니에요. 그냥 보러 온 거예요."

레빈은 조심스럽게 대답했다.

동생의 태도에 니콜라이의 마음이 누그러진 듯 그의 입술이 떨렸다.

"그래, 넌 잘 지내니? 들어와 앉아라. 밤참 어때? 마샤, 3인분 가지고 와. 아, 그리고, 이 사람이 누군지 알아?"

그는 소매 없는 외투를 입은 남자를 가리키며 레빈에게 물었다.

"이 사람은 크리츠키야. 내가 키예프에 있을 때부터 알고 지낸 친구지. 훌륭한 사람이야. 물론 경찰에게 요주의 인물이기는 하지만 그건 이 사람이 비열하지 않아서 그런 거야."

그는 습관처럼 방 안에 있는 모든 사람을 훑어보고는 문 앞에 있던 여자가 나가려고 하자 소리쳤다.

"내가 기다리라고 했잖아."

그리고 레빈이 익히 아는 미심쩍은 표정으로 모두를 둘러보고, 예의 그 어설픈 말솜씨로 앞뒤 없이 크리츠키 얘기를 했다. 그가 가난한 학생들을 위한 원조회나 일요 학교(우리나라의 야학 같은 역할을 했다.—옮긴이)를 운영했다는 이유로 퇴학당했고, 초등학교 교사로 있다가 거기서도 쫓겨났으며, 무슨 일로 기소되기도 했다는 것이었다.

"키예프 대학에 다니셨나요?"

레빈은 어색한 분위기를 깨려고 크리츠키에게 말을 건넸다.

"네, 키예프에 다녔습니다."

크리츠키는 인상을 쓰며 성난 투로 대답했다.

그러자 니콜라이가 말을 가로막고 목을 부르르 떨면서 말했다.

"그리고 이 여자는 나의 반려자 마리야 니콜라예브나. 내가 어느 집에서 데려왔지. 나는 이 여자를 사랑하고 존경해. 따라서 나랑 알고 지내는 모든 사람은……."

그가 눈썹을 찌푸리면서 큰 소리로 덧붙였다.

"이 여자를 사랑하고 존중해야 해. 어쨌든 내 아내나 다름없으니까. 이제는 이들이 어떤 사람들인지 알겠지. 위신이 깎인다고 생각되면 즉시 나가라. 여기 이 문으로."

그는 또다시 미심쩍은 눈초리로 사람들을 훑어보았다.

"위신이 깎일 이유가 뭐죠? 나는 잘 모르겠네요."

"그럼 마샤, 밤참을 갖고 와. 3인분이야. 그리고 보드카와 포도주도 같이……. 아니, 잠깐……. 아니야, 필요 없어……. 가봐."

24

니콜라이는 크리츠키를 배웅하러 복도로 나갔다. 레빈은 마리야 니콜라예브나와 단둘이 남았을 때 그녀에게 물었다.

"형과 함께 계신 지 얼마나 되셨어요?"

"2년째예요. 술을 너무 많이 마셔서 저분 건강이 굉장히 나빠졌어요."

"뭘 마시는데요?"

"보드카를 마시는데, 저분한테는 해롭답니다."

"그렇게 많이 마시나요?"

레빈이 조용히 말했다.

"네."

그녀가 대답하면서 조심스럽게 문을 돌아보는데 니콜라이가 나타났다.

"무슨 얘기들을 하고 있었지?"

인상을 찌푸리고 조금은 놀란 눈으로 두 사람을 번갈아 보면서 그가 재차 물었다.

"무슨 얘기를 했냐고?"

"아무 얘기도 안 했어요."

레빈이 당황해하면서 대답했다.

"말하기 싫으면 하지 말렴. 그러나 너는 이 여자와 할 얘기가 없어. 이 여자는 매춘부이고 너는 신사니까."

그는 목을 떨면서 말했다.

"보아하니 나의 모든 것을 이해하고, 파탄에 빠진 내 삶을 동정하고 있구나."

그는 목소리를 높이며 말했다.

"니콜라이 드미트리치, 니콜라이 드미트리치."

마리야 니콜라예브나가 그에게 다가가 속삭이듯 말했다.

"그래, 좋아! 그런데 밤참은? 아, 저기 있군."

니콜라이는 쟁반을 들고 온 하인을 보고 말했다.

"여기 놔."

그는 화난 목소리로 말하고는 보드카를 잔에 붓고 걸신들린 사람처럼 단숨에 마셔버렸다.

"한잔하겠니? 너를 보니 참 기쁘구나. 누가 뭐래도 우리는 형제니까. 자, 한잔해."

그는 기분이 좋아져서 말했다. 그러고는 게걸스럽게 빵을 씹어먹고는 다시 잔에 술을 따르며 말했다.

"그래, 요즘 어떻게 지내니?"

"예전처럼 시골에서 혼자 농사지으며 살고 있어요."

게걸스럽게 먹어대는 형의 모습을 보고 무서운 기분이 들었지만 레빈은 내색하지 않으려고 했다.

"결혼은 왜 아직도 안 한 거냐?"

"그렇게 됐네요."

레빈은 얼굴을 붉히며 대답했다.

"왜? 나야 인생 끝났지만. 예전에도 말했다시피 내 몫의 재산을

췄다면 내 삶은 완전히 달라졌을 거야."

레빈은 황급히 화제를 돌렸다.

"형님도 아시겠지만, 형님이 데리고 있던 바누시카가 지금 내가 사는 포크로프스코예 사무실에서 일을 보고 있어요."

니콜라이는 목덜미를 떨면서 생각에 잠겼다가 말했다.

"그래, 포크로프스코예는 어떠냐? 집은 그대로냐? 자작나무와 우리가 다니던 학교도? 그리고 정원사 필립도 아직 살아 있니? 나는 그 정자와 벤치가 눈앞에 생생하다! 집 안의 장식은 바꾸지 말고 그대로 두거라. 어쨌든 빨리 결혼해서 예전처럼 집을 꾸려나가렴. 그럼 너한테 가마. 제수씨가 착한 사람이면."

"지금 당장 오세요. 우리는 함께 잘살 수 있어요!"

레빈이 말했다.

"세르게이 형과 부딪히지 않는다는 보장만 있으면 가지."

"그럴 일 없어요. 큰형과 거의 교류가 없거든요."

"그래. 어쨌든 너는 형과 나, 둘 중 하나를 택해야 한다."

그는 조심스럽게 동생의 눈을 바라보면서 말했다. 이런 소심한 태도에 레빈의 마음이 흔들렸다.

"내 진심은 그래요. 형과 세르게이 형 어느 쪽도 편들지 않겠어요. 둘 다 잘못했어요. 겉으로 드러난 점에 있어서는 작은 형이 잘못했고, 드러나지 않은 점에 있어서는 세르게이 형이 더 잘못했어요."

"아! 네가 제대로 이해하고 있구나!"

니콜라이는 사뭇 기뻐서 소리쳤다.

"그러나 나는 형과의 우애를 더 소중히 생각해요. 왜냐하면……."

"왜? 왜 그런 거냐?"

레빈은 니콜라이가 불행하기 때문이라는 말은 차마 할 수 없었다. 그러나 니콜라이는 그것을 알아챘다. 그래서 인상을 쓰며 또다시 보드카 병을 잡았다.

"이젠 그만하세요, 니콜라이 드미트리치!"

마리야는 통통한 팔로 술병을 잡으며 말했다.

"내버려둬! 성가시게 굴지 말고! 맞고 싶어?"

니콜라이가 외쳤다.

마리야 니콜라예브나는 선하고 부드러운 미소를 지었다. 그 미소를 니콜라이도 느꼈다. 그녀는 보드카를 집어 들었다.

그러자 니콜라이가 말했다.

"네가 보기에는 이 여자가 아무것도 모를 거 같니? 천만에! 우리보다 더 많은 걸 알고 있어. 정말 사랑스럽고 선한 여자야. 그렇지 않니?"

"혹시 예전에 모스크바에 살지 않으셨나요?"

레빈은 무슨 말이라도 해야 할 것 같아 그녀에게 물었다.

"존대하지 마. 그러면 더 무서워해. 사창가에서 빠져나오려다 재판을 받을 때 담당했던 치안판사 말고는 지금까지 저 여자한테 존댓말을 한 사람이 없어. 새로운 법률이니, 치안판사니, 지방의회니,

다 집어치우라고 해. 꼴도 보기 싫으니까."

그는 느닷없이 소리쳤다. 그러고는 새로운 제도와 마찰을 빚었던 이야기를 늘어놓기 시작했다.

레빈은 잠자코 그의 말을 들었다. 모든 사회제도가 무용지물이라는 그의 말에는 자기도 같은 생각인 데다 그런 말을 자주 하기도 했지만, 형에게 들으니 기분이 나빴다.

"저세상에 가면 모든 걸 이해하게 되겠죠."

레빈이 농담처럼 말했다.

"저세상? 저세상으로 가기 싫어. 저세상이 싫다고!"

그는 겁에 질린 포악스러운 눈빛으로 레빈을 쏘아보며 말했다.

"남이든 나든 이 추악하고 갈피를 잡을 수 없는 모든 것으로부터 벗어나는 건 좋지만, 그래도 죽음은 무서워. 생각만 해도 끔찍해."

니콜라이가 몸을 부르르 떨며 말했다.

"자, 뭘 좀 마셔라. 샴페인? 아니면 나가서 마실까? 집시한테 가자. 집시가 부르는 러시아 민요를 아주 좋아하거든."

그의 혀가 점점 꼬부라지기 시작했고, 이야기는 갈팡질팡했다. 레빈은 마리야와 함께 밖으로 나가지 말라고 형을 설득한 다음 만취한 형을 잠자리에 뉘었다.

마리야는 어려운 일이 생기면 레빈에게 연락하기로 했고, 니콜라이가 동생한테 가도록 설득해보겠다고 약속했다.

25

이튿날 아침, 레빈은 모스크바를 떠나 저녁에 집에 도착했다.

레빈의 집은 크고 낡았다. 그는 집 전체에 난방을 하고 혼자 그 넓은 집을 다 썼다. 그것이 멍청한 짓이라는 것을 알지만 레빈에게 집은 세상의 모든 것이었다. 레빈의 부모님이 살고 죽은 곳으로, 그들은 이 집에서 이상적인 삶을 완벽하게 이루어냈고, 레빈이 아내와 가족들과 함께 다시 일으켜 세우고자 열망하는 삶을 살았다.

레빈은 어머니에 대한 기억이 거의 없었다. 그의 기억 속에서 어머니는 신성한 존재였다. 그래서 그가 이상적으로 여기는 아내의 모습도 매력적이고 신성한 여성, 즉 어머니를 꼭 닮은 여성이었다.

그는 반드시 결혼을 전제로 여성에 대한 사랑을 생각했다. 아니, 가정을 먼저 생각하고, 그 가정을 이루어줄 여자를 생각했다. 그 때문에 대부분의 주위 사람들의 결혼관, 즉 결혼은 사회활동의 하나일 뿐이라는 생각과는 거리가 한참 멀었다. 레빈에게 결혼은 삶의 모든 행복이 달릴 만큼 삶에서 가장 중요한 일이었다. 그런데 지금 그것을 포기해야 할 것 같았다.

레빈이 늘 차를 마시는 작은 응접실에서 책을 들고 안락의자에 앉자 아가피야 미하일로브나가 차를 가져와 늘 그렇듯이 창가 의자에 앉았다. 그때 그는 아무리 이상적이라 하더라도 자신의 꿈을 포기하지 않을 것이고, 그 꿈 없이는 살아갈 수 없다고 생각했다. 그녀와 함께할 수 없다면 다른 여자와 그 꿈을 이룰 것이다. 그는 아가피야의 이야기를 들으며 책을 읽었다. 그러다 잠시 쉴 때면 농사와 가정생활에 대해 상상의 나래를 펼쳤다. 그러자 마음이 가라앉고 깨끗하게 정리되는 기분이었다.

그는 즐거운 상상에 빠졌다.

'2년 뒤에는 우리 외양간에 네덜란드산 암소가 두 마리로 늘어나겠지. 파바도 어쩌면 살아 있을 것이고, 베르쿠트가 낳은 암송아지가 열두 마리나 되니까. 그리고 이 세 마리를 더하면…… 좋아! 정말 멋진 일이야. 손님들을 데리고 아내와 함께 가축들을 보러 나가는 거야. 아내는 그러겠지. 저는 코스탸와 함께 아이를 돌보듯 송아지들을 돌봤어요. 그러면 손님이 말하는 거야. 당신은 이런 일이 재미있나요? 그이가 재미있어 하는 일이라면 나는 뭐든지 재미있어요. 그런데 내 아내가 될 사람은 누구일까?'

그는 모스크바에서 있었던 일을 생각했다.

'어쩔 수 없어. 내 잘못이 아니니까. 하지만 지금부터 모든 것을 새롭게 시작해야 해. 내 삶이 그것을 허락하지 않는다거나 과거가 그것을 허락하지 않는다는 건 말도 안 돼. 훨씬 더 나은 삶을 살려고 노력해야 해.'

그때 돌아온 주인을 보고 기쁨을 주체하지 못하는 늙은 개 라스카가 뜰에서 달려와 꼬리를 흔들었다. 라스카는 쓰다듬어달라는 듯이 레빈의 손 밑에 머리를 들이밀고 낑낑거렸다.

"정말 말만 못한다 뿐이지, 이 녀석은 주인님이 우울해한다는 걸 다 알아요."

아가피야가 말했다.

"우울하다니? 뭐가?"

"도련님, 저도 다 알아요. 어릴 때부터 도련님들과 같이 자랐으니 알 만도 하죠. 걱정하지 마세요, 도련님. 건강하시고 양심에 거리낌 없으면 돼요."

레빈은 자기의 마음을 안다는 그녀의 말에 놀라 그녀를 뚫어지게 쳐다보았다.

"차 한 잔 더 하실래요?"

그러고는 그녀는 찻잔을 들고 나갔다.

라스카는 여전히 주인의 손 밑에 머리를 들이밀고 있었다. 레빈이 쓰다듬어주자 라스카는 그의 옆에 똬리를 틀고 엎드려 뒷발에 머리를 얹었다. 그러고는 더없이 좋고 행복하다는 듯 입맛을 다셨고, 끈적끈적한 입술을 늙은 이빨에 착 붙이고는 평온한 기분에 젖어들었다. 레빈은 개의 마지막 몸짓을 유심히 지켜보더니 혼잣말을 했다.

'나도 저렇다! 내가 바로 저렇다고! 괜찮아. 모든 것이 만족스러워.'

무도회에서 돌아온 안나는 아침 일찍 남편에게 오늘 모스크바에서 출발한다고 전보를 쳤다.

"아뇨, 가야 해요."

그녀는 마치 수많은 할 일들이 떠올랐다는 듯한 투로 올케에게 일정이 바뀌었다고 말했다.

"아니에요, 오늘 떠나는 게 좋을 것 같아서요!"

오블론스키는 집에서 식사하지 않고, 7시에 안나를 바래다주러 오겠다고 했다.

키티도 머리가 아프다고 오지 않았다. 돌리와 안나는 아이들과 영국인 가정교사와 가볍게 식사했다. 식사 후 돌리는 옷을 갈아입으러 자기 방으로 가는 안나를 따라갔다.

"오늘 참 이상하네요."

돌리가 안나에게 말했다.

"내가요? 그렇게 보여요? 이상한 게 아니라 안 좋은 거겠죠. 난 가끔 이럴 때가 있어요. 울고만 싶은. 바보같이 말이에요. 하지만 좋아질 거예요."

안나는 그렇게 말하더니 빨개진 얼굴을 숙이고 나이트캡과 마로 만든 손수건이 담긴 장난감 같은 주머니 쪽으로 고개를 돌렸다. 그녀의 눈이 더욱 반짝였고, 눈물이 고인 눈이 계속 흔들렸다.

"페테르부르크를 떠나는 게 그리 내키지 않더니, 지금은 여기를 떠나기 싫어 미칠 지경이에요."

"아가씨는 이곳에서 좋은 일을 했잖아요."

돌리는 그녀를 유심히 바라보며 말했다.

안나는 그렁그렁한 눈으로 돌리를 쳐다보았다.

"그런 말 마세요, 새언니. 난 아무 일도 안 했어요. 할 수도 없었고요. 나는 사람들이 나를 망치려 드는 것 같아 놀랄 때가 많아요. 대체 내가 뭘 했다는 건지, 뭘 할 수 있다는 건지. 언니 마음속에 있는 사랑으로 용서한 거잖아요."

"그래도 아가씨가 아니었다면 어떻게 됐을지 모르죠. 아가씨는 정말 행복을 주는 사람이에요. 아가씨는 명료하고 거룩한 영혼을 가진 사람이에요."

돌리가 말했다.

"아니에요. 누구나 자기 영혼 속에 부끄러운 비밀을 간직하고 있게 마련이에요."

"아가씨한테 무슨 비밀이 있죠? 모든 면에서 그렇게 명료한 사람이?"

"하지만 있어요!"

안나가 불쑥 말하더니 당돌하면서도 장난스러운 미소를 지었다.

"어두운 비밀이 아니라 우스운 비밀인가 보군요."

돌리가 웃으며 말했다.

"아니에요. 어두운 비밀이에요. 새언니는 내가 왜 오늘 당장 떠나려는지 아세요? 몹시 괴로운 고백을 하나 할게요."

안나는 결심한 듯 소파에 털썩 주저앉아 돌리의 얼굴을 똑바로 쳐다보면서 말했다.

돌리는 안나의 얼굴이 귀뿌리와 곱슬머리가 넘실대는 목까지 빨개진 것을 보고 깜짝 놀랐다.

"새언니는 왜 키티가 식사하러 오지 않았는지 아세요? 나를 질투하기 때문이에요. 내가 다 망쳐버렸거든요. 어제 무도회에서 키티는 기쁨이 아니라 온통 괴로움에 휩싸여 있었어요. 바로 나 때문이에요. 하지만 내 잘못이 아니에요. 아니, 조금은 내 잘못이기도 하죠."

그녀는 가는 목소리로 '조금'이라는 단어를 길게 늘어뜨리며 말했다.

"아가씨는 스티바처럼 말하네요."

돌리는 웃으면서 말했다.

그러나 안나는 기분이 나빠 얼굴을 찡그리며 말했다.

"말도 안 돼요. 난 오빠랑 달라요. 난 한순간도 나 자신에게 의문을 품지 않기 때문에 새언니한테 털어놓으려는 거예요."

그러나 그 말을 하는 순간 자신이 잘못 말했음을 깨달았다. 그녀는 자신에게 의문을 품었을 뿐 아니라 브론스키를 떠올릴 때마다 마음이 흔들렸기 때문에 더 이상 그를 만나지 않으려고 예정보다 일찍 떠나려는 것이었다.

"그랬군요. 스티바한테 들었어요. 아가씨가 그 사람하고 마주르카를 췄고, 그 사람이……."

"일이 얼마나 우스꽝스럽게 됐는지 새언니는 모를 거예요. 나는 두 사람을 이어주려고 했는데, 되레 일이 꼬여버린 거예요. 어쩌면 나도 모르게……."

그녀는 얼굴을 붉히며 말을 멈췄다.

"오, 그들도 다 느꼈을 거예요."

돌리가 말했다. 그러자 안나가 그녀의 말을 가로막고 말했다.

"하지만 그가 진지하게 그러는 거라면 난 어떻게 해야 할지 모르겠어요. 하지만 이런 일은 금세 잊혀질 거예요. 키티도 더 이상 나를 미워하지는 않을 거라고 믿어요."

"그런데 아가씨, 솔직히 나는 키티가 그 사람하고 결혼하기를 바라지 않아요. 더구나 브론스키가 하루 만에 당신한테 반한 거라면 더더욱 결혼하지 않는 편이 낫다고 생각해요."

"말도 안 돼요. 그런 어리석은 일이 어디 있겠어요!"

안나가 말했다. 그러나 돌리의 말을 듣는 순간 그녀의 얼굴에는 흡족한 기색이 역력했다.

"그렇게 해서 내가 그토록 좋아하는 키티의 원수가 되어 떠나는군요. 정말 아름다운 아가씨인데! 새언니가 이 일을 바로잡아 주세요. 부탁해요."

돌리는 간신히 웃음을 참고 있었다. 그녀는 안나를 좋아하기는 했지만, 그녀에게도 약점이 있다고 생각하니 왠지 모르게 기분이 좋았다.

"원수라뇨? 말도 안 돼요."

"내가 두 사람을 좋아하는 것만큼 두 사람도 나를 좋아해주기를 바라요. 그리고 지금은 두 사람을 전보다 더 좋아해요. 아, 내가 왜 이렇게 바보처럼 굴지?"

안나는 눈물이 글썽해서 말했다.

그녀는 손수건으로 눈물을 훔치고 옷을 갈아입었다.

오블론스키는 출발 시각이 다 되어 기분이 좋은 듯 벌게진 얼굴로 술과 담배 냄새를 풍기면서 도착했다.

안나의 마음이 돌리에게도 전해졌다. 그래서 돌리는 작별 인사로 시누이를 포옹하면서 이렇게 속삭였다.

"잊지 말아요, 아가씨. 아가씨가 나를 위해 애써 준 거 절대 잊지 않을 거예요. 그리고 이것도 꼭 기억해요. 나는 가장 좋은 친구로서 아가씨를 사랑하고, 앞으로도 영원히 그럴 거예요."

"내가 뭐 그렇게 큰일을 했다고……."

안나는 눈물을 감추며 돌리에게 입맞추고 말했다.

"아가씨는 내 마음을 이해해주었고 지금도 이해하고 있어요. 그럼 잘 가요, 사랑하는 아가씨!"

27

'아아, 이젠 다 끝났어, 다행이야!'

세 번째 종(당시에는 세 번의 종소리로 기차의 출발을 알렸다.—옮긴이)이 울릴 때까지 객차 통로에 길을 막고 서 있던 오빠와 드디어 작별 인사를 했을 때 안나의 머릿속에 맨 먼저 떠오른 생각은 이것이었다. 그녀는 하녀 안누시카 옆자리에 앉아 어두운 침대칸을 둘러보며 생각했다.

'내일 세료자와 알렉세이 알렉산드로비치를 만나면 이전의 익숙한 생활이 되풀이되겠지.'

그날 온종일 우울한 기분에 빠져 있던 안나는 편안하고 기쁜 마음으로 기차에 올라탔다. 안나는 다른 부인 둘과 몇 마디 주고받았지만 재미가 없어서 안누시카에게 등을 가져오라고 했다. 그녀는 등불을 좌석 팔걸이에 걸고 손가방에서 종이칼(당시 출간되는 책은 세로 모서리가 붙어 있어서 종이칼이 필요했다.—옮긴이)과 영국 소설책을 꺼냈다. 처음에는 소음과 사람들 발소리 때문에 글자가 눈에 들어오지 않았다. 그리고 기차 움직이는 소리가 거슬렸다. 그다음에는 왼쪽 창에 부딪치며 쌓이는 눈, 두꺼운 외투 위로 눈을 잔뜩 뒤집어쓰고 지나가는 차장, 밖에 눈보라가 엄청나게 몰아친다고 떠들어대는 사람들의 이야깃소리에 주위가 어수선했다. 그 후로도 계속 똑같았다. 기차가 움직이면서 내는 소음, 창을 때리는 눈, 지나가는 똑같은 얼굴, 똑같은 목소리. 그 속에서 안나는 책을 읽었지만 재미있지는 않았다. 왜냐하면 다른 사람의 삶에는 흥미가 없었기 때문이다. 그녀는 자기 삶을 살고 싶은 마음이 간절했다.

그녀는 책을 내려놓고 의자 등받이에 몸을 기대고 모스크바에서 있었던 일들을 하나하나 떠올려보았다. 모든 것이 즐거웠다. 무도회에서 브론스키의 모습과 사랑에 빠진 듯한 그의 순종적인 얼굴이며 그와의 일들을 모두 떠올려보았다. 부끄러워할 일은 없었다. 그러나 바로 그때 부끄러운 감정이 더 강하게 솟구쳤다. 브론스키를 떠올렸을 때 내면에서 '따뜻해. 너무 따뜻해. 뜨거워.'라는 목소리가 들리는 것 같았다.

그녀는 앉은 자세를 바로잡고 마음속으로 결연하게 말했다.

'하지만 그게 뭐 어쨌다고! 이건 대체 무슨 의미지? 나는 현실을 직시하기가 두려운 건가? 왜? 저 풋내기 장교와 보통 사이 이상의 어떤 특별한 관계라도 맺을 수 있단 말인가?'

그녀는 실소를 머금고 다시 책을 집어 들었다. 하지만 한 글자도 눈에 들어오지 않았다. 그녀는 종이칼로 창유리를 문지르고 그 차고 매끄러운 표면에 뺨을 갖다 댔다. 그러고는 갑자기 기쁨에 찬 웃음을 터뜨릴 뻔했다.

그녀는 자신의 신경이 나사에 감긴 악기의 현처럼 점점 더 팽팽해지는 것을 느꼈다. 눈동자는 점점 더 커지고, 손가락과 발가락이 신경질적으로 움직이며, 가슴속에서는 뭔가가 숨을 조이고, 흔들리는 어둠 속에서 모든 형상과 소리에 놀라는 것이었다. 그녀는 기차가 앞으로 달리는지 후진하는지 아니면 그냥 서 있는지 분간하지 못했다. 곁에 있는 것이 안누시카일까, 아니면 모르는 사람일까? 저 팔걸이에 걸쳐진 건 털옷인가, 아니면 짐승인가? 그리고 지금 여기 있는 것이 내가 맞는가? 정말 나인가? 다른 사람이 아닌가? 그녀는 망각에 빠지기가 두려웠다. 하지만 뭔가가 그녀를 그쪽으로 끌어당 겼고, 자기가 마음대로 거기에 빠져들 수도 있고 거부할 수도 있었 다. 그녀는 정신을 차리려고 일어나서 목도리를 풀었다. 곧 정신을 차린 그녀는 단추가 떨어진 긴 외투를 입고 들어온 비쩍 마른 사내 가 화부라는 것을 알아챘다. 그는 온도계를 보러 왔으며, 그가 나간 뒤 문으로 눈바람이 들이닥쳤다. 그러나 곧 모든 것이 다시 어지러 웠다. 허리가 길쭉한 사내가 뭔가를 파내려고 벽을 긁어댔고, 노부 인이 객차 폭만큼 다리를 쭉 뻗었고 객차 안은 온통 먹구름으로 뒤 덮였다. 그리고 섬뜩하게 삐걱거리며 찢어버릴 것처럼 마구 두들기 는 소리가 들렸다. 마침내 빨간 불빛이 눈에 가물거렸고 눈앞이 벽 으로 가로막혔다. 안나는 자신이 쓰러진 것 같았는데 무섭다기보다 되레 기분이 좋았다. 두꺼운 외투 위로 하얀 눈을 뒤집어쓴 사람이 들어와 외치는 소리에 그녀는 정신을 차리고 일어났다.

소리를 지른 사람은 차장이었고, 기차는 역에 정차했다. 그녀는 안누시카에게 목도리와 머리에 쓰는 숄을 달라고 해서 걸치고는 문 으로 걸어갔다.

"밖에 나가시려고요?"

안누시카가 물었다.

"그래, 바깥 공기를 좀 쐬야겠어. 여긴 너무 답답해."

그녀는 문을 열었다. 세찬 눈보라가 들이닥쳐 겨우 문을 열었는데, 그녀는 이것조차 재미있었다. 문을 열고 나가자 바람은 마치 기다렸다는 듯 즐겁게 휘파람을 불며 그녀를 낚아채려 달려들었다. 하지만 그녀는 한 손으로 차가운 기둥을 붙잡고 옷자락을 여미며 플랫폼으로 내려가 기차 뒤편으로 갔다. 승강구는 바람이 거세게 휘몰아쳤지만 기차 뒤쪽 플랫폼은 잠잠했다. 그녀는 즐거운 듯 눈 내리는 영하의 공기를 가슴 가득 들이마시고 열차 옆에 서서 플랫폼과 불빛이 환한 역을 둘러보았다.

28

지독한 눈보라가 열차 바퀴 사이와 기둥 주위를 휘몰아치며 역 구석구석에서 울부짖었다. 객차와 기둥, 사람 등 보이는 것은 모두 한쪽이 점점 더 쌓이는 눈으로 덮여 있었다. 바람은 잠깐 잦아들었다가도 금세 다시 돌풍이 불어닥쳐 도저히 마주할 수 없었다. 그러는 중에도 사람들은 무리 지어 뛰어다니고 유쾌하게 이야기를 나누고, 플랫폼의 널마루를 밟아 끽끽거리는 소리를 내면서 큰 문을 쉴 새 없이 여닫았다. 몸을 굽힌 사람의 그림자가 그녀의 발밑으로 미끄러지듯 지나가자, 망치로 쇠 두드리는 소리가 들렸다.

"전보를 줘!"

눈보라 치는 어둠 속에서 거친 목소리가 울려 퍼졌다.

"이리 오십시오! 28호입니다!"

다른 목소리가 외쳤고, 두꺼운 외투 위로 하얀 눈을 뒤집어쓴 사람들이 지나갔다. 두 신사가 담배를 입에 물고 그녀 옆을 지나갔다. 안나는 공기를 한껏 들이마시려고 다시 한번 크게 숨을 쉬었다. 그리고 기둥을 붙잡고 열차 안으로 들어가려고 머프에서 한 손을 뺐다. 그때 군인 외투를 입은 남자가 그녀 옆에 나타나 흔들리는 불빛을 가로막았다. 그녀는 돌아보는 순간 곧바로 브론스키의 얼굴을 알아보았다. 그는 모자 차양에 손을 올리더니 허리를 굽히고 필요한 것은 없는지, 또 자기가 도울 일이 없는지 물었다. 그녀는 한참을 침묵하며 그의 얼굴을 뚫어지게 쳐다보았다. 그리고 어두운 곳에 서 있는 그의 얼굴과 눈에 나타난 표정을 보았다. 아니, 본 것처럼 느껴졌다. 그것은 어제와 같이 정중한 찬미의 표정이었다. 그녀는 브론스키가 자기와 아무 상관 없는 보통의 청년에 지나지 않는다고 마음속으로 수도 없이 되뇌었다. 그러나 그와 마주친 이 순간 기쁘고 만족스러운 기분에 빠졌다. 그가 여기 있는 이유는 물어볼 것도 없이 자기가 있는 곳에 있고 싶기 때문임을 그녀는 잘 알고 있었던 것이다.

"당신도 타고 계신 줄 전혀 몰랐어요. 어째서 돌아가시는 거죠?"

그녀는 기둥을 잡으려던 손을 내리면서 물었다. 참을 수 없는 기뺨과 생기로 그녀의 얼굴이 환하게 빛났다.

"어째서 돌아가냐고요?"

그는 안나의 눈을 똑바로 응시하면서 되물었다.

"당신도 아실 텐데요. 당신이 있는 곳에 있고 싶어서입니다. 그러지 않고서는 견딜 수 없을 것 같아서요."

그때 바람은 장애물을 날려버리듯 열차 지붕에 쌓인 눈을 흩뿌리며 몰아쳤고, 찢겨 나간 철조각이 날려갔으며, 앞에서는 열차의 묵직한 기적 소리가 음산하게 울려 퍼졌다. 지금 그녀의 눈에는 무시무시한 눈보라가 더 아름답게 보였다. 그녀의 이성은 두려워했지만 영혼은 그토록 바라던 말을 그가 입 밖에 꺼낸 것이었다. 그는 침묵하는 그녀의 얼굴에서 마음의 갈등을 읽었다.

"기분 나빴다면 용서하세요."

그는 정중하고 부드럽게 말했지만 단호하고 완강한 말투에 그녀는 한동안 아무 말도 할 수 없었다.

"그런 말은 옳지 못해요. 부탁할게요. 당신이 좋은 분이라면 지금 당신이 한 말을 잊어버리세요. 나도 잊을 테니까요."

마침내 그녀가 말했다.

"나는 당신의 말 한 마디, 당신의 몸짓 하나까지 영원히 잊지 않을 겁니다. 잊을 수가 없으니까요."

"그만하세요. 제발 그만두세요!"

남자가 욕망으로 가득한 눈길로 바라보는 자기 얼굴에 엄한 표정을 지으려고 괜히 애쓰면서 그녀가 소리쳤다. 그러고는 차디찬 기둥을 잡고 재빨리 계단을 올라갔다. 그러나 그녀는 작은 객실 앞에 멈춰 서서 방금 전에 일어난 일을 하나하나 되새겨보았다.

그녀는 밤새 한숨도 자지 못했다. 그러나 긴장감으로 가득한 몽상 속에서도 전혀 기분 나쁘거나 우울하지 않았다. 오히려 기분이 좋고 굉장히 들떴다. 그녀는 아침 무렵에야 앉은 채로 졸기 시작했다.

눈을 떴을 때는 이미 날이 훤히 밝은 후였고 기차는 곧 페테르부르크에 도착할 터였다. 그러자 곧 집안일, 남편, 아이, 해야 할 일들이 머릿속에 떠올랐다.

기차가 멈추고 페테르부르크 역 플랫폼에 내리자마자 그녀가 본 것은 남편의 얼굴이었다.

'세상에! 저이의 귀가 왜 저런 거야?'

그녀는 남편의 냉정하고 당당한 모습을 보고, 특히 새삼 귀 연골(둥근 모자의 챙을 떠받치고 있었다)을 보고 놀랐다. 그는 아내를 발견하자 예의 그 조소 어린 미소로 입술을 일그러뜨리고 똑바로 쳐다보며 다가왔다. 남편의 그 고집스럽고 피로한 눈빛을 보는 순간 불쾌한 기분이 그녀의 마음을 짓눌렀다. 그녀는 남편을 보고 그런 기분을 느끼는 자신에게 놀랐다. 그녀는 남편에 대한 위선적인 감정에 익숙해 있었지만, 전에는 미처 느끼지 못하다가 새삼 명확하게 깨닫고는 가슴이 아팠다.

"어때? 결혼한 지 2년 된 것처럼 다정한 남편이지 않소? 어서 빨리 당신을 보고 싶은 마음밖에 없었다니까."

그는 특유의 느리고 가느다란 목소리로, 그리고 늘 그녀에게 쓰는, 실제로 그렇게 말하는 사람이 있다면 정말 웃기지 않냐는 듯 조롱하는 투로 말했다.

"세료자는 잘 있어요?"

그녀가 물었다.

"내 열정에 대한 대가가 그것뿐인가? 그럼, 잘 있고말고."

그가 말했다.

29

그날 밤 브론스키는 뜬눈으로 밤을 지새웠다. 그는 자리에 앉아 앞을 응시하면서 한 번씩 객차를 드나드는 사람들을 쳐다보곤 했다. 전에는 흔들림 없는 침착한 표정으로 사람들을 놀라게 하거나 거북하게 만들었는데, 지금은 훨씬 거만하고 의기양양했다. 그는 마치 물건을 보듯 사람들을 쳐다보았다. 그의 맞은편에 앉은, 지방 법원에 근무하는 예민한 청년은 브론스키의 그러한 태도가 못마땅했다. 청년은 자기가 무생물이 아닌 사람이라는 사실을 확인시키기 위하여, 그에게 담뱃불을 빌리기도 하고 말도 걸며 심지어 슬쩍 밀어보기도 했다. 하지만 브론스키는 여전히 불빛을 보듯 그를 바라보았다. 그러자 사람 취급을 받지 못해 스트레스를 받은 청년은 자

첫 화라도 낼 듯이 인상을 찌푸렸다.

어떤 것도, 어떤 사람도 브론스키의 눈에 들어오지 않았다. 그는 마치 왕이 된 듯한 기분이었다. 안나에게 자신이 깊은 인상을 심어주었기 때문이 아니라(아직은 그렇게 생각하지 않았다), 그녀한테 깊은 인상을 받아 행복한 기분과 자부심을 느꼈기 때문이다.

이 일로 앞으로 어떤 일이 벌어질지 그는 알 수도 없었을뿐더러 생각해보려고도 하지 않았다. 다만 여태까지 제멋대로 흩어져 발산되던 기운이 하나로 뭉쳐져 단 하나의 황홀한 목표를 향해 어마어마한 힘으로 내달리고 있음을 느꼈다. 그래서 브론스키는 행복했다. 그가 아는 것은 그녀에게 진심을 말했고, 그녀에게로 갔고, 그녀를 보고 그녀의 목소리를 듣는 것으로부터 삶의 모든 행복과 의미를 찾게 되었다는 것뿐이었다. 그는 소다수를 마시려고 볼로고프 역에서 잠시 내렸을 때 뜻밖에 안나를 만나고는 무심결에 마음속에 품었던 생각을 그녀에게 말한 것이었다. 그 말을 함으로써 이제 그녀가 자기의 진심을 알게 되었다는 사실에 그는 기뻤다. 그는 밤새 잠을 이루지 못했다. 그는 객실로 돌아와 안나를 만난 일이며, 그녀와 나눈 대화를 하나하나 되새겼고, 가능한 미래를 상상하자 심장이 멎는 것 같았다.

페테르부르크에 도착했을 때, 그는 간밤에 한숨도 못 잤지만 마치 냉수욕을 한 것처럼 생기 있고 기운이 넘치는 듯했다. 그는 객차 앞에서 안나를 기다렸다.

'한 번 더 보고 싶어.'

그는 자기도 모르게 미소 지으며 마음속으로 중얼거렸다. 그러나 그는 안나를 발견하기도 전에 역장의 안내를 받으며 사람들 사이로 걸어오고 있는 그녀의 남편을 보았다.

'그래, 남편이 있었지!'

브론스키는 비로소 그녀에게 남편이 있다는 것을 깨달았다. 그녀가 결혼했다는 것을 이미 알고 있었지만 그의 머리와 어깨, 검은 바지를 입은 다리를 보고서야 그의 존재를 받아들였던 것이다. 이 남자가 내 것이라는 듯 자연스럽게 그녀의 손을 잡는 것을 보았을 때 특히 그것을 인정하지 않을 수 없었다.

페테르부르크 사람답게 생기 있는 카레닌의 얼굴이며 기세등등한 몸집, 둥근 모자와 조금 구부정한 등을 보는 순간 브론스키는 기분이 나빴다. 그것은 마치 목마른 사람이 겨우 샘가에 다다랐는데 개나 양, 돼지가 샘물을 흐려놓은 것과 같은 기분이었다. 브론스키는 특히 골반과 두 다리를 천천히 흔들며 걷는 카레닌의 걸음걸이가 역겹게 느껴졌다. 그는 그녀를 사랑할 권리가 오직 자신에게만 있다고 생각했다. 하지만 그녀는 변함없었다. 그녀의 얼굴은 여전히 생기가 넘쳐 브론스키는 들뜨고 행복한 기분에 휩싸였다. 그는 부부가 만나는 광경을 보고, 남편과 대화를 나눌 때 그녀가 부자연스럽다는 것을 사랑에 빠진 남자의 날카로운 시선으로 알아챘다. 그래서 그는 생각했다. '그녀는 남편을 사랑하지 않아. 사랑할 수도

없어.'

브론스키는 안나가 자신이 다가가는 것을 느끼고 뒤돌아보았다가 자기를 발견하고는 금세 남편 쪽으로 몸을 돌리는 것을 보고 기뻤다.

"밤새 편히 주무셨습니까?"

브론스키는 이렇게 말하며 부부에게 고개 숙여 인사했다..카레닌이 자신에게 인사하는 것으로 받아들이고 그를 알아보든 말든 상관하지 않았다.

"고맙습니다. 잘 잤습니다."

안나가 대답했다.

그녀의 얼굴에는 미소와 생기도 없이 피곤한 기색이 역력했다. 그러나 그를 보는 순간 그녀의 눈빛이 일순간 반짝였다. 브론스키는 금세 사라진 그 빛을 느끼고 행복했다. 안나는 남편을 바라보며, 그가 브론스키를 아는지 살펴보았다. 카레닌은 대충 기억을 더듬으며 기분 나쁜 듯 그를 바라보았다. 브론스키의 침착하고 당당한 태도가 돌에 부딪친 낫처럼 카레닌의 냉랭한 자신감과 충돌했다.

"브론스키 백작이에요."

안나가 말했다.

"아! 우리 안면이 있죠?"

카레닌이 손을 내밀며 차갑게 말했다.

"갈 때는 어머니와 함께, 돌아올 때는 아들과 함께로군."

마치 적선이라도 베풀듯 그는 한 마디 한 마디를 또박또박 발음했다.

"휴가를 받은 모양이군요?"

그는 이렇게 말하고는 상대의 대답은 듣지도 않고 아내에게 농담조로 말했다.

"어때? 모스크바에서 헤어질 때 펑펑 울지 않았소?"

이 말은 부부만 있고 싶다는 신호였고, 카레닌은 돌아서서 모자에 손을 갖다 댔다. 그러나 브론스키는 안나에게 말했다.

"댁을 방문하는 영광을 누리고 싶습니다."

카레닌은 피곤하다는 듯이 브론스키를 바라보았다.

"좋습니다. 월요일은 손님을 맞이하는 날이니까요."

그는 차갑게 대꾸하고, 아내에게 말했다.

"꼭 30분 틈이 나서 다행이야. 당신을 마중 나와 자상한 모습을 보여줄 수 있었으니 말이야."

그는 여전히 농담조로 말했다.

"벌써 여러 번 자상함을 강조하는군요. 내가 너무너무 고마워하도록 말이에요."

그녀는 역시나 농담조로 말하며 뒤따라오는 브론스키의 발소리에 신경 썼다. 그녀는 '나한테 무슨 볼일이 있는 거지?'라고 생각하며, 남편에게 자기가 없는 동안 세료자가 어떻게 지냈는지 물었다.

"아주 잘 지냈소! 마리에트 말로는 굉장히 얌전하게 굴었다더군.

이런 말 하면 당신이 서운해할지 모르지만 당신을 보고 싶어 하지 않았소. 당신 남편만큼 말이야. 어쨌든 다시 한번 말하지만, 일찍 와 줘서 정말 고마워. 우리 '사모바르'가 굉장히 좋아할 거요(사모바르는 유명한 리디야 이바노브나 백작 부인을 일컫는데, 항상 무슨 일에든 흥분하기 때문에 붙여진 별명이다). 그녀가 당신에 대해 계속 묻더군. 오늘 바로 그녀를 찾아가 보는 게 좋겠소. 아무튼 그녀는 온갖 일에 마음 쓰고 있으니 말이야. 지금은 자기 걱정 말고도 오블론스키 부부가 화해하는 문제에 골몰해 있거든."

리디야 이바노브나 백작 부인은 카레닌의 친구이며 페테르부르크 사교계의 핵심 인물로서 안나와 가장 가깝게 지내는 사람이었다.

"그분한테 벌써 편지 보냈어요."

"하지만 그녀는 세세히 알고 싶어 하거든. 괜찮다면 잠깐 들르지. 그리고 당신을 위해 콘드라티가 마차를 준비했을 거요. 난 위원회에 참석해야 해요. 오늘부터는 혼자 식사하지 않아도 되겠군. 당신은 안 믿겠지만 내가 얼마나 당신에게 익숙해졌는지 몰라……."

카레닌은 더 이상 농담조로 말하지 않았다.

그리고 한동안 안나의 손을 꼭 잡고 특유의 미소를 지으며 그녀를 마차에 태웠다.

30

집에서 가장 먼저 안나를 맞이한 것은 아들이었다. 가정교사가 소리치는데도 아랑곳하지 않고 환호성을 지르며 계단을 뛰어 내려와서 "엄마, 엄마!"라며 그녀의 목에 매달렸다.

"내가 그랬잖아요. 엄마가 왔다고. 난 다 알고 있었다고요."

아들이 가정교사에게 소리쳤다.

그러나 아들을 만났을 때도 안나는 남편에게 그랬던 것처럼 환멸에 가까운 감정을 느꼈다. 그녀는 아들을 실제보다 훨씬 좋게 상상하고 있었던 것이다. 그래서 아들을 있는 그대로 사랑하려면 현실 세계로 내려와야 했다. 물론 아들은 실제로 귀여웠다. 금발의 고수머리와 파란 눈, 꼭 끼는 양말을 신은 통통하고 매끈한 다리까지 모두 다 예뻤다. 안나는 아들이 자신에게 안기며 어루만지자 육체적인 기쁨을 느꼈고, 아이가 천진난만하고 솔직하며 사랑스러운 눈빛으로 순진하게 물어보았을 때는 정신적인 평온함마저 느꼈다.

관청에 있었던 카레닌은 4시에 집으로 돌아왔다. 그러나 늘 그렇듯 곧바로 아내의 방으로 갈 수는 없었다. 그는 우선 서재로 들어가 기다리고 있던 민원인들을 만나거나 집사가 가져온 서류에 서명해야 했다. 만찬에 모인 사람들은(카레닌 집에서는 항상 서너 명이 함께 만찬을 드는 것이 관례였다) 카레닌의 사촌 누이와 국장 내외,

취직을 소개받으러 온 청년이었다. 안나는 그들을 맞이하러 응접실로 나왔다.

5시 정각, 표트르 1세가 주조된 청동 시계의 종이 다섯 번 울리기도 전에 카레닌이 들어왔다. 하얀 넥타이에 훈장 2개를 단 연미복 차림으로 나타난 그는 식사 후 바로 나가야 한다고 말했다. 카레닌의 일과는 1분 단위로 짜여져 있었다. 그는 매일 해야 할 업무를 빠짐없이 처리하기 위해 매우 엄격한 규칙을 따르고 있었다. '천천히 그러나 쉬지 않고'가 그의 신조였다. 그는 홀에 들어서서 모두에게 인사한 다음 아내를 보고 미소 지으며 자리에 앉았다.

"아, 마침내 독신 생활이 끝났군. 당신은 믿지 않을지 모르지만, 혼자 식사하기가 여간 괴로운 게 아니었거든."

그는 식사하면서 아내에게 모스크바에 관해 묻기도 하고, 입가에 조소를 머금고 오블론스키에 대해 물어보기도 했다. 그러나 대화는 평소처럼 주로 페테르부르크 관청 업무나 사회적인 사건에 관한 것이었다. 식사 후 그는 30분가량 손님들과 담소를 나눈 다음, 다시 웃으면서 아내의 손을 잡고 방을 나와서 회의에 참석하러 떠났다. 그날 밤 안나는 자기가 돌아올 것을 알고 저녁 파티에 초대한 벳시 트베르스카야 공작 부인을 방문하지도 않았고, 자리를 미리 예약해 둔 극장에도 가지 않았다. 그녀가 외출하지 않은 이유는 입고 나가기로 했던 옷이 준비되지 않았기 때문이다.

안나는 손님들이 돌아간 후 옷을 입으려고 하다가 화가 치밀었다. 고급 옷이 아니라도 맵시 있게 입을 줄 아는 그녀는 모스크바로 떠나기 전에 옷 세 벌을 재봉사에게 수선을 맡겼다. 그 옷들은 지시한 대로 수선되어 사흘 전에 배달되었어야 했는데, 두 벌은 아예 수선조차 하지 않았고 한 벌은 엉뚱하게 수선되어 있었다. 게다가 재봉사가 수선한 것이 훨씬 좋아 보인다고 둘러대는 통에 나중에 떠올리기도 창피할 만큼 화를 벌컥 냈던 것이다.

그녀는 마음을 가라앉히려고 아들과 함께 보내고, 직접 잠을 재웠다. 그녀는 저녁 시간을 집에서 보낸 것이 만족스러웠다. 마음이 가라앉고 홀가분해지자 모든 것이 분명해졌다. 기차에서 의미 있게 생각했던 일들이 사교계에서 흔한 별 의미 없는 사건에 불과하며, 자신과 다른 사람에 대해 조금도 부끄러울 것이 없다는 사실을 분명히 깨달았다. 안나는 난롯가에 앉아 영국 소설을 읽으면서 남편을 기다렸다.

정확히 9시 30분에 벨이 울리더니 남편이 들어섰다.

"오셨어요!"

그녀가 손을 내밀면서 말했다. 그는 안나의 손에 입을 맞추고 그녀 옆에 앉았다.

"당신 여행이 굉장히 좋았던 모양이야."

"네, 아주 좋았어요."

그녀는 대답하고 남편에게 처음부터 끝까지 이야기해주었다. 브론스카야 백작 부인과 동행한 일, 모스크바 역 철로에서 일어난 사건, 그리고 오빠와 돌리에게 느꼈던 연민까지 얘기했다.

"그런 사람을 용서하다니 정말 이해할 수 없어. 비록 당신 오빠이 긴 하지만."

카레닌이 진지하게 말했다.

안나는 싱긋 웃었다. 그가 이렇게 말한 이유는 아무리 친척이라 할지라도 자신의 의견을 솔직하게 표현하겠다는 뜻을 보여주기 위해서일 뿐이라는 것을 그녀는 알고 있었다. 그녀는 남편의 이런 성격을 잘 알고 있었고, 좋아했다.

카레닌은 크림과 빵을 곁들여 차를 두 잔 마시고 일어나 서재로 갔다. 안나는 남편을 따라 서재 문 앞까지 가서 저녁 인사를 했다. 그러자 카레닌은 그녀의 손을 쥐고 또다시 거기에 입을 맞췄다.

'역시 좋은 사람이야. 선하고 강직하며 자기 분야에서 능력이 뛰어난 사람이지.'

자기 방으로 돌아오면서 안나는 마치 그를 비난하며 사랑해서는 안 된다고 주장하는 사람에게 그를 변호하듯이 마음속으로 중얼거렸다.

'하지만 저이 귀는 왜 저렇게 툭 튀어나왔지? 머리를 너무 바싹 깎아서 그런가?'

12시 정각, 안나가 돌리에게 보낼 편지를 다 쓰고, 아직 탁자 앞에 앉아 있을 때 슬리퍼를 규칙적으로 끄는 소리가 들리더니 세수를 하고 머리를 단정하게 빗은 카레닌이 겨드랑이에 책을 끼고 들어왔다.

"이제 잘 시간이야."

그는 의미 있는 미소를 지으며 말하고 침실로 갔다.

'대체 무슨 권리로 그 사람이 저이를 그런 눈으로 바라보았을까?'

안나는 카레닌을 바라보던 브론스키의 눈빛을 떠올리며 생각
했다.

그녀는 옷을 갈아입고 침실로 갔다. 그러나 그녀의 얼굴에는 모
스크바에 있는 동안 그 눈과 미소에서 넘쳐흐르던 생기가 사라졌을
뿐만 아니라, 이제는 오히려 불꽃이 사그라졌거나 아니면 먼 곳으
로 숨은 것 같았다.

31

브론스키는 페테르부르크를 떠나면서 모르스카야 거리에 있는
자신의 집을 친구이자 동료 페트리츠키에게 맡겼다.

젊은 중위인 페트리츠키는 높은 신분도 아니고 부유하지도 않을
뿐더러 여기저기 빚이 많았다. 밤이면 늘 술에 잔뜩 취해 돌아왔고,
게다가 온갖 해괴하고 저속한 사건으로 곧잘 철창신세를 졌지만,
그러면서도 동료와 상관들이 좋아하는 사내였다.

브론스키는 낮 12시가 다 되어서 마차로 집에 도착했을 때 현관
에 낯익은 마차가 서 있는 것을 보았다. 벨을 울리자 집 안에서 왁

자지껄한 웃음소리와 여자의 재잘대는 소리, 그리고 "악당인 것 같으면 들이지 말고 그대로 내쫓아!"라고 고함지르는 페트리츠키의 목소리가 들렸다. 브론스키는 하인들에게 자기가 온 것을 알리지 말라고 이르고 조용히 서재로 들어갔다. 페트리츠키의 여자 친구 실리톤 남작 부인이 라일락 빛깔의 새틴 드레스를 입고 둥근 탁자 앞에서 커피를 끓이고 있었다. 그녀 양쪽에 외투 차림의 페트리츠키와, 이제 막 근무처에서 돌아온 듯 제복을 입고 있는 카메로프스키가 앉아 있었다.

"브라보! 브론스키!"

페트리츠키가 의자가 덜커덕거릴 정도로 벌떡 일어나면서 소리쳤다.

"주인님이 돌아오셨네! 남작 부인, 이 사람한테 새로 끓인 커피를 대접해요. 자네가 돌아오다니 정말 뜻밖이야! 그런데 자네 서재의 이 새 장식이 마음에 들기를 바라네."

그는 남작 부인을 가리키면서 말했다.

"두 사람 잘 아는 사이지?"

"물론! 잘 알다마다. 두말하면 잔소리지."

브론스키가 유쾌하게 웃더니 남작 부인의 작은 손을 잡으면서 말했다.

"이제 막 여행에서 돌아오시는 길인가 봐요. 그럼 전 이만 갈게요. 방해될 것 같으면 지금 당장이라도 가겠어요."

남작 부인이 말했다.

"그러실 필요 없습니다, 부인. 어디든 당신이 있는 곳이 당신 집이니까요."

브론스키가 말했다.

"오랜만이군, 카메로프스키. 잘 있었나?"

그는 카메로프스키와 냉랭하게 악수했다.

"당신은 이렇게 재치 있는 말은 못하죠?"

남작 부인이 페트리츠키를 보며 말했다.

"아니, 왜? 식사 후에 더 근사한 말을 해주지."

"아뇨, 식사 후에는 소용없어요! 내가 커피를 끓이는 동안 가서 세수하고 옷이나 갈아입어요."

남작 부인은 다시 의자에 앉아 커피포트의 나사를 조심스럽게 돌리면서 말했다.

"피에르, 커피 좀 줘요."

그녀는 페트리츠키와의 관계를 감출 생각이 없는 듯 그를 피에르라고 불렀다.

커피는 제대로 끓여지지 않았다. 다 넘치고 엎질러져서 이 자리에 꼭 필요한 효과를 나타냈다. 값비싼 카펫과 남작 부인의 옷을 더럽혀 한바탕 웃음을 터뜨리며 야단법석이 났던 것이다.

"이제 가야겠어요. 아니면 당신은 그 얼굴을 계속 씻지 않을 테고, 고상한 사람이 저지를 수 있는 가장 무거운 죄인 불결이라는 죄를 범하게 되니까요. 그럼 오늘 밤, 프랑스 극장에서 봐요!"

이렇게 말하고 그녀는 옷을 끌면서 나갔다.

카메로프스키도 자리에서 일어났다. 브론스키는 그가 나가기도 전에 악수하고 곧장 화장실로 갔다. 그가 세수하는 동안 페트리츠키는 간단하게 자기 형편이 달라진 이야기를 했다. 자기 수중에는 한 푼도 없고, 아버지는 돈 한 푼 주지 않을뿐더러 빚도 갚아주지 않겠다고 말했다는 것이다. 더구나 한 양복장이는 그를 감옥에 처넣겠다고 벼르고 있으며, 다른 양복장이는 무슨 일이 있어도 감옥에 처넣겠다고 협박했다.

연대장은 이런 추문을 해결하지 않으면 부대에서 내보낼 수밖에 없다고 선언했다. 그는 남작 부인이 툭하면 돈을 주려고 해서 넌더리가 난다고 하면서, 믿기지 않을 만큼 아름답고 마음에 드는 여자가 있고, 곧 보여줄 텐데 동양적인 분위기의 정숙한 여자다, 어제 베리코쇼프와 싸웠는데 그가 결투 입회인을 보내려고 했지만 어쨌든 다 잘 수습되었다, 이렇게 페트리츠키는 상대가 물어볼 틈도 주지 않고 온갖 재미있는 소식들을 주저리주저리 늘어놓았다.

브론스키는 온갖 소식을 다 듣고 나서 하인의 시중을 받아 군복으로 갈아입고 부대에 신고하러 마차를 타고 나갔다. 가는 길에 형과 벳시에게도 들르고 몇 군데 더 방문해 안나를 만나기 위한 사교계 출입을 계획했다. 그는 페테르부르크에서 생활할 때의 습관대로 밤늦게까지 돌아오지 않을 생각이었다.

제2부

1

겨울도 거의 끝나갈 무렵, 셰르바츠키 집에 의사가 방문했다. 키티의 건강 상태를 진단하고, 쇠약해진 그녀의 체력을 회복할 방법을 찾기 위해서였다. 그녀는 병들었고, 봄이 다가올 무렵 건강이 더욱 악화되었다. 주치의는 우선 간유를 먹이고, 다음에 철분제, 질산은제를 처방했지만 모두 효과가 없자 봄이 되면 외국으로 요양을 갈 것을 권했다. 그 일로 유명한 의사를 부른 것이었다.

"선생님, 솔직하게 말씀해주세요."

공작 부인이 말했다.

그녀는 '가망이 있나요?'라고 말하고 싶었지만 입술이 떨려서 차마 말을 꺼내지 못했다.

"어때요, 선생님?"

의사는 주치의와 상의한 다음 공작 부인에게 마치 아주 총명한 부인에게 말하듯 딸의 상태를 의학적인 용어로 설명해주고 나서, 결론적으로 아무 해가 없는 소덴 수(水, 소덴은 온천수로 유명한 독일의 도시 이름이다.—옮긴이)를 마셔야 한다며 말을 맺었다. 외국에 나가서 요양하는 건 어떻겠냐는 질문에, 박사는 어려운 문제라도 되는 듯 깊이 생각하더니 외국으로 요양을 가는 건 좋지만 돌팔이 의사의 말은 듣지 말고 모든 것을 자기와 상의하라고 부탁했다.

의사가 떠나자 뭔가 즐거운 일이라도 생긴 듯 어머니는 유쾌하게 웃으며 딸한테 왔고, 키티도 기분이 좋은 척했다. 그녀는 요즘 억지로 괜찮은 척해야만 했다.

"정말이에요. 저는 괜찮아요. 그렇지만 엄마가 원하시면 언제든지 갈게요."

그녀는 곧 여행을 떠나게 되어 즐거운 척하며 여행 준비에 대해 이것저것 얘기하기 시작했다.

의사가 가고 나서 돌리가 왔다. 의사가 진단하러 온다는 것을 알고 있었던 그녀는 산욕기가 지난 지 얼마 되지도 않았고(그녀는 늦겨울에 딸을 낳았다) 자신에게도 슬픔과 걱정이 태산 같은데도 젖먹이와 아픈 딸을 두고 일부러 찾아왔다.

"그래, 어떻게 됐어요? 모두 기분이 좋은 걸 보니 좋은 결과가 나왔군요?"

그녀는 모자도 벗지 않고 응접실로 들어오면서 말했다.

사람들은 의사가 말한 대로 이야기해보려고 했지만, 막상 그 장황한 설명을 도저히 전할 수 없었다. 그래서 그저 외국으로 요양을 떠나기로 했다는 말만 하고 말았다.

2

키티의 작은 침실은 작센 지방의 옛 도자기 인형들로 장식된 장밋빛의 깔끔한 방이었다. 두 달 전의 키티처럼 상큼한 장밋빛의, 보기만 해도 기분이 좋은 방에 들어서면서 돌리는 작년에 동생과 둘이서 이 방을 사랑하는 마음으로 가득 채웠던 때를 떠올렸다. 문 옆에 놓인 낮은 의자에 앉아 꼼짝도 하지 않고 카펫 귀퉁이만 쳐다보고 있는 키티를 보는 순간 그녀는 심장이 얼어붙는 것 같았다. 언니를 돌아보는 그녀의 얼굴은 여전히 싸늘하고 날카로운 표정이었다.

"앞으로 계속 집에만 있어야 할 것 같고, 너도 우리 집에 오기 쉽지 않을 것 같아서 너하고 얘기 좀 하려고 왔어."

돌리가 동생 옆에 앉으면서 말했다.

"무슨 얘기?"

키티는 조금 겁먹은 듯 얼굴을 들고 재빨리 물었다.

"무슨 얘기는? 네가 슬퍼하는 얘기지."

"슬픈 일 없어."

"그러지 마, 키티. 난 다 알고 있어. 내가 모를 줄 아니? 내 말을 들어. 그건 정말 아무 일도 아니야. 누구나 겪는 일이라고."

키티는 말없이 굳은 표정을 지었다.

"그 사람은 네가 이렇게 괴로워할 만큼 대단한 사람이 아니야."

돌리는 단도직입적으로 말했다.

"그래, 난 그 사람한테 버림받았으니까. 그러니 더 이상 아무 얘기도 하지 마. 아무 말도 듣고 싶지 않아!"

키티는 떨리는 목소리로 툭 내뱉었다.

"아니, 도대체 누가 너한테 그런 말을 했지? 아무도 그런 말 하지 않았어. 그는 너를 좋아했고 지금도 그렇다고 나는 믿어. 하지만⋯⋯."

"난 그런 동정이 제일 못 견디겠어!"

키티가 벌컥 화를 내며 소리쳤다. 그녀는 얼굴이 벌게져서 앉은 채로 몸을 홱 돌리고는 쥐고 있던 허리띠의 버클을 양손으로 번갈아가며 조여댔다. 돌리는 동생이 흥분하면 뭔가를 만지작거리는 버릇이 있다는 것을 알고 있었다. 그리고 키티가 감정이 격해지면 앞뒤 없이 험한 말을 입에 담는다는 것도 알고 있었다. 그래서 돌리는 흥분한 동생을 진정시키려고 했으나 이미 늦었다.

키티가 재빨리 말을 쏟아냈다.

"무슨 말을, 언니는 나한테 무슨 말을 하고 싶은 거야? 내가 나를 받아주지도 않는 사람한테 빠져서 그 사람 때문에 상사병에라도 걸렸다는 거야? 그런 거야? 동⋯⋯ 동⋯⋯ 동정하는 거지? 나는 그런 동정이나 위선 따위 필요 없어!"

"키티, 그건 오해야."

"제발 나 좀 그만 괴롭혀."

"괴롭히다니 말도 안 돼. 나는 다만 네가 괴로워하니까……."

그러나 이미 극도로 흥분한 키티의 귀에는 그녀의 말이 들어오지 않았다.

"나는 슬픈 일도 없고, 위로받을 만한 일도 없어. 난 원래 자존심이 강해서 나를 좋아하지 않는 사람을 사랑하는 그런 바보 같은 짓은 절대 안 해."

그러자 돌리는 키티의 손을 잡고 말했다.

"그럼 나도 더 이상 얘기하지 않을게. 다만 한 가지만 사실대로 말해줘. 레빈이 너에게 청혼했었니?"

레빈 이야기에 키티의 마지막 자제력이 무너지고 말았다. 그녀는 의자에서 벌떡 일어서더니 버클을 바닥에 내동댕이치고 손을 마구 휘저으며 소리쳤다.

"왜 여기서 레빈을 들먹이는 거야? 언니는 왜 자꾸 나를 괴롭혀? 아까도 말했지만 다시 한번 말할게. 난 자존심이 강해서 절대로 언니처럼 자기를 속이고 다른 여자를 마음에 둔 남자한테 돌아가는 짓 따위 안 해! 난 못해. 절대 못해! 언니는 할 수 있을지 몰라도 난 절대 못해."

단숨에 퍼붓고 나서 그녀는 언니를 보았다. 방을 나가려던 그녀는 언니가 말없이 고개를 떨구고 있는 것을 보자 문가에 털썩 주저앉아 손수건으로 얼굴을 가리고 고개를 푹 숙였다.

2분쯤 침묵이 흘렀다. 돌리는 스스로에 대해 생각했다. 늘 자신이 비굴하다고 느껴왔는데, 그것을 동생 입으로 들으니 더욱 고통스러웠다. 그녀는 동생이 이처럼 가혹하게 무안을 주리라고는 꿈에도 생각지 못했기 때문에 화가 치밀었다. 그때 뜻밖에도 옷자락 스치는 소리와 함께 간신히 억누르는 듯한 흐느낌 소리가 들리더니 키티가 그녀 앞에 무릎을 꿇고 그녀의 목을 그러안고 미안한 듯 속삭였다.

"언니, 난 너무 불행해!"

키티는 눈물 젖은 사랑스러운 얼굴을 돌리의 치마폭에 묻었다.

눈물은 두 자매가 맞물려 있는 기계를 잘 돌아가게 하는 윤활유와 같았다. 울고 난 뒤에 두 자매는 심각한 이야기는 접어두고 전혀 다른 이야기를 했지만 서로를 이해했다. 키티는 홧김에 내뱉었던 남편의 배신이니 언니의 비굴함이니 하는 말이 가여운 언니의 마음 깊은 곳에 생채기를 냈지만, 언니는 그런 자신을 용서했다는 것을 알았다. 돌리는 자기가 알고자 했던 모든 것을 알았다. 그녀는 자신의 추측이 맞았음을 확인했다. 키티의 슬픔, 치유될 수 없는 그 슬픔은 레빈의 구혼을 거절했던 것과 브론스키에게 기만당했던 일 때문이며, 이제 그녀는 레빈을 사랑하고 브론스키를 증오하게 되었다는 사실이었다. 그러나 키티는 그에 대해 한마디도 하지 않았다. 그녀는 자신의 심경만 말했을 뿐이다.

"언니, 난 슬프지는 않아. 언니가 내 마음을 이해할지 모르겠지만 모든 것이 경박하고 역겹고 비루해 보여 미치겠어. 무엇보다 내 자신부터 그래. 눈에 보이는 모든 것이 어쩜 그리도 천박하게만 느껴지는지, 언니는 상상도 못 할 거야."

마음이 진정되자 그녀가 말했다.

"네가 천박한 생각을 하다니, 말도 안 돼."

돌리가 웃으면서 말했다.

"너무너무 추하고 천박한 생각이야. 차마 말할 수 없을 정도로. 그것은 우울도, 쓸쓸함도, 지겨움도 아니야. 훨씬 더 나쁜 거야. 내가 가진 좋은 것이 모두 사라지고 가장 추악한 것 하나만 남아 있는 것 같은. 뭐라고 말해야 좋을지 모르겠어."

의아해하는 언니의 눈을 보며 키티는 계속 말했다.

"아까 아버지가 나한테 무슨 말씀을 하시려고 했어. 아버지는 내가 결혼해야 한다고 생각하시는 것 같아. 엄마는 또 나를 무도회에 데리고 다니고. 그럼 난 엄마가 하루라도 빨리 나를 시집보내고, 시름을 덜려고 그런다는 생각밖에 들지 않아. 물론 그렇게 생각하면 안 된다는 걸 나도 잘 알아. 하지만 그런 생각이 머릿속을 떠나지 않아. 이제 신랑감들을 보는 것도 지겨워. 모두 나를 점수 매기는 것 같아 견딜 수가 없어. 전에는 드레스를 입고 파티에 쫓아다니는 것이 재밌고, 또 내 모습을 보며 감탄하곤 했는데, 지금은 수치스럽고 불쾌하기만 해. 그러니 어떡해? 의사도……."

키티는 말꼬리를 흐렸다. 그녀는 심경의 변화가 생긴 이후로 형

부인 오블론스키가 몹시 못마땅하고 그를 볼 때마다 추악하고 천박한 상상을 하게 된다는 말을 하려고 했다.

"내 눈에는 모든 것이 추잡하고 천하게 보여. 그게 내 병이야. 언젠가는 낫겠지만……."

"그래도 너무 그렇게 생각하지 않는 게 좋아……."

"그럴 수가 없어. 애들과 함께 있을 때만 기분 좋아. 언니 집에 있을 때."

"네가 우리 집에 와 있으면 좋을 텐데. 정말 유감이구나."

"아니, 갈게. 난 성홍열을 앓았으니까. 엄마한테 물어볼게."

키티는 고집을 부려 언니 집으로 갔다. 그리고 성홍열을 앓고 있는 아이들을 간호해주었다. 두 자매는 여섯 아이들을 보살펴 모두 나았지만, 키티는 나아지지 않았다. 그래서 사순절이 시작될 때 셰르바츠키 가족은 외국 여행길에 올랐다.

3

페테르부르크의 상류사회는 하나의 집단이나 마찬가지여서 모두 다 아는 사이일 뿐 아니라 모두가 서로 교류하고 있었다. 그러나 이 커다란 집단 내에 또 다른 집단들이 있었다. 안나 아르카디예브나는 서로 다른 세 집단과 유대 관계를 맺고 있었다. 그중 하나는 남편과 일적으로 관련된 동료들의 모임으로 다양한 방식으로 쉽게 모임을 가지는 부류였다. 처음에 안나는 공경심을 가지고 이들을 대했으나 지금은 그런 마음이 거의 사라졌다. 그들의 버릇이나 약점, 이해관계를 속속들이 알게 된 지금은 관심은커녕 되레 피하려 했다.

안나가 가까이 하는 또 하나의 집단은 카레닌의 출세의 근간이 되는 모임으로 중심인물은 리디야 이바노브나 백작 부인이었다. 이 모임은 늙어서 아름다움은 잃었지만 신앙심이 돈독한 부인들과 총명하고 학식이 뛰어나며 명예심이 강한 남자들로 이루어져 있었다. 이 모임에 속하는 똑똑한 사람들 중 하나가 이들을 가리켜 '페테르부르크 사회의 양심'이라고 불렀다. 카레닌은 이 모임을 아주 중요하게 여겼다. 사교성이 뛰어난 안나는 처음 페테르부르크 생활을 할 때 이 모임에서 사람들을 사귀었다. 그러나 모스크바를 다녀온 이후로 이 모임이 견딜 수 없었다. 자기를 비롯해 모든 사람들이 가면을 쓰고 있는 것으로 여겨져 너무 지긋지긋하고 불쾌했던 것이다. 그래서 그녀는 리디야 이바노브나 백작 부인과의 만남을 가급적 피했다.

마지막으로 안나가 관여하는 세 번째 모임은 무도회, 만찬, 화려한 의상이 동반되는 사교계였다. 이 사교계는 매음굴의 지경까지 전락하지 않으려고 한 손으로 궁정을 단단히 붙잡고 매춘을 경멸했지만 실상은 그와 별반 다를 게 없었다. 안나는 사촌의 아내이며, 연간 12만 루블의 수입이 있는 벳시 트베르스카야 공작 부인을 통해 이 사교계에 들어가게 되었다. 공작 부인은 안나가 사교계에 입문할 무렵부터 마음에 들어 해 자기 쪽으로 끌어들이려고 했다. 그녀는 리디야 이바노브나 백작 부인의 모임을 비웃으며 말했다.

"나이 들면 나도 저렇게 놀겠죠. 하지만 당신처럼 젊고 아름다운 여자가 저런 양로원이 웬 말이에요?"

처음에 안나는 트베르스카야 공작 부인의 사교 모임을 피했다. 왜냐하면 능력 이상의 지출이 수반되는 데다 다른 모임이 더 좋았기 때문이다. 그러나 모스크바에 다녀온 뒤부터 마음이 바뀌었다. 그녀는 오래된 정신적 동료들을 멀리하고 화려한 상류층 사교계에 드나들었다. 거기서 그녀는 가끔 브론스키를 만나 심장이 쿵쾅거리는 흥분을 맛보았다. 브론스키를 특히 자주 만난 곳은 벳시의 집이었다. 벳시는 브론스키와 사촌 간이었던 것이다.

브론스키는 안나가 가는 곳이면 어디든 나타났고 틈날 때마다 사랑한다고 고백했다. 그녀는 그가 흡족해할 만한 행동은 전혀 하지 않았지만, 그를 만날 때마다 기차에서 처음 만난 그날처럼 생기가 넘쳤다. 브론스키를 보면 기쁨으로 눈이 반짝거렸고, 입술에 미소가 절로 어리는 것을 도무지 감출 수가 없었다.

처음에 안나는 대놓고 자기를 쫓아다니는 그가 불쾌했다. 그러나 모스크바에서 돌아와 브론스키를 만나리라 기대하고 간 파티에서 그가 보이지 않자 갑자기 우울했다. 그때 그녀는 그가 자신을 쫓아다니는 것이 불쾌한 일이 아니라 신명 나는 일이라는 것을 깨달았다.

4

문 쪽에서 발소리가 들렸다. 벳시 트베르스카야 공작 부인은 안나가 왔음을 알고는 브론스키를 쳐다보았다. 문 쪽을 쳐다보는 그의 얼굴에는 처음 보는 묘한 표정이 떠올랐다. 그는 기쁜 듯하면서도 조심스럽고 긴장한 표정으로 들어오는 사람을 바라보더니 천천히 자리에서 일어났다.

안나는 늘 그렇듯 다른 부인들과는 달리 몸을 곧게 펴고 고개를 들어 똑바로 쳐다보며 당당하고도 경쾌한 걸음으로 곧장 안주인 앞으로 다가가 그녀의 손을 잡고 빙긋 웃었다. 그러고는 웃음 띤 얼굴 그대로 브론스키를 보았다. 브론스키는 정중하게 인사하고 그녀에게 의자를 권했다.

안나는 가볍게 고개 숙여 답례했지만, 얼굴을 살짝 붉히며 이맛살을 찌푸렸다. 그러나 곧 주변 사람들이 내민 손을 잡으며 고개를 끄덕여 인사하고 안주인에게 말을 건넸다.

"리디야 이바노브나 백작 부인 댁에서 오는 길이에요. 좀더 일찍 오려고 했는데 그만 오래 머물고 말았네요. 마침 존 경(卿)이 오셨던데, 굉장히 재미있는 분이더군요."

"아, 그 선교사요?"

"네, 맞아요. 그분이 인도에서 살았던 얘기를 해줬는데 정말 재미있었어요."

안나의 등장으로 잠시 중단되었던 대화가 계속되었다. 꺼져가던 램프에 다시 불이 켜진 것처럼.

"존 경! 그래요, 존 경. 나도 한 번 만난 적 있어요. 얘기를 아주 잘하는 분이더군요. 블라시예바는 그분한테 푹 빠졌어요."

"참, 블라시예바의 동생이 토포프와 결혼한다는 게 정말인가요?"

"네, 그렇게 됐다더군요."

"난 그 부모를 이해할 수 없어요. 연애결혼이라고 하던데."

"연애결혼이라니? 당신은 어떻게 그런 고리타분한 말을 하시는 거죠! 요즘 누가 연애결혼 어쩌고저쩌고 그런 말을 하나요?"

공사 부인이 말했다.

"어쩔 수 없잖아요. 어리석은 구시대 관습이 여전한걸요."

브론스키가 말했다.

"그런 방식을 고집하는 사람들을 위해서도 고쳐야 해요. 나는 오로지 이성에 의한 결혼만이 행복하다고 생각하니까요."

"틀린 말은 아닙니다. 하지만 이성에 따른 결혼의 행복은 곧잘 먼지처럼 날아가 버리죠. 미처 예상하지 못했던 정열적인 사랑이 나타나면서 말이에요."

브론스키가 말했다.

"하지만 내가 말하는 이성에 따른 결혼이란 둘 다 열렬한 사랑을 해본 다음에 결혼하는 거예요. 누구나 앓고 지나가는 홍역 같은 거니까요."

"그렇다면 사랑도 천연두처럼 백신을 접종해야겠군요."

"난 젊었을 때 교회 부사제와 사랑에 빠진 적이 있어요. 그런데 그것이 내 인생에 도움이 됐는지는 잘 모르겠어요."

먀흐카야 공작 부인이 말했다.

"아니, 내 말은 진정한 사랑을 하려면 일단 실수도 해보면서 잘못된 것을 고쳐나가야 한다는 거예요."

"결혼도 거기에 해당하나요?"

공사 부인이 장난스럽게 말했다.

"뉘우침에 너무 늦은 때란 없지요."

외교관이 영국 속담을 인용했다.

"맞아요. 한 번 실수를 저지른 다음 고치는 거예요. 당신은 어떻게 생각하세요?"

벳시가 맞장구치고는 안나를 돌아보았다. 안나는 보일 듯 말 듯 미소 지으며 얘기를 듣고 있었다.

안나는 방금 벗은 장갑을 만지작거리며 말했다.

"내 생각은 가령 사람의 수만큼 생각도 각각 다르듯이, 사람의 마음 또한 다른 만큼 사랑의 종류도 다르지 않을까 싶네요."

브론스키는 심장이 얼어붙는 듯한 심정으로 안나를 바라보다가 그녀가 대답을 하자 마치 어떤 위기 상황이 지나간 것처럼 안도의 한숨을 크게 몰아쉬었다.

안나는 갑자기 그를 돌아보며 말했다.

"모스크바에서 편지가 왔어요. 키티가 몹시 아픈 모양이에요."

"정말입니까?"

브론스키는 이맛살을 찌푸리며 말했다.

안나는 굳은 표정으로 그를 보았다.

"아무렇지도 않으세요?"

"아닙니다. 매우 놀랐습니다. 괜찮으시다면 자세히 말씀해주실 수 있나요?"

안나는 일어나 벳시에게 다가가 그녀의 의자 뒤에서 걸음을 멈추고 말했다.

"차 한 잔 주시겠어요?"

벳시가 차를 따르는 동안 브론스키는 안나에게 다가가 다시 물었다.

"뭐라고 씌어 있던가요?"

"내가 보기에 남자들은 명예라는 게 뭔지도 모르면서 그 말을 입에 달고 살지요. 진작부터 당신에게 이 말을 하고 싶었어요."

안나는 대답 대신 이렇게 말하고 몇 걸음 떨어진, 사진첩이 놓인 구석 탁자에 앉았다.

"무슨 말씀이신지 모르겠군요."

브론스키가 안나에게 찻잔을 건네며 말했다.

안나가 옆의 소파를 돌아보자 그는 거기에 앉았다. 안나는 브론스키를 쳐다보지도 않고 말했다.

"당신의 행동은 잘못됐어요. 정말 잘못한 거예요."

"내가 잘못하는 것인 줄 모르고 그랬다고 생각하세요? 이렇게 한 게 누구 때문인데요?"

"무슨 뜻이죠?"

그녀는 매섭게 쳐다보며 말했다.

"무슨 뜻인지 잘 아실 텐데요."

브론스키는 안나의 시선을 피하지 않고 기쁜 듯이 대답했다.

당황한 사람은 그가 아니라 그녀였다.

"그것은 당신한테 심장이 없다는 것을 보여줄 뿐이에요."

그녀가 말했다. 그러나 그녀의 눈빛은, '당신에게 심장이 있다는 걸 알아요. 그래서 당신이 두려워요.'라고 말하고 있었다.

"그건 실수이지 사랑이 아닙니다."

"그런 불쾌한 말은 하지 말라고 말씀드렸을 텐데요?"

안나가 몸을 부르르 떨면서 말했다. 그러나 동시에 '하지 말라'는 말 한마디로, 그에 대한 일종의 권리를 스스로 인정하고, 그 때문에 오히려 사랑 고백을 부추겼다는 것을 깨달았다.

그녀는 상기된 얼굴로 그를 똑바로 쳐다보며 단호하게 말했다.

"진작부터 당신에게 말씀드리려고 했어요. 그래서 오늘 당신을 만날 수 있을 것 같아 일부러 여기 온 거예요. 이런 일은 그만 끝내야겠어요. 그래야 해요. 이 말을 하려고 왔어요. 나는 여태까지 누구 앞에서도 얼굴이 붉어진 적이 없는데, 당신하고 있으면 뭔가 죄를 지은 것 같은 기분이에요."

그녀의 얼굴을 바라본 브론스키는 처음 보는 고상한 아름다움에 매료되었다.

"내가 어떻게 하기를 원하세요?"

그는 솔직하고 진지하게 말했다.

"모스크바에 가서 키티에게 용서를 구하세요."

"당신이 원하는 게 아닐 텐데요."

그는 그녀가 스스로에게 강요하는 것일 뿐 진심이 아니라는 것을 알았다.

"당신이 말한 것처럼 정말 나를 사랑한다면 나에게 마음의 안정을 주세요."

그녀의 말에 브론스키의 얼굴이 빛났다.

"당신은 내 삶의 전부입니다. 나는 안정이라는 것을 모릅니다. 그러니 그것을 드릴 수도 없어요. 하지만 내 한 몸, 내 모든 사랑을 드릴 수 있습니다. 당신을 떠나서 나를 생각할 수 없어요. 당신과 나는 하나예요. 앞으로 당신에게 마음의 안정은 있을 수 없을 겁니다. 절망과 불행……, 혹은 끝없는 행복, 이 두 가지가 있을 뿐입니다. 끝없는 행복, 그것은 불가능한 일일까요?"

그는 입술만 움직여 말했지만 그녀는 그 말을 알아들었다.

그녀는 모든 이성의 힘을 짜내 할 말을 하려고 했다. 그러나 애정 가득한 시선으로 그를 바라볼 뿐 어떤 말도 하지 못했다.

브론스키는 기쁨에 넘쳐 생각했다.

'그래. 이제 절망에 빠지려는 순간, 끝나지 않으리라 여기던 그 순간, 이제 된 거야! 이 여자는 나를 사랑하고 있어. 지금 그것을 고백하고 있어.'

"그럼 나를 위해 이렇게 해주세요. 앞으로 나에게 이런 얘기는 하지 말아주세요. 우리 좋은 친구로 지내요."

그녀의 입은 그렇게 말했지만 그녀의 눈은 전혀 다르게 말하고 있었다.

"우리는 친구가 될 수 없습니다. 당신도 잘 알지 않습니까. 아무튼 이 세상에서 가장 행복한 사람이 될지, 가장 불행한 사람이 될지는 당신의 선택에 달렸습니다."

그녀는 뭔가 말하려 했으나 그가 가로막았다.

"내가 바라는 것은 단 한 가지예요. 지금처럼 희망을 갖고 괴로워할 권리를 누리게 해주세요. 그러나 그것조차 허락하지 않겠다면 내 앞에서 영영 사라지라고 명령하세요. 그러면 나는 사라져서 당신 앞에 영영 나타나지 않겠습니다."

"나는 당신을 어딘가로 내쫓고 싶지 않아요."

"그렇다면 그냥 이대로 두세요. 모든 것을요."

그러더니 그가 떨리는 목소리로 말했다.

"아, 당신의 남편이군요."

그때 카레닌이 부자연스러운 걸음걸이로 점잖게 들어왔다.

그는 아내와 브론스키를 흘끔 보더니 안주인에게 다가가 찻잔을 받아 들고 앉았다. 그러고는 느긋하고 큰 목소리에 특유의 빈정거리는 투로 말했다.

"당신의 랑부이에(랑부이에 후작 부인이 주도하는 파리의 문학 살롱을 빗댄 것이다.—옮긴이) 모든 회원이 총출동이군요."

그는 주위를 둘러보면서 말했다.

"카리테스(그리스신화에서 미(美)를 체현한 세 여신—옮긴이)와 뮤즈(그리스신화에서 예술의 신—옮긴이)들도."

그러나 벳시는 냉정하고 업신여기는 말투를 견딜 수가 없어서 병역제도라는 진지한 주제를 끄집어냈다. 카레닌은 즉각 이 화제에 열중해 진지하게 새로운 법령을 변호하기 시작했다.

브론스키와 안나는 작은 탁자 앞에 그대로 앉아 있었다.

"상황이 험악해지는군요."

한 부인이 눈으로 안나와 브론스키, 그리고 안나의 남편을 가리키면서 속삭였다.

"내가 뭐랬어요?"

안나의 친구가 대답했다.

그러나 두 부인뿐 아니라 객실에 모여 있던 모든 사람들, 먀흐카야 공작 부인과 벳시까지도, 그들로부터 멀리 떨어져 앉은 두 사람을 마치 방해라도 되는 듯 몇 번이나 돌아보았다. 카레닌만 지금 시작된 이야기에 열중해 한 번도 그들을 돌아보지 않았다.

벳시는 모든 사람들이 불쾌하게 여기는 것을 눈치채고 카레닌에게 다른 말상대를 붙여주고 자기는 안나에게 다가가 말했다.

"당신 남편의 말투와 주장은 정말 감탄할 정도로 명확해요. 저분이 얘기해주시면 아무리 어려운 내용도 머리에 쏙쏙 들어올 거예요."

"네, 그래요!"

안나는 기쁜 미소를 지으며 말했으나 벳시의 말은 한 마디도 귀에 들어오지 않았다. 그녀는 큰 탁자로 옮겨가서 사람들 대화에 참여했다.

카레닌은 30분가량 앉아 있더니 아내 옆으로 가서 같이 돌아가자고 말했다. 그러나 그녀는 남편을 쳐다보지도 않고 만찬에 참석하겠다고 대답했다. 카레닌은 모두에게 인사하고 집으로 돌아갔다.

안나의 마부인 뚱뚱하고 나이 든 타타르인은 반들반들한 가죽 외투를 입고 현관 앞에서 추위에 펄쩍 뛰려는 잿빛 부마를 겨우 억누르고 있었다. 하인은 마차 문을 열고 수위는 현관문을 붙잡고 서 있었다. 안나는 작은 손으로 민첩하게 털외투 호크에 걸린 소매 끝의 레이스를 풀고 있었다. 그리고 배웅하러 나온 브론스키의 이야기를 고개를 갸울인 채 황홀하게 듣고 있었다.

"아무튼 당신은 아무 말도 하지 않은 겁니다. 나 역시 아무것도 요구하지 않았습니다. 그러나 당신도 알다시피 나에게 필요한 것은 우정이 아닙니다. 나의 행복은 오직 하나, 당신이 그토록 싫어하는 한 마디……, 그렇습니다, 사랑입니다."

"사랑……."

그녀는 마음 깊이 우러나는 목소리로 천천히 되뇌었다. 그리고 레이스를 풀어내자 돌연 말했다.

"내가 그 말을 싫어하는 이유는, 그 말이 나에게는 너무 많은 의미가 있기 때문이에요. 당신이 생각하는 것보다 훨씬 더 많아요."

그녀는 그의 얼굴을 응시하더니 말했다.

"그럼, 이만!"

안나는 그에게 손을 내밀고 나서 날렵하고 가벼운 걸음걸이로 수위를 지나쳐 마차를 탔다.

그녀의 눈빛과 손의 감촉에 브론스키는 불타오르는 듯했다. 그는 그녀를 잡은 자기 손바닥에 입을 맞췄다. 그리고 오늘 밤이야말로 지난 두 달보다 목적에 더욱 가까이 다가갔다고 생각하며 행복한 기분을 안고 집으로 돌아갔다.

5

카레닌은 아내와 브론스키가 단둘이 앉아 진지하게 이야기를 나눈 것 자체에 대해 딱히 부적절한 행동이라는 생각은 하지 않았다. 그러나 응접실에 모인 다른 사람들 눈에 부적절하게 비쳤다는 사실 때문에 그 역시 조심스럽지 못한 행동이라고 느꼈다. 그는 아내에게 충고해야겠다고 생각했다.

집에 돌아오자 카레닌은 늘 그렇듯 서재의 안락의자에 앉아 가톨릭 서적을 집어 들고는 종이칼을 끼워놓은 면을 펼쳐 1시까지 읽었다. 이따금 넓은 이마를 문지르거나 뭔가를 쫓듯 고개를 흔들 뿐이었다. 그는 시간이 되자 일어나 잠옷으로 갈아입었다. 안나는 아직 돌아오지 않았다. 그는 책을 옆구리에 끼고 2층으로 올라갔다. 그러나 오늘 밤 그의 머릿속은 일에 관한 것 대신 아내와 그녀에게 일어난 불쾌한 일로 가득했다. 그는 평소와 달리 침대에 눕지 않고 뒷짐을 지고 방 안을 서성거렸다. 자기 전에 새로 일어난 일에 대해 생각해보아야 했던 것이다.

그는 옷도 갈아입지 않고 램프 하나가 최근에 그린 소파 위의 초상화를 희미하게 비추고 있는 식당의 마룻바닥이며, 어두운 응접실 카펫 위를 규칙적인 걸음걸이로 왔다 갔다 했다. 그는 안나의 서재로 들어가 보기도 했다. 그 방에는 촛불 2개가 아내의 친척과 여자 친구들의 초상화와 책상 위의 예쁜 장식품들을 비추고 있었다. 그는 아내의 침실 앞까지 갔다가 그냥 되돌아왔다.

그런 순서로 한 바퀴 돌고 나서 그는 식당 마룻바닥에 서서 스스로에게 말했다.

'꼭 해결하고 넘어가야 할 문제야. 막아야지. 이 일에 관한 내 생각과 의지를 전달해야 해.'

그러고는 뒤돌아 걸으면서 다시 말했다.

'그러나 대체 무엇을 전달한단 말인가? 어떤 의지를?'

그는 응접실에 이를 때까지 해답을 찾지 못했다.

'그런데 문제는……'

그는 서재 쪽으로 가기 전에 이렇게 자문했다.

'무슨 일이 있었다는 말인가? 아무 일도 없지 않았는가. 그 사람은 오랫동안 그 사내와 얘기하고 있었다. 그게 어쨌단 말인가? 사교계에서 어떤 부인이 남자와 얘기하는 것이 이상한 일인가? 그것을 질투한다면 그건 아내를 모욕하는 짓이다.'

그러나 어두운 응접실에 들어서자 또 다른 목소리가 말했다.

'남들이 눈치챌 정도라면 뭔가 있는 것이다. 그래, 해결해야 해. 내 의사를 밝혀야 해.'

그의 머릿속은 그의 몸이 움직이는 것처럼 새로운 생각을 찾지 못하고 계속 쳇바퀴만 돌았다. 그는 그 사실을 깨닫자 이마를 문지르고는 아내의 서재에 앉았다.

공작석 빛깔의 표지가 있는 압지철과 쓰다 만 편지가 놓인 책상을 보면서 그의 생각은 돌변했다. 그는 아내와 아내가 생각하고 느끼는 것에 대해 생각하기 시작했다. 그는 처음으로 그녀의 개인 생활, 사고방식, 바라는 것 등이 무엇인지 생각해보았다. 아내에게도 그녀만의 생활이 있을 수 있으며, 또 있어야 한다는 생각이 드는 순간 두려움이 솟구치자 이를 얼른 떨쳐버렸다. 들여다보기 두려운 심연이었던 것이다. 타인의 사상과 감정을 깊이 생각하는 것은 카레닌과 거리가 먼 정신 활동이었다. 그는 이러한 것을 해롭고 위험한 망상이라고 생각했다.

'무엇보다도 두려운 것은 일이 완성되려는 시점에서(그는 지금 통과시키려는 법안을 생각했다) 어느 때보다 마음의 안정과 추진력이 필요한 이때 쓸데없는 걱정에 사로잡혀 있다는 것이야. 하지만 어쩌겠는가? 나는 불안과 근심에 빠진 나머지 문제를 직시할 힘조차 없는 그런 위인이 아니다.'

결국 그는 소리 내어 말했다.

"나는 신중하게 결정하고 이 문제를 마음속에서 떨쳐내야 한다."

'그 사람의 감정이 어떤 것인지, 그 사람의 마음속에서 무슨 일이 벌어지고 있는지는 내가 관여할 수 있는 문제가 아니다. 그것은 그 사람 양심의 문제이자 종교의 범주에 속하는 문제다.'

그는 이 문제의 영역을 찾아내자 마음이 조금 가벼워졌다.

'그러니까 그녀의 감정이나 그와 관련된 문제는 그녀의 양심의 문제이므로 나와 상관없다. 그러나 내가 할 일은 분명하다. 한집안의 가장으로서 그 사람을 이끌어야 할 의무가 있다. 내 눈에 비친 위험을 지적하고 주의하라고 타일러야 하며, 경우에 따라서는 강요하기도 해야 한다. 그녀에게 주의를 주어야겠다.'

이제 카레닌의 머릿속에 아내에게 어떤 이야기를 해야 할지 명확하게 떠올랐다. 아내에게 할 말을 정리하면서 그는 집안일로 귀한 시간과 정신을 허비해야 한다는 사실이 유감스러웠다. 그러면서도 그의 머릿속에서는 이야기할 내용과 형식, 순서가 마치 보고서처럼 분명하고 세세하게 정리되고 있었다.

'다음과 같이 명확하게 밝혀야 해. 첫째로 사람들의 평판과 예의가 얼마나 중요한지 이야기하고, 둘째로 결혼의 의미를 종교적으로 설명하는 일, 셋째로 필요하다면, 아들이 불행해질지도 모른다는 점을 지적하고, 넷째로 그녀 자신에게 불행이 닥칠지도 모른다고 충고해야지.'

그런 다음 카레닌은 양손을 깍지 낀 채로 손바닥을 아래로 향하고 죽 뒤로 젖혔다. 그러자 손가락 관절에서 우두둑 소리가 났다.

나쁜 습관이기는 하지만 손깍지를 끼면 그의 마음이 차분히 가라앉았고, 지금 무엇보다 필요한, 굳은 마음을 가질 수 있었다.

현관 앞에 마차가 도착하는 소리가 들렸다. 카레닌은 응접실 한가운데서 걸음을 멈췄다.

계단을 올라오는 여자의 발소리가 들려왔다. 그는 얘기를 꺼낼 준비를 하면서 어느 마디에서 소리가 날까 기대하며 깍지 낀 손가락 마디를 꾹 누르며 서 있었다. 그러나 발소리가 거의 문 앞에 이르렀을 때 언변에 자신이 있었는데도 지금 당장 말을 꺼내야 하는 상황을 앞두고 알 수 없는 두려움에 휩싸였다.

6

안나는 고개를 숙이고 방한용 두건의 술을 만지며 들어왔다. 그녀의 얼굴이 눈부시게 빛나고 있었다. 그러나 그것은 즐거움이 아닌 어두운 한밤중에 활활 타오르는 무시무시한 화재의 불꽃이었다. 안나는 남편을 보자 고개를 들고 꿈에서 깨어난 듯 싱긋 웃었다.

"당신 어쩐 일로 아직 안 주무셨어요?"

그녀는 두건을 벗고 곧장 화장실로 들어가더니 문 너머로 말했다.

"여보, 주무실 시간이 지났어요."

"안나, 당신한테 할 얘기가 있소."

"나한테요?"

그녀는 뜻밖이라는 듯이 문을 열고 나와 남편을 쳐다보았다.

"무슨 일이에요? 무슨 얘기요?"

그녀가 앉으면서 말했다.

"꼭 해야 할 얘기면 하세요. 아니면 그냥 자고 싶어요."

안나는 입에서 나오는 대로 지껄이면서, 자신의 능숙한 거짓말에 스스로도 놀랐다. 그녀의 말은 얼마나 단순하고 자연스러운가. 그냥 자고 싶다고 한 말은 진심으로 들렸다. 그녀는 마치 자신이 견고한 거짓의 갑옷을 입고 있는 것처럼 느껴졌다. 눈에 보이지 않는 어떤 힘이 자신을 도와주고 막아주는 것 같았다.

"안나, 당신에게 주의를 주어야 할 것이 있소."

그가 말했다.

"주의라니? 무슨 일로요?"

그녀의 태도는 너무 단순하고 경쾌해서 남편만큼 그녀를 잘 모르는 사람은 목소리 울림이나 내용에서 부자연스러운 점을 결코 찾을 수 없었을 것이다. 그러나 그녀를 잘 알고 있는 그는, 그가 5분만 늦게 잠자리에 들어도 곧 알아채고 그 이유를 캐묻고, 어떠한 기쁨이나 즐거움, 슬픔까지 모두 남편에게 털어놓곤 하는 그녀를 잘 알고 있는 그는, 지금 그녀가 자기의 기분이 어떤지 아무 관심이 없을뿐더러 자기의 일에 대해 한 마디도 하지 않는 것을 심상치 않게 여겼다. 그는 지금까지 항상 자기에게 열려 있던 그녀의 깊은 마음이 완전히 닫혀 있음을 알아챘다. 그뿐 아니라 아내의 말투가 그것을 대수롭지 않게 생각하고 있으며, '그래요. 내 마음은 꼭 닫혀 있어요. 당연한 거 아니에요? 앞으로도 계속 그럴 거예요.'라고 대놓고 말하는 듯 느껴졌다. 지금 그는 집에 돌아왔으나 문이 잠겨 있을 때와 같은 기분이었다. 하지만 카레닌은 '아직은 열쇠를 찾을 수 있을지 모르지.'라고 생각했다.

그는 낮은 목소리로 말했다.

"당신에게 주의를 줄 게 하나 있소. 경솔하고 부주의한 행동으로 사람들 입에 오르내릴 수도 있다는 거요. 오늘 당신이 브론스키(그는 이 이름을 한 자 한 자 끊어서 또박또박 발음했다)와 지나치게 즐겁게 이야기를 나누는 모습이 사람들의 이목을 집중시켰소."

그는 이렇게 말하고 웃고 있는 그녀의 눈을 보았다. 헤아릴 수 없어서 두려움마저 느껴지는 눈빛이었다. 그는 말하면서도 자신의 말이 무의미하고 무익하다는 것을 절감했다.

그녀는 전혀 이해하지 못하겠다는 듯이, 그러나 마지막 말은 이해한다는 듯이 대답했다.

"당신은 늘 이런 식이에요. 내가 지루해하는 건 싫다고 하면서, 이번에는 내가 즐거워하는 것이 불쾌한가 보군요. 오늘 밤은 전혀 지루하지 않았어요. 그런데 그게 싫은 거예요?"

카레닌은 부르르 몸을 떨며 손가락을 꺾으려고 손을 구부렸다.

"아, 제발, 손마디 꺾지 말아요. 정말 질색이에요."

"안나, 진심이오?"

카레닌은 거북한 기분을 억누르고 손동작을 멈추면서 말했다.

"대체 그게 무슨 문제라는 거예요? 당신은 내가 어떻게 하기를 바라세요?"

그녀는 사뭇 진지하게 희극적으로 놀라움을 표현하며 물었다.

카레닌은 입을 다물고 한 손으로 이마와 눈을 비볐다. 그는 아내에게 말하려고 했던 것, 그러니까 사람들 입에 오르내릴 만한 행동을 하지 말라고 그녀에게 주의를 주는 대신, 아내의 양심에 관한 일로 흥분해서 자기가 쌓아 올린 감정의 벽과 싸우고 있다는 것을 깨달았다.

그는 냉정하고 침착하게 말을 이었다.

"내가 하려는 말은 이거요. 당신이 끝까지 들어주었으면 하오. 당신도 알다시피 나는 질투라는 것을 수치스럽고 천박한 감정이라고 생각하고 있소. 그래서 나 자신에게는 절대 이 감정을 용납할 수 없소. 하지만 세상에는 어기면 벌을 받게 마련인 예절이라는 게 있소. 오늘 밤의 일은 내가 느낀 것이 아니라 그곳에 있던 모든 사람들의 시선으로 보아 당신의 행동이 일반적인 범위를 벗어났다고 여기는 것 같았소."

"도무지 이해할 수 없군요."

안나는 어깨를 움츠리면서 말했다. 그리고 생각했다.

'그러니까 이 사람은 신경 쓰지 않는데, 다른 사람들의 시선이 마음에 걸린다는 말이군.'

"당신 좀 피곤한 모양이군요."

그녀가 말하고 일어나 문을 나가려고 했다. 그러나 그가 가로막으려는 듯 그녀 앞으로 걸어 나갔다.

안나는 지금까지 그처럼 추하고 음침한 그의 표정을 본 적이 없다. 그녀는 걸음을 멈추더니 고개를 뒤로, 그리고 옆으로 젖히면서 재빠르게 머리핀을 뽑기 시작했다.

"그래요, 어디 한번 들어보죠."

그녀는 차분하면서도 비웃는 투로 말했다.

"아니, 진지하게 들어볼게요. 무슨 일로 그러는지 알고 싶네요."

그녀는 자유롭고 침착하고 진중한 자신의 말투와 신랄한 어휘 선택에 스스로 놀랐다.

카레닌이 말했다.

"물론 당신의 세세한 감정까지 시시콜콜하게 간섭할 권리는 나에게 없소. 그런 것은 무익할뿐더러 오히려 해롭다고 생각하오. 자신의 마음 깊은 곳을 파고들면 지금까지 모르고 있던 것을 발견할 때가 종종 있는 법이지. 당신의 감정은 당신 양심의 문제이지만 나에게는 당신 자신과 나, 그리고 하느님에 대한 당신의 의무를 일깨워줘야 할 책임이 있소. 우리의 삶은 인간이 아니라 하느님이 맺어주신 거요. 이 결합을 깨는 것은 죄악이며 그런 죄악을 저지른다면 반드시 벌 받게 될 거요."

"당신이 무슨 말을 하는지 이해할 수 없어요. 그리고 미안하지만 너무 졸려요."

그녀는 한 손으로 재빨리 머리칼을 더듬어 남은 핀을 찾으며 말했다.

"안나, 제발 그런 식으로 말하지 말아요. 내가 잘못 생각하고 있는지도 모르지만 내 말을 믿어줘요. 당신에게 이런 말을 하는 것도 다 당신과 나를 위해서요. 나는 당신의 남편이며 당신을 사랑하오."

그가 부드럽게 말했다.

한순간 그녀의 얼굴이 부드러워졌고, 눈 속의 냉소적인 불꽃도 꺼졌다. 그러나 그녀는 '사랑하오'라는 한 마디에 격분했다. 그녀는 생각했다.

'사랑? 도대체 이 사람이 사랑이라는 걸 할 수나 있을까? 사랑이라는 단어가 있다는 것을 다른 사람들에게 들어보지 않았다면 그 말을 쓰지 않았을 거야. 이 사람은 사랑이 무엇인지 모르니까.'

"알렉세이, 도무지 무슨 말인지 모르겠어요. 좀더 구체적으로 말해주세요, 당신이 무엇을 보셨는지……."

"잠시만, 내 말 아직 끝나지 않았소. 나는 당신을 사랑하오. 하지만 나는 내 얘기를 하는 게 아니오. 여기서 중요한 사람은 우리의 아들과 당신 자신이오. 다시 말하지만 내 말이 당신한테는 쓸데없는 오해로 들릴지 모르겠소. 그럴 수도 있소. 어쩌면 내가 오해한 것인지도 모르지. 그렇다면 나를 용서해주시오. 그러나 일말의 근거라도 있다고 느낀다면 내 말을 생각해주시오. 그리고 당신의 마음을 나에게 말해주시오……."

카레닌은 자신도 모르게 생각지도 않은 말을 하고 말았다.

"나는 할 말이 없어요. 게다가……."

그녀는 간신히 미소를 참으면서 말했다.

"이젠 정말 자야겠어요."

카레닌은 한숨을 몰아쉬고는 더 이상 얘기하지 않고 침실로 갔다.

안나가 침실로 들어갔을 때 그는 이미 누워 있었다. 그는 입을 굳게 다물었고, 눈은 그녀를 외면했다. 안나는 자기 자리에 누워 남편이 다시 말을 걸기를 기다렸다. 그녀는 남편이 말을 걸까 봐 두려운 한편 바라고 있었다. 그러나 그는 아무 말도 하지 않았다. 그녀는 오랫동안 가만히 누워 기다리다 어느새 남편을 잊고 있었다. 그녀는 다른 남자를 생각했다. 그녀는 그를 보았고, 그를 생각하자 가슴이 벅차오르고 죄스러운 기쁨이 밀려왔다. 갑자기 규칙적이고 조용히 코 고는 소리가 들렸다.

"늦었어. 이미 늦어버렸어."

그녀는 미소 지으며 중얼거렸다. 그녀는 한동안 눈을 뜬 채 꼼짝도 하지 않고 누워 있었다. 그녀는 어둠 속에서도 자신의 눈에서 뿜어져 나오는 빛이 보이는 것 같았다.

7

그날 밤 이후, 카레닌 부부에게는 새로운 생활이 시작되었다. 겉으로 보기에는 딱히 달라진 것이 없었다. 안나는 늘 그렇듯 사교계에 나갔고, 특히 벳시 트베르스카야 공작 부인의 집에 자주 드나들었다. 그리고 곳곳에서 브론스키를 만났다. 카레닌은 그 사실을 알면서도 어쩔 수 없었다. 안나가 속마음을 털어놓을 수 있도록 온갖 노력을 기울였지만, 그때마다 그녀는 뭔가 흥분되면서도 당혹스러운 태도로 벽을 쌓았고, 그는 그 벽을 허물 수가 없었다. 겉으로는 변함없이 보였지만, 속으로는 두 사람의 관계가 완전히 달라져 있었다. 정치에서는 그토록 막강한 인물이었던 카레닌도 이 방면에는 자신의 무력함을 느꼈다. 마치 황소처럼 순순히 고개를 떨구고 자기 머리 위로 추켜올려진 도끼가 내려치기를 기다리고 있었다. 이 문제를 생각할 때마다 그는 한 번 더 시도해보고자 결심했다. 신념을 가지고 성의를 다해 부드럽게 설득하면 아내를 회개시키고 원래대로 돌려놓을 수 있다는 희망을 가지고, 매일 아내와 이야기할 마음의 준비를 했다. 그러나 아내와 이야기할 때마다 그녀를 휘어잡고 있는 악마와 허위가 자기마저 휘어잡는 것 같아 원래 하려고 했던 것과는 전혀 다른 얘기를 횡설수설했다. 그는 무심결에 사람을 조롱하는 듯한 습관적인 말투로 아내에게 이야기했다. 그러나 그런 말투로는 할 말을 제대로 할 수 없었다.

8

1년여 동안 브론스키에게는 이전의 모든 욕망 대신 자리 잡은 삶의 유일한 희망이자, 안나에게는 상상만으로도 두렵고 불가능해서 더욱 황홀하고 행복한 소원이 지금 이루어졌다. 그는 창백한 얼굴로 아래턱을 덜덜 떨면서 그녀 앞에 선 채 자신도 어떻게 해야 할지 모르면서 그녀에게 진정하라고 애원했다.

"안나, 안나! 안나, 제발……."

그가 떨리는 목소리로 말했다.

그러나 그의 목소리가 높아질수록, 이전의 당당하고 쾌활한 모습과는 달리 수치심으로 가득 찬 그녀의 머리가 점점 더 숙여졌다. 그녀는 고개를 푹 숙이고 앉아 있던 소파에서 마룻바닥 그의 발밑에 쓰러졌다. 그가 받아주지 않았다면 카펫 위로 쓰러졌을 것이다.

"하느님! 용서해주세요!"

그녀는 그의 손을 자기 가슴에 올리고 흐느끼며 말했다.

그녀는 자기가 너무 많은 죄를 지어서 자신을 낮추고 용서를 빌어야 한다고 생각했다. 그리고 지금 그녀에게는 브론스키밖에 없었으므로, 그에게 용서를 구했다. 그 앞에서 그녀는 자신의 타락을 뼈저리게 느꼈고, 더 이상 아무 말도 할 수 없었다. 반면 그는 살인자가 자기가 죽인 시체를 보고 있을 때와 같은 감정을 느꼈다. 그가 죽인 것은 그들의 사랑, 그 사랑의 첫 단계였다. 수치심이라는 무서운 대가를 치르고 얻고 보니 그것은 뭔가 끔찍하고 역겨운 것이었다. 자신의 발가벗겨진 영혼에 대한 수치심이 그녀를 옥죄었고, 그것이 그에게도 덮쳐오는 것이었다. 그러나 살인자는 시체를 보고 공포를 느꼈다 하더라도, 그 시체를 감추기 위해서는 무슨 짓이라도 해야 했다. 살인으로 얻은 것을 끝까지 이용해야 하는 것이다.

그래서 살인자는 정열 같은 분노를 안고 달려들어 그 시체를 질질 끌고 다니고 난도질을 해대는 것이다. 그렇게 브론스키는 그녀의 얼굴과 어깨에 키스를 퍼부었다. 그녀는 그의 손을 잡은 채 움직이지 않았다. 그래, 이 키스, 이 키스야말로 수치심의 대가로 얻은 것이다. 아아, 이 손, 영원히 내 것이 될 이 손도 내 공범자의 손이다. 그녀는 이 손을 들어 올려 키스했다. 그는 무릎을 꿇고 그녀의 얼굴을 보려고 했지만 그녀는 얼굴을 들지 않고 아무 말도 하지 않았다. 마침내 그녀는 자신을 제어하려고 안간힘을 다하듯 몸을 일으키면서 그를 밀쳐냈다. 그녀의 얼굴은 여전히 아름다웠고, 그만큼 더욱 비참했다.

"이제 다 끝났어요. 이제 나에게는 당신밖에 없어요. 그것을 잊지 마세요."

그녀가 말했다.

"어찌 잊을 수 있겠습니까? 당신은 나의 생명입니다. 이 행복한 순간을……."

"행복이라뇨?"

그녀는 혐오감과 두려움을 느끼며 말했다. 두려움은 어느새 그에게로 옮겨갔다.

"제발, 이젠 아무 말도 하지 말아요."

그녀는 재빨리 일어났다.

"이젠 아무 말 말아요."

그녀가 또다시 말했다. 그리고 그의 눈에 낯설게 보인, 차가운 절망의 표정으로 그의 곁을 떠났다. 그녀는 지금 새로운 삶을 시작하기에 앞서 몰려드는 수치심과 두려움, 희열의 감정을 말로 표현할 수 없었고, 게다가 그것을 입 밖에 내서 불분명한 단어로 이 감정을 속되게 하고 싶지 않았다. 그러나 그녀는 다음 날 또 그다음 날에도 이처럼 어수선한 감정을 표현할 만한 단어를 찾지 못했고, 마음속에서 일어난 모든 것을 명확하게 정의할 사상도 찾지 못했다.

그녀는 마음속으로 중얼거렸다.

'아니, 지금 도저히 생각할 수 없어. 마음의 안정을 찾고 나서 생각해봐야지.'

그러나 마음의 안정은 좀처럼 찾아오지 않았다. 자기가 무엇을 했는지 그리고 앞으로 어떻게 해야 할지 생각할수록 두려움에 사로잡혀 얼른 그러한 생각을 떨쳐버렸다. 그때마다 그녀는 "나중에, 나중에. 마음이 좀더 안정된 다음에."라고 말했다.

하지만 자기의 생각을 통제할 수 없는 꿈속에서 추한 자신의 모습이 적나라하게 드러났다. 그녀는 거의 매일 똑같은 꿈을 꾸었다. 꿈속에서 두 남자가 다 남편이고 두 남자가 동시에 자기를 애무했다. 카레닌은 그녀의 손에 키스하고 울면서 "너무 행복하다!"고 말했다. 브론스키도 그녀의 남편으로 거기에 있었다. 절대 있을 수 없는 일이라고 생각한 상황 앞에서 그녀는 놀라는 한편 웃으면서 두 남편에게 이렇게 하면 훨씬 간단하고 모두 만족하고 행복하지 않느냐고 설명하는 것이었다. 하지만 이 꿈에 가위눌려 그녀는 소스라치게 놀라며 퍼뜩 잠이 깼다.

9

모스크바에서 돌아왔을 때 레빈은 거절당한 치욕을 떠올리고는 진저리를 치며 벌게진 얼굴로 혼잣말을 했다.

'난 물리 시험에서 1점을 받고 낙제해 2학년에 눌러앉았을 때도 이렇게 진저리를 치며 얼굴을 붉혔어. 모든 것이 끝났다고 생각했지. 그리고 누이가 맡긴 일을 해결하지 못했을 때도 내 자신이 파멸되고 마는 기분이었어. 그런데 결국은 어떻게 되었지? 몇 년이 지난 지금 그 일을 다시 생각해보니 그때 왜 그렇게 괴로워했나 하는 생각에 놀라울 뿐이야. 이번 일도 그럴 거야. 시간이 지나면 아무렇지 않게 받아들일 수 있을 거야.'

그러나 석 달이 지나도 그는 이 일을 냉정하게 받아들일 수 없었다. 이 일을 떠올릴 때마다 그 당시처럼 괴롭고 마음이 아팠던 것이다. 그는 좀처럼 마음이 안정되지 않았다. 왜냐하면 자신이 그토록 오래 결혼 생활을 열망해왔고 이제 그것을 누릴 만큼 나이를 먹었다고 여겼는데, 여전히 결혼도 하지 못하고 되레 더욱 멀어졌기 때문이다. 주위 사람들이 느끼는 것처럼 그 나이의 남자가 결혼하지 않고 혼자 사는 건 좋지 않다는 것을 병적으로 절감하고 있었던 것이다.

모스크바로 떠나기 전 평소 말벗으로 삼고 있던 목부(牧夫) 니콜라이에게 "어때, 니콜라이! 나 장가가려고 하는데."라고 했더니, 니콜라이는 당연하다는 듯 "지금도 늦었습죠, 나리."라고 대답했다. 그러나 지금은 결혼이라는 것이 그 어느 때보다 자신과 먼 일로만 느껴졌다. 이미 사람이 정해진 그 자리에 자기가 아는 어떤 처녀를 앉힌

다 하더라도 불가능할 것 같았다. 게다가 거절당한 일과 그때 자신의 바보 같은 모습을 떠올리면 부끄러워서 참을 수 없었던 것이다.

내 잘못은 전혀 아니라고 아무리 되뇌어도 그 일을 떠올릴 때마다 다른 수치스러운 기억과 함께 진저리가 나고 얼굴이 붉어졌다. 그도 다른 사람들처럼 양심에 가책을 느낄 만한 행동을 한 적이 있다. 그러나 그런 잘못도 이 무의미하고 수치스러운 기억만큼 그를 괴롭히지는 않았다. 이 상처들은 시간이 지나도 아물 기미가 보이지 않았다. 그리고 또 그러한 기억들과 함께 그날 키티의 거절과 다른 사람들 눈에 비쳤을 자신의 비참한 모습까지 겹쳐지는 것이었다. 하지만 시간과 노동은 그 나름대로 제 역할을 해냈다. 보잘것없지만 의미 있는 농촌 생활의 사건들이 괴로운 기억을 덮어나갔다. 시간이 지날수록 키티 생각도 점점 줄어들었다. 그는 키티가 이미 결혼했다거나 조금 있으면 결혼할 거라는 소식이 오기를 초조한 마음으로 기다렸다. 앓던 이가 빠지듯이 그러한 소식이 자신의 고통을 말끔히 씻어내 주기를 바라면서.

그러는 동안 봄이 왔다. 아름답고 다시 추워지지 않을 따뜻한 봄, 고대할 것도 눈가림할 것도 없고, 식물이든 동물이든 사람이든 모두 기뻐하는 흔치 않은 봄이었다. 아름다운 봄이 되자 레빈은 기분이 고취되어, 모든 과거를 잊고 자신의 고독한 생활을 지켜나가야겠다고 결심했다.

한동안 봄 같지 않은 날씨가 계속되었다. 사순절 마지막 두어 주일은 맑고 추운 날씨가 이어진 것이다. 낮에는 눈이 녹을 정도로 햇볕이 따뜻했지만, 밤에는 영하 7도까지 내려갔다. 녹았다 다시 얼어붙은 눈 때문에 길이 없는 곳에서도 짐을 실은 썰매가 다닐 수 있었다. 그러나 부활절 이틀째에 따스한 바람이 먹구름을 몰고 오더니 사흘 밤낮으로 따뜻한 비가 폭풍우처럼 퍼부었다. 목요일에 바람이 멎고 자연에서 빚어지는 변화의 신비를 감추려는 듯 짙은 잿빛 안개가 자욱했다. 안개 속에서 얼음을 깨뜨리며 강물이 흐르기 시작했고, 붉은 황토가 섞인 강물은 거품을 일으키며 더욱 세차게 흘러갔다. 그래서 부활절 후 첫 화요일 저녁에는 안개가 걷히고 먹구름은 양떼구름처럼 흩어지더니 하늘이 맑게 개었다. 마침내 완연한 봄이었다. 다음 날 아침에는 눈부신 태양이 물 위의 엷은 얼음을 녹였고, 따뜻한 공기에 대지 위로 아지랑이가 피어올랐다. 묵은 풀은 파릇한 옷을 갈아입고, 새 풀은 바늘처럼 삐죽 고개를 내밀었다. 인동덩굴과 구스베리, 끈적끈적한 자작나무 새눈도 수액을 잔뜩 머금고 부풀어 올랐다. 황금빛 꽃을 뿌린 듯한 버드나무 주위로 벌집에서 나온 꿀벌들이 붕붕거리며 날아다녔다. 녹색 비단 같은 풀밭과 아직 그루터기에 얼음이 덮인 농경지 위를 눈에 보이지 않는 종달새들이 날아다니며 노래하고, 또 갈색의 흙탕물이 고인 웅덩이와 늪에서는 댕기물떼새들이 울부짖었고, 학과 기러기가 봄날의 울음소리를 내며 하늘 높이 날아갔다. 목장에서는 아직 털갈이를 미처 끝내지 못해 군데군데 털이 빠진 가축들이 큰 소리로 울고 있었으며, 다리가 굽은 새끼 양들은 털이 깎여 울고 있는 어미 양 주위를 뛰어다녔다. 발놀림이 재빠른 아이들은 맨발 자국이 선명한 마른 흙길을 달리고, 못가에서는 빨래하는 아낙네들의 수다 소리가 시끄럽게 들리고, 마당에서는 가래와 써레를 손보는 농사꾼들의 도끼 소리가 요란하게 울려 퍼졌다. 진짜 봄이었다.

10

레빈은 커다란 부츠를 신고 올 들어 처음으로 모피가 아닌 두꺼운 모직 외투를 걸치고 햇빛으로 눈부신 개울을 건너거나 얼음 위와 질척한 진흙길을 걸으며 농장을 돌아보았다.

그는 축사부터 가보았다. 털갈이를 끝낸 암소들이 매끈한 새 털을 빛내며 햇볕을 쬐면서 들판으로 보내달라는 듯이 울고 있었다. 암소들에 대해 세세한 것까지 알고 있는 레빈은 소들을 잠시 바라본 다음 들판에 풀어주고 우리에는 송아지만 남겨두라고 일렀다. 목부는 들판으로 나갈 채비를 서둘렀다. 가축을 돌보는 아낙네들은 치맛자락을 걷어올리고 아직 햇볕에 그을지 않아 하얀 맨발로 진창을 철버덕거리며, 봄을 맞아 신이 난 듯 울부짖으며 뛰어다니는 송아지들을 마른 나뭇가지로 몰아댔다. 올해 태어나 벌써 암소만큼 자란 송아지들에게 눈이 팔려 있던 레빈은 여물통을 우리 밖에 내놓고 그 바깥쪽으로 울타리를 친 다음 건초를 주라고 일렀다.

레빈은 축사와 광에 있는 것도 좋았지만 들판에 나오자 더욱 유쾌했다. 그는 순한 말이 앞으로 달려감에 따라 규칙적으로 몸을 흔들면서 눈과 공기의 상쾌하고 따뜻한 기운을 들이마시면서 이리저리 발자국이 흩어진 잔설을 밟고 숲 속을 지나갔다. 나무껍질에 파릇한 이끼가 돋고 새싹이 나올 듯한 자신의 나무들을 하나하나 보며 기쁨을 느꼈다. 숲을 지나오자 움푹 팬 곳에만 잔설이 군데군데 남아 있을 뿐 빈터와 늪도 없는 푸른 들판이 부드러운 벨벳 카펫처럼 펼쳐져 있었다.

레빈은 말을 타고 작년에 씨를 뿌린 토끼풀밭으로 갔다. 그리고 봄밀을 파종하려고 쟁기로 갈아놓은 밭으로 가보았다.

그루터기 위로 토끼풀 싹이 놀라울 정도로 완전히 자라 있었다. 쓰러져 있는 작년의 밀 줄기 밑으로 초록색이 선명하게 드러났던 것이다. 말은 반쯤 녹은 진창에 발목까지 빠져 걸음을 옮길 때마다 쭉쭉 발을 빼는 소리가 났다. 말을 타고 농경지를 지나갈 수는 없을 것 같았다. 얼음이 녹지 않은 곳은 그나마 괜찮았지만, 눈이 녹아버린 고랑은 발이 훨씬 더 깊이 빠졌다. 밭갈이는 아주 잘되었다. 이틀 뒤에는 써레질을 하고 씨를 뿌릴 수 있을 것 같았다. 모든 것이 깔끔하게 정리되어 있었으며 모든 것이 즐거웠다. 레빈은 집으로 돌아오면서 물이 빠져 있기를 바라며 개울 쪽으로 향했다. 그리고 바랐던 대로 개울을 건넜다. 물오리 두 마리가 깜짝 놀라는 것을 보고 그는 '도요새가 있을지도 모르겠군.' 하고 생각했다. 마침 집으로 가는 길모퉁이에서 산지기가 그의 예상을 확인해주었다.

레빈은 식사 시간에 늦지 않으려고, 또한 저녁때까지 총을 손질해두려고 집을 향해 힘껏 말을 달렸다.

11

더할 나위 없이 유쾌한 기분으로 집에 이르렀을 때 집 대문 쪽에서 말방울 소리가 들렸다. 레빈은 생각했다.

'누가 역에서 왔나 보군. 모스크바에서 오는 열차가 도착할 시간이야. 누가 온 거지? 니콜라이 형인가? 상황 봐서 병을 치료하러 온천으로 가든지 아니면 나한테 올 수도 있다고 했으니까.'

처음에는 니콜라이 형이 나타나 봄을 맞아 행복한 기분을 망칠까 봐 두렵고 언짢았다. 그러나 곧 그런 생각이 든 것을 부끄러워하며 두 팔을 벌리는 기분으로 형이 왔기를 진심으로 바랐다.

그는 말을 몰아 아까시나무 바깥쪽으로 돌아갔다. 그러자 말 세필이 끄는 역의 임대 썰매에 털외투를 입은 신사가 타고 자기를 향해 다가오는 것이 보였다. 형은 아니었다.

'그래, 말벗이 될 만한 재미있는 사람이면 좋을 텐데.'

그가 생각했다. 그러다 그는 손을 번쩍 들고 반갑게 소리쳤다.

"이게 누군가! 정말 반가운 손님이군! 자네가 어쩐 일로 여기까지 왔나? 정말 반갑네!"

손님은 스테판 아르카디치 오블론스키였다. 레빈은 생각했다.

'그녀가 결혼했는지, 아니면 언제 결혼할지 알 수 있겠군.'

그러고는 이렇게 아름다운 봄날에 그녀 생각을 하면서도 전혀 괴롭지 않다는 것을 깨달았다.

"전혀 몰랐지?"

오블론스키가 썰매에서 뛰어내리면서 말했다. 그의 콧등과 볼 그리고 눈썹에까지 진흙이 튀어 말라붙어 있는 그의 얼굴은 유쾌함과 건강함으로 환하게 빛났다.

"첫 번째 목적은 자네를 만나려고, 두 번째 목적은 철새 사냥을 하려고, 세 번째 목적은 예르구쇼보의 임야를 파는 것이네."

"좋아, 좋아! 그래 이 봄이 어떤가? 자네는 용케도 썰매를 타고 왔군?"

"마차는 더 힘듭니다, 나리."

낯익은 마부가 대답했다.

"아무튼 정말 반갑네."

레빈은 어린애처럼 기쁨에 겨운 미소를 지으며 말했다.

오블론스키는 재미있는 소식을 많이 전해주었다. 그중 레빈의 형 세르게이 이바노비치가 올여름에 그의 마을로 올 계획이라는 흥미로운 소식을 알려주었다.

그러나 키티를 비롯해 셰르바츠키 집안사람들 얘기는 한 마디도 하지 않았다. 다만 아내의 안부를 전하는 게 전부였다. 레빈은 오블론스키의 세심한 배려가 고마웠고, 그가 찾아와 주어 진심으로 반가웠다. 늘 그랬듯이 혼자 지내는 동안 그의 가슴속에는 주변 사람들에게 전할 수 없었던 생각과 감정이 수없이 쌓여 있었다. 그래서 지금 레빈은 오블론스키에게 봄의 시적인 환희와 농사 계획이나 실패한 경험, 읽은 책에 대한 의견과 사상, 특히 그 자신은 느끼지 못했지만 농사에 관한 온갖 낡은 서적을 비판하는 자신의 저술에 대해 이야기했다.

레빈은 창문으로 숲의 앙상한 나무 꼭대기 너머로 지는 노을을 바라보며 말했다.

"시간이 되었어."

그러고는 아래층으로 뛰어 내려가며 소리쳤다.

"쿠지마, 마차를 준비하게!"

오블론스키도 아래층으로 내려와 돛천으로 만든 덮개를 걷고 직접 꼼꼼하게 칠한 상자를 열어 고급 신형 소총에 장전했다. 벌써부터 푼돈을 톡톡히 챙길 수 있겠다 싶었던 쿠지마는 오블론스키의 옆에서 양말과 부츠를 신는 일까지 거들었다. 오블론스키도 기꺼이 도움을 받았다.

"이봐, 코스탸, 랴비닌이라는 상인이 오면 들어와서 기다리라고 해……. 오늘 오라고 말해뒀거든."

"아니 자네도 그를 아나?"

"그럼, 아주 잘 알지. 난 그 남자와 '결정적인' 거래를 한 적도 있다네.”

오블론스키는 웃었다. '결정적'이라는 단어는 그 상인이 즐겨 쓰는 말이었다.

“응, 그 친구는 아무 데나 농담을 갖다 붙이지. 어이쿠, 이놈은 벌써 주인이 어딜 가는지 아네!”

레빈은 끙끙거리며 자신의 손이며 부츠, 총을 핥고 있는 라스카를 손으로 가볍게 쓰다듬었다.

그들이 밖으로 나갔을 때 마차는 벌써 현관 앞에 와 있었다.

“마차를 준비시켰네. 멀지는 않은데 걸어가 볼까?”

“아니, 타고 가는 게 좋겠네.”

오블론스키가 마차에 오르면서 말했다. 그는 호피 담요를 무릎에 두르고 시가에 불을 붙였다.

“자네는 왜 담배를 안 하나! 시가는 만족 그 이상, 그러니까 만족의 극치라고 할 수 있지. 만족의 표상이랄까. 이것이야말로 진정한 삶이네! 정말 좋아! 이것이 내가 바라던 삶인지도 모르겠어!”

“누가 그러지 못하게 하기라도 하나?”

레빈이 웃으면서 말했다.

“아니, 자네는 행복한 남자야. 자네는 좋아하는 것을 다 가졌지. 좋아하는 말도 있고, 개를 데리고 사냥할 수도 있고, 농장도 있으니 말일세.”

“아마도 그것은 가진 것에 만족하고 없는 것에 한탄하지 않는 덕분이겠지."

레빈은 키티를 생각하면서 말했다.

12

사냥터는 그리 멀지 않은, 작은 백양나무 숲 개울가에 있었다. 숲
앞에 이르자 레빈은 마차에서 뛰어내려 이끼가 많고 눈이 다 녹아
질척한 빈터 구석으로 오블론스키를 데려갔다. 그리고 자신은 다른
쪽 갈라진 자작나무의 말라 죽은 낮은 가지에 총을 기대놓고 윗옷
을 벗고 허리띠를 다시 매고 손을 자유롭게 쓸 수 있는지 시험해보
았다.

그를 따라온 회색 늙은 개 라스카는 그를 마주 보고 얌전하게 앉
아 귀를 쫑긋 세웠다. 해는 숲 저편으로 기울고 있었다. 저녁놀 속
에서 백양나무 숲에 흩어져 자란 자작나무의 금방이라도 터질 듯
부풀어 오른 새순으로 축 늘어진 가지가 뚜렷하게 보였다.

멀리서 휘파람 소리 같은 것이 들려왔다. 사냥꾼에게는 귀에 익
은 그 소리가 규칙적으로 들려왔는데, 2초 후에는 두 번째 소리, 또
세 번째 소리가 이어졌다. 그리고 그다음에는 새 울음소리가 들려
왔다.

레빈이 주위를 둘러보자 짙푸른 하늘에 백양나무 꼭대기에 얽힌
부드러운 어린 가지 위를 날아오르는 작은 새가 보였다. 새는 그를

향해 정면으로 날아왔다. 팽팽한 천을 찢는 듯한 울음소리가 바로 귀 위에서 울렸다. 이미 새의 긴 부리와 목을 알아볼 수 있었다. 레 빈이 겨냥하는 순간 오블론스키가 서 있던 덤불에서 빨간 불빛이 번쩍였다. 새가 화살처럼 내려왔다가 다시 높이 솟구쳐 날아올랐다. 다시 불빛이 번쩍이고 총소리가 들렸다. 그러자 새는 공중에서 멈추려는 것처럼 날개를 퍼덕이다가 일순간 멈추더니 곧 철퍼덕 소리를 내며 진창에 떨어졌다.

"빗맞았나?"

연기 때문에 보지 못한 오블론스키가 외쳤다.

"명중했네. 여기 벌써 가져왔어."

레빈은 라스카를 가리키며 말했다. 라스카는 한쪽 귀를 쫑긋 세우고 털이 복슬복슬한 꼬리를 흔들며, 총에 맞아 죽은 새를 물고, 마치 웃는 것처럼 만족스러운 기분을 조금이라도 더 오래 느끼고 싶은 듯 느릿느릿 걸어서 주인에게 왔다.

"자네가 성공해서 기쁘네."

레빈은 기쁜 한편 부러워하며 말했다.

"오른쪽 총신에서 빗나갔어!"

오블론스키는 총알을 장전하면서 대답했다.

사냥 성과는 매우 좋았다. 오블론스키는 두 마리를 더 잡았고, 레 빈도 두 마리를 맞혔으나 한 마리는 찾지 못했다. 어두워지기 시작하자 자작나무 뒤의 서편 하늘에 나지막이 걸린 맑은 은빛 샛별이 부드럽게 반짝였다. 동쪽 하늘 높이 음침한 황소자리의 으뜸별이 벌써 그 붉은빛을 발하기 시작했다. 레빈 머리 위로 큰곰자리 별들이 드문드문 나타났다. 도요새들은 더 이상 날아오르지 않았다. 그러나 레빈은 자작나무 가지보다 낮게 떠 있는 샛별이 더 높이 떠오르고, 큰곰자리의 별들이 또렷이 떠오를 때까지 좀더 기다려보기로 했다. 샛별은 이미 나뭇가지 위로 높이 떠올랐고, 큰곰자리 별들은 짙푸른 하늘에 전차의 채까지 또렷이 나타났지만, 그는 계속 기다렸다.

"그만 돌아가지?"

오블론스키가 말했다.

어느새 숲에 정적이 감돌고 새 한 마리 움직이지 않았다.

"조금만 더 기다려보세."

레빈이 말했다.

"그럼 좋을 대로 하게."

두 사람은 열다섯 걸음쯤 떨어져 있었다.

그때 레빈이 불쑥 말했다.

"스티바! 자네 처제가 결혼했는지 아니면 언제 하는지 왜 말하지 않나?"

레빈은 매우 의연하고 차분했기 때문에 어떤 대답에도 동요하지 않으리라 여겼다. 그러나 오블론스키의 대답은 뜻밖이었다.

"처제는 결혼을 생각한 적도 없고 지금도 그런 생각이 없네. 결혼은커녕 건강이 몹시 나빠져서 의사가 외국으로 요양 보냈다네. 모두 생명에 지장이 있는 건 아닌지 걱정하고 있다네."

"뭐라고! 얼마나 나쁘길래? 도대체 어떻게 된 건가? 어째서 그녀가……."

레빈이 소리쳤다.

그들이 이런 얘기를 하는 동안 라스카는 귀를 쫑긋 세우고 하늘을 쳐다보더니 비난하듯 그들을 바라보았다. 개는 '지금 그런 얘기할 때가 아니야. 새가 날아온다고. 저것 봐, 왔잖아. 놓치겠어.'라고 말하는 듯했다.

마침 이때 귀를 찌르는 듯한 날카로운 울음소리가 들렸다. 두 사람은 재빨리 총을 집었다. 섬광 2개가 번쩍임과 동시에 두 발의 총성이 울렸다. 하늘 높이 날아오르던 도요새는 돌연 날개를 접고 가늘고 어린 가지를 구부러뜨리며 나무가 우거진 숲으로 떨어졌다.

"야, 정말 멋져! 똑같이 맞혔어!"

레빈이 외치면서 라스카를 앞세우고 도요새를 찾으러 숲으로 뛰어갔다. 그러면서 그는 생각했다.

'아, 지금 무엇 때문에 기분이 안 좋았지? 그래, 키티가 몸이 안 좋다고 했지. 하지만 내가 어쩌겠어. 정말 가엾군.'

"찾았어! 정말 영리한 놈이야."

그는 라스카가 물고 온 아직도 온기가 남은 새를 가득 찬 사냥 자루에 넣으면서 말했다. 그러고는 소리쳤다.

"찾았어, 스티바!"

13

레빈은 집으로 돌아오는 길에 키티의 병과 셰르바츠키 가족의 계획에 대해 상세히 물었다. 그리고 이런 말을 하기는 양심에 걸리지만 그 소식을 듣고 기분이 좋았다. 아직 희망이 있기 때문이기도 했지만, 자기를 아프게 했던 그녀가 지금은 고통스러워하고 있다는 점 때문이었다. 그러나 레빈은 키티가 병이 난 이유를 오블론스키가 설명하면서 브론스키라는 이름을 꺼내자 그의 말을 가로막았다.

"난 다른 사람의 가정사를 일일이 알 권리가 없네. 아니, 솔직히 말해서 별 관심이 없네."

오블론스키는 1분 전까지만 해도 기뻐하던 레빈이 갑자기 우울한 표정을 짓자, 익히 본 적이 있는 일시적인 변화를 알아채고 넌지시 미소 지었다.

사실 레빈은 기분이 썩 좋지 않았다. 그래서 좋아하는 친구에게 성의를 다하고 싶은 마음이 간절했지만, 실제로는 자신의 감정을 억누를 수 없었다. 키티가 결혼하지 않았다는 소식에 그의 마음은 점점 더 흔들리기 시작했다.

14

키티가 결혼도 하지 않고 아프다. 그녀를 배신한 남자 때문에 병이 난 것이다. 레빈은 마치 자신이 모욕을 당한 것이나 마찬가지라고 여겼다. 브론스키는 그녀를 거절했고 그녀는 그를 거절했다. 따라서 브론스키는 레빈을 경멸한 것이나 마찬가지였고, 그 때문에 그의 적이 되었다.

"그럼 브론스키는 지금 어디 있나?"

레빈이 갑자기 물었다.

"브론스키?"

오블론스키는 하품을 하다 말고 말했다.

"그 친구는 페테르부르크에 있네. 자네가 떠나고 바로 그 친구도 떠났어. 그러고 나서는 모스크바에 오지 않았어. 이봐, 코스탸, 솔직히 말하겠네."

그는 탁자 위에 팔꿈치를 괴고 손으로 그 불그스름하고 잘생긴 얼굴을 받치고 말했다.

"자네 잘못도 있어. 자네는 경쟁자를 두려워했어. 하지만 그때 내가 말했듯이 누가 가능성이 더 큰지는 알 수 없었어. 자네는 왜 계속 밀어붙이지 않았나? 내가 자네에게 말했잖나……?"

오블론스키는 턱만 움직여 하품했다.

레빈은 그를 바라보면서 생각했다.

'이 친구는 내가 청혼했다는 걸 모르나? 맞아, 이 친구 얼굴을 보면 어딘가 간사하고 정치적인 구석이 있는 것 같아.'

그리고 자기 얼굴이 상기되는 것을 느낀 그는 말없이 오블론스키의 눈을 응시했다. 오블론스키가 말을 이었다.

"그때 그녀는 진정으로 유혹을 느낀 것이 아니었어. 순전히 귀족주의와 사교계에서의 장래 상황 때문에 그 어머니가 나서서 그런 것이라네."

레빈은 인상을 찌푸렸다. 거절당했을 때의 모멸감이 방금 상처받은 것처럼 생생하게 되살아나 그의 심장을 불태웠다. 그러나 지금 그는 자신의 집에 있었고, 사방의 벽이 그를 보호해주었다.

"잠깐, 잠깐."

그가 오블론스키의 말을 가로막았다.

"귀족주의라고? 자네에게 물어보지. 대체 귀족주의라는 게 뭔가? 나를 모욕한 귀족주의가 뭐냐 말일세? 자네는 브론스키가 귀족이라고 생각할지 모르지만 난 그렇게 생각지 않네. 그의 아버지는 천박한 간계를 부려 출세했고, 그의 어머니는 관계를 가지지 않은 사람이 거의 없는 그런 인간이 어째서⋯⋯. 주제넘은 말인지는 모르나 나는 나와 같은 사람들을 귀족이라고 생각하네. 수준 높은 교양(재능과 지혜는 별개네)을 갖추고 삼사 대에 걸쳐 명예를 이어온 집안의 사람들, 내 아버지와 할아버지처럼 누구 앞에서도 비굴한 행동을 하지 않았고, 누구에게도 경제적 어려움을 호소하지 않은 사람들이야말로 귀족이지. 자네는 숲의 나무를 세는 일이 미천하게 보이겠지. 어쨌든 자네는 랴비닌에게 3만 루블을 갖다 바쳤으니까. 자네는 연봉이다 뭐다 내가 모르는 수입이 있지만 나한테는 그런 것이 없어. 그래서 나는 선대로부터 물려받은 것과 열심히 일해서 얻은 것들을 소중히 여기지. 우리야말로 진정한 귀족이야. 권력 사회에서 얻는 것으로 생활하고 20코페이카 정도로 얼마든지 살 수 있는 그런 건 귀족이라고 할 수 없어."

"그런데 자네는 누구를 빗대 얘기하는 건가? 나도 자네 생각과 같아."

오블론스키는 레빈이 20코페이카만 내면 살 수 있는 부류에 자신도 포함된다는 것을 알면서도 유쾌하게 말했다.

"도대체 누구 얘기를 하는 거야? 브론스키에 대해 자네가 오해하고 있는 것도 많아. 하지만 나는 그 얘기를 하는 게 아냐. 자네에게 분명히 말하지만, 내가 자네라면 지금 당장 모스크바로 가겠네. 그리고……."

"아니야, 자네가 알고 있는지는 모르겠지만 나는 어차피 마찬가지야. 나는 청혼했다가 거절당했어. 그래서 지금 카테리나 알렉산드로브나라는 이름은 나에게 너무 부끄럽고 고통스러운 기억이야."

"말도 안 돼. 그거야말로 쓸데없는 생각이야."

"이제 그런 얘기는 그만하세. 그리고 자네가 불쾌했다면 용서해주게."

레빈이 말했다.

속마음을 모두 털어놓고 나자 그는 다시 아침에 보았던 원래 모습으로 돌아왔다.

"자네, 나한테 화난 건 아니지, 스티바? 화난 게 아니었으면 좋겠네. 정말이야."

그가 미소 지으며 오블론스키의 손을 잡았다.

"내가 화낼 일이 뭐 있겠나. 오히려 터놓고 얘기할 수 있어서 기분 좋네. 그건 그렇고, 아침에 사냥하는 것도 좋을 것 같은데? 어떤가? 나는 그냥 이대로 밤을 새우고 사냥터에 갔다가 거기서 곧장 역으로 가도 되네."

"그것도 좋지."

15

브론스키의 내적인 생활은 정열로 가득했지만, 외적인 생활은 사교계와 연대의 여러 가지 이해관계로 인해 어쩔 수 없이 늘 해오던 궤도를 따라 돌아가고 있었다.

연대에서의 이해관계는 브론스키의 생활에서 중요한 부분을 차지하고 있었다. 그것은 그가 연대에 애착을 갖고 있기도 하고, 그 이상으로 연대의 모든 사람들이 그를 좋아하기 때문이었다.

연대의 모든 사람들이 브론스키를 좋아할 뿐 아니라 그를 존경하고 자랑스럽게 여겼다. 어마어마한 부를 가진 데다 탁월한 교양과 재능으로 성공과 명예, 출세의 가도를 달리면서도, 그런 것에 아랑곳하지 않고, 삶의 다양한 이해관계 속에서도 연대와 동료들을 무엇보다도 소중히 여기기 때문이었다. 브론스키는 동료들이 자기를 어떻게 생각하는지 알고 있었다. 그래서 그 생활에 애착을 가질 뿐 아니라 자신에 대한 사람들의 생각에 부응할 의무가 있다고 느꼈다.

물론 자신의 연애에 대해서는 누구에게도 말하지 않았다. 아무리 흥겨운 술자리에서도 (그는 어떤 경우에도 자제력을 잃을 만큼 마신 적이 없다) 입 밖에 내는 법이 없었다. 그와 안나의 관계를 어렴풋이 눈치채고 은근슬쩍 내비치려는 동료에게는 특히 입조심을 했다. 그러나 그의 사랑은 세상 밖으로 퍼져 나갔다. 모두 카레니나 부인과 그의 관계를 명확하게 짐작하고 있었다. 젊은 사람들은 대부분 그의 사랑이 쉽지 않다는 점, 말하자면 카레닌의 지위가 높아서 추문이 떠돌기 쉽다는 점을 꺼림칙하게 여기고 있었다.

안나가 부러움의 대상이기는 하지만 그녀가 정숙한 부인으로 불리는 것을 오래전부터 못마땅하게 여기고 있던 젊은 부인들은 자신들이 예상했던 일이 일어나자 기뻐하면서, 사람들의 평판이 공식적으로 뒤바뀌면 온갖 경멸을 그녀에게 쏟아부으려고 잔뜩 벼르고 있었다. 기회가 오면 던지려고 욕설로 뭉친 진흙 덩이를 마련해두고 있었던 것이다. 지체 높고 나이 지긋한 사람들은 금방이라도 터질 것 같은 사교계의 추문을 마땅찮게 여기고 있었다.

브론스키의 어머니는 두 사람의 관계를 알고 처음에는 좋아했다. 그녀의 주장에 따르면 상류사회의 전도양양한 젊은이에게 정사만큼 화려한 장식품도 없다는 것이었다. 또한 자기가 좋아하는 카레니나 부인, 그토록 아들을 끔찍이 여기는 그녀가 아름답고 지체 높은 여느 부인과 별 다를 바 없다는 사실에 흡족해했다. 그러나 최근에 브론스키가 오직 카레니나 부인을 만날 수 있는 부대에 남기 위해 출세의 기회를 잡을 수 있는 요직을 거절했고, 또 그 일로 상관들의 눈 밖에 났다는 얘기를 듣고는 생각이 바뀌었다. 또 이 정사에 대해 들은 모든 얘기들로 미뤄보아, 이것은 자신이 인정할 만한 근사하고 우아한 사교계의 정사가 아닌 베르테르(괴테의 작품 《젊은 베르테르의 슬픔》의 주인공을 이른다.—옮긴이)식의 절망적이고, 상식에서 벗어난 어리석은 정열이라는 것을 알게 되었다. 그녀는 아들이 갑자기 모스크바를 떠난 뒤로 그를 보지 못했기 때문에 큰아들을 통해 자기를 만나러 오라는 전갈을 보냈다.

형도 동생의 그런 행동이 못마땅했다. 그는 그 사랑이 어떤 종류인지, 중요한지 사소한지 열정적인지 그저 그런지, 패륜적인지 아닌지는(그 자신도 아들이 있으면서 한 무용수를 정부로 두고 있었기 때문에 이 점에 대해서는 너그러웠다) 상관없었다. 그러나 동생이 잘 보여야 할 사람들이 이 사랑을 못마땅하게 여겼기 때문에 그것을 용납할 수 없었다.

일과 사교계 외에 브론스키가 좋아하는 것이 또 하나 있었다. 바로 승마였다. 그는 정말 열광적으로 말을 좋아했다.

올해는 장교들이 참가하는 장애물경마가 열릴 예정이었다. 브론스키는 이 경마에 참가하려고 영국산 순종 암말을 사들였다. 사랑에 빠지면서 경마를 다소 절제하기는 했으나, 눈앞에 다가온 경마에 열정적으로 빠져들고 말았다.

이 2개의 정열은 서로 상충되지 않았다. 오히려 그에게는 사랑이외에 마음을 쏟을 일이 필요했다. 심신이 개운해지고 괴로운 마음에서 벗어나 정신적인 휴식을 취할 필요가 있었던 것이다.

16

크라스노예 셀로에서 경마가 열리는 날, 브론스키는 평소보다 일찍 연대의 장교 클럽 식당으로 갔다.

그는 경기가 끝나고 나서 안나를 만날 생각이었다. 그는 사흘이나 그녀를 만나지 못했다. 게다가 외국에 나갔던 남편이 돌아와 오늘 약속을 지킬 수 있을지도 의문이었고, 그것을 확인할 방법도 없었다. 요즘 그가 그녀를 만나는 곳은 사촌 누이 벳시의 별장이었고, 카레닌의 별장에는 되도록 가지 않았다. 그러나 지금은 그곳으로 갈 구실을 생각하고 있었다.

'벳시의 부탁으로 그녀가 경마를 보러 올지 물어보러 왔다고 해야겠어. 아무튼 가야 해.'

그는 책에서 고개를 들고 결심했다. 그녀를 만날 수 있다는 행복감에 그의 얼굴에 화색이 돌았다.

그는 뜨거운 은접시에 비프스테이크를 담아 온 하인에게 말했다.

"지금 당장 우리 집으로 사람을 보내 빨리 삼두마차를 준비하라고 일러주게."

그러고는 접시를 끌어당겨 음식을 먹었다.

이때 균형 잡힌 몸집에 키가 훤칠한 기병대위 야시빈이 들어왔다. 그는 다가오더니 커다란 손으로 브론스키의 견장을 세게 치면서 소리쳤다.

"여기 있었군!"

브론스키는 성가시게 되었다는 듯 돌아보았지만, 특유의 차분하고 다부지며 부드러운 표정이 얼굴에 가득했다.

야시빈은 의자 높이보다 훨씬 긴, 폭이 좁은 승마용 바지 차림의 넓적다리와 정강이를 각지게 구부리고 브론스키 옆에 앉았다.

"어제저녁에 크라스넨스키 극장에는 왜 안 왔나? 누메로바가 그리 나쁘지는 않았는데. 자네 어디 있었나?"

"나는 트베르스카야 집에 계속 있었어."

브론스키가 말했다.

"그렇군!"

야시빈은 노름꾼이자 난봉꾼으로 규범을 무시할 뿐 아니라 무도덕주의를 추구하는 인물이었다. 브론스키는 연대 사람들 중에 야시빈과 가장 가깝게 지냈다. 브론스키가 그를 좋아하는 이유는, 그가 밤을 새우며 술통째로 들이켜도 끄떡없는 남다른 체력을 가지고 있고, 늠름한 태도로 동료는 물론 상관들까지 그를 어려워하면서도 존경했으며, 아무리 술을 많이 마셔도 영국 클럽에서 최고의 도박사로 인정받을 만큼 빈틈을 보이지 않고 몇 만을 거는 승부사 기질의 위대한 정신력을 가지고 있었기 때문이다. 또한 브론스키는 야시빈이 명성이나 재산 때문이 아니라 그저 한 사람으로서 자기를 좋아한다는 점이 마음에 들었다. 그래서 브론스키는 자기의 사랑을 말하고 싶은 유일한 사람이 바로 야시빈이었다. 그는 야시빈이 겉으로는 사랑의 감정이라는 것을 경멸하지만, 지금 자기의 삶을 온통 채우고 있는 불꽃 같은 열정을 이해해줄 것 같았다. 게다가 야시빈은 소문이나 비방 따위는 신경 쓰지 않고 이 감정을 있는 그대로 이해해주리라 여겼다. 말하자면 이 사랑이 농담이나 장난이 아니라 진지하고 중요한 것임을 믿어주리라 확신했다.

브론스키는 자신의 사랑에 대해 그에게 말한 적이 없다. 그러나 그가 이미 다 알고 있고, 곡해하지 않고 이해하고 있다는 것을 알고 있었다. 브론스키는 그의 눈빛에서 그것을 읽고 흐뭇했다.

"그만 일어나지. 난 끝났어."

브론스키는 이렇게 말하고 일어나 문으로 걸어갔다. 야시빈도 그 긴 다리와 등을 펴고 일어나더니 소리쳤다.

"자네 집으로 가는 거지? 같이 가세."

그는 브론스키를 따라 나갔다.

17

브론스키의 숙소는 칸막이가 쳐진 넓고 깨끗한 핀란드식 오두막이었다. 이 야영지에서도 그는 페트리츠키와 함께 지냈다. 브론스키가 숙소로 돌아왔을 때 페트리츠키는 아직 자고 있었다.

"그만 일어나."

야시빈은 칸막이 뒤로 가서 헝클어진 머리로 베개에 코를 박고 잠든 페트리츠키의 어깨를 툭 치면서 말했다. 페트리츠키는 벌떡 일어나 무릎을 꿇고 주위를 두리번거리더니 브론스키에게 말했다.

"자네 형님이 왔었네. 나를 깨우더니 다시 오겠다면서 나갔어."

그러더니 다시 담요를 끌어당기고 베개 위로 쓰러졌다.

브론스키가 프록코트를 입자 야시빈이 물었다.

"또 어디를 가려고 그러나? 어, 마차도 오네?"

그가 마차를 보며 말했다.

"마구간에 가려고. 말 때문에 브랸스키한테도 가야 하고."

브론스키가 말했다.

실제로 페테르호프에서 10베르스타(약 10킬로미터―옮긴이) 거리에 사는 브랸스키에게 말값을 갖다 주어야 했기 때문에 잠시 들를 생각이었다. 그러나 친구들은 그가 그곳만 들르는 게 아니라는 것을 알고 있었다.

페트리츠키는 노래를 흥얼거리며 윙크하고는 어떤 브랸스키인지
다 안다는 듯 입술을 한쪽으로 삐죽해 보였다. 그러더니 이미 밖으
로 나간 브론스키에게 소리쳤다.

"잠깐만! 자네 형님이 편지와 쪽지를 남겼어. 잠깐 기다려. 어디
있지?"

브론스키가 걸음을 멈췄다.

"어디 있는데?"

"그러게 말이야. 어디 뒀는지가 문제네."

페트리츠키는 집게손가락을 코앞에 대고 세우면서 우쭐거리듯
말했다.

"어서 말해. 장난치지 말고!"

브론스키가 웃으며 말했다.

"불쏘시개로 쓰지도 않았고, 어디 있을 텐데."

"이봐, 장난치지 마. 대체 편지를 어디다 둔 거야?"

"아니, 정말 있었는데. 꿈을 꾼 건 아니겠지? 잠깐, 가만있어 봐.
그렇다고 화낼 것까진 없잖아. 혼자 네 병이나 마셔봐. 어디서 나가
떨어져도 모르지. 잠깐 기다려봐. 곧 생각날 거야."

페트리츠키는 칸막이 너머로 들어가 침대에 누워서 말했다.

"나는 이렇게 누워 자고 있었고, 그는 저기 서 있었단 말이야. 그
래…… 바로 여기야!"

페트리츠키는 요 밑에서 편지를 꺼냈다.

브론스키는 그에게서 편지와 쪽지를 건네받았다. 짐작했던 대로 그가 오지 않는다고 꾸짖는 어머니의 편지와 의논할 것이 있다는 형의 쪽지였다. 브론스키는 모두 다 그 일과 관련된 것임을 알고 있었다.

'그들이 무슨 상관이겠어!'

브론스키는 생각했다. 그리고 가면서 천천히 읽어보려고 편지를 다시 접어 프록코트 단추 사이에 쑤셔 넣었다.

18

마차가 막 출발하려고 하자 아침부터 기미를 보이던 먹구름이 갑자기 몰려와 소나기를 퍼부었다.

'이거 안 되겠는데! 그렇잖아도 진창인데 이러다가는 늪이나 진배없겠어.'

브론스키는 마차의 포장을 올리면서 생각했다.

그는 포장을 친 마차 속에 혼자 앉아 어머니의 편지와 형의 쪽지를 읽었다.

편지 내용은 예상했던 대로 한결같았다. 어머니와 형 모두 그의 감정 문제에 개입하려 들었다. 이러한 참견에 그는 이제까지 경험한 적 없는 적대적인 감정이 솟구쳤다.

'대체 자기들과 무슨 상관이라고 그러지? 왜 내 일을 걱정할 의무가 있다고 생각하는 걸까? 왜 나를 귀찮게 하지? 그들은 이 일을 도무지 이해할 수 없는 일이라고 여기고 있어. 이것이 흔히 있는 사교계의 속된 관계였다면 성가시게 이러지는 않을 거야. 틀림없이 그들은 이 일이 뭔가 예사롭지 않은 것, 일시적인 연애가 아니라는 것, 내가 그녀를 목숨보다 귀하게 여기고 있다는 것을 아는 거야. 그 점을 이해할 수 없고, 화가 나는 거지. 앞으로 우리의 운명이 어떻게 되든 그것은 우리가 자초한 일이야. 그러므로 우리는 후회하지 않아.'

그는 자신과 안나를 '우리'라는 말로 결합하면서 속으로 중얼거렸다.

'이들은 우리에게 어떻게 살아야 한다고 가르쳐줘야 직성이 풀릴 거야. 행복이 뭔지도 모르면서, 사랑 없이는 행복도 불행도 없다는 것을, 아니 삶 자체가 없다는 것도 모르면서.'

그가 이 일에 참견하려 드는 모든 사람들에게 화가 나는 것은, 마음속으로는 그들이 그럴 만하다고 느꼈기 때문이다. 그와 안나의 사랑은 기쁨과 슬픔에 대한 기억 말고는 아무것도 남기지 않는, 일시적인 사교계의 정사가 아니었다. 그러나 자기와 그녀가 괴로운 처지에 놓여 있음을, 자신들의 사랑이 만천하에 드러났는데도 그것을 숨기려고 거짓말을 해야 하고, 두 사람의 사랑 말고는 다른 모든 것을 잊을 만큼 열렬한 순간에도 한편으로는 남을 의식하며 천연덕스럽게 속여야 하는 어려움에 처해 있음을 절감하고 있었다.

그는 자신의 성격과 달리 허위와 기만에 빠질 수밖에 없었던 수많은 상황들을 생생하게 떠올렸다. 더욱이 그는 이 허위와 기만의 순간에 수치심을 느끼는 그녀를 여러 번 보았다. 그리고 그는 안나와 관계를 맺고 나서 가끔 기묘한 감정에 휩싸이곤 했다. 그것은 무언가를 혐오하는 감정이었는데, 그 대상이 카레닌인지, 자기 자신인지, 아니면 사교계 전체인지 알 수 없었다. 어쨌든 그는 항상 이런 묘한 감정을 떨쳐버리려고 했다. 지금도 그는 머리를 흔들고 계속 생각했다.

'그래, 지금까지 그녀는 불행했어. 하지만 당당하고 침착하게 행동했어. 아직까지는 그런 기색을 보이지 않았지만 언제까지 의연하게 행동할 수는 없을 거야. 그래, 이 문제를 빨리 해결해야 해.'

그는 마음속으로 다짐했다.

처음으로 그는 허위를 불식해야 한다, 그것도 가능한 빨리 하는 것이 좋다고 생각했다.

'그녀와 나, 우리 둘 다 모든 것을 버려야 해. 우리의 사랑만을 가지고 어딘가로 숨어야 해.'

그는 속으로 중얼거렸다.

19

소나기는 오래가지 않았다. 브론스키가 별장에 도착했을 때 태양이 다시 얼굴을 내밀었다.

브론스키는 그녀가 혼자 있기를 기대하며 늘 그렇듯 사람들 눈에 띄지 않으려고 다리 앞에서 마차에서 내려 걸어갔다. 그는 큰길에서 바로 현관 계단으로 가지 않고 마당으로 들어섰다.

"주인 나리 오셨는가?"

그가 정원사에게 물었다.

"아직 안 오셨습니다. 부인께서는 계십니다. 저, 현관으로 들어가시지요. 그쪽에 사람이 있으니 문을 열어줄 겁니다."

정원사가 대답했다.

그는 안나 혼자 있다고 하자 그녀를 놀래주고 싶었다. 그녀는 오늘 만나기로 약속한 것도 아니고, 경마 전에 자기가 오리라고는 미처 생각지 못하고 있을 것이기 때문이었다.

그녀는 산책을 나갔다가 소나기를 맞았을 아들을 기다리며 테라스에 혼자 앉아 있었다. 그녀는 세료자를 찾으러 하인과 하녀를 보내고 그들을 기다리고 있었던 것이다. 그녀는 가장자리에 넓게 수놓은 하얀 옷을 입고 테라스 한쪽의 꽃그늘 아래 앉아 있었다. 그녀는 브론스키가 온 줄은 조금도 눈치채지 못했다. 그녀는 곱슬곱슬한 검은 머리를 늘어뜨린 채 난간 위에 놓인 차가운 물뿌리개에 이마를 대고, 그에게는 매우 낯익은 반지를 낀 아름다운 두 손으로 물뿌리개를 꽉 쥐고 있었다. 그는 그녀의 머리와 목, 손 등 아름다운 모습을 볼 때마다 새삼스럽게 놀라곤 했다. 그는 황홀하게 그녀를 바라보며 걸음을 멈췄다. 그러나 한 발을 다시 내딛었을 때 그녀는 벌써 기척을 느끼고 물뿌리개를 밀치며 상기된 얼굴로 그를 돌아보았다.

"무슨 일 있나요? 몸이 안 좋아요?"

그는 다가가면서 프랑스어로 말했다. 그는 뛰어가고 싶었지만 다른 사람들이 보고 있을지도 몰라 테라스의 문 쪽을 돌아보며 얼굴을 붉혔다. 두렵거나 긴장할 때 그는 늘 얼굴을 붉혔다.

"아니에요, 괜찮아요. 당신이 올 줄은 생각도 못 했어요."

그녀는 일어나 그가 내민 손을 꼭 잡으며 말했다.

"왜 이렇게 손이 차죠?"

그가 말했다.

"당신이 놀라게 했잖아요. 세료자를 기다리는 중이에요. 그 애는 산책을 나갔는데, 다 같이 이리로 올 거예요."

그녀는 애써 침착하려고 했으나 입술이 바르르 떨렸다.

"갑자기 찾아와서 미안해요. 하지만 당신 얼굴을 보지 않고서는 하루도 견딜 수가 없어요."

그는 계속 프랑스어로 말했다.

"미안하다니요? 난 기뻐요."

"하지만 당신은 몸이 안 좋거나, 무슨 걱정이라도 있는 것 같아요. 무슨 생각을 하고 있었나요?"

그는 안나의 손을 놓지 않고 그녀에게 몸을 숙이며 말했다.

"늘 한 가지 생각뿐이죠."

그녀가 웃으면서 말했다. 그녀는 언제나 자신의 행복과 불행에 대해 생각하고 있었다. 그래서 지금도 다른 사람들에게는 아무것도 아닌 일이 자기에게는 왜 이렇게 괴로운 일일까 하고 생각했다. 특히 오늘은 이러한 생각이 그녀를 더욱 괴롭혔다. 그녀가 경마에 대해 묻자 그는 경마 준비에 대해 세세히 얘기했다. 그녀는 그의 차분하고 부드러운 눈빛을 바라보며 생각했다.

'얘기할까, 하지 말까? 이렇게 행복해하고 경마에 정신을 쏟고 있는 사람에게 어떻게 얘기하지? 이 일이 우리에게 얼마나 중요한지 이해하지 못할 거야.'

그때 그가 얘기를 중단하고 말했다.

"그건 그렇고, 방금 무슨 생각을 하고 있었는지 말하지 않았어요. 얘기해주세요."

그러나 그녀는 대답하지 않았다. 그녀는 고개를 살짝 숙이고, 긴 속눈썹 아래 반짝이는 눈으로 그를 찬찬히 살펴보았다. 뜯어낸 나뭇잎을 만지작거리는 손이 바르르 떨렸다. 그것을 보고는 그의 얼굴에 늘 그렇듯 그녀의 마음을 사로잡는, 고분고분하고 노예와도 같은 순종적인 표정이 나타났다.

"분명 무슨 일이 있군요. 당신의 슬픔을 모르고서야 어떻게 잠시라도 마음 편할 수 있겠어요? 말해주세요, 어서!"

그는 애원하듯이 말했다.

그를 바라보는 그녀의 손에 들린 나뭇잎이 덜덜 떨리고 있었다. 그녀는 생각했다.

'이 일을 진정으로 이해해주지 않는다면 난 이이를 용서하지 않을 거야. 차라리 얘기하지 말자. 이이를 시험할 필요는 없어.'

"자, 어서 얘기해봐요."

그가 그녀의 손을 잡고 말했다.

"얘기해야 할까요?"

"그럼요, 얘기해야 하고말고요."

"나, 임신했어요."

그녀가 나지막이 천천히 말했다.

나뭇잎은 그녀의 손 안에서 더 심하게 떨렸다. 그러나 그녀는 그가 어떻게 받아들이는지 보기 위해 그에게서 잠시도 눈을 떼지 않았다. 그의 얼굴이 하얗게 질리더니 뭔가 말하려다 말고 그녀의 손을 놓고 고개를 떨궜다.

'그래, 이이는 이것이 무엇을 의미하는지 충분히 이해하고 있어.'

그녀는 고마운 마음으로 그의 손을 꼭 잡았다.

그러나 그것은 여자의 입장에서 이해하는 것과 달랐다. 그는 그 얘기를 듣는 순간 종종 엄습했던 알 수 없는 혐오감이 10배 더 강하게 솟구쳤다. 그러나 그와 동시에 예상했던 위기가 드디어 닥쳤다는 것, 더 이상 그녀의 남편에게 숨길 수 없다는 것, 조금이라도 빨리 이 불편한 상황을 불식해야 한다는 것을 깨달았다. 그러나 그 외에도 그녀의 흥분이 그의 몸으로 옮겨 왔다. 그러면서도 그녀의 복받친 감정이 그에게도 전달되었다. 감격한 그는 부드러운 눈으로 그녀를 바라보며, 그녀의 손에 키스하고 일어나 말없이 테라스를 거닐었다.

"그래요. 당신과 나는 우리의 관계를 가볍게 여기지 않았어요. 그리고 이제 우리의 운명이 결정되었어요. 어떻게 해서든지 '결론'지어야겠어요."

그는 결연한 태도로 그녀에게 다가서며 말했다. 그리고 주위를 둘러보더니 말했다.

"우리를 둘러싸고 있는 이 허위를."

"결론짓는다고요? 어떻게요?"

그녀는 나지막이 말했다. 그녀는 마음의 안정을 되찾고 부드러운 미소를 지었다.

"남편을 버리고 우리 두 사람이 결합하는 겁니다."

"지금도 결합되어 있지 않나요?"

그녀는 간신히 들릴 만큼 작은 목소리로 대답했다.

"하지만 완전한 게 아니에요. 완전히 결합해야 해요."

"어떻게요? 어떻게 해야 할지 가르쳐줘요. 이 난관을 헤쳐 나갈 방법이 있을까요? 나는 그 사람의 아내인데요?"

그녀는 곤경에 빠진 자신의 처지가 서글픈 듯 말했다.

"어떠한 상황이든 빠져나갈 방법은 있게 마련이에요. 단지 결심이 필요할 뿐이죠. 어떤 상황이든 지금 당신이 처한 상황보다는 나아요. 나는 지금 당신이 얼마나 괴로워하는지 잘 알아요. 모든 것에 대해, 세상과 남편에 대해서도."

"아, 남편은 아니에요. 그 사람은 몰라요. 그 사람 생각은 안 해요. 없는 것처럼 생각하니까요."

그녀는 솔직하게 냉소를 띠고 말했다.

"당신은 스스로를 속이고 있어요. 난 당신을 잘 알아요. 당신은 그 사람 때문에 괴로워하고 있어요."

"그렇지만 그 사람은 아무것도 몰라요."

이렇게 말하는 그녀의 볼과 이마가 빨갛게 달아오르더니 목까지 새빨개졌다. 그녀는 부끄러움에 눈물을 글썽거리며 말했다.

"그 사람 얘기는 그만해요."

20

지금처럼 단호하지는 않지만 브론스키는 벌써 여러 번 그녀에게 자신들의 처지를 진지하게 생각해볼 것을 꾀했다. 그러나 그때마다 지금 그의 시도에 응했던 것처럼 그녀는 표면적이고 가볍게 대답하고 마는 것이었다. 그녀는 뭔가 스스로 의식하지 못하거나, 아니면 의식하려고 하지 않는 것 같았다. 이 일에 관해 이야기할 때는 진짜 그녀는 자기 안으로 깊숙이 숨어버리고 그가 싫어하고 두렵기까지 한 낯설고 기묘한 여자가 나타나는 것 같았다. 그러나 오늘은 다 말해버리고자 결심했다.

브론스키는 늘 그렇듯 확고한 어조로 차분히 말했다.

"그 사람이 알건 모르건 우리하고는 상관없어요. 우리는 더 이상 버틸 수 없어요. 당신은 이렇게 살 수 없어요. 특히 지금은."

"그럼 어떻게 해야 하죠?"

그녀는 조금 냉소적으로 말했다. 조금 전까지만 해도 그녀는 그가 임신 소식을 대수롭지 않은 것으로 치부할까 봐 두려웠는데, 지금은 뭔가 대책을 세워야 한다는 말에 화가 났다.

"그 사람에게 다 털어놓고 떠나는 겁니다."

"좋은 말이네요. 하지만 내가 그렇게 했을 때 어떤 결과가 나타날지 아세요? 내가 미리 말해드리죠."

1분 전까지도 부드러웠던 그녀의 눈빛이 분노로 불타올랐다. 그녀가 계속 말했다.

"당신은 다른 남자를 사랑하고 부적절한 관계를 맺었소. 그건 죄악이오. (그녀는 남편 카레닌의 말투를 흉내 내면서 '죄악'이라는 단어를 힘주어 말했다) 나는 종교, 사회, 가정에 어떤 결과가 빚어질지 경고했소. 하지만 당신은 내 말을 무시했소. 이제 나는 내 명예를 더럽힐 수 없소……."

그녀는 '나의 아들을'이라고 말하고 싶었으나 아들 얘기를 꺼내면 가볍게 넘어갈 수 없을 것 같아서, "명예나 뭐 그런 것들을 들먹일 거예요."라고 말했다.

"어쨌든 그 사람은 정치가답게 분명하고 확실하게 말할 거예요. 나를 놓아줄 수는 없으니 모든 방법을 강구해 추문을 없애겠다고요. 그리고 자신이 말한 것들을 하나하나 실행해나갈 거예요. 내가 말한 결과가 이거예요. 그 사람은 인간이 아니라 기계거든요. 특히 화나면 더욱 무서운 기계요."

덧붙여서 그녀는 카레닌의 외모와 성격, 말할 때의 습관적인 몸짓까지 모든 결점을 세세하게 들춰내 비난하고, 자신이 그에게 무시무시한 죄를 범하고 있으면서도 그의 어떤 점도 용납하지 않았다.

브론스키는 그녀를 달래듯 부드럽게 말했다.

"그러나 안나, 어쨌든 그 사람에게 얘기해야 해요. 그리고 그가 하는 대로 따라야 해요."

"그러고 나서 어떻게 하죠? 도망치면 되나요?"

"그렇게 못할 게 뭐 있어요? 이 상태로 계속 살 수는 없어요. 나를 위해서가 아니에요. 당신이 얼마나 괴로워하는지 나는 너무나 잘 알아요."

"그래요, 도망가서 당신 정부나 되라는 말이군요."

그녀가 독기 어린 투로 내뱉었다.

"안나!"

그는 다정하게 꾸짖는 투로 말했다.

"그래요, 당신의 정부가 되어 모든 것을 잃고……."

그녀는 또다시 '아들을'이라고 말하려 했으나 차마 입 밖에 내지 못했다.

그렇게 강하고 진실한 그녀가 이 허위의 상황을 어떻게 견디면서 벗어나려고 하지 않는지 브론스키는 이해할 수 없었다. 그는 가장 큰 이유가 '아들'에게 있음을 미처 알지 못했던 것이다. 그녀는 그 아들을 생각하고, 훗날 아버지를 버린 어머니를 아들이 어떻게 대할지 생각하면 자신이 저지른 일이 너무 두려워 더 이상 생각하지 못했다. 그래서 여자들이 그렇듯 원래대로 돌아가겠지, 아들이 어떻게 될까 하는 두려움은 지울 수 있겠지 하는 거짓된 생각과 말로 자신의 마음을 가라앉히기 급급했던 것이다.

"부탁이에요. 제발 이 얘기는 더 이상 하지 말아요."

그녀가 갑자기 그의 손을 잡고, 이전과 달리 진지하고 상냥하게 말했다.

"하지만 안나……."

"그러지 말아요. 제발 나한테 모두 맡겨줘요. 나도 내 상황이 두렵고 비열하다는 것을 알아요. 그러나 당신 생각처럼 쉽게 해결할 수 있는 문제가 아니에요. 그러니 나한테 맡기고 내 말대로 해줘요. 그 얘기는 더 이상 하지 말아요. 약속해주세요. 제발, 제발 약속해주세요."

"무엇이든 약속하겠어요. 하지만 마음이 진정되지 않는군요. 특히 지금 이런 얘기를 들은 뒤에는. 당신이 안정되지 않으니 나 또한 안정되지 않아요."

"나도 괴로워요. 하지만 당신만 그 얘기를 꺼내지 않으면 괜찮아질 거예요. 당신이 이 얘기를 하면 나는 다시 괴로울 거예요."

"이해할 수 없어요."

그러자 그녀가 그의 말을 가로막았다.

"나도 알아요. 당신처럼 진실한 사람이 거짓말을 하기가 얼마나 괴로운지 잘 알아요. 그래서 당신이 가여워요. 가끔 나 때문에 당신이 자기 삶을 망친 게 아닌가 생각해요."

"지금 내 생각이 바로 그거예요. 나 때문에 당신의 모든 것을 희생해야 하다니. 당신의 불행을 그냥 두고 볼 수 없어요."

그가 말했다.

"내가 불행하다고요?"

그녀는 그의 곁으로 바싹 다가서서 사랑이 가득한 미소를 지으며 꿈을 꾸듯 그의 얼굴을 바라보았다.

"나는 마치 음식을 앞에 두고 있는 굶주린 사람 같아요. 게다가 추위에 떨고 있을지도 몰라요. 옷이 찢어지고, 부끄러움에 사로잡혀 있을지도 몰라요. 하지만 불행하지는 않아요. 내가 불행하다고요? 이것이 바로 내 행복이에요……."

그때 그녀는 아들의 목소리가 들리자 얼른 테라스 주위를 둘러보며 다급하게 일어섰다. 그녀의 눈 속에서 브론스키에게는 친숙한 불꽃이 타오르고 있었다. 그녀는 재빠르게 반지를 낀 그 아름다운 손으로 그의 머리를 감싸고 한동안 그의 얼굴을 찬찬히 들여다보았다. 그리고 미소를 머금은 입술로 그의 입과 두 눈에 얼른 키스하고 돌아서려고 했지만 그가 잡았다.

"언제?"

그가 뜨거운 눈빛으로 그녀를 바라보며 속삭였다.

"오늘 밤 1시."

그녀는 이렇게 속삭이고 무거운 한숨을 내쉬었다. 그리고 특유의 가볍고 빠른 걸음으로 아들을 맞이하러 갔다.

"그럼, 이따 봐요. 지금 곧 경마장으로 가야 해요. 벳시가 데리러 오겠다고 했거든요."

그녀가 브론스키에게 말했다.

브론스키는 시계를 들여다보더니 바삐 떠났다.

21

경주에 참가한 장교는 모두 17명이었다. 경마는 관람석 앞 4베르스타(약 4킬로미터—옮긴이) 길이의 큰 타원형 코스에서 진행될 예정이었다. 이 코스에는 장애물이 9개나 설치되어 있었다.

"출발!"

기수들이 움직이기 시작했다.

관중들은 이리저리 뛰어다니며 조금이라도 더 잘 보이는 곳으로 자리를 옮기기 시작했다. 기수들은 삽시간에 길게 뻗어 둘씩 혹은 셋씩, 혹은 한 사람씩 앞서거니 뒤서거니 하며 개울가로 달려갔다.

지나치게 예민한 데다 잔뜩 흥분한 프루프루는 출발 때 선두를 내주었으니 개울에 닿기 전 브론스키가 마구 고삐를 당기는 말을 온 힘으로 억제하면서 순식간에 세 마리를 앞질렀다. 그의 코앞에 규칙적으로 가볍게 엉덩이를 흔들며 달리는 마호틴의 밤색 글라디아토르가 있었고, 맨 선두에는 쿠조블료프가 탄 아름다운 디아나가 달리고 있었다. 처음 몇 분 동안 브론스키는 말을 제대로 조종할 수 없었다.

글라디아토르와 디아나는 거의 동시에 뛰어올라 개울을 건넜다. 프루프루도 바로 뒤따라 마치 날듯이 뛰어올랐다. 브론스키는 몸이 공중에 붕 뜨는 것을 느낌과 동시에 곧 자기 말이 착지할 개울 건너편에서 쿠조블료프가 디아나와 함께 뒹구는 것을 보았다(쿠조블료프는 점프하자마자 고삐를 늦추는 바람에 말이 그를 태운 채로 곤두박질쳤다). 브론스키는 자세한 상황을 나중에 알았다. 그때 그는 단지 프루프루가 디아나의 다리와 머리를 밟지나 않을까 걱정했을 뿐이었다. 그러나 프루프루는 마치 고양이처럼 공중에서 다리와 등에 힘을 주어 그들을 뛰어넘었다.

브론스키는 개울을 넘고 나서야 말을 제대로 다룰 수 있었다. 그래서 높은 울타리는 마호틴의 뒤를 따라 넘고, 장애물 없이 2백 사젠(약 4백 미터─옮긴이)가량 달릴 때 추월하려고 박차를 가했다.

높은 울타리는 황제의 관람석 바로 앞에 있었다. 그가 악마(그 너머가 보이지 않는 이 울타리의 이름이다) 쪽으로 다가갈 때 황제와 귀족, 군중들이 일제히 브론스키와 말 한 마리만큼 앞선 마호틴을 지켜보았다. 브론스키는 사방에서 쏟아지는 시선을 느끼면서도 자기 말의 귀와 목, 그리고 자기 몸으로 밀려오는 듯한 땅바닥과 앞에서 일정한 거리를 유지하면서 빠르게 발을 구르며 달리는 글라디아토르의 궁둥이와 하얀 발굽 말고는 아무것도 보이지 않았다. 글라디아토르는 어느 부위에도 부딪치지 않고 울타리를 뛰어넘어 짧은 꼬리를 흔들고는 브론스키의 시야에서 사라졌다.

브론스키의 눈앞에 울타리의 판자가 보이는 순간 그를 태운 말은 작은 동요도 없이 뛰어올랐다. 시야에서 판자가 사라졌다. 그러나 뒤에서 뭔가 부딪치는 소리가 들렸다. 선두로 달리는 글라디아토르 때문에 약이 바짝 오른 말이 너무 일찍 뛰어올라 그만 뒷발굽이 판자에 부딪쳤던 것이다. 그러나 말의 속도는 그대로였다. 그리고 브론스키는 튀어오른 흙탕물을 얼굴에 뒤집어쓴 채 다시 글라디아토르와 같은 거리를 두고 달렸다.

브론스키가 이제 마호틴을 추월해야겠다고 생각했다. 그 순간 프루프루도 주인의 뜻을 알아챘는지 어떤 신호도 하지 않았는데도 속도를 높이더니 앞지르기 좋은, 밧줄이 쳐진 안쪽 트랙으로 달리며 마호틴에게 접근했다. 그러나 마호틴도 틈을 주지 않았다. 브론스키가 바깥쪽으로 앞질러야겠다고 생각하는 순간 프루프루도 방향을 바꿔 바깥쪽으로 달리기 시작했다. 땀에 젖어 검은빛을 띤 프루프루의 어깨가 글라디아토르의 엉덩이와 같은 위치에 있었다. 한동안 두 말은 그 간격으로 나란히 달렸다. 그러다 장애물 앞에서 브론스키는 밖으로 돌지 않도록 고삐를 당겨 경사진 곳에서 재빨리 마호틴을 앞질렀다.

드디어 브론스키가 선두로 나섰다. 그는 승리를 확신했다. 그는 기쁨으로 벅차 더욱 흥분했고, 프루프루에 대한 애정도 더욱 커졌다. 그는 돌아보고 싶었으나 그럴 수 없었다. 그는 글라디아토르에게 남은 만큼의 힘을 프루프루에게도 비축하기 위해 흥분을 가라앉히고 박차를 가하는 것도 자제했다. 이제 단 하나, 가장 어려운 장애물이 남아 있었다. 그것만 넘으면 승리를 확신할 수 있었다. 그는 아일랜드식 바리케이드 쪽으로 달려갔다. 잠시 의혹이 들기는 했으나 말은 전속력으로 뛰어올라 도랑 건너편에 착지했다.

"브라보! 브론스키!"

사람들이 외치는 소리가 그의 귀에도 들렸다.

'뛰어넘었군!'

브론스키는 뒤에서 나는 글라디아토르의 발굽 소리를 듣고 생각했다. 이제 2아르신(약 1.4미터―옮긴이) 너비의 물이 고인 도랑만 넘으면 되었다. 브론스키에게 그 정도는 식은 죽 먹기였다. 하지만 압도적으로 앞서고 싶었던 그는 말발굽을 구르는 박자에 맞춰 말 대가리를 올렸다 내렸다 하면서 고삐를 둥글게 당겼다. 그러자 말이 마지막 힘을 다해 달리는 것을 느꼈다.

말은 미처 알아챌 겨를도 없이 도랑을 훌쩍 뛰어넘었다. 그러나 그 순간, 브론스키는 자신이 말의 움직임과 어긋나는, 있을 수도 없고 용납할 수도 없는 행동을 했음을 느꼈다. 너무 빨리 안장에 내려앉은 것이다. 갑자기 몸의 위치가 바뀌었다. 그는 뭔가 끔찍한 일이 벌어졌음을 느꼈다. 무슨 일인지 미처 인식하기도 전에 밤색 수말의 하얀 발굽이 그의 옆으로 보이는가 싶더니 마호틴이 질풍처럼 지나갔다. 브론스키의 한쪽 발이 땅에 닿았다. 말이 그의 발 위로 넘어지는 순간 그는 간신히 발을 뺐다. 옆으로 나가떨어진 말은 괴로운 듯 가쁜 숨을 몰아쉬며 일어나려고 땀에 흠뻑 젖은 가느다란 목을 비틀었다. 브론스키 발밑 땅바닥에 쓰러진 말은 마치 총을 맞고 떨어진 새처럼 버둥거렸다. 브론스키의 미숙한 동작으로 말의 등뼈가 부러진 것이다. 하지만 그때는 그 사실을 깨닫지 못했다. 단지 마호틴이 저 멀리 달려가고 있었고, 자기는 진흙 땅바닥에 비틀거리며 서 있었으며, 자기 앞에는 프루프루가 쓰러져 목을 늘어뜨리고 괴로운 숨을 몰아쉬며 맑은 눈으로 자기를 바라보고 있는 것만 눈에 들어왔다. 아직 어떤 상황인지 알지 못했던 브론스키는 말의 고삐를 잡아당겼다. 그러자 말은 또다시 물고기처럼 펄떡거리며 안장의 양쪽 날개를 삐거덕거리면서 앞다리로 서보려고 했지만 엉덩이를 들어 올릴 힘도 없이 금세 비틀거리며 쓰러졌다. 흥분한 브론스키는 얼굴이 파랗게 질려 아래턱을 덜덜 떨면서 박차로 말의 배를 걷어차고 고삐를 당겼다. 그러나 말은 더 이상 움직이지 않았다. 그리고 콧잔등을 땅바닥에 파묻고 호소하는 듯한 눈빛으로 주인을 쳐다보았다.

브론스키는 머리를 움켜쥐고 소리쳤다.

"아아, 내가 무슨 짓을 한 거지! 경주에 패하고, 용납할 수 없는 부끄러운 실수를 저지르고! 기특한 내 말을 처참하게 죽게 만들다니! 아아, 정말 내가 무슨 짓을 한 건가!"

사람들과 의사와 위생병, 그리고 연대의 장교들이 그에게 뛰어왔다. 그는 자신이 아무런 부상도 입지 않은 것이 겸연쩍게 느껴졌다. 등뼈가 부러진 말은 사살하기로 했다. 브론스키는 사람들의 질문에 대답할 수도 없었고 누군가와 얘기할 정신도 없었다. 그는 벗겨져 떨어진 모자를 주울 생각도 하지 않고 어느 쪽인지도 모르는 채 무작정 경마장을 떠났다. 그는 비참한 기분에 빠졌다. 태어나 처음으로 겪는 참담한 불행, 더구나 자신의 잘못으로 돌이킬 수 없는 불행을 겪은 것이다.

야시빈이 모자를 들고 뒤쫓아 와서 그를 집까지 데려다 주었다. 30분쯤 뒤 브론스키는 정신을 차렸다. 그러나 이 경마 사건은 그의 인생에서 가장 뼈아프고 고통스러운 기억으로 오랫동안 지워지지 않았다.

22

겉으로 카레닌은 전과 다름없이 아내를 대했다. 달라진 한 가지
가 있다면 그가 전보다 더 바빠졌다는 것뿐이었다. 해마다 그랬듯
이 그는 겨우내 격무에 시달리느라 쇠약해진 몸을 회복하려고 봄이
되자 외국의 온천으로 여행을 갔다. 그리고 늘 그랬듯이 원기를 회
복하고 7월에 돌아와 또다시 일에 몰두했다. 늘 그렇듯 아내는 별
장으로 갔고 그는 페테르부르크에 남았다.

그는 트베르스카야 공작 부인의 집에서 열린 파티에서 돌아온 날
그런 얘기를 한 이후로 자기의 의심과 질투에 대해 두 번 다시 안
나에게 말하지 않았다. 그리고 사람을 경시하는 듯한 평소 그의 태
도는 지금 두 사람의 관계에 더할 나위 없이 편리했다. 그는 아내를
조금 냉담하게 대했다. 그날 밤 그는 이야기를 피하려고 했던 그녀
의 태도가 못마땅했다. 하지만 그뿐이었다.

'나와 터놓고 얘기할 생각이 없다면 당신에게도 좋을 것 없지. 이
제는 당신이 내게 사정하더라도 난 다시는 마음을 열지 않겠소. 당
신한테는 더욱 나쁜 일이지.'

그는 마음속으로 이렇게 말했다. 그것은 마치 불을 끄려고 애쓰
다가 부질없다는 것을 깨닫고 화가 치밀어 '그래, 다 타버리든지 말

든지!'라고 내뱉는 것 같았다.

카레닌은 행복한 결혼 생활을 누리던 지난 8년 동안 주변에서 부정한 아내와 배신당한 남편들을 볼 때마다 이렇게 생각했다.

'어떻게 저 지경이 될 때까지 내버려둘 수 있지? 저런 추한 상황을 해결하려고도 하지 않다니 이해할 수 없군.'

그러나 정작 자기에게 그와 같은 불행이 닥치자 그는 이 상황을 해결하기는커녕 사실을 인정하려고도 하지 않았다. 왜냐하면 너무나 두렵고 너무나 익숙하지 않은 일이었기 때문이다.

귀국 후 카레닌은 두 번 별장에 갔다. 한 번은 식사를 했고, 또 한 번은 손님들과 저녁을 보냈다. 그러나 작년까지 그랬던 것처럼 하룻밤을 묵지는 않았다.

경마가 있던 날 카레닌은 굉장히 바빴다. 그러나 그는 아침부터 하루 일정을 머릿속으로 정리했다. 일찌감치 점심을 먹고 바로 아내가 있는 별장에 갔다가 궁정의 모든 대신들이 참석하기로 되어 있는 경마장으로 가서 얼굴을 비치기로 했다. 그는 자기 스스로 일주일에 한 번 아내를 만나기로 정했다. 게다가 매월 15일은 아내에게 생활비를 전하는 날이기도 했다.

23

안나는 2층 방 거울 앞에서 안누시카의 도움을 받으며 드레스에 마지막 장식을 달고 있었다. 그때 현관 앞 자갈길에서 마차 소리가 들렸다.

'벳시가 이렇게 일찍 올 리가 없는데.'

그녀는 의아한 생각으로 창밖을 내다보았다. 사륜 여행 마차에서 내리는 검은 모자와 낯익은 카레닌의 귀가 보였다.

'하필 이때 묵고 갈 건가?'

그녀는 이런 생각이 들었지만 그럴 경우 일어날 무섭고 끔찍한 상황들은 떨쳐버리고 뛰어나가 밝고 유쾌한 얼굴로 그를 맞이했다. 그리고 이미 익숙한 거짓과 자기기만에 영혼을 내맡기고 그저 입에서 나오는 대로 지껄였다.

"어머나, 어서 오세요!"

그녀는 남편에게 손을 내밀고, 한편으로는 가족 같은 사무장 미하일 바실리예비치 슬류딘에게 웃으면서 인사했다.

"당신, 주무시고 가실 거죠?"

거짓된 영혼이 그녀에게 속삭인 첫말이었다.

"그리고 같이 가면 되는데, 한 가지 난감한 일이 있네요. 벳시가 나를 데리러 오기로 했거든요."

카레닌은 벳시의 이름을 듣는 순간 약간 얼굴을 찌푸렸다.

"오, 그래. 떨어지지 않는 것을 억지로 떨어뜨려놓을 수 없지. 나는 미하일 바실리예비치하고 같이 가리다. 슬슬 걸어가지, 뭐. 의사도 걷는 게 좋다고 했으니. 온천에 있는 것처럼 말이오."

그는 특유의 농담조로 말했다.

"지금 서두르지 않아도 돼요."

그러고는 그녀는 벨을 울렸다.

"차를 가져와요. 그리고 세료자에게 아빠가 오셨다고 알려요. 그런데 당신 건강은 좀 어때요? 미하일 바실리예비치, 여기 처음이시죠? 테라스 참 근사하죠?"

그녀는 두 사람을 번갈아 보면서 말했다.

그녀는 꾸밈없고 자연스럽게 얘기했지만 말이 너무 빠르고 수다스러웠다. 물론 그녀 자신도 그것을 느꼈다. 특히 미하일 바실리예비치가 호기심 어린 눈길로 자기를 관찰하는 듯하자 더욱 그랬다.

가정교사가 세료자를 데리고 들어왔다. 카레닌이 좀더 주의 깊게 살펴보았다면 세료자가 어쩔 줄을 모르는 시선으로 아버지를 보고 나서 어머니를 쳐다본 것을 눈치챘을 것이다. 그러나 무관심으로 일관하던 그는 실제로 아무것도 보지 못했다.

"어이, 젊은 친구! 이제 다 컸군. 이제 번듯한 청년인걸. 잘 있었나, 젊은이!"

그는 이렇게 말하며 두려워하는 듯한 세료자에게 손을 내밀었다.

세료자는 전부터 아버지 앞에서 수줍어했는데, 최근 들어 아버지가 자기를 젊은이라고 부르고, 브론스키가 자기편인지 적인지 알 수 없다고 생각하게 된 뒤로 더욱 아버지를 기피했다. 그는 구해달라는 듯이 어머니를 돌아보았다. 그는 어머니와 단둘이 있고 싶었다. 그동안 카레닌은 아들의 어깨에 손을 얹고 가정교사와 이야기했다. 안나는 울 것 같은 표정으로 두려워 어쩔 줄을 모르는 세료자의 모습을 보았다.

아들을 보는 순간 안나의 얼굴이 살짝 붉어졌다. 그녀는 거북해하는 세료자를 보고는 얼른 일어나 아들의 어깨 위에서 카레닌의 손을 내리고 아들에게 입맞춤하고 테라스로 데리고 나가더니 곧 혼자 방으로 돌아왔다.

"시간이 다 됐네요. 벳시는 왜 안 오지?"

그녀는 자기의 시계를 들여다보며 말했다.

"그렇군. 당신한테 생활비를 주려고 들렀소. 꾀꼬리도 옛날이야기만으로는 키울 수 없지. 당신에게 필요할 거요."

카레닌은 이렇게 말하며 일어나 손깍지를 끼고 관절을 꺾었다.

"아니에요, 괜찮아요. 아니, 필요해요."

그녀는 남편을 쳐다보지도 않은 채 머리 밑까지 빨개졌다.

"당신, 경마 끝나고 여기로 오시는 거예요?"

"그래야지. 저기 페테르부르크의 꽃, 트베르스카야 공작 부인이 왔군."

카레닌은 창밖으로 차체를 아주 높게 단 영국풍 마차를 바라보며 말했다.

"정말 호화롭군. 근사해. 자, 우리도 가지."

트베르스카야 공작 부인은 마차에서 내리지 않았다. 다만 각반을 차고 목도리에 검은 모자를 쓴 하인이 뛰어내렸다.

"엄마, 다녀올게."

안나는 아들에게 입을 맞추고 카레닌에게 손을 내밀며 말했다.

"당신이 와서 정말 좋아요."

카레닌이 그녀의 손에 키스했다.

"그럼 나중에 봐요! 차 드시러 올 거죠? 정말 기뻐요."

그녀는 기분 좋은 표정으로 나갔다. 그러나 그의 앞을 벗어나자 그의 입술이 닿은 것에 혐오감을 느끼며 몸을 부르르 떨었다.

24

카레닌이 경마장에 나타났을 때 안나는 이미 벳시와 나란히 상류 사회 인사들이 모인 관람석에 앉아 있었다. 그녀는 멀리서 남편을 알아보았다. 남편과 연인, 이 두 남자는 그녀 생활에서 2개의 중심이었으므로 누가 알려주지 않아도 늘 그들을 감지할 수 있었다. 그녀는 인파 속에서 이리저리 움직이는 남편을 멀리서 눈여겨보았다.

안나는 그가 귀부인석 쪽을 보고 있는 것으로 보아 (그는 아내 있는 쪽을 보고 있었지만 모슬린, 레이스, 깃털, 양산과 꽃의 바다에서 아내를 알아보지 못했다) 자기를 찾고 있다는 것을 알았지만 일부러 그를 못 본 척했다.

그때 벳시 트베르스카야 공작 부인이 소리쳤다.

"카레닌! 부인이 안 보이세요? 여기예요!"

그는 특유의 냉소를 띠고 말했다.

"너무 화려해서 눈이 부셔서 말입니다."

그는 이렇게 말하면서 관람석으로 들어왔다. 그는 방금 전에 헤어진 아내에게 으레 상투적인 미소를 지어 보였다.

그녀는 '4베르스타의 장애물 경주'가 시작되자 몸을 앞으로 내밀고 말에 올라타는 브론스키를 곁눈이 아니라 똑바로 쳐다보았다. 그러는 한편 쉼 없이 지껄이는, 거슬리는 남편의 목소리를 듣고 있었다. 그녀는 브론스키 때문에 가슴이 조마조마하고 괴로웠는데 쉴 새 없이 들려오는 가느다란 남편의 목소리를 듣기는 더욱 괴로웠다.

그녀는 생각했다.

'나는 나쁜 여자다. 타락한 여자야. 하지만 나는 거짓말을 하고 싶지 않다. 거짓은 참을 수 없다. 그러나 저이는 거짓투성이다. 모든 것을 다 알고 있으면서도 어쩜 저리도 아무렇지 않게 얘기할 수 있을까? 도대체 무슨 생각인 걸까? 차라리 저이가 나를 죽이든 브론스키를 죽이든 한다면 저이를 존경하련만. 하지만 그럴 리가 없지. 저이에게 필요한 것은 오직 가식과 체면뿐.'

안나는 남편에게 원하는 것도, 남편이 어떤 사람이었으면 하는 것도 딱히 없으면서 혼자 그렇게 생각했다. 그러나 그녀는 남편이 오늘따라 유난히 수다스러운 이유가 마음이 불안하고 혼란스럽기 때문이라는 것을 조금도 깨닫지 못했다. 크게 다친 아이가 통증을 견디려고 팔다리를 휘저어 근육을 움직이듯이, 카레닌은 지금 눈앞에 아내와 브론스키가 있고, 그의 이름이 쉴 새 없이 언급되는 상황에서 아내와 관련된 일들이 자꾸 떠오르는 것을 억누르기 위해서 정신적인 운동이 필요했던 것이다. 아이가 펄쩍펄쩍 뛰는 것이 익숙한 것처럼 그는 좋은 말솜씨로 재치 있게 떠드는 것이 익숙했다.

기수들이 출발하자 모든 대화가 중단되었다. 카레닌도 입을 다물었다. 모두 일어나 개울 쪽을 바라보았다. 경마에 관심이 없었던 카레닌은 기수들을 보지 않고 피곤한 눈빛으로 멍하니 관객들을 둘러보다가 안나를 보는 순간 시선이 멈췄다.

그녀의 얼굴이 창백하게 굳어 있었다. 그녀는 분명 한 사람 말고는 아무것도, 아무도 보지 않았다. 그녀는 흥분으로 손을 떨며 부채를 꼭 쥐고 있었다. 그녀는 숨도 쉬지 않았다. 그는 잠시 그녀를 보다가 곧바로 눈길을 돌려 다른 사람들을 보며 생각했다.

'그래, 저 부인이나 다른 부인들 모두 흥분하고 있어. 지극히 자연스러운 일이야.'

그는 그녀를 보지 않으려고 했지만, 자기도 모르게 눈길이 그녀에게 향했다. 그는 그녀의 얼굴에 또렷이 나타난 것을 읽지 않으려고 애썼으나 알고 싶지 않은 것을 읽고는 두려움에 빠졌다.

개울에서 쿠조블료프가 낙마하자 모든 관중들이 크게 술렁거렸으나 카레닌은 안나의 창백한 얼굴에서 자기가 지켜보는 사람이 낙마하지 않은 것에 안도하는 기색을 읽었다. 마호틴과 브론스키가 높은 울타리를 뛰어넘고 그 뒤를 따르던 장교가 거꾸로 낙마해 치명상을 입자 관중들이 공포로 술렁거렸는데도 안나는 그것을 알아채지 못하고 주위 사람들이 무엇 때문에 떠들썩한지도 모른다는 것을 카레닌은 눈치챘다. 그러나 그는 더욱 뚫어지게 그녀의 얼굴을 살펴보았다. 말을 타고 질주하는 브론스키에게 온통 정신을 빼앗긴 안나도 옆에서 자기를 바라보는 남편의 차가운 시선을 느꼈다.

그녀는 미심쩍은 눈길로 남편을 슬쩍 보고는 미간을 찌푸리며 곧바로 고개를 돌렸다.

끔찍한 경마였다. 17명 중 절반 이상이 낙마해 다쳤다. 경주가 끝날 무렵 관중들은 더욱 흥분했다. 황제가 불만스러운 기색을 보이자 그러한 분위기가 한층 더 고조되었다.

25

모든 사람들이 소리치며 불만을 퍼부었고, 누군가 "다음에는 사자와 검투사가 붙겠군."이라고 내뱉자 그 말만 반복했다. 모든 사람들이 두려움에 떨고 있었기 때문에 브론스키가 낙마하는 순간 안나가 비명을 질렀을 때도 의아하게 여기지 않았다. 그러나 곧이어 안나의 안색이 심상치 않게 변했다. 그녀는 완전히 이성을 잃었다. 그녀는 사로잡힌 새처럼 발버둥치더니 어딘가로 가려고 일어나 벳시를 돌아보며 "가요. 어서 가요."라고 말했다.

그러나 벳시는 몸을 숙이고 아래쪽에 앉은 장군과 얘기를 나누느라 그녀의 말을 듣지 못했다.

카레닌은 안나 곁으로 다가와 조용히 손을 내밀며 프랑스어로 말했다.

"같이 갑시다, 당신만 괜찮다면."

그러나 안나는 장군의 말에 정신이 빼앗겨 남편의 말을 듣지 못했다.

장군이 말했다.

"발이 부러졌다나 봐요. 지금까지 이런 적이 없었는데 말이에요."

안나는 남편의 말에 아랑곳하지 않고 망원경으로 브론스키가 낙마한 곳을 보았다. 그러나 너무 먼 데다 사람들이 몰려 있어 제대로 보이지 않았다. 그녀가 망원경을 놓고 일어서려는데 말을 타고 온 장교가 황제에게 뭔가를 보고하는 것이 보였다. 안나는 몸을 앞으로 내밀고 귀를 기울였다. 그러고는 오빠를 불렀다.

"스티바! 스티바!"

그러나 스티바는 그 소리를 듣지 못했다. 그녀는 다시 나가려고 했다. 그때 카레닌이 그녀의 손을 잡으면서 말했다.

"두 번째로 내 손을 내미는 것이오. 잡아요, 가고 싶다면."

그녀는 혐오스러운 표정으로 물러나더니 그의 얼굴을 보지도 않고 대답했다.

"아니에요, 됐어요. 그냥 여기 있겠어요."

그때 그녀는 브론스키가 낙마한 곳에 있던 한 장교가 경기장을 가로질러 관람석으로 달려오는 것을 보았다. 벳시가 손수건을 흔들어 장교를 부르자 그가 기수는 다친 데가 없고 말의 등뼈가 부러졌다고 전해주었다.

그 얘기를 듣는 순간 안나는 털썩 주저앉아 얼른 부채로 얼굴을 가렸다. 그녀는 울고 있었다. 그녀가 눈물을 감추지도 못하고, 가슴을 들썩이며 흐느끼는 것조차 참지 못하는 것을 카레닌은 지켜보았다. 그는 자기 몸으로 그녀를 가리고 그녀가 마음을 가라앉힐 때까지 기다렸다.

조금 뒤 그는 그녀에게 말했다.

"세 번째로 당신에게 내 손을 내밀겠소."

안나는 그를 쳐다보았지만 아무 말도 하지 못했다. 그때 벳시 공작 부인이 나섰다.

"아니에요. 카레닌, 안나는 내가 데려오고 바래다주기로 약속했어요."

"죄송합니다만, 공작 부인, 지금 이 사람의 기분이 좋지 않으니 내가 데리고 가겠습니다."

그는 정중하게 미소 지으면서도 단호한 눈빛으로 쳐다보며 말했다.

안나는 깜짝 놀라며 주위를 둘러보더니 고분고분 일어나 남편의 손을 잡았다.

벳시가 그녀에게 속삭였다.

"내가 사람을 보내 알아보고 전해줄게요."

카레닌은 늘 그렇듯이 관람석 출구에서 만나는 사람마다 얘기를 주고받았다. 안나도 평소처럼 대답하고 말을 건네기도 해야 했다. 그러나 그녀는 넋이 나간 것 같았고, 꿈을 꾸듯 멍하니 남편의 팔에 매달려 걸어가면서 생각했다.

'죽지는 않았겠지? 괜찮을까? 정말이겠지? 올 수 있겠지? 오겠지? 그이를 만날 수 있겠지?'

그녀는 말없이 카레닌의 사륜마차에 올라타고 북적거리는 마차들 속을 빠져나갔다. 카레닌은 모든 것을 눈으로 직접 보았으면서도 아내의 실체를 외면했다. 그는 단지 표면적인 징후를 보았을 뿐이었다. 그래서 점잖지 못하게 처신한 안나에게 주의를 주는 것이 자기 의무라고 생각했다. 그러나 그 말만 하고 끝내기가 그에게 너무 힘든 일이었다. 그는 어떤 점에서 점잖지 못했는지 얘기하려고 말을 꺼냈는데 자기도 모르게 전혀 엉뚱한 말이 튀어나오고 말았다.

"하여튼 우리 모두 저런 잔인한 구경거리를 좋아한단 말이야. 내가 보기에는 그렇소……."

"글쎄요, 난 모르겠는데요."

안나가 비웃는 투로 대꾸했다.

그러자 그가 발끈해서 하려고 했던 말을 꺼냈다.

"아무래도 당신한테 한마디 해야겠군."

'드디어 담판을 벌이게 되겠군.'

그녀는 두려움이 밀려왔다.

"이 말은 꼭 해야겠소. 오늘 당신은 무척 점잖지 못했소."

그가 프랑스어로 말했다.

"뭐가요?"

그녀는 고개를 홱 돌려 그의 눈을 똑바로 쳐다보며 큰 소리로 물었다. 그러나 이전처럼 뭔가 숨기고 있는 듯 조금 흥분한 말투가 아니라 두려운 기색을 간신히 숨기며 단단히 작정한 태도였다.

"잊지 마시오."

그는 마부석 쪽 열린 창으로 손을 뻗으며 일어나 그 유리창을 닫았다.

"뭐가 점잖지 않았다는 거예요?"

그녀가 다시 물었다.

"기수가 낙마했을 때 절망스러운 표정을 감추지 못했잖소."

그는 그녀가 반박하기를 기다렸다. 그러나 그녀는 말없이 앞만 쳐다보았다.

"나는 모임에서 어떤 험담꾼의 입에도 오르지 않도록 처신해달라고 당신에게 부탁했소. 전에 한 번 내면적인 관계에 대해 말한 적은 있지만 지금은 말하지 않겠소. 다만 겉으로 나타나는 것에 대해 말하는 거요. 오늘처럼 점잖지 않은 행동은 두 번 다시 하지 말아주시오."

그녀는 남편의 말을 제대로 듣고 있지도 않았다. 하지만 남편에 대한 두려움을 느끼면서 브론스키가 죽지 않은 게 사실일까 하는 생각만 했다.

모든 사실이 폭로되기 직전인 지금 그는 아내가 이전처럼 그의 의심이 얼토당토않은 우스운 얘기에 지나지 않는다고 말해주었으면 하는 간절한 마음밖에 없었다. 그는 자신이 알게 된 사실이 너무나 두려운 나머지 그녀의 어떤 말도 믿고 싶었다. 그러나 두려움과 우울함이 뒤섞인 그녀의 표정을 보는 순간 거짓 희망마저 사라졌다.

"내가 오해했다면 용서해요."

그가 말했다.

"아니에요. 오해가 아니에요."

그녀는 절망적인 눈빛으로 그의 싸늘한 얼굴을 바라보며 천천히 말했다.

"당신이 오해한 게 아니에요. 나는 너무나 절망적인 기분이에요. 그럴 수밖에 없었어요. 당신이 말하는 동안에도 나는 계속 그분 생각을 하고 있어요. 난 그분을 사랑해요. 난 그분의 연인이에요. 당신을 견딜 수가 없어요. 당신이 무서워요. 당신을 증오해요. ……당신이 하고 싶은 대로 하세요."

그녀는 이렇게 말하고 마차 한쪽 구석에 엎드려 두 손으로 얼굴을 감싸고 흐느껴 울었다. 카레닌은 앞만 바라볼 뿐 꼼짝도 하지 않았다. 그러나 갑자기 그의 얼굴이 시신처럼 미동도 없이 장엄한 빛을 띠더니 별장에 도착할 때까지 그 표정 그대로였다. 별장에 이르자 그는 예의 그 표정으로 그녀를 보며 떨리는 목소리로 말했다.

"그렇군! 하지만 겉으로는 체면을 지켜주시오. 내 명예를 지킬 방법을 강구해서 당신한테 알릴 때까지는."

그는 마차에서 먼저 내리고 그녀가 내리는 것을 도와주었다. 그리고 하인들이 보는 앞에서 말없이 아내의 손을 쥐었다가 놓고는 다시 마차에 올라 페테르부르크로 향했다.

그가 돌아간 뒤 벳시 트베르스카야 공작 부인의 하인이 와서 안나에게 쪽지를 건네주었다. 거기에는 이렇게 적혀 있었다.

"사람을 보내 물어보았더니 그분은 다친 데는 전혀 없지만 절망에 빠졌다고 답장을 보내왔어요."

쪽지를 읽고 그녀는 생각했다.

'그렇다면 그이는 올 수 있겠지? 다 말해버리기를 잘했어.'

시계를 보니 3시간가량 남아 있었다. 그러자 지난번 마지막으로 같이 시간을 보냈을 때 일들이 하나하나 떠올라 그녀는 다시금 흥분했다.

'아아, 이렇게 마음이 가볍다니! 죄지을 일이지만 그이가 보고 싶어. 그리고 마음이 날아갈 것처럼 가벼운 것이 꼭 꿈만 같아. 남편! 아이, 그래……, 덕분에 그와의 문제가 깨끗이 정리되었어.'

사람들이 모이는 곳은 어디나 고정불변한 지위가 정해지는 일반적인 사회적 결정체가 있게 마련이다. 셰르바츠키 일가가 도착한 독일의 작은 온천장도 예외가 아니었다. 수증기가 찬 기운을 만나면 어김없이 눈 결정체로 응결되듯이 온천장에 새로 온 사람들은 곧바로 자신의 지위에 걸맞은 위치에 놓이는 것이었다.

셰르바츠키 공작 부인과 딸은 그들이 머문 주택과 명성 그리고 친지들에 따라 일정한 지위가 정해져버렸다.

올해 이 온천장에 독일의 대공비가 머물렀기 때문에 그 사회적 결정체는 더욱 공고한 것이었다. 자기 딸들이 대공비를 배알했으면 했던 공작 부인은 도착한 다음 날 바로 그 의식을 치렀다. 키티는 파리에서 주문한 최신 유행의 세련된 여름 드레스를 입고 우아한 자태로 공손하게 인사했다.

대공비가 말했다.

"그 아름다운 얼굴에 장밋빛 화색이 돌아오기를 바랍니다."

그래서 셰르바츠키 일가는 벗어날 수 없는 일정한 생활 방식이 확고하게 정해져버렸다. 셰르바츠키 일가는 영국 귀족 일가와 최근 전쟁에서 부상당한 아들을 데리고 온 독일 백작 부인, 스웨덴 학자, 카누트 씨와 그 누이와도 친하게 지냈다.

그러나 셰르바츠키 일가가 주로 어울린 사람들은 모스크바의 마리야 예브게니예브나 르티셰바 귀부인과 그녀의 딸(그녀도 키티처럼 사랑 때문에 병이 났다는 사실이 키티로서는 몹시 불쾌했다), 그리고 키티가 어릴 때 군복과 견장을 본 기억이 나는 모스크바의 대령이었다. 작은 눈이며 짧은 깃 때문에 맨살이 드러난 목과 알록달록한 넥타이로 우스꽝스럽게 보이는 대령은 한번 만나면 좀처럼 헤어질 생각을 하지 않아 몹시 지긋지긋한 사람이었다. 이런 상태가 매일 반복되자 키티는 따분해서 견딜 수가 없었다. 더구나 공작이 카를스바트로 떠난 뒤 어머니와 단둘이 남게 되자 더욱 지긋지긋했다.

그녀는 이미 알고 있는 사람들에게서는 신선한 점을 찾을 수 없었기 때문에 아무런 흥미가 없었다. 온천장에서 그녀는 잘 모르는 사람을 관찰하고 상상해보는 것이 가장 재미있었다. 키티는 원래 사람들, 특히 잘 모르는 사람들을 보면서 가장 좋은 점이 무엇일까 상상하는 것을 즐겼다. 지금도 그녀는 저들이 어떤 관계일까, 어떤 사람일까 상상해보면서 그들의 가장 좋은 성격을 추측해보고는 자신의 관찰 결과가 옳았음을 확증할 근거들을 찾고 있었다.

의사의 진단은 옳았다. 키티는 완전히 회복되어 러시아의 집으로 돌아왔다. 예전처럼 낙천적이고 밝지는 않았지만 마음의 안정을 되찾았다. 이제 모스크바에서의 슬픔이 그녀의 마음속에 하나의 추억으로 남게 되었다.

제3부

1

세르게이 이바노비치 코즈니셰프는 머리를 식힐 겸 쉬려고, 보통 외국으로 나가던 것과 달리 5월 말에 시골의 동생 집으로 찾아갔다. 평소 전원생활이야말로 최상의 삶이라고 생각해온 그였기에 그 생활을 즐기러 온 것이다. 콘스탄틴 레빈은 몹시 기뻐했는데, 올여름에는 니콜라이 형이 오지 않는 것이 더 좋다고 생각했다.

레빈은 세르게이 이바노비치를 좋아하고 존경하기는 했지만 시골에서 형과 지내기는 불편했다. 시골에 대한 형의 태도가 껄끄럽고 불쾌하기까지 했던 것이다.

레빈에게 시골은 삶의 터전으로 기쁨과 슬픔과 노동의 장이었다. 그러나 세르게이 이바노비치에게 시골은 노동 뒤의 휴식인 한편 쇠약해진 몸을 회복하는 데 효과가 있다고 믿고 기꺼이 복용하는 해독제였다. 레빈은 유익한 노동의 현장이라는 점에서 시골을 좋아했지만, 세르게이 이바노비치는 아무것도 하지 않아도 된다는 점에서 특히 시골을 좋아했던 것이다. 여름철이면 특히 시골에서는 눈코

뜰 새 없이 바쁘고 꼭 해야 할 일을 하는 데만 해도 하루가 모자랄 정도인데, 세르게이는 혼자 유유자적하게 보냈다. 세르게이는 햇볕이 내리쬐는 풀밭에 누워 한가롭게 이야기하는 것을 좋아했다.

그는 동생에게 이렇게 말하곤 했다.

"넌 이해할 수 없을 거야. 시골에서 빈둥거리는 것이 나에게 얼마나 큰 즐거움인지를. 내 머릿속은 아무 생각 없이 텅 비어 있어."

어느 날 저녁 레빈은 차를 마시면서 형에게 말했다.

"이제 날씨도 그럭저럭 좋아졌으니 내일부터 풀베기를 시작할까 해요."

"그래, 그런 일은 나도 좋아하지."

세르게이 이바노비치가 말했다.

"나는 굉장히 좋아해요. 가끔 농부들이랑 같이 직접 베기도 하거든요. 내일도 하루 종일 풀을 벨 거예요."

세르게이 이바노비치는 고개를 들고 호기심 어린 표정으로 동생을 바라보았다.

"어떻게 한다고? 농부들이랑 같이? 하루 종일?"

"네, 얼마나 재미있는데요."

"몸을 단련하기에는 좋겠구나. 다만 네가 견딜 수 있을지 걱정이구나."

세르게이가 농담조도 아닌 투로 말했다.

"해봤어요. 처음에는 굉장히 힘들었는데 금방 익숙해지던걸요.

중간에 그만둘 정도는 아니에요."

"그래! 그런데 농부들이 어떻게 생각할까? 분명 이상한 주인이라고 웃을 것 같은데."

"아니, 그렇지 않을 거예요. 어쨌든 이 일은 재미있기도 하거니와 몸이 힘드니 다른 생각을 할 겨를이 없어서 좋아요."

"하지만 농부들하고 같이 일하면 점심은 어떻게 하지? 라피트 포도주랑 칠면조 구이를 가져가기도 계면쩍잖니?"

"농부들이 쉴 때 잠깐 집에 오면 돼요."

다음 날 아침 콘스탄틴 레빈은 평소보다 일찍 일어났으나 농사일을 이것저것 지시하느라 조금 늦게 나서는 바람에 풀 베는 곳에 도착했을 때는 이미 일꾼들이 두 번째 이랑을 베고 있었다.

그들은 웅덩이가 깊게 패어 있었던 울퉁불퉁한 풀밭을 천천히 걸어갔다. 레빈은 자기 집에 드나드는 일꾼 대여섯 명을 보았다. 아주 긴 하얀 셔츠를 입은 예르밀 영감이 허리를 숙여 낫질을 하고 있었고, 레빈의 집에서 마부를 한 적 있는 젊고 귀엽게 생긴 바시카가 부지런히 손을 놀려 한 줄씩 베어나갔다. 또 레빈에게 풀베기를 가르쳐준 몸집이 작고 마른 농부 티트도 있었다. 그는 마치 낫을 가지고 장난치듯 몸을 숙이지도 않고 가장 앞서 나가며 넓은 이랑을 베어나갔다.

레빈은 말을 길가에 매어놓고 티트에게 다가갔다. 티트는 레빈을 보자 덤불 속에서 낫을 꺼냈다. 그는 모자를 벗고 웃는 얼굴로 낫을 건네면서 말했다.

"준비해놓았습니다, 나리. 이거면 면도날처럼 삭삭 벨 수 있을 겁니다."

레빈은 낫을 살펴보았다. 일꾼들이 각자 맡은 이랑의 풀베기를 끝내고 땀에 흠뻑 젖어 밝은 표정으로 줄지어 길가로 나와 웃으며 주인에게 인사했다. 모두 레빈을 바라보았으나 아무도 먼저 말을 건네지 않았다. 그중 가운데 서 있던 유달리 키가 크고 수염도 없이 주름투성이 얼굴에 양가죽 겉옷을 걸친 노인이 레빈에게 먼저 말했다.

"나리, 일단 시작하면 중도에 그만둬서는 안 됩니다. 아시겠죠?"

그러자 일꾼들 사이에서 킥킥거리는 소리가 들려왔다.

레빈은 자리를 알려줄 티트를 따라갔다. 그가 작업할 길가의 풀은 짧고 질겼다. 그는 풀을 베어본 지 오래된 데다 일꾼들이 자기를 쳐다보는 것에 신경이 쓰여 처음 한동안은 힘껏 낫질을 하는데도 잘되지 않았다.

그는 일꾼들에게 질 수 없다는 생각과 제대로 베어야겠다는 생각 밖에 하지 않았다. 그는 삭삭 풀 베는 소리만을 듣고, 자기 앞으로 멀어져가는 티트가 말끔하게 벤 자리와, 남은 풀의 반달 모양 밑동, 자신의 낫 가장자리에 스치며 천천히 물결치듯 쓰러지는 풀과 꽃대머리 부분, 잠깐 쉴 수 있는 앞쪽의 밭머리만 보며 일했다.

두둑 하나를 끝내고 또다시 시작하려고 할 때 티트가 일손을 멈추고 영감에게 다가가더니 귀엣말을 했다. 두 사람은 해를 쳐다보왔다.

'무슨 얘기를 나누는 거지? 왜 일을 멈추는 걸까?'

레빈은 농부들이 4시간 넘게 쉬지 않고 일했고 어느새 식사 시간이 되었다는 것도 모르고 이렇게 생각했다.

"식사할 시간입니다, 나리."

영감이 말했다.

"벌써 시간이 그렇게 됐나? 그럼 식사를 해야지."

레빈은 티트에게 낫을 건네고 빵을 가지러 카프탄을 벗어놓은 곳으로 가는 농부들과 함께 걸어갔다. 그는 풀베기를 끝낸 긴 두둑을 가로질러 말을 매어둔 곳으로 가면서 약간 비에 젖은 풀을 보고는 날을 잘못 잡았다고 생각했다.

"비에 젖어 풀이 썩지 않을까?"

레빈이 말했다.

"아닙니다, 나리. 비 오는 날 베고 맑은 날 거두라는 말이 있지 않습니까!"

영감이 말했다.

레빈은 말을 풀고 커피를 마시러 집으로 향했다.

세르게이는 바로 그때 잠자리에서 일어났다. 레빈은 세르게이가 옷을 갈아입고 식당으로 나오기도 전에 커피를 다 마시고 풀을 베는 곳으로 갔다.

2

식사 후 익살스러운 영감은 레빈에게 처음 작업했던 곳 말고 자기 옆으로 오라고 했다. 그래서 레빈은 지난가을에 결혼하고 올여름에 처음 풀베기를 하러 나온 젊은 농부와 영감 사이에 자리를 잡았다.

영감은 몸을 곧게 펴고 굽은 다리를 규칙적으로 성큼성큼 떼면서 나아갔다. 보기에는 그저 장난하듯 팔을 휘저으며 걸어가는 것 같았는데 정확하고 규칙적인 손놀림으로 키가 크고 고른 풀들을 베어 눕히면서 나아갔다. 이것은 마치 사람이 아니라 잘 드는 낫 한 자루가 자동으로 젖은 풀을 베어나가는 것 같았다.

젊은 미시카는 레빈보다 뒤처져 있었다. 생풀을 꼬아서 머리를 동여맨, 그의 젊고 귀여운 얼굴에는 줄곧 힘든 표정이 역력했다. 그런데도 그는 누가 쳐다보면 금세 환하게 웃어 보였다. 일에 지친 모습을 보여주느니 차라리 죽는 편이 낫다고 여기기라도 하는 것 같았다.

레빈은 두 사람 사이에서 풀을 베어나갔다. 한낮의 더위에도 그다지 힘들지 않았다. 온몸에 흐르는 땀이 되레 시원했고, 등과 머리, 소매를 걷어올린 팔에 내리쬐는 태양은 노동에 필요한 강인한 힘과 인내심을 길러주었다.

그리고 무슨 일을 하고 있는지도 모르는 무아지경의 순간을 자주 경험했다. 낫이 저절로 풀을 베어나가는 듯했다. 행복한 순간이었다. 그러나 이보다도 더욱 기쁜 순간은 두둑들이 서로 맞닿은 냇가까지 베어 갔을 때, 영감이 축축하게 젖은 풀로 낫을 닦아 맑은 시냇물에 날을 씻고 양철통에 물을 떠서 레빈에게 건네줄 때였다.

"어떻습니까, 내 크바스(러시아의 청량음료─옮긴이)? 좋지요?"

영감이 눈짓하며 말했다.

레빈은 풀잎이 둥둥 뜨고 녹내가 나는 미지근한 이 물처럼 맛있는 음료를 마셔본 적이 없다. 그러고 나서 낫을 들고 기분 좋게 천천히 걸어가면서 흐르는 땀을 닦고, 신선한 공기를 한껏 들이마시고, 풀 베는 일꾼들의 긴 행렬이며 주위의 숲과 들판을 바라보았다.

레빈은 풀을 베어나갈수록 무아지경을 더 자주 경험했다. 이때는 손으로 낫을 휘두르는 것이 아니라 낫이 저절로 자기를 의식하고 생명체를 움직이고 있는 것 같았다. 마치 요술을 부리기라도 한 것처럼 아무 생각 없는데도 저절로 정확하게 작업이 이루어지는 것이었다. 이때가 가장 행복한 순간이었다.

3

풀베기를 모두 끝내고 레빈은 서운한 마음으로 농부들과 헤어져 말을 타고 집으로 향했다. 언덕배기에서 그는 뒤돌아보았으나 아래에서 자욱하게 피어오르는 안개 때문에 일꾼들의 모습이 보이지 않왔다. 다만 유쾌하고 거친 목소리와 껄껄거리는 웃음소리며 낫이 서로 부딪치는 소리만 들릴 뿐이었다.

레빈은 흘러내린 땀으로 헝클어진 머리칼이 이마에 엉겨 붙고 검은색으로 보일 정도로 등과 가슴이 땀에 흠뻑 젖은 채 유쾌하고 야단스럽게 형의 방으로 불쑥 들어갔다. 세르게이 이바노비치는 한참 전에 식사를 마치고 방금 도착한 신문과 잡지를 뒤적이면서 얼음을 띄운 레몬수를 마시고 있었다.

"오늘 풀밭의 풀을 모두 베어버렸어요. 아, 정말 기분 좋아요! 놀라울 정도로 좋아요. 그런데 형님은 뭐 하며 보내셨어요?"

레빈이 물었다.

"난 잘 보냈단다. 넌 정말 하루 종일 풀을 베었니? 늑대처럼 굶주렸겠구나. 쿠지마가 너를 위해 다 준비하고 있더구나."

"아니, 생각 없어요. 거기서 먹었거든요. 가서 좀 씻고 올게요."

"그래, 갔다 오너라. 나도 곧 너한테 가마."

세르게이는 고개를 젓고 동생 얼굴을 바라보며 말했다.

"어서 갔다 오너라."

그는 웃으면서 덧붙이더니 책들을 정리하고 나갈 준비를 했다. 그 역시 갑자기 기분이 좋아져서 동생과 헤어지고 싶지 않았던 것이다.

"그런데 비 올 때 어디 있었니?"

"비라니요? 비가 온 줄도 몰랐어요. 금방 갔다 올게요. 형님도 오늘 하루 즐겁게 보내셨군요? 정말 잘됐네요."

5분 뒤 형제는 식당에서 만났다. 레빈은 배가 고프지 않았지만 쿠지마가 서운해할까 봐 식탁에 앉아 있기만 하려고 했으나 한술 떠보니 갑자기 먹고 싶었다. 세르게이는 웃는 얼굴로 동생을 바라 보며 말했다.

"참, 너한테 온 편지가 있더구나. 쿠지마, 미안하지만 좀 가져다 주게. 그리고 방문 꼭 닫고."

오블론스키가 페테르부르크에서 보낸 편지였다. 레빈은 소리 내 어 편지를 읽었다.

돌리의 편지를 받았네. 그녀는 예르구쇼보에 있는데 모든 일이 뜻 대로 되지 않는 모양이야. 미안하지만 그녀를 찾아가서 조언을 좀 해 줄 수 있겠나. 자네는 모든 사정을 잘 알고 있으니 말이야. 자네를 보 면 무척 반가워할 거야. 가엾게도 그녀는 지금 혼자라네. 장모는 가족 들과 함께 아직 외국에 있거든.

"잘됐군! 꼭 만나봐야겠어. 괜찮으시면 같이 가시겠어요? 정말 좋은 분이에요. 그렇지 않나요?"

레빈이 말했다.

"멀지 않니?"

"30베르스타요. 아니 40베르스타쯤? 하지만 길이 좋아서 편하게 갈 수 있어요."

"좋아."

세르게이는 계속 웃는 얼굴로 말했다. 동생의 태도에 무작정 기분이 좋았던 것이다.

"그건 그렇고, 네 식욕도 엄청나구나."

그는 접시 위로 고개를 숙이고 있는 동생의 검게 그을린 얼굴과 목을 보면서 말했다.

"정말 좋아요! 형님은 이해 못 하시겠지만 온갖 잡념을 떨치는 데는 이만한 게 없다니까요. '노동요법'이라는 새로운 의학 용어를 제안할까 봐요."

"하지만 너한테는 필요 없을 것 같구나."

"네, 하지만 각종 신경증 환자한테는 필요해요."

"그래, 체험해볼 필요가 있겠구나. 사실 너를 보러 풀 베는 곳으로 가려고 숲까지 갔는데 너무 더워서 더 이상 갈 수가 없더구나. 할 수 없이 잠시 쉬었다가 숲을 지나 마을로 갔단다. 그리고 너의 유모를 만나 농부들이 너를 어떻게 생각하는지 슬쩍 떠보았어. 내 생각으로는 네가 풀 베는 것을 그리 탐탁지 않게 여기는 것 같더구나. 유모 말이 '나리께서 할 일이 아닙니다.'라는 거야. 그들 머릿속에는 소위 '나리'들의 일이라는 게 확고하게 정해져 있는 것 같아. 그리고 그것을 벗어나는 일을 하는 것을 받아들일 수 없는 거지."

"그럴 수도 있죠. 하지만 이제까지 나는 이렇게 만족스러운 경험을 해본 적이 없어요. 게다가 또 그리 나쁘지도 않고요. 그렇지 않아요? 그들이 마뜩찮게 여겨도 할 수 없어요. 큰 문제 안 된다고 생각하는데, 어때요?"

"어쨌든 너는 오늘 하루 만족한 것 같구나."

"굉장히 만족스러워요. 우리는 풀밭의 풀을 전부 베어버렸거든요. 그리고 거기서 정말 좋은 영감을 만났어요. 얼마나 즐거웠는지 형님은 상상도 못 하실 거예요!"

레빈은 기지개를 켜고 웃으면서 일어났다. 세르게이도 미소 지었다.

"어디 가려는 거냐? 같이 가자꾸나. 사무실에 볼일이 있으면 같이 가자."

그는 젊고 활기 넘치는 동생과 같이 있고 싶어서 이렇게 말했다.

4

직장이 없는 사람은 이해하기 어렵겠지만 직장이 있는 사람이라면 누구나 그렇게 느끼는, 지극히 당연하고 중요하며 그것 없이 근무할 수도 없는 의무, 즉 본청에 얼굴을 비치려고 오블론스키는 페테르부르크에 왔다. 그가 의무를 다하기 위해 돈을 죄 가져와 경마장과 별장에서 유쾌하게 즐길 때, 돌리는 비용을 최대한 줄이기 위해 아이들과 함께 시골로 갔다. 그녀는 친정에서 물려받은 예르구쇼보에 왔는데, 이곳은 올봄에 숲을 처분한 곳이었고, 레빈이 있는 포크로프스코예에서 50베르스타쯤 떨어져 있었다.

예르구쇼보에 있는 크고 낡은 저택은 이미 오래전에 헐렸지만, 별채는 공작의 소유였을 때 개축된 것이었다. 이 별채는 여느 별채가 그렇듯 마차가 다니는 길에서 멀리 떨어져 있었고, 남향도 아니었다. 20여 년 전 돌리가 어렸을 때는 넓고 편리했지만 지금은 너무 낡고 불편했다. 올봄 오블론스키가 숲을 팔러 갔을 때 돌리는 그에게 집을 둘러보고 수리할 곳이 있으면 좀 고쳐놓으라고 부탁했다.

죄지은 남편들이 그렇듯 아내의 비위를 맞추느라 여념이 없었던 오블론스키는 직접 집을 살펴보고 자기 생각에 필요하다 싶은 것들을 모두 지시해두었다. 그가 필요하다고 생각한 것은 모든 가구에 크레톤 천을 씌우고, 커튼을 치고, 마당을 깨끗이 정리하고, 연못에 다리를 놓고 화초를 심는 일이었다. 하지만 정작 필요한 것들은 대부분 빠뜨리는 바람에 준비가 제대로 갖춰지지 않아 나중에 돌리는 몹시 힘들었다.

오블론스키는 자기 딴에는 아버지와 남편으로서 마음을 쓴다고는 하지만, 처자식이 있는 몸이라는 것을 늘 자각하고 있지는 못했다. 독신 취향이었던 오블론스키는 그에 따라 모든 것을 했다. 모스크바로 돌아오자 그는 아내에게 의기양양하게 모든 준비가 끝났으며, 낙원처럼 집을 꾸며놓았을 테니 꼭 가보라고 말했다.

그로서는 아내가 시골에 가는 것이 모든 점에서 좋았다. 아이들 건강에도 좋고 생활비도 줄이고, 무엇보다 자신이 자유로울 수 있었던 것이다. 돌리 역시 시골에서 여름을 보내면 아이들, 특히 성홍열을 앓고 나서 몸이 완전히 회복되지 않은 딸에게도 좋고, 그녀를 계속 힘들게 했던 장작 장수며 생선 가게며 구둣방에 진 소소한 빚과 비굴한 겸손에서 벗어날 수 있다고 생각했다. 게다가 한여름이 되면 키티가 외국에서 돌아오니 전지요양이 필요한 그녀를 시골로 불러야겠다고 생각하며 더욱 즐거워했다. 온천장에서 보낸 편지에서 키티는 자매의 어린 시절 추억이 가득한 예르구쇼보에서 언니와 함께 여름을 보내면 더없이 즐거울 거라고 했던 것이다.

처음 며칠 동안 돌리는 전원생활이 꽤 힘들었다. 어릴 때 시골에서 살았던 그녀는 시골이라고 하면 불쾌한 도시 생활에서 벗어날 수 있고, 비록 흥밋거리는 없지만(이 부분에는 돌리도 쉽게 적응했다) 그 대신 값싸고 손쉽게, 말하자면 없는 게 없고, 뭐든지 싸고, 필요한 건 다 얻을 수 있으며 아이들에게도 좋다는 인상을 가지고 있었다. 그러나 지금 주부로서 시골에 살자니 모든 것이 그녀의 생각과 전혀 다르다는 것을 절감했다.

그들이 도착한 다음 날 폭우가 쏟아져 복도와 아이들 방에 비가 새는 바람에 침대를 거실로 옮겨야 했다. 가정부도 없었다. 가축을 돌보는 하녀의 말로는 암소 아홉 마리 중에 어떤 놈은 새끼를 뱄고, 어떤 놈은 송아지이며, 어떤 놈은 너무 늙었고, 어떤 놈은 젖무덤이 말라버렸다고 했다. 그래서 아이들에게 줄 버터와 우유도 부족했다. 달걀도 없었다. 암탉은 구할 수가 없어서 늙고 보랏빛 힘줄이 많아 질긴 수탉을 구워 먹기도 하고 삶아 먹기도 했다. 청소할 여자도 구할 수 없었다. 왜냐하면 모두 감자밭에 나갔기 때문이다. 말은 한 마리밖에 없는데, 그나마 성질이 괴팍해서 멍에를 얹기만 하면 거칠게 날뛰는 터에 마차를 타고 다닐 수도 없었다. 목욕할 곳도 없었다. 강가는 모두 가축들이 더럽혀놓은 데다 길에서 훤히 내다보이는 곳이었다. 그뿐 아니라 허물어진 울타리 사이로 가축이 마당까지 들어와 마음대로 산책할 수도 없었다. 크게 울부짖는 무서운 황소 한 마리가 뿔로 받을까 봐 무서웠던 것이다. 옷을 정리해 넣을 멀쩡한 장롱도 하나 없었다. 문이 제대로 닫히지 않아 옆을 지나가기만 해도 저절로 열리는 것뿐이었다. 빵을 구울 오븐과 항아리도 없고, 빨래 삶을 솥이며 하녀방에 다리미판도 없었다.

이런 끔찍한 상황 앞에서 돌리는 안정과 휴식은커녕 절망에 빠지고 말았다. 그러나 어느 가정에나 눈에 띄지는 않지만 중요한 도움을 주는 사람이 있게 마련이듯이 오블론스키 가족에게는 마름의 아내 마트료나 필리모노브나가 있었다. 그녀는 모든 것이 깔끔하게 정리될 것이라고 안주인을 위로하면서 침착하게 일을 수습해나갔다.

일주일 뒤 정말 모든 것이 정리되었다. 지붕을 수리하고, 촌장의 대모가 가정부로 들어오고, 암탉을 사고, 암소로부터 젖을 얻고, 마당에 울타리가 쳐지고, 목수가 다듬잇방망이를 만들고, 장롱 문고리를 달아 문이 제멋대로 열리지도 않았고, 군용 모직물로 만든 다리미판이 안락의자 팔걸이와 서랍장 위에 걸쳐져 하녀방에서 뜨거운 다리미 냄새가 풍겼다. 짚 칸막이로 욕장까지 만들어 돌리는 목욕도 할 수 있었다.

안락하다고 할 수는 없지만 전원생활의 편의가 조금이나마 채워졌다. 여섯 아이를 데리고 편히 지낼 수는 없지만 돌리는 끊임없이 일에 시달리면서도 아주 가끔 잠시나마 조용한 한때를 즐기기도 했다. 돌리로서는 이렇게 아이들을 걱정하고 신경 쓰는 것이 유일한 행복이었다. 그렇지 않았다면 자기를 사랑하지도 않는 남편에 대한 잡념에 사로잡혀 있었을 것이다.

아이들이 아프거나 그런 징후를 보이면 불안하고 괴롭기는 했지만 어느새 아이들 자체가 기쁨이 되어 그녀는 슬픔을 잊을 수 있었다. 이런 기쁨은 곱디고운 모래 속에 섞여 눈에 보이지 않는 사금과도 같은 것이었다. 슬픔, 즉 모래밖에 보이지 않을 때도 있지만 기쁨, 즉 금만 보이는 좋은 때도 있었던 것이다.

5

그녀는 시골 생활의 불편과 괴로움을 호소하는 편지를 남편에게 보냈는데 5월 말, 모든 것들이 웬만큼 정리되었을 때쯤 남편의 답장을 받았다. 그는 이것저것 주의 깊게 살피지 못해 미안하다면서 짬이 나는 대로 오겠다고 약속했다. 그러나 좀처럼 짬이 나지 않는지 돌리는 6월 초까지 시골에서 홀로 지냈다.

어느 날 돌리가 욕장에서 목욕을 하고 수건으로 머리를 싸고 머리칼을 다 말리지 못한 아이들에게 둘러싸여 집 앞에 이르렀을 때 마부가 말했다.

"나리 한 분이 오셨는데, 포크로프스코예에서 오신 것 같은데요."

돌리가 앞을 보니 레빈이 익숙한 회색 모자에 회색 외투 차림으로 걸어오고 있었다. 그녀는 그를 만나면 언제나 기뻤는데, 특히 지금 행복한 자기 모습을 보여줄 수 있어서 더욱 기뻤다. 레빈만큼 그녀의 훌륭한 면모를 이해하는 사람도 없었다.

그녀를 보는 순간 레빈은 자기가 상상하던 앞으로의 가정생활을 보는 것 같았다.

"병아리들에 둘러싸인 암탉이군요."

"정말 반가워요!"

그녀는 그에게 손을 내밀며 말했다.

"반가우시다면서 어떻게 연락 한 번 하지 않으셨죠? 우리 집에는 형님이 와 계세요. 스티바의 편지를 받고 당신이 여기에 있다는 것을 알게 되었지요."

"스티바의 편지요?"

돌리는 뜻밖이라는 듯이 물었다.

"네, 그가 당신이 여기 있다고 알려주었어요. 내가 도움이 될 일이 있을 거라고 하더군요."

레빈은 이렇게 말하더니 갑자기 말을 뚝 그치고 당황해하면서 피나무 순을 따서 씹으며 말없이 마차 있는 곳으로 걸어갔다. 그는 남편이 해야 할 일에 남의 도움을 받는다는 것이 돌리로서는 불쾌할거라고 생각했던 것이다. 실제로 돌리는 자기 집 일을 남한테 억지로 떠넘기려는 오블론스키가 마음에 들지 않았다. 그녀는 즉시 레빈이 이러한 자신의 감정을 눈치챘다는 것을 알았다. 돌리는 자상하고 세심하게 타인의 감정을 살피는 레빈이 좋았다.

"하지만 물론 당신이 나를 만나고 싶어 한다는 의미라는 것을 잘 압니다. 나도 정말 기뻐요. 당신처럼 도시의 부인들에게는 이곳 생활이 미개하게 느껴질 겁니다. 그러니 필요한 일이 있으면 서슴지 마시고 말씀하세요."

"아니, 그렇지 않아요! 처음에는 힘들었는데 지금은 우리 집 유모 덕택에 많이 좋아졌어요."

돌리는 마트료나 필리모노브나를 가리키며 말했다. 그녀는 자기 이야기를 하고 있는 것을 알아차리고 레빈을 향해 친근하게 미소지었다. 그를 익히 알고 있었던 유모는 막내 아가씨의 훌륭한 배필이라 여기며 둘이 결혼하기를 바랐다.

점심을 먹고 나서 돌리는 레빈과 단둘이 테라스에 앉아 키티 이야기를 했다.

"아시는지 모르겠네요. 여기서 키티와 함께 여름을 보내기로 했어요."

"정말입니까?"

그는 얼굴을 붉히더니 곧 다른 이야기로 말머리를 돌렸다.

"그럼 암소 두 마리를 보내드릴까요? 굳이 비용을 치르고 싶다면 한 달에 5루블씩 내면 됩니다. 매몰차다 여기지만 않는다면요."

"고마워요. 하지만 여기도 다 마련되어 있어요."

"그럼 여기 있는 암소를 한번 볼까요. 그리고 괜찮으시다면 소 먹이는 법을 가르쳐드릴게요. 다 하기 나름이거든요."

레빈은 화제를 전환하려고 암소란 먹이를 젖으로 바꾸는 기계에 불과하다느니 하며 낙농에 관한 이론들을 늘어놓았다.

사실 그는 키티가 어떻게 지내는지 몹시 궁금했지만, 한편으로는 두려운 마음도 있었다. 극심한 고통을 겪고 나서 겨우 마음의 안정을 되찾았는데 또다시 그것이 깨질까 두려웠던 것이다.

"그렇기는 하지만 계속 돌봐야 하잖아요. 누가 그걸 하겠어요?"

돌리는 내키지 않는 투로 말했다.

마트료나의 도움으로 집이 웬만큼 정리되었으므로 돌리는 더 이상 변화를 주고 싶지 않았다. 게다가 레빈의 농사 지식도 의심스러웠다. 암소가 젖을 만드는 기계라는 말도 이해할 수 없었다. 그런 의견은 혼란스럽게 만들 뿐이라고 여겼다. 그녀의 눈에는 모든 것이 너무나 단순해 보였다. 마트료나가 설명했듯이 다만 암소 두 마리에게 먹이와 물을 더 많이 주고 요리사가 부엌에서 나온 구정물을 암소에게 주지 못하게만 하는 것으로 충분하다고 생각했다. 그것은 분명한 사실이었다. 그러나 곡물 사료라든가 여물에 대한 그의 의견은 확실한 것이 아니었다.

그녀는 그런 것들보다 키티 이야기를 하고 싶었다.

6

"키티는 고독과 안정 말고 바라는 게 없다고 편지에 적어 보냈더군요."

한동안 말이 없던 돌리가 이렇게 말했다.

"그런데 건강은 어떤가요? 좋아졌나요?"

레빈이 조금 들뜬 마음으로 물었다.

"네, 덕분에 다 나은 것 같아요. 난 그 애가 마음의 병을 앓았다고 믿지는 않지만요."

"아, 정말 다행이네요!"

레빈은 이렇게 말하고 말없이 그녀를 바라보았는데, 그녀의 얼굴에 걱정스러운 표정이 엿보였다.

"그런데 콘스탄틴 드미트리치, 무엇 때문에 키티에게 화가 나신 거죠?"

돌리는 특유의 선하면서도 놀리는 듯한 미소를 지으며 말했다.

"내가요? 화나지 않았습니다."

"아니에요. 당신은 화났어요. 그렇지 않으면 왜 모스크바에 와서 우리 집이나 키티에게 들르지 않은 거죠?"

그는 머리 밑까지 빨개지면서 말했다.

"당신처럼 생각이 깊은 분조차 이해를 못 하시다니 놀랍군요. 당신은 모든 것을 다 알고서 왜 나를 동정하지 않는 거죠?"

"내가 다 알고 있다니요? 무얼 말인가요?"

"내가 청혼을 거절당한 것 말입니다."

레빈이 불쑥 내뱉었다. 그러자 방금 전까지만 해도 키티에게 느끼던 모든 애정이 모욕에 대한 분노로 변하고 말았다.

"당신은 어째서 내가 그것을 알고 있을 거라고 생각하시죠?"

"모든 사람들이 다 알고 있으니까요."

"거봐요. 당신은 잘못 알고 있는 거예요. 난 전혀 몰랐어요. 물론 짐작은 하고 있었지만."

"그러니까 확실한 건 지금 알게 된 거네요."

"무슨 일이 있었다는 정도만 알고 있었을 뿐이에요. 그 애가 몹시 괴로워했고, 또 그 애가 그 일에 대해 아무 말도 하지 말아달라고 부탁했죠. 나한테 얘기하지 않았다면 다른 사람에게도 얘기하지 않았을 거예요. 그런데 도대체 무슨 일이 있었나요? 얘기해주세요."

"말씀드리지 않았습니까?"

"언제였죠?"

"마지막으로 댁에 들렀을 때요."

"어쨌든 그 애는 지금 얼마나 가여운지 몰라요. 당신은 단지 자존심 때문에 괴로워하는 거지만……."

"그럴지도 모르죠. 하지만……."

돌리는 그의 말을 자르고 말했다.

"불쌍한 키티, 그 애가 너무 가엾어서 견딜 수가 없어요. 이제 모든 사실을 알았어요."

그러자 그가 일어나면서 말했다.

"그럼, 이만 실례하겠습니다. 또 뵙죠."

"아니, 잠깐만요. 잠깐 앉아요."

그녀가 그의 옷소매를 잡으며 말했다.

"제발, 제발 그 얘기는 하지 말아주세요."

그는 앉으면서 이미 파묻어 버린 희망이 다시 고개를 쳐드는 것을 느끼며 말했다.

"내가 당신을 좋아하지 않았다면……, 지금처럼 당신을 잘 몰랐다면……."

그녀는 눈물을 글썽거리며 말했다.

이미 사라졌다고 생각한 감정이 더욱더 생생하게 되살아나 레빈의 마음을 가득 채웠다.

그녀는 계속 말했다.

"네, 이제야 명확하게 알았어요. 당신은 이해 못 하실 거예요. 스스로 자유롭게 선택할 수 있는 남자들은 언제나 자신이 사랑하는 사람이 누구인지 명확하게 알아요. 그러나 기다리는 입장에 놓인 처녀는, 수줍은 마음으로 당신 같은 남자들을 멀리서 바라보며 모든 것을 받아들이는 처녀는 스스로도 알 수 없고 뭐라고 표현할 수도 없는 감정을 종종 느끼죠."

"하지만 그녀의 마음이 말하는 것이 아니라면⋯⋯."

"아니에요, 마음은 말하고 있어요. 생각해보세요. 남자들은 마음에 드는 아가씨를 만나면 그 집에 드나들면서 가까이에서 주의 깊게 살펴보고 자신이 상대를 사랑하고 있다는 확신이 들 때 비로소 청혼하지 않나요?"

"글쎄요. 꼭 그런 건 아니에요."

"어쨌든 마찬가지예요. 남자들은 자신의 감정이 무르익었거나, 두 여자 사이에서 저울질이 끝나면 청혼하죠. 하지만 여자들은 그럴 수 없어요. 여자들도 스스로 선택하지 말라는 법은 없지만 대부분 그러지 못해요. 그저 '네' 또는 '아니오'라고 대답할 뿐이죠."

'그럼 나와 브론스키를 저울질한 거로군.'

레빈은 이런 생각이 들자 마음속에서 되살아나던 감정이 다시 사라지고 마음을 짓누르는 듯한 고통이 밀려왔다.

"옷이나 다른 물건을 선택할 때는 그렇죠. 하지만 사랑은 아니에요. 이미 선택되어 있었던 겁니다. 그쪽이 더 좋았던 거죠. 또다시 되풀이할 수는 없어요."

"아, 자존심, 자존심 때문이에요!"

돌리는 여자들만 아는 감정에 빗대어 그의 속된 감정을 경멸하듯 말했다.

"당신이 청혼했을 때 키티는 대답하기 힘든 처지에 있었어요. 그 애 마음이 흔들리고 있었어요. 당신이냐, 브론스키냐 하는 것이었죠. 그때 브론스키는 매일 만났지만 당신은 한동안 보지 못했어요. 그 애가 조금만 더 성숙했더라면……, 내 나이였다면 그런 상황에서 갈피를 잡지 못하고 흔들리지는 않았을 거예요. 나는 처음부터 브론스키를 싫어했는데 결국 이렇게 돼버렸어요."

레빈은 키티의 대답을 떠올렸다. 그녀는 "아니에요, 그럴 수 없어요."라고 말했다.

"다리야 알렉산드로브나, 당신이 보여주는 나에 대한 신뢰를 늘 고맙게 생각합니다. 하지만 당신은 잘못 알고 있어요. 내가 옳든 그르든 그토록 경멸하는 자존심으로 인해 나는 카테리나 알렉산드로브나에 대해 어떤 생각도 할 수 없게 되었습니다. 아시겠어요? 불가능한 일이에요."

그가 무뚝뚝하게 말했다.

"한 가지만 얘기할게요. 당신도 알다시피 내 자식이나 다름없는 동생이에요. 그 애가 당신을 사랑했다고 말하는 게 아니에요. 다만 그때 키티의 거절은 아무것도 증명하지 못한다는 거예요."

돌리의 말에 레빈이 벌떡 일어나며 말했다.

"모르겠군요! 당신이 지금 나를 얼마나 괴롭히는지 아세요? 이건 마치 당신의 아이가 죽었을 때 다른 사람들이 당신에게 하는 말이나 같은 겁니다. 그 아이는 이런 아이가 됐을 거야, 이렇게 했으면 살았을 거야, 당신도 그 애를 보고 기뻐했을 거야, 이렇게 말하지만 그 아이는 이미 죽었어요. 죽어버렸다고요. 죽었단 말입니다."

"당신은 참 우스운 분이군요. 그래요, 난 이제야 모든 것을 알게 되었어요."

돌리는 쓸쓸한 미소를 띠고 흥분한 레빈을 바라보면서 말했다. 그러고는 깊이 생각하는 투로 말했다.

"그럼 키티가 오면 여기 오지 않겠군요?"

"네, 그럴 겁니다. 물론 그녀를 일부러 피할 생각은 전혀 없습니다. 하지만 나로 인해 그녀가 불쾌하지 않도록 노력할 겁니다."

"정말, 당신은 정말 우스운 분이군요. 좋아요, 이 얘기는 하지 않은 걸로 하죠."

돌리는 부드러운 눈길로 그를 바라보며 말했다.

7

7월 중순 무렵 포크로프스코예에서 20베르스타가량 떨어진 누님의 마을 촌장이 농사일과 풀베기에 대한 경과를 보고하러 레빈을 찾아왔다. 누님 소유지의 주 수입원은 강변 풀밭이었다. 그전에는 이곳의 풀이 1데샤티나당 20루블에 팔렸으나 레빈이 관리를 맡으면서 훨씬 더 값어치가 있다는 사실을 발견하고, 1데샤티나당 25루블로 올렸다. 우려했던 대로 농부들은 이 값을 지불하지 않았고 다른 구매자들의 발길도 뚝 끊어졌다. 그러자 레빈은 직접 그곳으로 가서 일부는 일꾼을 고용하고, 일부는 할당제로 풀을 거두도록 조치했다. 이 마을 농부들은 갖은 수단을 써서 이 새로운 방식을 방해했지만, 일은 순조롭게 진행되어 첫해에 그 풀밭에서 거의 2배 가까이 수익을 올렸다.

작년에도 농부들이 반대했으나 똑같은 방식으로 거둬들였다. 그러나 올해는 농부들이 3분의 1을 가져가기로 하고 풀밭 전체를 맡기로 했다. 그리하여 지금 촌장이 와서 풀베기가 끝났으며 비가 올까 걱정이 되어서 서기의 입회하에 수확을 분배하고 지주의 몫으로 열한 더미를 마련해두었다고 보고하러 온 것이다. 가장 큰 풀밭에서 건초를 얼마나 수확했느냐고 묻자 애매하게 얼버무리고, 허락하기도 전에 서둘러 분배한 촌장의 행태로 보아 미심쩍은 구석이 있다고 판단한 레빈은 직접 가서 조사해보기로 했다.

점심때 마을에 도착한 레빈은 형의 유모의 남편으로 전부터 잘 아는 노인의 집에 말을 매어놓고, 풀베기에 관해 자세한 상황을 알아보러 그가 있는 양봉장으로 갔다. 말이 많고 풍채가 좋은 파르메니치 영감이 반갑게 맞이했다. 그는 자기가 하는 일을 모두 보여주고 꿀벌과 올해 양봉이 어떤지 자세히 들려주었다. 그러나 풀베기에 관해 레빈이 묻자 내키지 않는 듯 얼버무렸다. 그의 태도에 레빈의 의심은 더욱 커졌다. 그는 풀 베는 곳으로 가서 건초 가리들을 살펴보았다. 쉰 수레 이상 되는 건초 가리는 없는 것 같았다. 그래서 레빈은 농부들의 부정을 그 자리에서 밝혀내려고 건초를 운반하는 수레를 가져오라고 해서 한 가리를 창고로 운반하라고 지시했다. 그 가리는 서른두 수레밖에 되지 않았다.

촌장은 건초 부피는 그것을 쌓아 올렸을 때보다 줄어들게 마련이라고 변명하며 하느님께 맹세할 수 있다고 큰소리쳤다. 하지만 레빈은 자기 허락 없이 건초를 분배했으니 한 가리에 쉰 수레로 칠 수 없다고 주장했다. 긴 말다툼 끝에 문제가 되는 열한 가리는 쉰 수레씩 쳐서 농부들이 가져가고 지주의 몫은 다시 계산하기로 했다. 건초 분배 문제는 저녁까지 계속되었다. 건초를 모두 분배하고 나서 레빈은 서기에게 감시를 맡기고 버드나무 막대기로 표시한 건초 더미 위에 앉아 사람들로 북적거리는 풀밭을 멍하니 바라보았다.

앞으로는 작은 습지 건너편 강굽이에서 여러 가지 빛깔의 아낙네들이 또랑또랑한 목소리로 즐겁게 수다를 떨며 줄지어 움직이고 있었다. 그 주위에 널린 잿빛 건초는 담록색 풀밭 위로 구불구불한 벽처럼 빠르게 뻗어나갔다. 쇠스랑을 든 농부들이 아낙네들 뒤를 따르고 있었다. 그리고 그 벽에서부터 폭이 넓고 높이 솟아 오른 건초가리가 퍼져 나가고 있었다. 풀을 다 벤 왼쪽 풀밭에서는 수레가 덜컹거리고 풀 더미는 차례차례 커다란 쇠스랑에 걸려 사라졌다. 그리고 향기로운 건초가 말의 궁둥이까지 쏠릴 만큼 수레 위에 가득 쌓였다.

"풀을 수확하기에 딱 좋은 날씨군요! 좋은 건초가 될 겁니다! 이건 건초가 아니라 차(茶)나 마찬가지예요! 주워 올리는 것 좀 보세요. 새끼 오리들에게 곡식을 뿌려준 것 같지요!"

노인이 레빈 옆에 앉으면서 말했다. 그러고는 쌓아 올린 풀 더미를 가리키며 덧붙였다.

"점심때부터 반은 옮겼네요."

그는 수레 앞에서 삼으로 꼰 고삐를 휘두르며 옆을 지나가는 젊은 농부에게 소리쳤다.

"얘야, 그게 마지막이냐?"

"네, 마지막이에요, 아버지!"

젊은이는 고삐를 당겨 말을 세우고 웃으면서 대답했다. 그러고는 수레에 앉아 역시나 웃고 있는 얼굴이 발그레한 아낙네를 돌아보더니 다시 말을 몰고 갔다.

"누군가? 자네 아들인가?"

레빈이 물었다.

"제 막둥이랍니다."

노인은 애정이 가득 담긴 미소를 띠고 말했다.

"정말 훤칠한 젊은이로군!"

"네, 정말 사랑스러운 녀석이죠."

"장가는 갔나?"

"네, 지난 대림절에 딱 2년 되었지요."

"그래, 아이들은?"

"아이들이라뇨! 저 녀석은 1년 동안 아무 생각 없이 지냈어요. 게다가 어찌나 수줍어하는지."

노인이 대답했다.

"그건 그렇고, 저 건초는 정말 차(茶) 같군요!"

그는 말머리를 돌리려고 이렇게 말했다.

레빈은 바니카 파르메노프와 그의 아내를 유심히 바라보았다. 그들은 그리 멀지 않은 곳에서 건초를 쌓고 있었다. 바니카 파르메노프는 수레 위에 서서 젊고 아름다운 아내가 처음에는 한아름씩, 그다음에는 쇠스랑으로 능숙하게 건네주는 커다란 건초 더미를 받아 평평하게 고르며 발로 밟아 정리했다. 젊은 아내는 능숙한 솜씨로 일했다. 커다랗게 뭉쳐진 건초는 한 번에 쇠스랑으로 걸 수 없었다. 그녀는 건초를 평평하게 펴서 쇠스랑을 찔러 넣고, 힘 있고 날래게 쇠스랑에 자기 체중을 실어 빨간 허리띠를 맨 허리를 구부렸다가 다시 펴면서 하얀 앞치마 밑으로 풍만한 가슴을 드러내며 능숙하게 건초 더미를 수레로 던져 올렸다. 그러면 이반은 아내의 힘을 조금이라도 덜어주려고 두 팔을 활짝 벌려 건초 더미를 받았다. 마지막 건초를 올려주고 나서 아내는 목덜미에 붙은 풀잎을 털어내고 그을리지 않은 하얀 이마 위로 내려온 빨간 머릿수건을 매만지고 짐을 묶으러 수레 밑으로 기어 들어갔다. 이반은 그녀에게 밧줄 매는 법을 가르쳐주었는데, 그녀가 무슨 말을 하자 크게 웃음을 터뜨렸다.

두 사람의 얼굴에는 기운이 넘치고 생기 가득한, 갓 시작된 사랑이 담겨 있었다.

8

짐을 다 매고 나서 이반은 수레에서 뛰어내려 살이 통통하게 오른 말의 고삐를 잡았다. 아내는 갈퀴를 건초 더미 위로 던져 올리고, 씩씩하게 두 손을 흔들며 춤추는 듯한 몸짓으로 모여 있는 아낙네들한테 갔다. 이반은 길 위로 수레를 몰고 가서 다른 수레 행렬에 합류했다. 각양각색의 화려한 색으로 빛나는 아낙네들은 갈퀴를 어깨에 메고 큰 소리로 유쾌하게 떠들며 수레를 따라갔다. 한 아낙네가 굵은 목소리로 노래를 시작해 후렴구까지 부르자 굵은 목소리, 가는 목소리, 힘찬 목소리 등 쉰 남짓한 목소리들이 그 노래를 처음부터 다시 합창했다.

아낙네들은 노래를 부르면서 레빈에게 다가왔다. 레빈에게는 그 모습이 마치 기쁨의 천둥을 동반한 먹구름이 몰려오는 것 같았다. 먹구름은 순식간에 그를 덮쳤고, 그가 누워 있던 풀 더미와 다른 건초 가리며, 짐수레, 저 멀리 펼쳐진 풀밭, 이 모든 것들이 외치는 소리와 휘파람 소리, 장단을 맞추는 소리가 뒤엉킨 거칠고 신명 나는 노래에 잠겨 흔들리기 시작했다. 레빈은 이 건강하고 유쾌한 모습이 부러웠고, 자기도 이들과 함께 삶의 기쁨을 표현하고 싶었다. 하지만 그는 아무것도 하지 못하고 누워서 그저 보고 듣기만 했다. 노랫소리와 더불어 사람들이 사라지자 그는 고독과 육신의 무위, 이 세상에 대한 적의가 몰려와 온통 우수에 사로잡히고 말았다.

건초 문제로 악착스럽게 다투었던 농부들, 그에게 수모를 당하고 또 그를 속이려고 했던 농부들도 기분 좋게 그에게 인사하는 것을 보면 그에 대해 어떤 나쁜 감정을 품고 있지 않은 것이 분명했다. 그들은 그를 속이려고 했던 것을 뉘우치거나 생각하지도 않았고 심지어 기억조차 못 하는 것 같았다. 이 모든 것들이 유쾌한 집단 노동의 바다에 잠겨버린 것이다. 하느님은 하루를 주셨고 또 힘을 주셨다. 그리고 그 하루와 힘을 노동에 바쳤고, 노동 그 자체가 보수였던 것이다. 누구를 위한 노동인가? 노동의 결과는 무엇인가? 이런 것은 아무려나 상관없고 다 부질없는 생각이었던 것이다.

레빈은 종종 이런 삶에 매혹되었고, 이런 삶을 누리는 사람들을 선망했다. 그러나 오늘 레빈은 특히 이반 파르메노프와 그의 젊은 아내의 모습을 보면서, 지금까지의 복잡하고 하릴없고 꾸민 것 같은 개인의 삶을 부지런하고 순수하고 아름다운 집단의 삶으로 바꾸는 것은 오직 자기 의지에 달렸다는 것을 처음으로 느꼈다.

그와 나란히 앉아 있던 노인은 벌써 집으로 갔고, 사람들 모두 제각기 흩어졌다. 집이 가까이 있는 사람들은 집으로 갔고, 집이 먼 사람들은 풀밭에서 하룻밤을 보내려고 한곳에 모여 저녁을 준비했다. 레빈은 사람들 눈에 띄지 않고 줄곧 풀 더미에 누워 이것저것

보고 들으며 생각에 잠겼다. 풀밭에서 하룻밤을 보낼 사람들은 짧은 여름밤을 거의 꼬박 새웠다. 저녁 식사를 하면서 가끔 웃으며 수다를 떨더니 곧 더욱 큰 웃음소리와 노랫소리가 들려왔다. 온종일 이어진 오랜 노동은 그들에게 유쾌함 말고 아무런 흔적도 남기지 않았다.

새벽이 다가오자 사방이 조용했다. 다만 늪에서 쉼 없이 울어대는 개구리 소리, 해 뜨기 전 풀밭의 안개 속에서 말이 콧김을 내뿜는 소리와 그 메아리밖에 들리지 않았다. 문득 정신이 든 레빈은 건초 더미 위에서 일어나 별을 올려다보고는 밤이 지나갔음을 느꼈다.

'이제 나는 어떻게 해야 하지? 어떻게?'

그는 짧은 밤을 지새우며 생각하고 느낀 것을 머릿속에 새기려고 스스로에게 물었다. 그는 세 가지 생각을 정리했다. 하나는 자기 생활, 쓸모없는 지식, 부질없는 교양에 대한 부정이었다. 이것은 쉽고 간단하고 즐거운 일이었다. 두 번째는 자신이 누리고자 하는 삶에 관한 것이었다. 그것이 소박하고 순수하고 올바른 삶이라는 것을 분명하게 느끼고 있었으며, 그러한 생활이야말로 뼈저린 결핍을 충족하고 안정과 가치를 얻을 수 있다고 확신했다. 그러나 세 번째는 이전의 삶을 새로운 삶으로 바꾸려면 맨 먼저 무엇을 해야 하는가 하는 문제였다. 그리고 여기에 대한 해답을 찾을 수 없었다.

'결혼을 해야 할까? 노동과 노동의 필요성을 찾아야 할까? 포크로프스코예를 떠나야 하나? 땅을 사야 하나? 농민 집단으로 들어갈

것인가? 농부의 딸과 결혼할 것인가? 도대체 나는 어떻게 해야 하는가?'

그는 또다시 스스로에게 물어보았으나 해답이 떠오르지 않았다.

'한숨도 자지 않은 상태에서 올바른 판단을 내릴 수는 없어. 시간을 두고 천천히 생각해보자. 지난밤 내 운명이 결정된 것은 분명해. 지금까지 꿈꾸던 가정생활은 다 무의미한 것이었어. 그런 것이 아니었어. 사실은 훨씬 단순하고 훨씬 훌륭한데.'

그는 스스로에게 말했다.

'참으로 아름답구나!'

그는 하늘 한가운데 자신의 머리 위에 펼쳐진 양털구름 속에서 진주조개 껍데기 모양을 바라보며 생각했다.

'오늘 밤은 모든 것이 다 아름답다. 그래, 저 조개 모양은 언제 만들어졌을까? 방금 전까지만 해도 하얀 줄 2개밖에 없었는데. 그래, 저것처럼 삶에 대한 생각도 금세 바뀌었다.'

그는 풀밭에서 나와 마을로 향하는 큰길을 걸어갔다. 부드러운 바람이 불었고 하늘은 잿빛이었다. 빛이 어둠을 완전히 정복하기 직전 새벽에 한순간 찾아드는 어둠이었다.

레빈은 추위에 몸을 움츠리고 땅바닥을 쳐다보며 걸음을 재촉했다. 그는 방울 소리가 들리자 생각했다.

'뭐지? 누가 오고 있나 보군.'

머리를 들어 보니 마흔 보쯤 떨어진 곳에서 네 필의 말이 끄는 마차가 그가 걷고 있는 풀로 덮인 큰길을 달려왔다. 지붕에 커다란 여행 가방이 얹혀 있는 사륜마차였다.

레빈은 별 생각 없이 마차 안을 흘낏 보았다. 마차 구석에서 노파가 졸고 있었고, 창가에는 금방 잠에서 깬 듯한 젊은 아가씨가 두 손으로 하얀 모자의 리본을 잡고 있었다. 생기 있고 생각이 깊어 보이는 그녀는 레빈과는 거리가 먼 세련되고 복잡다단한 감정으로 충만한 삶을 사는 듯했다. 그녀는 창문 너머로 떠오르는 아침노을을 바라보고 있었다.

그와 동시에 진실 어린 그녀의 눈이 그를 흘낏 보았다. 그를 보는 순간 깜짝 놀란 그녀의 얼굴에는 기쁜 표정이 가득했다.

그가 잘못 본 것은 아니었다. 이 세상에 오직 하나밖에 없는 눈이었다. 이 세상에서 그에게 삶의 빛과 의미를 쏟아부을 수 있는 유일한 존재, 바로 그녀, 키티였다. 레빈은 그녀가 역에서 예르구쇼보로 가는 길이라는 것을 알았다. 그 순간 뜬눈으로 밤을 지새우는 동안 그의 마음을 혼란스럽게 했던 모든 것, 모든 결심들이 돌연 사라져버렸다. 그는 농부의 딸과 결혼하려던 생각을 떠올리고는 몸서리를 쳤다. 지금까지 자신을 그토록 괴롭혀온 삶의 수수께끼를 풀 수 있는 열쇠가 오직 저기, 반대 방향으로 빠르게 멀어져가는 마차 속에 있었던 것이다.

그녀는 밖을 내다보지 않았다. 마차의 삐걱거리는 용수철 소리는 더 이상 들리지 않았고 간간이 방울 소리만 들릴 뿐이었다. 개 짖는 소리가 나는 것으로 보아 마을을 지나가고 있었다. 그리고 남은 것은 텅 빈 들판과, 앞에 자리 잡은 마을과, 인적 없는 길을 홀로 걷고 있는, 세상 모든 것과 단절된 고독한 자신뿐이었다.

그는 조금 전까지 감탄하며 바라보던, 간밤의 상념과 감정의 길잡이가 되어주었던 조개 모양의 구름을 찾아보려고 하늘을 올려다보았다. 그러나 하늘에는 이미 조개 비슷한 것도 보이지 않았다. 다다를 수 없는 저 높은 곳에서 이미 신비한 변화가 일어난 것이다. 조개는 흔적도 찾아볼 수 없고, 다만 하늘의 절반을 덮고 있는, 점차 조각조각 흩어져가는 양털 융단 모양의 구름뿐이었다. 맑게 갠 밝은 하늘은 여전히 부드럽게, 그러나 여전히 다다르기 힘든 곳에서 의문으로 가득한 그의 눈동자에 답하고 있었다.

그는 스스로에게 말했다.

"아니야. 소박한 노동의 삶이 아무리 좋아도 이제 나는 그 삶으로 돌아가지 않겠다. 나는 그녀를 사랑하므로."

9

카레닌의 최측근 말고는 겉으로는 냉철하고 생각이 깊은 그의 성격과는 정반대되는 한 가지 약점이 있다는 것을 아는 사람은 없다. 다시 말해 카레닌은 아이들과 여자들의 눈물을 예사롭게 넘기지 못하는 사람이었다. 그는 눈물을 보는 순간 혼란에 빠져 판단력을 잃고 말았다. 그것을 잘 아는 사무장과 그의 비서는 여자 청원자들에게 일을 그르치고 싶지 않거든 눈물을 흘리지 말라고 주의를 주었다. 눈물로 인한 정신적 혼란이 갑작스러운 분노로 표출되었던 것이다.

경마장에서 돌아오는 길에 카레닌은 안나가 브론스키와의 관계를 고백하고는 울음을 터뜨렸을 때 화가 치밀어 오르면서도 정신적 혼란을 겪었다. 그래서 감정 표현을 자제하려고 꼼짝도 하지 않고 앞만 바라보았고, 그러다 보니 마치 시신처럼 창백하고 기괴한 표정을 짓고 있었던 것이다.

의심하고 있던 일에 대해 아내로부터 최악의 이야기를 듣고 카레닌은 잔인한 고통에 휩싸였다. 더구나 아내의 눈물이 기이하게도 그녀에 대한 연민을 불러일으켜 고통은 더욱 심화되었다. 그러나 카레닌은 아내를 내려주고 마차에 홀로 남았을 때 최근 자신을 괴롭혔던 의혹과 질투의 괴로움에서 벗어난 기분을 느끼고 놀라운 한편으로 기쁘기까지 했다.

그는 앓던 이를 뺀 기분이었다. 끔찍하고 무시무시한 고통은 이제 사라졌다. 그는 또다시 살아가고, 아내의 일 말고 다른 생각도 할 수 있을 것 같았다.

'명예도 인정도 신앙도 저버린 타락한 여자! 나는 이미 그것을 알고 있었다. 늘 보고 있었다. 다만 가여운 마음에 나 자신을 속이려 했을 뿐.'

그는 이렇게 생각했다. 그리고 그는 실제로 이 사실을 익히 알고 있었던 것 같았다. 그는 별로 나쁘지 않다고 여겨왔던 지난 삶을 하나하나 떠올려보았다. 그러자 그 모든 것들이 이제는 그녀가 타락한 여인이었다는 것을 명백하게 밝혀주었다.

'그녀와 결혼한 게 잘못이었다. 나는 비난받을 잘못을 저지르지 않았다. 나는 불행하지 않다. 비난받을 사람은 내가 아니라 그녀이니까. 그녀가 어떻게 되든 나와 상관없는 일이다. 그녀는 이미 나에게 존재의 의미를 잃었으니까.'

그녀와 마찬가지로 아들에 대한 감정도 돌변해 그는 아들에게도 일체 관심을 끊어버렸다. 그의 생각은 온통 그녀가 부정을 저지르면서 자신에게 튀긴 흙탕물을 털어내고, 정력적이고 명예롭고 이로운 자기의 삶을 살아가기 위해 어떻게 하는 것이 가장 바람직하고 신중하고 이로우며, 가장 정당한 것인가 하는 것뿐이었다.

'별 대수롭지 않은 여자 하나가 지은 죄로 나까지 불행에 빠져서는 안 되지. 그녀가 만들어놓은 불쾌한 상황에서 벗어날 최상의 방법을 찾아내야 해. 나는 반드시 찾아낼 거야.'

그는 미간을 더욱 찌푸리며 다짐했다.

진상을 모를 때는 그토록 자신을 괴롭히던 질투의 감정이 아내가 고백하는 순간 이가 뽑히는 듯한 아픔과 동시에 사라져버렸다. 그러나 이것은 또 다른 욕구, 즉 그녀가 자신이 지은 죄악에서 벗어나지 못하게 하는 것뿐 아니라 응징하고 싶은 욕구로 바뀌었다. 그는 이 감정을 의식하지는 못했으나 마음 깊은 곳에서는 그녀가 평온과 명예를 더럽힌 대가로 고통받게 하고 싶었던 것이다. 그래서 결투, 이혼, 별거 등을 따져보았으나 카레닌은 자신이 취할 수 있는 방법은 오직 하나뿐이라고 확신했다. 그것은 이 일을 세상에 알리지 않고 온갖 수단을 강구해 두 사람의 관계를 끊고, 무엇보다 (그는 이것을 인정하지 않았지만) 그녀를 벌하기 위해 그녀를 자기 곁에 붙들어두는 것이었다.

'그녀가 우리 가족을 불행에 빠뜨린 것에 대해 여러모로 생각해본 끝에, 겉으로는 현재 상태를 유지하는 것이 다른 어떤 방법보다 서로에게 좋을 것이라고 판단했고, 그녀가 내 의지대로 행해준다면, 다시 말해 애인과의 관계를 정리한다면 현재 상태를 유지해주겠다는 결심을 그녀에게 분명히 밝혀야 해.'

이 결심을 최종적으로 굳히려 할 때 카레닌의 머릿속에 이것을 확증할 또 다른 중요한 생각이 떠올랐다.

'이 결심을 따를 때만 나는 종교적인 행동을 취할 수 있다. 이 결심만이 죄지은 아내를 멀리하지 않고, 그녀에게 참회의 기회를 줄 수 있다. 그리고 아무리 고통스러워도 어느 정도는 그녀가 속죄하고 구원받도록 애쓸 것이다.'

카레닌은 자기가 아내에게 감화력을 미칠 수 없으며, 아무리 노력해도 가식적인 참회에 지나지 않으리라는 것을 알고 있었다. 또한 이 고통스러운 몇 분 동안 종교적 가르침을 얻을 생각을 전혀 하지 않았는데도 자기의 결심이 종교적 요구와 일치하자(그는 그렇게 여겼다), 종교적 승인을 받은 그의 결심으로 충분히 만족스러웠고 조금은 안정을 찾을 수 있었다.

그리고 이처럼 중대한 인생의 고비에서 그가 항상 사회의 냉대와 무관심 속에서도 강하게 내세웠던 종교의 교리에 따라 행동하지 않았다고 말할 사람은 없으리라고 생각하니 더없이 기뻤다. 그는 세세한 것까지 하나하나 생각하는 동안 아내와 자기가 이전과 같은 관계로 돌아가지 못할 이유가 없다고까지 생각했다. 물론 그는 더 이상 그녀를 존중하지 않을 것이다. 그러나 부정을 저지른 나쁜 아내로 인해 자신의 생활을 망치고 괴로워할 이유가 전혀 없었으며 그럴 수도 없었다.

그는 생각했다.

'그래, 시간이 가면 모든 것이 정리되겠지. 그러다 보면 언젠가는 이전과 같은 관계로 돌아갈 수 있을 거야. 말하자면 살아가면서 불화를 일으키지 않을 만큼 회복될 거야. 그녀는 당연히 불행하게 살아야 해. 하지만 나는 아무 죄 없어. 그러니 나는 불행하게 살아서는 안 돼.'

10

페테르부르크에 도착할 무렵 카레닌은 이 결심을 완전히 굳혔을

뿐만 아니라 아내에게 보낼 편지 내용까지 머릿속으로 정리해두었다. 카레닌은 수위실로 가서 관청에서 온 편지와 서류들을 훑어보고는 자기 서재에 갖다 놓으라고 지시했다.

"말은 풀어놔도 되네. 그리고 아무도 들이지 말게."

그는 '들이지 말라'는 말을 강조했고, 기분이 고조되어 만족스러운 표정으로 수위의 질문에 대답했다.

그는 서재로 들어가서 방 안을 두어 번 왔다 갔다 하다가 커다란 책상 옆에서 걸음을 멈추고 손마디를 꺾어 뚝뚝 소리를 내더니 필기구를 챙겨 자리에 앉았다. 그가 들어오기 전에 하인이 이미 초 여섯 자루를 책상 위에 놓고 불을 켜놓았다. 책상에 팔꿈치를 괸 채 고개를 갸울이고 잠시 생각에 잠겨 있던 그는 이내 한순간도 쉬지 않고 편지를 써 내려갔다. 그는 아내의 이름 대신 프랑스어로 '당신'이라고 썼다. 그러나 이 대명사는 러시아어만큼 차갑게 느껴지지 않았다.

우리가 마지막으로 대화를 나눌 때 차후에 나의 결심을 알려주겠다고 했소. 심사숙고한 끝에 나는 약속을 이행하기 위해 당신에게 편지를 쓰는 거요. 내 결심은 이렇소. 당신이 어떤 행위를 저질렀든 간에 하느님이 맺어준 인연을 끊을 권리가 나에게는 없소. 가정이란 일시적인 감정이나 자유의지, 부부 둘 중 한 사람이 저지른 죄로 깨뜨릴 수 없는 것이오. 그리고 우리는 이전과 같은 생활로 돌아가야 하오. 이것은 나를 위해서, 당신을 위해서, 또 우리 아들을 위해 꼭 필요한 것이오. 나는 당신이 이 편지를 쓰게 한 사건에 대해 이미 뉘우쳤거나 뉘우치고 있고, 불화의 원인을 없애고 지난 일들은 다 잊기 위해 나와 함께 협력하리라 굳게 믿고 있소. 그러지 않으면 당신과 당신의 아들에게 어떤 일들이 기다리고 있을지 당신도 충분히 짐작하리라 생각하오. 또한 직접 만나서 이 모든 일을 상세하게 의논하기를 바라오. 별장에서 머무는 계절도 끝나가고 있으니 가능한 빨리, 늦어도 화요일까지는 페테르부르크로 돌아와 주시오. 당신이 집으로 돌아오는 데 필요한 모든 조치를 취해놓으리다. 또한 이러한 바람이 이루어지는 데는 특별한 의미가 있다는 것을 알아주었으면 하오.

A. 카레닌

추신 : 돌아오는 데 필요한 돈을 동봉하오.

그는 편지를 처음부터 끝까지 읽어보고 매우 만족했다. 특히 돈을 동봉할 생각을 한 것이 뿌듯했다. 잔인한 표현이나 비난 한 마디 없고, 그렇다고 너그러운 표현도 없었다.

그는 만족스러운 기분으로 벨을 울렸다.

"이것을 내일 별장에 있는 안나 아르카디예브나에게 전하게."

그는 이렇게 지시하고 일어섰다.

"알겠습니다. 차는 서재에서 드시겠습니까?"

카레닌은 차를 서재로 가져오라고 이르고 묵직한 종이칼을 만지면서 안락의자로 갔다.

11

안나는 브론스키가 난처한 상황을 계속 이어가기는 무리이니 남편에게 다 털어놓자고 말했을 때 벌컥 화를 내며 강하게 반대했지만, 속으로는 거짓되고 치욕스러운 상황에서 벗어나기를 진심으로 바랐다. 그래서 남편과 함께 경마장에서 돌아오는 길에 극도로 흥분한 나머지 그에게 고백했을 때 마음이 쓰라린 한편 홀가분했다. 그리고 남편이 그녀를 내려주고 떠났을 때 그녀는 '나는 기쁘다, 이제 다 끝났어. 앞으로는 적어도 허위와 기만은 없을 거야.'라고 속으로 중얼거렸다.

다음 날 아침 그녀는 눈을 뜨자마자 맨 먼저 자신이 남편에게 했던 말들을 떠올렸다. 자신이 어쩜 그렇게 과격하고 사나운 말들을 내뱉었는지 이해할 수 없었고, 그 말들로 인해 어떤 일이 벌어질지 상상조차 할 수 없을 만큼 그녀는 두려웠다. 그러나 이미 그 말을 내뱉었고, 카레닌은 아무 말 없이 떠나버렸다.

'나는 브론스키를 만났는데도 그 사람에게 말하지 않았어. 그가 떠나려고 할 때 다시 불러서 말하려고 했지만, 왜 처음부터 말하지 않았는지 이상하게 여길까 봐 그만뒀어. 그렇게 말하고 싶었는데

왜 난 말하지 못했지?'

이 물음에 대답하듯 수치심이 몰려들어 그녀의 얼굴이 온통 빨개졌다. 그녀는 자신이 부끄러웠다. 어젯밤에는 다 해결되었다고 생각했는데 지금은 돌연 정반대로 빠져나갈 길이 없는 것 같았다. 이전까지 한 번도 생각하지 않았는데 갑자기 명예가 실추될까 봐 두려웠다. 그녀는 자신의 불명예가 만천하에 드러나고 집에서 쫓겨나면 어디로 가야 할지 생각해보았다. 하지만 마땅한 방법이 떠오르지 않았다.

그녀는 브론스키를 생각했다. 그녀는 그가 더 이상 자기를 사랑하지 않으며, 이미 자신을 부담스럽게 여기고, 자신도 더 이상 그에게 기댈 수 없을 것만 같았다. 그런 생각이 들자 그에 대해 적대감이 들었다. 그녀는 남편에게 내뱉었던 말, 상상 속에서 끊임없이 되풀이했던 그 말들을 모든 사람들에게 이야기한 것처럼, 모든 사람들이 다 알고 있는 것처럼 느껴졌다. 그래서 그녀는 함께 살고 있는 사람들을 쳐다볼 용기가 없었다. 그녀는 하녀를 부를 수도 없었고, 아래층으로 내려가 아들과 가정교사를 볼 수도 없었다.

아까부터 문밖에서 동정을 살피고 있던 하녀가 기다리다 못해 방으로 들어왔다. 깜짝 놀란 안나는 얼굴을 붉히며 의아한 눈길로 그녀를 보았다. 그녀는 옷과 편지를 가지고 왔다.

안누시카가 나간 뒤 안나는 옷을 갈아입지도 않고 머리와 손을 축 늘어뜨린 채 그대로 앉아 있었다.

잠시 뒤 다시 들어온 안누시카는 조금 전 그대로 앉아 있는 안나에게 말했다.

"커피가 준비됐습니다. 선생님도 세료자 도련님과 함께 기다리고 계십니다."

"세료자? 세료자가 왜?"

안나는 그날 처음으로 자신에게 아들이 있다는 것을 떠올리고는 갑자기 생기에 넘쳐 말했다.

"무슨 잘못을 저질렀나 봐요."

안누시카가 웃으며 대답했다.

"무슨 잘못을 했길래?"

"구석방에서 복숭아 하나를 몰래 드신 모양이에요."

안나는 아들 생각을 하자 절망적인 심정에서 벗어날 수 있었다. 그녀는 지난 수년 동안 조금 과장되기는 했으나 진심으로 아들을 위해 헌신하는 어머니의 역할을 해왔다는 사실을 떠올렸다. 그리고 지금과 같은 상황에 처해 있으면서도 남편이나 브론스키와는 별개로 자신만의 왕국이 있다는 사실에 기뻤다. 그 왕국은 다름 아닌 아들이었다. 그녀는 어떤 상황에 처해지더라도 아들을 버리지 않을 것이다. 남편이 그녀를 모욕하고 내쫓더라도, 브론스키가 그녀에게 등을 돌리고 독신으로 계속 살더라도(그녀는 이 생각에 이르자 또 다시 분노에 사로잡혔다) 그녀는 아들을 버리지 않을 것이다.

그녀는 삶의 목적을 위해 행동해야 한다. 아들과 함께 살기 위해,

아들을 빼앗기지 않기 위해 적절한 행동을 취해야 한다. 아니, 한시라도 빨리, 아들을 빼앗기기 전에 움직여야 한다. 아들을 데리고 떠나야 한다. 지금 그녀가 해야 할 단 하나의 행동이 바로 이것이다. 그녀는 마음을 진정하고 괴로운 상황에서 벗어나야 했다. 아들과 관련된 이 문제와, 지금 당장 아들을 데리고 어딘가로 떠나야 한다는 생각이 들자 그녀는 마음을 가라앉힐 수 있었다.

그녀는 생각했다.

'떠날 준비를 해야 해. 그런데 어디로 가지? 언제? 누구를 데리고? 그래, 모스크바로 가자. 밤차로. 안누시카와 세료자를 데리고 당장 필요한 것만 챙겨서 가자. 하지만 그 전에 두 사람에게 편지를 써야 해.'

그녀는 탁자 앞에 앉아 남편에게 편지를 썼다.

그런 일이 있고 나서 나는 더 이상 당신 집에 머물 수 없어요. 나는 떠날 겁니다. 세료자를 데리고 가겠어요. 나는 법률 같은 거 몰라요. 그러니 아들이 부모 중 누구를 따라가야 하는지도 몰라요. 하지만 나는 세료자를 데리고 갈 거예요. 왜냐하면 나는 그 애 없이 살아갈 수 없으니까요. 부디 너그러운 마음으로 세료자를 데려가는 것을 이해해 주세요.

그녀는 여기까지 단숨에 써 내려갔다. 그러나 너그럽지도 않은 남편에게 호소하고, 감동적인 글로 끝맺어야 한다는 생각에 손을 멈췄다.

　내가 저지른 죄와 참회에 대해 드릴 말씀이 없습니다. 왜냐하면…….

그녀는 또다시 생각을 잇지 못하고 펜을 멈췄다.
'아니야, 더 이상 얘기할 필요 없어.'
그녀는 편지를 찢고 나서 너그럽게 어쩌고 하는 대목만 빼고 다시 써서 편지를 봉했다. 그러고는 브론스키에게도 편지를 썼다.

　난 남편에게 분명히 얘기했어요.

그녀는 이 한 줄을 쓰고 나서 계속 써나갈 기운이 없어 한동안 가만히 앉아 있었다. 이것은 너무 천박하고 여자답지 못한 것이었다.
'하지만 그에게 달리 뭐라고 쓰겠는가?'
그러자 그녀는 부끄러운 마음에 얼굴이 붉어졌다. 그의 침착한 태도가 떠오르자 그녀는 화가 치밀어 편지를 갈기갈기 찢어버렸다.
'더 이상 얘기할 필요 없어.'
그녀는 스스로에게 이르고, 압지철을 접었다. 그리고 2층으로 올라가 가정교사와 하인들에게 오늘 모스크바로 떠날 거라고 알리고,

짐을 꾸리기 시작했다.

12

짐꾼과 정원사, 하인들이 방마다 돌아다니며 짐을 날랐다. 옷장과 장롱들을 열어젖히고, 심부름꾼은 노끈을 사러 두 번이나 가게로 달려갔고, 마룻바닥에는 신문지가 널려 있었다. 상자 2개, 보따리 몇 개, 끈으로 묶은 담요들이 현관으로 나왔다. 현관 층계 밑에는 사륜마차 한 대와 삯마차 두 대가 기다리고 있었다. 안나는 짐꾸리기에 여념이 없어 혼란스러운 기분도 잠시 잊었다. 그녀가 자기 방 탁자에서 손가방을 정리하고 있을 때 안누시카가 마차가 오고 있음을 알려주었다. 안나가 창밖을 내다보니 카레닌의 심부름꾼이 현관 벨을 울리고 있었다.

"어서 가서 무슨 일인지 알아봐."

그녀는 무슨 일이 있어도 놀라지 않도록 마음의 준비를 단단히 하고 안락의자에 앉아 두 손을 무릎에 얹었다. 하인이 겉봉에 카레닌의 글씨가 적힌 두툼한 편지를 가져와 건네주며 말했다.

"마님의 답장을 받아 오라고 하셨답니다."

"알았어."

그녀는 하인이 나가자마자 떨리는 손으로 겉봉을 뜯었다. 그러자 띠로 묶은 빳빳한 지폐 뭉치가 떨어졌다. 그녀는 편지를 펼쳐서 마지막부터 읽었다.

　당신이 집으로 돌아오는 데 필요한 모든 조치를 취해놓으리다. 또한 이러한 바람이 이루어지는 데는 특별한 의미가 있다는 것을 알아주었으면 하오.

　그러고는 앞부분은 대충 읽고 나서 처음부터 다시 천천히 읽어나갔다. 그녀는 편지를 다 읽고 나서 몸서리를 쳤다. 전혀 예상치 못한 무시무시한 불행이 자신을 덮치는 것 같았다.

　오늘 아침 그녀는 남편에게 털어놓은 것을 후회하며 그런 얘기는 하지 말걸 그랬다는 생각을 했다. 그리고 편지에는 그런 얘기를 하지 않은 것처럼, 그녀가 바라던 대로 해주겠다는 것이었다. 그런데도 이 편지 내용이 그녀에게는 상상할 수도 없을 만큼 무섭게 느껴졌다.

　"그가 옳아! 당연해."

　그녀는 중얼거렸다.

　'그는 늘 옳아. 그는 기독교인이야. 그는 너그러워! 그리고 비열하고 추악한 인간이야. 이 사실을 나 말고는 아무도 모르고, 앞으로도 모를 거야. 게다가 나는 그것을 납득시킬 수도 없어. 사람들은 그를 신앙심이 돈독하고 도덕적이며 정직하고 똑똑하다고 하지. 하지만 그들은 모르는 게 있어. 그가 지난 8년 동안 나를 얼마나 숨

막히게 했는지, 내 안의 모든 것을 얼마나 억눌렀는지 모른다. 내가 사랑받고 살아야 할, 살아 있는 여자라는 것을 그는 단 한 번도 생각해본 적이 없다는 것을 모른다. 그가 매번 나를 모욕하면서도 자기 혼자 만족해했던 것을 모른다. 나는 노력했다. 내 삶의 의미를 찾고자 온 힘을 다했다. 그를 사랑하려고 무던히도 애쓰지 않았는가. 남편을 사랑할 수 없게 되었을 때는 아들에게 사랑을 쏟으려고 애쓰지 않았는가? 그러나 때가 왔다. 나는 더 이상 나 자신을 속일 수 없다. 나는 살아 있는 여자로서 죄가 없고, 하느님께서는 나를 사랑하며 살아야 하는 인간으로 만들었다는 것을 깨달았다. 하지만 지금 이건 도대체 뭔가? 차라리 그가 나를 죽이거나 내가 사랑하는 사람을 죽인다면 모든 것을 감내하고 용서했을 텐데. 하지만 그것도 아니고, 그는……. 왜 나는 그가 이런 반응을 보이리라는 것을 짐작하지 못했을까? 그의 성격처럼 비열한 짓을 할 게 분명하다. 그는 올바른 사람으로 남아 있으면서 파멸의 구렁텅이에 빠진 나를 더욱더 무자비하게 짓밟을 것이다.'

'당신과 당신의 아들에게 어떤 일들이 기다리고 있을지 당신도 충분히 짐작하리라 생각하오.' 그녀는 편지의 이 문구를 떠올리며 생각했다.

'이것은 아들을 빼앗아가겠다고 협박하는 거다. 그들의 어리석은 법률로는 가능한 일이겠지. 그러나 그가 무슨 생각으로 이런 말을 하는 것일까? 그는 아들에 대한 나의 사랑도 믿지 않거나, 혹은 경멸하고 있는 것이다. 하지만 그는 내가 아들을 버리지 못한다는 것을, 버릴 수 없고, 아무리 연인과 함께하더라도 아들 없이는 살아갈 수 없다는 것을 잘 알고 있다. 또 그는 내가 아들을 버리고 자기 곁을 떠난다면 가장 추악하고 천한 여자로 전락한다는 것도 잘 알고 있다. 그는 이 모든 것을 알고 있다. 내가 그럴 수 없다는 것까지 꿰뚫고 있는 것이다.'

'우리는 이전과 같은 생활로 돌아가야 하오.'

그녀는 편지의 또 다른 구절을 떠올렸다.

'이전 생활은 충분히 괴로웠어. 요즘은 더욱 끔찍했고. 앞으로는 어떻게 될까? 게다가 그는 모든 것을 꿰뚫고 있다. 내가 살아 있는 것이나 사랑하고 있다는 것을, 그리고 뉘우치지 않으리라는 것도 알고 있다. 또한 그는 그런 짓을 한다 해도 허위와 기만뿐이라는 것을, 그것 말고는 아무것도 얻지 못한다는 것을 알고 있다. 그러면서도 그는 계속 나를 괴롭혀야 한다. 나는 그를 알고 있다. 그는 물 속을 헤엄치는 물고기처럼 거짓 속을 헤엄치고 다니며 만족스러워한다. 그러므로 나는 그에게 그러한 만족감도 주지 않을 것이다. 나를 감아 매는 허위의 거미줄을 잡아 뜯어야 한다. 어떻게 되든 상관없어. 뭐든 허위와 기만보다는 나을 테니까!'

'하지만 어떻게 해야 하지? 오, 하느님! 오, 하느님! 나처럼 불행한 여자가 세상에 또 있을까?'

"아니야, 잡아 뜯을 거야. 잡아 뜯어버리고 말겠어."

그녀는 자리를 박차고 일어나 눈물을 참으면서 소리쳤다. 그리고 그녀는 그에게 편지 한 장을 더 쓰려고 책상 앞으로 다가갔다. 그러나 그녀는 자기에게는 무엇을 잡아 뜯을 힘도, 아무리 허위로 가득한 부끄러운 삶이라도 빠져나올 힘이 없다는 것을 마음 깊이 느끼고 있었다.

그녀는 편지를 쓰지 못하고 책상 위에 두 팔을 올려놓고 그 위에 머리를 얹고 가슴을 들썩이며 아이처럼 흐느껴 울었다. 그녀는 자신의 상황이 깔끔하게 정리되리라는 기대가 무너진 것이 슬펐다. 그녀는 모든 것이 본래대로 돌아가리라는 것을, 오히려 더욱 나빠지리라는 것을 절감했다. 그녀는 지금까지 자신이 누려왔지만 오늘 아침까지도 하찮게 여겼던 사회적 지위가 중요하다는 것을, 남편과 아들을 버리고 애인한테 달려가는 천박한 여자의 자리와 바꿀 만큼 자신이 강하지 않다는 것을, 아무리 노력해도 그처럼 강해질 수 없다는 것을 깨달았다. 그녀는 결코 자유로운 사랑을 누리지 못할 것이다. 그리고 영원히 함께하지 못하면서 남편을 속이고 외간 남자와 부끄러운 관계를 맺은 아내로서 자신의 죄가 폭로될 위협에 끊임없이 시달릴 것이다. 결국 그렇게 되리라고 생각하니 그녀는 상상할 수 없을 만큼 무서웠다. 그래서 그녀는 벌을 서는 아이처럼 가슴이 뻥 뚫릴 만큼 실컷 울었던 것이다.

하인의 발소리가 가까이 들리자 그녀는 퍼뜩 정신을 차렸다. 그녀는 얼굴을 가리다시피 하고 편지를 쓰는 척했다.

"심부름꾼이 답장을 기다리고 있습니다."

하인이 말했다.

"그래, 조금만 더 기다리라고 전해. 준비되면 벨을 울리지."

그녀는 이렇게 말하고 다시 생각했다.

'무슨 말을 쓰지? 나 스스로 결정할 수 있는 게 뭐지? 내가 알고 있는 게 뭘까? 내가 바라는 것은? 내가 사랑하는 것은 뭐지?'

그녀는 또다시 감정이 분열되는 것을 느꼈다. 이런 기분이 들자 그녀는 다시 한번 놀랐다. 그리고 이러한 상념을 떨쳐버릴 수 있는 한 가지가 떠오르자 거기에 매달렸다.

'아무래도 알렉세이(그녀는 속으로 항상 브론스키를 이렇게 불렀다)를 만나야겠어. 내가 어떻게 해야 할지 말해줄 수 있는 사람은 그이뿐이야. 벳시한테 가면 그이를 만날 수 있겠지.'

그녀는 마음속으로 중얼거렸다. 그녀는 어제 트베르스카야 공작 부인한테는 가지 않겠다고 말했을 때 그 역시 가지 않겠다고 말했던 것을 까맣게 잊고 있었다. 그녀는 남편에게 편지를 썼다.

당신 편지는 잘 받아보았습니다. A.

그러고는 벨을 울려 하인에게 주었다.

"떠나지 않기로 했어."

그녀는 방으로 들어온 안누시카에게 말했다.

"여기 계시는 거예요?"

"아니, 짐들은 내일까지 그대로 둬. 마차도 그대로 두고. 공작 부인 댁에 다녀올 테니까."

13

브론스키는 천박한 사교계 생활에 몸담고 있었지만, 사실 너저분한 생활을 무척 싫어했다. 견습사관학교 시절 그는 돈을 빌리다가 거절당하는 수모를 겪은 뒤로 단 한 번도 그런 적이 없었다. 항상 자기 일을 정리하기 위해 상황에 따라 변동이 있기는 하지만 1년에 다섯 차례쯤 자기 방에 혼자 남아 모든 일을 정리했다. 그는 그것을 '결산' 혹은 '세탁'이라고 칭했다.

경마 이튿날 늦게 일어난 브론스키는 목욕은 물론 면도도 하지 않고 하얀색 셔츠만 입은 채 돈과 청구서, 편지를 탁자 위에 늘어놓고 일을 시작했다. 그럴 때면 페트리츠키는 그가 몹시 화나 있다는 것을 알고 슬그머니 옷을 입고 나갔다.

브론스키는 맨 먼저 돈 문제를 정리했다. 편지지 한 장에 특유의 깨알 같은 글씨로 부채를 적어보니 모두 1만 7천 루블 조금 넘었다. 그러고 나서 가진 돈과 은행 잔고를 합해보니 1천 8백 루블밖에 없었고 올해 안으로는 더 이상 수입이 없었다.

사람들 사이에 알려지기로 브론스키의 연수입은 10만 루블이었지만 사실은 그 정도 수입과는 거리가 멀었다. 연 20만 루블의 수입을 기대할 수 있는 아버지의 어마어마한 유산은 아직 아들들에게 분배되지 않았다. 더구나 재산이라고는 하나도 없이 엄청난 빚을 지고 있던 형이 결혼할 때 그는 연 2만 5천 루블이면 된다고 하면서 아버지의 유산에서 나오는 수입을 모두 형에게 줘버렸다. 자기는 미혼이니 그 정도로 충분하고 또 아마 영영 결혼하지 않을 것 같다고 생각했던 것이다. 그리고 자신의 수입 외에 어머니가 해마다 2만 루블 정도를 더 보태주었다.

그러나 그의 연애와 모스크바를 떠난 일로 말다툼을 하고 나서부터 어머니가 송금을 끊어버렸다. 4만 5천 루블로 생활하던 그는 2만 루블이 줄어들자 어려움에 처한 것이다. 하지만 그는 어머니에게 손을 내밀 생각이 없었다. 더구나 전날 밤 받은 편지에서 어머니가 올바른 사회를 저버리는 생활을 청산하고 사회와 직무에서 성공하기 위해 노력한다면 언제든지 경제적 보조를 하겠다는 뜻을 내비쳐 그는 몹시 불쾌했다. 자기를 매수하려는 어머니의 의도에 그는 모욕감을 느꼈고 어머니를 향한 마음이 더욱 싸늘해졌다.

그는 안나와의 관계에서 앞으로 일어날 두서너 가지 일들을 생각하니 형에게 너무 경솔하게 선심을 썼다는 생각이 들었고, 결혼하지 않은 자신에게도 10만 루블이 필요할 수 있다는 것을 통감했다. 하지만 형에게 선심 쓴 것을 철회할 수 없었다. 그러므로 그가 할 수 있는 것은 하나밖에 없었다. 그는 조금도 주저하지 않고 결심했다. 바로 고리대금업자에게 1만 루블을 빌리는 것과 생활비를 줄이기 위해 경마용 말을 파는 것이었다. 그는 몇 번이나 말을 사고 싶다고 했던 롤란다키에게 편지를 쓰고, 사람을 보내 고리대금업자를 부르고, 지불할 항목에 따라 가지고 있던 돈을 나누었다. 그러고 나서 어머니에게 냉정하고 모진 내용의 편지를 썼다. 그런 다음 수첩에서 안나의 편지 세 통을 꺼내 다시 한번 읽고 나서 태워버리고 어제 그녀와 나눈 대화를 생각해보았다.

14

브론스키는 꼭 해야 할 것과 하지 말아야 할 것을 명확하게 규정해두고 생활하는 것을 특히 좋아했다. 물론 지극히 협소한 범위에 한하는 것이었지만, 확실하게 지킴으로써 결코 그 범위를 벗어나는 일이 없었고, 해야 할 일은 조금도 주저하지 않고 행했다. 말하자면 이런 규칙을 정해두고 있었다. 사기 도박꾼에게는 지불해야 하지만 양복점에는 지불할 필요 없다. 남자는 거짓말을 해서는 안 되지만 여자는 할 수 있다. 사람을 속여서는 안 되지만 상대 여자의 남편은 속일 수 있다. 모욕을 당하는 것은 참을 수 없지만 모욕하는 것은 무방하다. 이런 규칙들은 모두 합당하지도 않고 수준 높은 것도 아니지만 의심의 여지는 없었으므로 그는 이 규칙을 지키면서 안정적으로 당당하게 생활했다. 그런데 요즘 안나와의 관계는 이런 규칙으로 해결할 수 없다는 것을 느꼈다. 앞으로 닥칠 곤경과 문제에 대처할 어떤 실마리도 찾지 못할 것 같았다.

그가 보기에 안나와 남편의 관계는 지극히 단순하고 명확했다. 자신의 신조에 의하면 명확하게 규정되어 있었던 것이다. 안나는 자기에게 사랑을 바친 고상한 부인이었다. 그도 그녀를 사랑했다. 그러므로 그녀는 법적으로 정당한 대우를 받는, 아니 그보다 훨씬 더 존경받을 자격이 충분한 여자였다. 그는 말이나 어떤 암시로 그녀를 모욕하거나 여느 여자들이 기대하는 만큼 그녀를 존경하지 않는다면, 자기가 먼저 자기 손을 잘랐을 것이다.

사회와의 관계도 명확한 것이었다. 사람들 모두 그 사실을 알고 있거나 의심하고 있었다. 하지만 함부로 발설할 수 없었다. 그러나 누군가 그 얘기를 꺼낸다면 그 사람의 입을 막고 자기가 사랑하는 사람의 명예가 훼손되지 않도록 하리라 마음먹고 있었다.

남편과의 관계는 가장 명백한 것이었다. 그는 안나가 자신을 사랑한 순간 자기가 그녀에 대해 절대적인 권리를 갖고 있다고 여겼다. 남편은 필요 없을뿐더러 되레 귀찮은 존재일 뿐이었다. 그렇다고 어찌할 도리가 없는 가여운 존재였다. 남편이 행사할 수 있는 단 하나의 권리는 무기를 들고 결투를 신청하는 것이었다. 브론스키는 그에 대해서도 이미 각오하고 있었다.

그러나 요즘 자신과 안나의 은밀한 관계가 새로운 국면에 접어들었고, 모호한 상황에 놓이게 된 것에 그는 놀랐다. 그녀는 어제 처음 그에게 임신 사실을 알렸다. 그리고 안나는 지금까지 자신의 생활을 지지해준 좌우명으로 해결할 수 없는 뭔가를 요구하고 있었다. 사실 그는 불시에 허를 찔린 것 같았기 때문에 임신 얘기를 듣는 순간 그녀에게 남편과 헤어지라고 말해야 한다는 생각이 맨 먼저 들었다. 그리고 그는 그렇게 말했다. 그러나 지금 곰곰이 생각해보니 그런 말을 하지 않는 것이 나았을 거라는 확신이 들었다. 그리고 그 말을 되새겨보면서 그것은 곧 윤리적 타락을 의미하는 것이 아닐까 하는 생각이 드는 것이었다.

그는 생각했다.

'남편과 헤어지라는 것은 곧 나하고 살자는 뜻이다. 과연 내가 그럴 준비가 되었는가? 지금 내가 어떻게 그녀를 책임진단 말인가? 돈한 푼 없이. 돈은 어찌어찌 마련한다고 하자. 하지만 군 복무를 해야하는 내가 어떻게 그녀와 살 수 있단 말인가? 그러나 그렇게 말했으니 대책을 마련해야 한다. 돈을 마련하려면 퇴직을 해야 한다.'

그는 골똘히 생각해보았으나 퇴직 문제는 밝힐 수 없는, 자신만 알고 있는, 그의 생활에서 가장 중요한 일과 관련된 것이었다.

소년기와 청년기를 거치면서 명예는 그의 오랜 꿈이었다. 하지만 스스로도 명확하게 깨닫지는 못했지만, 지금도 마음속에서는 자신의 사랑과 싸울 정도로 강렬한 소망이었다.

세상 사람들의 주의를 끌면서 수없이 입에 오르내린 카레니나 부인과 관계를 맺으면서 그는 새로운 광채에 휩싸여 자신을 갉아먹고 있던 명예심이라는 벌레를 억누르고 있었으나 일주일 전쯤 이 벌레가 새롭게 눈을 뜨고 고개를 쳐들었다. 견습사관학교 시절 동기이자 같은 사교계 출신으로 공부든 운동이든 장난이든 명예에 대한 야망에 이르기까지 늘 그의 경쟁 상대였던 세르푸호프스코이가 두 계급이나 승진하고 젊은 장교로서는 좀처럼 받기 힘든 훈장까지 받고 얼마 전 중앙아시아에서 돌아온 것이었다.

브론스키가 페테르부르크에 도착하자 사람들이 새로 발견된 일등성 얘기를 하듯 세르푸호프스코이에 대해 이야기하는 소리가 들렸다. 같은 나이의 동기인 그가 정치적인 영향력까지 행사할 수 있는 장군의 지위에 오르려고 대기하고 있을 때 브론스키는 화려하고 아름다운 여인의 사랑을 얻고 있다고는 하나 일개 기병대위에 지나지 않았다.

그는 생각했다.

'나는 세르푸호프스코이를 부러워하지도 않고, 그럴 이유도 없다. 그의 입신양명은 시기를 기다리기만 하면 되는 것이고, 나 같은 사람의 출세도 무척 빠를 것이다. 3년 전에는 그도 나하고 같은 지위였다. 퇴직한다는 것은 타고 가야 할 배를 스스로 불태워 버리는 것과 같다. 군대에 계속 머무는 한 나는 아무것도 잃지 않을 것이다. 그녀도 자신의 현재 상황을 바꾸고 싶지 않다고 말했다. 그러므로 그녀와 사랑하는 한 세르푸호프스코이를 부러워할 이유가 없다.'

자기가 어떻게 해야 할지 명확하게 정했을 때는 늘 그렇듯 그는 기운이 넘치고 마음이 차분해졌으며 즐거웠다. 모든 것이 명확해지자 홀가분한 마음이 들었다. 그는 면도를 하고 냉수욕을 한 다음 옷을 갈아입고 밖으로 나갔다.

15

브론스키는 자신의 마차를 타지 않고 야시빈의 삯마차에 올라타고 가능한 빨리 달리라고 일렀다.

"빨리, 더 빨리!"

그는 창밖으로 얼굴을 내밀어 마부에게 말하고 주머니에서 3루블을 꺼내 돌아보는 마부의 손에 쥐어주었다. 마부가 손으로 램프 옆에서 뭔가를 찾고, 채찍질 소리가 들리더니 마차가 포장도로를 쏜살같이 달려갔다.

'아무것도 필요 없어, 아무것도. 이 행복만 있다면.'

그는 창과 창 사이에 있는 종의 상아 손잡이를 보며 마지막으로 만났을 때 안나의 모습을 떠올려보았다.

'시간이 흐를수록 그녀에 대한 사랑이 더욱 깊어진다. 아, 벌써 브레데의 국유 별장 정원이구나. 그녀는 여기 어디에 있는 것인가? 어디에? 왜 여기서 만나자고 했을까? 그리고 왜 벳시가 대신 편지를 보냈을까?'

하지만 그는 계속 그 생각을 하고 있을 시간이 없었다. 그는 가로 수 길로 들어가기 전에 마차를 멈추라고 이르더니 마차가 완전히 멈추기도 전에 뛰어내려 별장으로 들어가는 가로수 길을 걸어갔다. 가로수 길에는 아무도 없었다. 그러나 오른쪽으로 고개를 돌리자 그녀가 보였다. 그녀의 얼굴이 베일로 가려 있었으나 기쁨에 넘치는 그의 시선은 걸음걸이며 어깨선, 머리의 움직임으로 그녀를 알아보았다. 그러자 갑자기 그의 온몸에 전기가 스치는 것 같았다. 탄력 있는 다리 움직임이며 숨을 쉴 때마다 움직이는 폐에 이르기까지 그의 온몸에 새로운 힘이 솟았다. 그러자 그의 입술이 간지러운 듯했다.

안나는 그의 손을 꼭 잡고 말했다.

"오라고 해서 언짢은 건 아니죠? 오늘 꼭 당신을 만나야 해서 그런 거예요."

그는 베일 아래로 심각하게 꾹 다문 그녀의 입술을 보는 순간 기분이 바뀌었다.

"언짢을 리가요? 그런데 어떻게 여기에 왔어요? 또 어떻게 가려고요?"

"그런 건 상관없어요."

그녀는 그의 손 위에 자신의 손을 올리면서 말했다.

"어서 가요. 잠깐 할 말이 있어요."

그는 무슨 일이 일어났고, 이 밀회가 즐겁지 않으리라는 것을 눈치챘다. 안나를 보는 순간 그의 굳은 의지는 사라지고 말았다. 그는 안나가 왜 불안해하는지는 알 수 없었지만 어느새 그 불안감이 자신에게까지 옮겨졌음을 깨달았다.

"대체 무슨 일이오? 무슨 일로 그래요?"

그는 그녀의 얼굴 표정을 읽으려고 애쓰면서 자기의 옆구리를 감싼 그녀의 팔을 자기의 팔꿈치로 누르며 말했다.

안나는 마음을 가라앉히고 말없이 서너 걸음 걷다가 갑자기 멈추고 무거운 한숨을 쉬더니 재빨리 말했다.

"어제 남편과 함께 집으로 돌아가는 길에 다 털어놓고 말았어요. 그의 아내로 살 수 없다는 말까지…… 다 해버렸어요."

그는 무의식적으로 온몸을 앞으로 숙이고 그녀의 말에 귀 기울였다. 그렇게 하면 마치 그녀의 괴로움을 덜어줄 수 있는 듯이. 그리고 그녀가 말을 마치자 그는 몸을 바로 폈다. 그는 오만해 보일 정도로 담담하고 냉정한 표정으로 말했다.

"그래요, 차라리 잘됐어요. 그게 천배는 더 나아요. 하지만 그것이 얼마나 괴로운 일인지 알아요."

그러나 그녀는 그의 말을 듣고 있는 것이 아니었다. 그의 표정에서 그의 마음을 읽고 있었다. 하지만 안나는 그의 표정에서 맨 처음 그의 머릿속에 떠올랐던, 결투를 피하기는 어렵겠다는 생각을 읽지는 못했다. 그녀는 결투라는 단어조차 머릿속에 떠올려보지 못했다. 그래서 그녀는 그의 냉정한 표정을 다르게 해석했다.

남편의 편지를 읽고 나서 안나는 달라지는 것이 전혀 없을 것이며, 자신이 지금의 지위와 아들을 버리고 애인에게 달려가지는 못하리라는 것을 알고 있었다. 오전에 트베르스카야 공작 부인 집에 있을 때는 그러한 생각이 더욱 확고했다. 그러나 이 밀회는 그녀에게 더없이 중요한 것이었다. 이 만남으로 두 사람의 상황이 완전히 바뀌어 자기를 구해주기를 기대했던 것이다. 그러므로 그가 이 소식을 듣자마자 잠시도 주저하지 않고 단호하게 다 버리고 자기와 함께 떠나자고 했다면 그녀는 아들을 버리고 그를 따라나섰을 것이다. 하지만 그녀가 기대했던 변화가 일어나지 않았다. 그는 단지 뭔가에 화가 난 것 같았을 뿐이다.

그녀는 조바심을 내며 말했다.

"난 전혀 괴롭지 않아요. 그냥 그렇게 돼버렸어요. 자, 여기……."

그녀는 장갑 속에서 남편의 편지를 꺼내 그에게 건네주었다.

"알아요, 알아."

그는 편지를 받기는 했지만 읽을 생각은 하지 않고 그녀를 달래느라 급급해 그녀의 말을 잘랐다.

"내가 바라는 오직 한 가지는 내 삶을 바쳐 당신의 행복을 위해 이 상황을 끝내는 것뿐이에요."

"왜 그런 말을 하세요? 내가 그것을 의심하고 있다고 생각하세요? 의심하고 있다면……."

"저기 누가 오고 있어요. 우리를 아는 사람인지도 몰라요."

브론스키는 그들 쪽으로 걸어오는 부인 둘을 가리키더니 그녀를 자기 뒤에 숨기다시피 하고 얼른 옆길로 들어갔다.

"이제 난 괜찮아요! 내 말은 그게 아니에요. 내가 어떻게 그것을 의심할 수 있겠어요. 하지만 그 사람이 나한테 이런 편지를 보냈어요. 한번 읽어보세요."

그녀의 입술이 떨리고 있었다. 그는 베일 아래로 자신을 지켜보는 듯한 그녀의 눈빛에서 묘한 적의를 느꼈다.

브론스키는 편지를 읽으면서 마치 그녀와 남편의 관계가 파탄에 이르렀다는 말을 처음 들었을 때처럼 배신당한 남편에 대해 으레 느끼는 감정이 들었다. 그 남편의 편지를 들고 있는 지금, 오늘 아니면 내일 분명히 자기 손에 들어올 도전장과 자기가 냉정하고 오만하며 담담한 표정으로 허공을 향해 총을 한 방 쏘고 나서 배신당한 남편의 총구 앞에 서게 될 결투 장면이 떠올랐다. 그러나 오늘 아침에 생각했던, 스스로를 구속하지 않는 것이 낫다는 생각이 스쳤다. 그러나 이러한 생각을 그녀에게 털어놓을 수는 없었다.

그는 편지를 읽고 나서 그녀를 바라보았다. 하지만 그의 눈에는 굳은 결의라고는 찾아볼 수 없었다. 그 순간 그녀는 그도 이 상황에 대해 나름대로 생각한 것이 있음을 깨달았다. 그녀는 그가 자기 생각을 모두 털어놓지는 않으리라는 것을 알고 있었다. 그리고 마지막 희망이 허공으로 흩어졌다는 것을 깨달았다. 이것은 그녀가 기대했던 것이 아니었다.

그녀가 떨리는 목소리로 말했다.

"이제 그가 어떤 사람인지 아셨겠지요? 그는⋯⋯."

그러자 그가 그녀의 말을 가로막았다.

"아니, 난 오히려 이렇게 되어 기뻐요."

그러고는 눈빛으로 자기 얘기를 끝까지 들어보라고 간청하면서 덧붙였다.

"내가 기쁘다고 하는 것은 그것이 불가능하기 때문이에요. 그 사람 생각처럼 이대로 계속 지내는 것은 불가능해요."

"어째서 불가능하다는 거죠?"

안나는 간신히 눈물을 참으면서 이제는 그가 무슨 말을 해도 상관없다는 투로 말했다. 그녀는 이미 자기 운명이 결정되었다고 여겼다.

브론스키는 더 이상 결투를 피할 수 없고, 결투를 하고 난 뒤에는 이 상태로 계속 지낼 수 없다고 말하려고 했으나 다른 말을 해버리고 말았다.

"지금도 그렇지만 나중에도 절대 그럴 수 없어요. 그러니 나는 지금 당신이 그 사람을 떠나기를 바라요. 간절히 바라요."

그는 어쩔 줄을 모르고 얼굴을 붉히며 덧붙였다.

"나한테 모든 것을 맡겨줘요. 우리가 함께 사는 것에 대해 깊이 생각해볼게요. 내일⋯⋯."

하지만 그녀는 그의 말을 끝까지 듣지 않고 소리쳤다.

"그럼 내 아들은요? 그가 뭐라고 썼는지 보셨잖아요? 아들도 버려야 한다고 했어요. 난 그렇게는 못해요. 그럴 수 없어요."

"하지만 생각해봐요. 어떤 게 나을까요? 아들을 버려야 할지, 이런 치욕스런 상태로 계속 지내는 게 좋을지."

"누구에게 치욕이라는 거죠?"

"우리 모두요. 특히 당신에게."

"당신은 그걸 치욕이라고 생각하는군요. ……그런 말 하지 말아요. 나는 상관없으니까."

그녀는 떨리는 목소리로 말했다. 그녀는 지금 그의 거짓을 듣고 싶은 게 아니었다. 그녀의 가슴속에는 그에 대한 사랑밖에 남아 있지 않았다. 그녀는 그를 사랑하고 싶었던 것이다.

"당신도 알고 있겠죠? 당신을 사랑하면서부터 내 모든 것이 바뀌었어요. 나에게 남은 건 단 하나, 당신의 사랑뿐이에요. 그러니 그 사랑을 가질 수만 있다면 나는 어떤 것도 치욕스럽지 않아요. 나 스스로 만족하고 당당하다고요. 나는 지금 당당해요. 왜냐하면……그것은……."

그녀는 스스로 당당하게 여기는 이유를 끝내 말하지 못했다. 그녀는 수치스러움과 절망의 눈물로 목이 메어 말을 잇지 못했다. 그녀는 흐느껴 울기 시작했다.

그 또한 목구멍으로 뭔가 치밀어 올라 코를 찌르는 것 같았다. 그는 태어나 처음으로 울음이 터져 나올 것 같았다.

그러나 그는 무엇 때문에 자신이 그러는지 알 수 없었다. 그는 그녀가 가여웠지만 그 상황에서 벗어나게 해줄 수는 없을 것 같았다. 그와 동시에 그를 불행에 빠뜨린 것은 자기이며, 자기가 뭔가 나쁜 짓을 저질렀다는 생각이 들었다.

"그럼, 이혼할 수 없다는 말인가요?"

그는 힘없는 목소리로 말했다. 그녀는 말없이 고개만 끄덕였다.

"그럼 아들을 데리고 그 사람을 떠나면 되잖아요?"

"하지만 그것도 그에게 달렸어요. 이제 그에게 가야 해요."

그녀가 냉담하게 말했다. 모든 것이 변함없으리라는 그녀의 예측은 들어맞았다.

"화요일에 나도 페테르부르크로 가겠어요. 그럼 모든 것이 결정되겠죠."

"그래요. 이제 그 얘기는 그만해요."

마차가 다가왔다. 그녀는 아까 마부에게 브레데 정원 문 앞으로 오라고 일러두었던 것이다. 안나는 브론스키와 헤어져 집으로 돌아갔다.

16

화요일 아침, 카레닌은 집에서 사무장과 일하면서 그날이 안나에게 돌아오라고 통보한 날이라는 것을 까맣게 잊고 있었다. 그래서 하인이 그녀가 도착했다고 알리자 깜짝 놀랐다.

그날 아침 일찍 안나는 페테르부르크에 도착했다. 그녀가 전보를 보내 여행 마차가 마중 나갔으므로 카레닌은 그녀가 오리라는 것을 알 수도 있었지만, 그녀가 집에 도착했을 때 그는 마중을 나오지 않았다.

그녀는 자기가 돌아왔다는 것을 카레닌에게 알리라고 말하고는 자기 방으로 들어가 짐을 풀었다. 그러나 한 시간이 넘도록 그가 나타나지 않았다. 그녀는 어떤 지시를 하는 척 식당으로 가서 일부러 목소리를 높이며 그가 나오기를 바랐다. 하지만 그가 서재 문 앞까지 나와 사무장을 배웅하는 소리만 들릴 뿐 내려오지는 않았다. 그녀는 평소처럼 그가 곧 나갈 것을 알고 있었기 때문에 그 전에 만나서 관계를 정리하고 싶었다.

그녀는 마음을 단단히 먹고 그의 서재로 갔다. 그는 제복을 차려입고 작은 탁자에 팔꿈치를 괴고 앉아 슬픈 표정으로 앞을 응시하고 있었다. 그녀는 그가 자기에 대해 생각하고 있다는 것을 알았다.

자리에서 일어나려던 그는 아내를 보자 멈칫했다. 그리고 얼굴이 확 붉어졌는데, 안나는 이제까지 그의 그런 모습을 본 적이 없다. 그는 바로 일어나서 그녀의 눈이 아니라 이마와 머리를 보며 맞이했다. 그는 옆으로 다가가 그녀의 손을 잡고 자리를 권했다.

"돌아와서 정말 기쁘오."

그는 그녀 옆에 앉으면서 뭔가 얘기하려다 말았다. 그러고는 몇 번이나 말을 하려다 입을 다물었다. 이 만남에 대해 몇 번이나 마음의 준비를 하고 있었던 그녀는 그를 경멸하고 비난할 작정이었지만, 막상 얼굴을 마주하자 무슨 말을 해야 할지 몰랐을 뿐 아니라 오히려 그가 가엾게 느껴졌다. 꽤 긴 침묵 끝에 그가 먼저 말했다.

"세료자는 어떻소?"

그는 대답을 기다리지 않고 바로 덧붙였다.

"오늘은 집에서 식사하지 않을 거요. 지금 나가봐야 하거든."

"난 모스크바로 가려고 했어요."

"여기로 돌아온 건 정말, 정말 잘한 일이오."

그는 이렇게 말하고 다시 침묵했다.

그녀는 그가 먼저 말을 꺼내지 않으리라는 것을 알았다. 그녀는 자기의 머리에 고정된 그의 눈동자를 똑바로 쳐다보며 말했다.

"알렉세이 알렉산드로비치, 난 죄를 지었어요. 나는 타락한 여자예요. 하지만 전과 다름없는, 그때 당신에게 말씀드렸던 그 여자이기도 해요. 그래서 더 이상 아무것도 바뀌지 않을 거라고 말하려고 왔어요."

그는 돌연 증오의 눈길로 똑바로 쳐다보며 단호하게 말했다.

"나는 그런 것을 물어보지 않았소. 나도 그러리라 생각했으니까."

그는 분노로 인해 스스로를 제어할 힘을 회복한 듯 날카롭고 가느다란 목소리로 말했다.

"그러나 그때 당신에게 얘기도 하고 편지에도 써 보낸 것처럼 나는 그런 것을 알 필요 없소. 나는 모른 척하겠소. 당신처럼 착한 아내도 드물 거요. 이런 기쁜 소식을 전하고 싶어 이 야단이라니."

그는 '기쁜'이라는 말을 강조했다.

"그 일이 세상에 알려지지 않는 한, 내 명예를 더럽히지 않는 한 모른 척하겠소. 다만 내가 말해둘 것은 우리는 이전과 같은 관계를 지속해야 한다는 것과 당신 스스로 자신의 명예를 지켜야 한다는 것이오."

"하지만 우리는 이전처럼 지낼 수 없어요."

그녀는 놀란 눈길로 그를 바라보며 두려운 목소리로 말했다.

그녀는 또다시 남편의 냉정한 태도와 어린아이를 어르는 듯 조롱하는 말투에 방금 전까지 들었던 연민의 감정이 일시에 사라지고 혐오감이 밀려왔다. 그녀는 이제 두렵기까지 했다. 하지만 그녀는 무슨 일이 있어도 자신의 입장을 분명히 밝히고 싶어 이렇게 말했다.

"난 더 이상 당신의 아내로 남을 수 없어요. 내가……."

그러자 그는 적의에 찬 싸늘한 웃음을 지으며 말했다.

"당신이 선택한 삶이 당신의 이성에도 영향을 미친 모양이군. 나는 어쨌든 당신을 존중하고 경멸하오……. 나는 당신의 과거는 존중하지만 현재는 경멸해……. 당신은 내 말을 잘못 해석한 거요."

그녀는 긴 한숨을 내쉬고는 고개를 숙였다.

그는 몹시 흥분해서 말을 이었다.

"나는 정말 이해할 수 없소. 당신처럼 독립적인 사람이, 자기의 부정을 남편에게 다 털어놓고도 죄책감을 전혀 느끼지 않는 사람이, 아내의 의무는 왜 다하지 않으려고 하느냐 말이오."

"대체 나더러 어쩌라는 말이에요?"

"내가 원하는 건 그 남자를 내 눈에 띄지 않게 하는 것, 당신이 세상 사람들이나 하인들한테 비난받을 짓을 하지 않는 것, 당신이 그 자를 만나지 말 것, 이것뿐이오. 내가 당신에게 하고 싶은 말은 이게 전부요. 난 그만 나가봐야겠소. 집에서 식사하지 않겠소."

그는 일어나서 문으로 갔다. 그녀도 따라 일어났다. 그는 말없이 고개를 끄덕이고 그녀를 먼저 나가게 했다.

17

건초 더미 위에 누워 하룻밤을 보낸 것이 레빈에게 전혀 무의미한 것은 아니었다. 그는 지금까지 해온 농사에 싫증이 났고, 완전히 흥미를 잃고 있었다. 엄청난 수확을 거두었지만 농부들과의 관계에 있어서는 올해처럼 적대적이고 좌절했던 적이 없었다. 이제까지 그런 기분을 느낀 적이 없었던 것이다. 하지만 지금은 그런 적대감과 좌절감이 든 이유를 완전히 이해할 수 있었다. 오늘 그가 경험했던 노동 자체의 기쁨, 그로 인해 느낀 농부들과의 친밀감, 그들의 생활에 대한 동경, 그날 밤 그는 한낱 공상이 아니라 실제로 그렇게 살아야겠다는 희망, 그것을 실천하기 위한 세부 사항 등, 이 모든 것들이 지금까지 농사에 대한 그의 생각을 완전히 바꾸어놓았다. 그래서 그는 이전 방식의 농사에는 더 이상 흥미를 느낄 수 없었고, 또한 농부들에 대한 자신의 못마땅한 태도가 모든 문제의 원인이었다는 것을 인정했다. 그러자 지금까지 해온 농사에 흥미를 잃었을 뿐 아니라 앞으로 계속하고 싶지도 않았다.

게다가 그가 만나고 싶어도 만나지 못했던 키티 셰르바츠카야가 50베르스타 떨어진 곳에 있다는 사실 때문에 더욱 그랬다. 돌리는 그에게 이제는 틀림없이 받아들일 것이니(그녀가 넌지시 알려주었다) 다시 한번 와서 키티에게 청혼해달라고 권했다. 더구나 레빈도 키티를 우연히 마주치고 나서 자신이 아직도 그녀를 사랑하고 있음을 깨달았다. 그러나 그는 그녀를 찾아갈 수 없었다. 청혼을 거절당한 것이 극복할 수 없는 장벽이었던 것이다.

'그녀가 원하던 사람의 아내가 되지 못했으니 나의 아내가 되어달라고 말할 수 없다.'

이런 생각이 들자 그녀에 대해 적대적이고 싸늘한 감정이 들었다.

'그녀와 이야기하면서 책망하는 마음이 들 수밖에 없을 것이다. 그녀를 보면서 화가 나지 않을 수 없을 것이다. 그렇게 되면 그녀는 나를 더욱 싫어할 것이다. 그러지 않겠는가. 더구나 다리야 알렉산드로브나한테 그런 말을 듣고 나서 어떻게 그녀를 찾아갈 수 있단 말인가. 어떻게 아무 얘기도 못 들은 척 시치미를 떼고 있을 수 있겠는가. 어떻게 내가 너그럽게 그녀를 용서하러 간단 말인가. 그녀를 용서하고 사랑하는 사람으로 그녀 앞에 설 수 있단 말인가. 다리야 알렉산드로브나는 왜 나한테 그런 얘기를 했을까? 그녀를 우연히 만날 수도 있었을 것이다. 그렇게 되면 모든 것이 저절로 이루어질지 모른다. 하지만 이제는 불가능하다. 불가능해!'

한편 돌리는 키티가 사용할 부인용 안장을 빌려달라는 편지를 레빈에게 보냈다.

당신한테 부인용 안장이 있다는 말을 들었습니다. 당신이 직접 가져다주시면 좋겠군요.

레빈은 참을 수가 없었다. 그렇게 현명하고 분별 있는 부인이 어쩜 이렇게 동생을 모욕할 수 있단 말인가? 그는 편지를 열 통 넘게 썼다가 모두 찢었다. 그리고 답장 없이 안장만 보냈다. 그는 자기가 직접 갈 수 없었기 때문에 답장을 쓸 수 없었다. 왜냐하면 다른 일이 있어서 혹은 다른 볼일을 보러 나가야 한다고 써서 보내기도 뭣했기 때문이었다. 그래서 부끄러운 기분으로 안장만 보냈다. 그러고는 다음 날 완전히 싫증이 난 농사를 마름에게 모두 맡기고 먼 시골에 사는 친구 스비야지스키를 만나러 갔다. 그 친구의 소유지 근처에는 도요새가 서식하는 멋진 늪이 있었던 것이다. 지겨운 농사일에서 벗어나 더없이 좋은 위안이 되는 사냥을 떠나게 되어 그는 무척 기뻤다.

18

9월 말 조합에 분양된 토지에 창고를 지을 목재가 운반되었고, 암소 젖에서 얻은 버터를 판 수익이 분배되었다. 이 일은 잘 진행되었다. 적어도 레빈은 그렇게 느꼈다. 이제 자기가 기대했던 대로 농사 경제학에 일대 전환을 가져올 뿐 아니라 그 이론을 완전히 뒤집어 농민과 토지의 관계를 학문적으로 새로 정립한 책을 완성해 이 모든 문제를 이론적으로 설명하기 위해서는 외국으로 나가서 이 문제들과 관련해 실행되고 있는 것들을 직접 보고 러시아에는 필요 없다는 확실한 근거를 찾아오기만 하면 되었다.

그래서 레빈은 외국으로 갈 돈을 마련하기 위해 밀 반출만을 기다렸다. 그러나 공교롭게도 비가 너무 많이 내려 들판에 남아 있는 곡식과 감자는 물론 밀을 반출할 수 없게 되었다. 길은 걸어 다닐 수도 없을 만큼 진창이었고, 제분소 두 곳이 홍수에 떠내려갈 정도였으며, 날씨는 더욱 나빠졌다.

9월 마지막 날 아침에는 해가 보이자 레빈은 날씨가 개일 거라고 여기며 굳은 마음으로 나설 준비를 했다. 그는 밀 부대를 실으라 이르고 자금을 조달하기 위해 마름을 상인한테 보낸 다음 떠나기 전에 마지막으로 점검하려고 농장을 둘러보았다.

레빈은 그렁저렁 일을 끝내고, 가죽 외투 깃과 부츠 속으로 빗물이 흘러들어 오롯이 젖으면서도 무척 긴장되고 흥분된 기분으로 저녁에야 집으로 돌아왔다. 상인한테 갔던 마름도 밀값 일부를 받아왔다.

저녁 식사를 하고 나서 레빈은 평소처럼 안락의자에 앉아 책을 읽으면서 책 내용과 관련된, 곧 떠날 여행에 대해 생각했다. 그날 밤은 자기가 하는 사업의 모든 의미가 유독 또렷하게 떠올랐다. 그리고 자기 사상의 본질을 이루는 핵심이 머릿속에 저절로 정리되었다. 그는 생각했다.

'이건 적어놓아야겠어. 필요 없어서 생략하려고 했던 머리말을 이걸로 쓰면 되겠군.'

그가 책상으로 가려고 일어나자 발밑에 누워 있던 라스카도 따라 일어나 어디 가냐고 묻는 듯 그의 얼굴을 쳐다보았다. 하지만 그는 글을 쓰고 있을 수 없었다. 왜냐하면 조합 농부들이 작업 지시를 받으러 찾아왔기 때문이다. 레빈은 그들을 만나러 현관으로 나갔다.

농부들까지 모두 만나고 내일 할 일까지 지시하고 나서 레빈은 서재로 돌아와 일을 시작했다. 라스카는 탁자 밑에 엎드렸고, 아가피야 미하일로브나는 뜨개질감을 들고 자기 자리에 앉았다.

글을 쓰는 동안 문득 키티와 그녀의 거절, 마지막 만남 등이 다른 때보다 더욱 생생하게 떠올랐다. 그는 일어나 방 안을 서성거렸다.

그러자 아가피야가 말했다.

"왜 그리 안절부절못하세요. 나리께서는 왜 늘 집에만 틀어박혀 있으세요? 온천이라도 다녀오시면 좋을 텐데요. 준비도 다 되어 있잖아요."

"그렇지 않아도 모레 떠나려고 해. 하지만 그 전에 일을 끝내야 하거든."

"또 무슨 일이 남았다는 거예요? 농부들한테 그만큼 했으면 됐죠. 사람들 모두 나리께서 이 일로 틀림없이 황제의 은총을 받으실 거라고 해요. 그런데 나리께서는 왜 그렇게 농부들 걱정을 하시는 거예요?"

"난 그들을 걱정하는 게 아냐. 다 나를 위해 그러는 거지. 농부들이 일을 잘하면 그 이익이 다 나한테 돌아오는 거라고."

"글쎄요. 나리께서 아무리 그러셔도 게으름뱅이는 어차피 흐리멍텅해서 아무 보람도 없을 거예요. 양심 있는 자들은 열심히 일하겠지만 그렇지 않은 자들은 빈둥거릴 테니까요."

"하지만 자네도 이반이 가축을 더 잘 키우게 되었다고 말하지 않았나?"

그러자 아가피야는 갑자기 떠오른 것이 아니라 깊이 생각한 것인 듯 불쑥 말했다.

"하여튼 한마디만 할게요. 나리께서는 꼭 결혼하셔야 해요. 그게 제일 중요한 일이에요."

레빈은 자기가 금방 생각하고 있던 것을 아가피야가 콕 찌르듯이 얘기를 꺼내자 마음이 괴롭고 화가 났다. 그는 아무 대꾸도 하지 않고 인상을 찌푸렸다.

9시쯤 방울 소리와 함께 진창 속에서 마차가 삐거덕거리며 달려오는 소리가 들렸다.

"손님이 오신 모양이에요. 심심하지 않겠네요."

아가피야는 일어나 문으로 걸어가면서 말했다. 그러나 레빈은 그녀를 앞질러 갔다. 마침 일이 손에 잡히지 않던 터라 누구든 찾아온 것이 기뻤다.

19

계단을 반쯤 뛰어 내려갔을 때 레빈은 현관 쪽에서 귀에 익은 기침 소리를 들었다. 그러나 자기의 발소리에 섞여 또렷이 들리지는 않았으므로 잘못 들은 것이었으면 싶었다. 그러나 곧 큰 키의 깡마른 체구로 휘청거리는 낯익은 모습을 보는 순간 자신을 속일 수 없었다. 하지만 그는 그래도 자기가 잘못 본 것이었으면 싶었다. 계속 기침을 해대며 외투를 벗고 있는 키 큰 사내가 니콜라이 형이 아니기를 바랐다.

레빈은 형을 사랑했지만 그와 함께 지내기는 고통스러웠다. 특히 지금처럼 잇따라 상념들이 피어오르고, 아가피야의 충고로 인해 마음이 혼란스러울 때 형을 만나기가 유독 괴로웠다. 유쾌하고 활기차고 복잡한 기분을 말끔히 가시게 해줄 손님을 바랐는데, 자신의 마음을 밑바닥까지 들여다보고, 자기의 온갖 생각들을 끄집어낼 형을 마주해야 한다는 사실이 못 견디게 싫었다.

욕지기가 솟구칠 듯한 감정이 들자 레빈은 자신에게 화를 내며 현관으로 뛰어 내려갔다. 그러나 가까이에서 형을 대면하자 제멋대로 솟구치던 환멸감은 어느새 사라지고 측은한 마음이 들었다. 그전에도 섬뜩하리만큼 초췌하고 병적인 모습이었으나, 지금은 더욱 마르고 쇠약해져 있었다. 영락없이 거죽만 남은 해골이었다.

니콜라이는 현관에 서서 길고 앙상한 목을 연신 쳐들며 목도리를 벗고 있었다. 그러고는 이상하리만큼 애처로운 미소를 짓고 있는 것이었다. 온순하고 순종적인 미소를 보자 레빈은 경련이 일어나 목이 턱 막히는 것 같았다.

"그래, 결국은 너를 찾아오게 되었구나."

니콜라이는 동생의 얼굴을 계속 응시하며 쉬고 흐릿한 목소리로 말했다.

"진작에 오려고 했는데 몸이 안 좋아서 말이야……. 요즘은 많이 좋아진 거란다."

그는 뼈만 앙상한 커다란 손으로 턱수염을 쓰다듬으며 말했다.

"잘 오셨어요. 그럼요!"

레빈은 이렇게 대답하고 형에게 입을 맞췄다. 바싹 마른 살갗을 느끼고 괴이하게 빛나는 커다란 눈을 가까이에서 보자 더욱 무서웠다.

몇 주 전 레빈은 분배되지 않았던 재산을 일부 매각했고, 형의 몫으로 2천 루블을 받을 거라는 편지를 보냈다. 니콜라이는 그 돈을 받으려고, 하지만 그보다 고향집에서 잠시 지내면서 옛날의 전사들처럼 앞으로 할 일에 대비해 기력을 보충하려고 왔다고 말했다. 훨씬 더 굽은 허리와 껑충한 키 때문에 더욱 눈에 띄게 파리한데도 그의 행동은 여전히 성마르고 신경질적이었다. 레빈은 그를 서재로 데리고 갔다.

원래 그러지 않았는데 형은 유독 정성껏 옷을 갈아입고 가늘고 뻣뻣한 머리를 빗더니 싱글벙글 웃으며 2층으로 올라갔다.

그는 레빈이 어렸을 때 보았던 것처럼 굉장히 상냥하고 즐거운 모습이었다. 그는 원망스러운 기색이 전혀 없이 세르게이 이바노비치에 대해 이야기했다. 아가피야 미하일로브나를 보고는 농담을 건네고 예전에 살았던 하인들의 안부를 묻기도 했다. 파르펜 제니시치가 죽었다는 말을 듣고 충격을 받았는지 놀란 표정을 짓더니 곧 원래 기분으로 돌아왔다.

"그도 꽤 나이가 들었을 테니."

그는 이렇게 말하고는 말머리를 돌렸다.

"여기에 두 달쯤 머물다가 모스크바로 돌아가려고 한단다. 먀흐코프가 일자리를 구해주겠다고 했거든. 내 주장을 굽히고 그렇게 하려고. 이번 기회에 생활 방식을 완전히 바꿔볼 생각이다. 그래서 그 여자도 멀리했어."

"마리야 니콜라예브나요? 왜……?"

"더러운 계집이야! 나한테 나쁜 짓을 많이 했지."

그러나 그는 구체적으로 어떤 짓을 했는지는 말하지 않았다. 그는 그녀가 차를 멀겋게 타서, 또는 무엇보다 자기를 병자 취급해서 내쫓았다고 말할 수는 없었다.

"어쨌든 난 이번에 생활 방식을 완전히 뜯어고치고 싶어. 다른 사람들처럼 그동안 어리석은 짓을 많이 저질렀어. 하지만 재산 같은 건 나중 문제야. 그런 건 조금도 아깝지 않아. 몸만 건강하면 그걸로 만족해. 덕분에 요즘 몸도 완전히 회복되었고."

레빈은 곰곰이 생각해보았지만 형의 말에 무슨 대꾸를 해야 할지 몰랐다. 니콜라이도 같은 기분이었다. 그래서 그는 동생에게 일은 좀 어떠냐고 물었다. 레빈은 자기 일 얘기를 하게 되어 기뻤다. 일이라면 가식 없이 이야기할 수 있기 때문이었다. 그는 자기가 하는 일과 앞으로의 계획을 들려주었다. 형은 귀를 기울이기는 했지만 관심은 없는 것 같았다.

의좋고 친했던 두 사람은 말보다 작은 몸짓과 말투로 더 많은 생각을 주고받을 수 있었다.

지금 두 사람은 같은 생각을 하고 있었고, 그것은 다른 모든 생각을 억눌러버렸다. 그것은 니콜라이가 병들어 죽을 날이 얼마 남지 않았다는 것이었다. 하지만 두 사람은 감히 그것을 입 밖에 내지 못했다. 그러다 보니 두 사람은 무슨 말이든 가식적으로 할 수밖에 없었다. 레빈은 이날처럼 잠자리에 들 시간이 반가웠던 적이 없다. 어느 누구를 만날 때도, 어떤 형식적인 방문도 이날처럼 어색하고 가식적이었던 적이 없다. 그리고 어색하다는 생각과 한탄스러운 마음 때문에 더욱 어색했다. 그는 단지 죽어가고 있는 형을 위해 울어주고 싶은 마음뿐이었다. 그런데도 형은 앞으로의 생활이나 문제에 대해 듣고 이야기해야 했던 것이다.

집 안에 습기가 차 있는 데다 불을 피운 방은 하나밖에 없었으므로 레빈은 자기 침실에 칸막이를 쳐서 형의 잠자리를 마련해주었다.

형은 자리에 눕기는 했지만 잠이 들었는지는 알 수 없었다. 그는 가끔 병자처럼 기침을 하며 몸을 뒤척였다. 기침이 잘 멎지 않으면 뭐라고 투덜거리고, 가끔 한숨을 쉬어 숨을 고르다가 "아, 하느님!"이라고 내뱉었다. 또 이따금 가래 때문에 숨을 쉬기 힘들 때는 귀찮은 듯이 "빌어먹을!"이라며 혀를 찼다. 레빈은 그런 소리 때문에 한동안 잠을 이루지 못했다. 그의 가슴속에서 온갖 잡다한 상념들이 솟구쳤으나 그 모든 것들이 결국은 오직 한 가지 상념, 즉 죽음으로 귀결되었다.

레빈은 죽음, 세상 모든 것들의 피할 수 없는 종말이 처음으로 불가항력적이라는 것을 느꼈다. 그리고 무의식적으로 하느님을 부르기도 하고 '빌어먹을'이라고 내뱉기도 하며 앓고 있는 사랑하는 형에게 죽음이 깃들어 있었고, 자기와 먼 얘기가 아니었던 것이다. 죽음은 자기 안에도 있음을 그는 느꼈다. 오늘이 아니면 내일, 내일이 아니면 3년 후, 결국은 마찬가지 아닌가! 그러나 그는 피할 수 없는 죽음, 그 죽음을 인식해본 적도 없을 뿐 아니라 한 번도 생각해본 적도, 그것을 감당할 정신도 용기도 없었던 것이다.

'난 일하고 있다. 뭔가를 이루고 싶다. 하지만 생각지 못했다. 이 모든 것이 언젠가는 끝난다는 것을. 죽음이 있다는 것을.'

그는 어둠 속에서 일어나 앉아 숨죽이며 무릎을 끌어안은 채 마음을 가다듬고 생각했다. 그러나 마음을 가다듬을수록 그것이 의심의 여지가 없는 사실, 삶에서 유일한 작은 사실(죽으면 다 끝난다는 것, 어떤 것도 시작할 의미가 없다는 것, 죽음을 피할 방법은 없다는 것)이라는 생각이 더욱 뚜렷하게 떠오를 뿐이었다. 그렇다. 무서운 일이었다. 하지만 사실이었다.

'그래, 나는 지금 살아 있다. 그렇다면 나는 어떻게 해야 하는가? 무엇을 해야 하는가?'

그는 마음속으로 절망감에 소리쳤다.

그는 일어나 촛불을 켜고 거울 앞에 서서 자기의 얼굴과 머리를 보았다. 양쪽 관자놀이께에 흰머리가 나 있었다. 그는 입을 벌려보았다. 어금니가 갈라지기 시작했다. 그는 소매를 걷어 근육이 불끈 솟은 팔뚝을 보았다. 아직 힘이 넘쳤다. 그러나 저기 누워 있는, 폐의 일부로 숨 쉬고 있는 니콜레니카 형도 한때는 건강한 몸을 가지고 있었다.

그러자 문득 옛일들이 떠올랐다. 어릴 때 함께 잠자리에 들면서 표도르 보그다니치가 나가기만을 기다리다가 둘이 베개를 던지며 장난치던 일, 표도르 보그다니치가 무서우면서도 너무 재미있어서 배가 아플 정도로 웃어댔던 일들이 생각났다.

'그랬던 사람이 지금은 구부정하고 텅 빈 가슴만 남게 되었으니……. 나 또한 어떻게 될지 아무도 모를 일이다…….'

"콜록! 콜록! 휴, 빌어먹을! 왜 그리 뒤숭숭한 거냐? 왜 잠을 안 자고?"

니콜라이가 말했다.

"글쎄, 잠이 안 오네요."

"나는 푹 잤단다. 식은땀도 흘리지 않고. 이 셔츠 좀 보렴. 땀을 흘리지 않았지?"

레빈은 형의 셔츠를 만져보고는 칸막이 너머로 돌아와 촛불을 껐다. 그러나 여전히 잠을 이루지 못했다. '어떻게 살아야 할 것인가' 하는 의문이 웬만큼 풀리자마자 갑자기 뜻하지 않게 헤아릴 수조차 없는 어려운 문제, 죽음이 그의 앞에 나타난 것이다.

'형은 죽음을 앞두고 있다. 아마 봄을 넘기지 못할 것이다. 하지만 내가 어떻게 도와야 한단 말인가? 형에게 무슨 말을 한단 말인가? 이 문제에 대해 내가 알고 있는 게 무엇이란 말인가? 나는 죽음이라는 것을 의식조차 하지 않고 살아온 인간인데 말이다.'

사람은 지극히 온순하고 겸손하다가도 갑자기 어떻게 할 수 없을 정도로 시무룩하고 예민해질 수도 있다는 것을 레빈은 오래전부터 이미 알고 있었다. 그는 형도 그러리라고 짐작했다. 그리고 실제로 니콜라이의 온순한 태도는 오래가지 않았다. 다음 날 아침부터 그는 잔뜩 화가 나서는 특히 동생에게 까탈을 부리고 사사건건 트집을 잡으며 가장 아픈 곳을 대놓고 쿡쿡 찔러댔던 것이다.

집에 온 지 사흘째 되던 날 니콜라이는 동생에게 그의 계획을 이야기하라고 강요하더니 그것을 비판할 뿐 아니라 공산주의와 연관 지으며 비웃기도 했다.

"넌 단지 남의 사상을 가져다 쓴 것일 뿐이야. 그것을 왜곡해서 쓸 수 없는 곳에 쓰려는 거지."

"아니에요. 그건 공산주의와 무관한 거예요. 그들은 재산, 자본, 상속의 정당성을 부정하지만, 난 중요한 자극이 된다는 것을 부정하지 않는다고요. 난 단지 동등한 노동을 추구할 뿐이에요."

"그것 보라고. 남의 사상을 가져다 근거들을 다 잘라버리고 겉가지만 가지고 새로운 것처럼 믿으라고 강요하잖아."

니콜라이는 성난 얼굴로 넥타이를 잡아당기며 말했다.

"하지만 내 사상은 그런 것과 무관한 거예요."

"공산주의, 거기에는 말하자면 기하학적인, 명쾌하고 정확한 아름다움이 있어. 어쩌면 그것은 이상향인지도 모르지. 하지만 모든 과거를 백지상태로 만들어 재산도 없고 가족이라는 것도 없게 된다면 노동도 저절로 정리되겠지. 하지만 너의 사상에는 아무것도 없어……."

니콜라이는 짓궂은 눈빛으로 조소를 띠며 말했다.

"형님은 왜 모든 것을 뒤범벅으로 만들어버리는 거죠? 나는 공산주의자였던 적이 한 번도 없어요."

"하지만 난 그랬던 적이 있어. 그리고 조금 이르기는 해도 훌륭한 사상인 만큼 전망이 있다고 생각해. 초기 기독교처럼 말이지."

"내 생각은 단지 자연과학의 관점에서 노동력을 분석해야 한다는 겁니다. 특성을 연구하고 또……."

"다 쓸데없는 짓이야. 노동력의 발달 정도에 따라 일하는 방식을 스스로 찾게 마련이거든. 처음에는 노예들이 곳곳에 있었지만 나중에는 소작인이 되었지. 우리나라에도 수확을 지주와 반분하는 방법도 있고, 토지를 임대하는 방법도 있고, 날품팔이도 있잖아. 너는 대체 어떤 걸 연구하는 거냐?"

이 말을 듣는 순간 레빈은 벌컥 화를 냈다. 그 말이 맞는 것 같아 두려웠기 때문이다. 그가 공산주의와 기존의 방식을 고루 취하려고 한다는 게 맞다면, 실현 가능성이 없다는 것도 맞는 말이었다.

"나는 나 자신은 물론 노동자들을 위해 생산적으로 일할 수 있는 방법을 찾고 있어요. 내가 조직하려는 것은……."

그가 흥분해서 대답했다.

"하지만 실제로 너는 뭔가를 조직하고 싶어 하지 않아. 너는 단지 지금까지 그랬던 것처럼 기이한 행동을 하고 싶을 뿐이야. 농부들을 이용해먹는 것이 아니라 이상을 실현하기 위해 일한다는 것을 보여주려고 말이야."

"그래요, 그렇게 생각하신다면 그렇다고 해두죠!"

레빈은 왼쪽 뺨이 심하게 떨리는 것을 느끼며 대답했다.

"너는 이전에도 그랬듯이 지금도 확신이 없어. 너는 다만 자존심을 충족하면 그뿐이야."

"그래요, 알았으니 이제 신경 끄세요!"

"물론, 그러든지 말든지 신경 쓰지 않으련다! 진작에 떠났어야 했는데. 여기 온 것이 새삼 후회되는구나!"

그리고 나서 레빈이 형의 마음을 달래려고 아무리 애를 써도 니콜라이는 들은 척도 하지 않고 떠나게 되어 기쁘다고 말했다. 레빈은 형에게는 이제 삶이 견딜 수 없는 것인 듯했다.

레빈이 다시 형에게 다가가 어줍잖은 투로 화나게 했다면 용서해달라고 했으나 니콜라이는 이미 떠날 준비를 끝낸 상태였다.

"관대하기도 하셔라. 네가 옳다고 생각한다면 네가 만족하게 해주마. 네가 옳아. 그렇다 하더라도 난 떠나야겠다."

니콜라이는 이렇게 말하고 싱긋 웃었다.

그러나 떠나기 직전 니콜라이는 동생에게 입맞추고 나서 갑자기 이상하리만큼 진지하게 동생의 얼굴을 바라보며 떨리는 목소리로 말했다.

"어쨌든 나를 나쁘게 여기지는 말아주렴, 코스탸!"

이것이 그의 진심에서 우러나온 유일한 말이었다. 레빈은 이 말에 '너도 내 병세가 심각하다는 것을 이미 보아 알고 있겠지. 아마도 우리는 두 번 다시 못 만날지도 모른다.'는 의미가 담겨 있다고 느꼈다. 그러자 레빈은 눈물을 흘리며 다시 한번 형에게 입을 맞췄다. 레빈은 더 이상 아무 말도 하지 않았다. 무슨 말을 해야 할지 몰랐던 것이다.

형이 떠나고 사흘 뒤 레빈도 외국으로 떠났다. 그리고 기차에서 키티의 사촌 오빠 셰르바츠키를 만났는데, 그는 레빈의 침통한 표정을 보고 깜짝 놀라 물었다.

"자네 무슨 일 있나?"

"아니, 별일 없어. 하지만 세상에는 즐거운 일이 거의 없는 것 같아."

"왜 그렇게 생각해? 나랑 같이 파리로 가세. 뮐하우젠 같은 곳에는 가지 말고. 내가 얼마든지 즐거운 것을 보여줄 테니까."

"아니, 이제 다 끝났어. 죽어도 상관없어."

"이거야, 원! 난 이제 막 시작할 준비가 되었는데."

셰르바츠키는 웃으면서 말했다.

"얼마 전에는 나도 그렇게 생각했지. 하지만 이제야 깨달았어. 나도 머지않아 죽으리라는 사실을 말이야."

레빈은 최근 들어 진지하게 고민하던 것들을 이야기했다. 그는 무엇이든 죽음이나 죽음에 다가가고 있는 것으로 보았다. 하지만 그렇기 때문에 그의 계획에 더욱 마음이 끌렸다. 죽기 전까지는 어떻게든 살아가야 한다.

그에게는 모든 것이 암흑 속에 잠겨 있었다. 그러나 자신의 일이 그 암흑 속에서 유일한 등불임을 느끼고, 죽을힘을 다해 그것을 붙잡고 끈질기게 매달렸던 것이다.

제4부

1

카레닌 부부는 한집에서 매일 얼굴을 마주치면서도 남남처럼 지냈다. 카레닌은 하인들이 억측 같은 것을 하지 못하도록 매일 아내를 보기는 했지만 집에서 식사를 하지는 않았다. 브론스키는 카레닌의 집을 방문하지 않았고, 안나는 밖에서 그를 만났으며, 그것을 남편도 알고 있었다.

이러한 생활은 셋 모두에게 고역이었다. 머잖아 이러한 상황에서 벗어날 것이고, 한때의 괴로움에 지나지 않을 것이라는 기대가 없었다면, 그들 중 누구도 단 하루도 이렇게 살지 못했을 것이다. 카레닌은 모든 것이 지나가게 마련이듯 이 정열도 지나갈 것이고, 어느 누구도 명예를 더럽히지 않고 끝날 것이며, 결국은 모두 다 이 일을 잊어버릴 것이라고 기대했다. 이 문제를 초래한 당사자였던 안나는 가장 괴로워하면서도 곧 해결되리라 굳게 믿고 기다렸다. 그녀는 이 상황이 어떻게 해결될지는 알 수 없었지만 곧 무슨 일이 일어나리라는 것만은 굳게 믿었다. 브론스키도 본마음은 그렇지 않았지만 은연중에 그녀의 영향을 받아 자기와 직접적이지는 않은 무슨 일이 일어나 모든 괴로움을 씻어내 주리라 기대했다.

2

집에 돌아와 자기 방으로 들어간 브론스키는 안나의 쪽지를 발견했다.

몸이 아프고 외로워요. 외출할 수가 없는데 당신을 보지 않고는 견딜 수가 없어요. 오늘 밤에 와주세요. 알렉세이 알렉산드로비치는 7시에 회의에 나가서 10시 전에는 돌아오지 않을 거예요.

그는 남편이 자기를 집으로 끌여들여서는 안 된다고 했는데도 안나가 집으로 오라고 하자 이상하다는 생각이 스쳤지만 그래도 가기로 했다.

올겨울 대령으로 승진한 브론스키는 연대 숙소를 나와 혼자 살고 있었다. 그는 점심을 먹고 나서 곧바로 소파에 드러누웠다. 그러자 5분 정도 최근 며칠 동안 목격했던 불쾌한 광경들이 안나의 모습과 곰 사냥에서 결정적인 역할을 한 몰이꾼 농부의 모습과 뒤엉켜 떠오르더니 어느새 그는 깊이 잠들었다. 그는 어두워졌을 때야 가위눌려 부르르 몸을 떨면서 퍼뜩 잠이 깼다. 그는 얼른 촛불을 켰다.

'뭐였지? 꿈속에 나타난 무시무시한 그것은? 그래, 수염이 덥수룩하고 우락부락하게 생긴 몸집이 작은 농부가 허리를 숙이고 뭔가하고 있었다. 그러다 갑자기 프랑스어로 이상한 말을 지껄였어. 그래, 그게 다였어. 그런데 왜 무서웠지?'

그는 혼자 속으로 중얼거렸다.

그는 농부와, 농부가 지껄인 알 수 없는 프랑스어를 떠올려보았다. 그러자 찬물을 끼얹은 듯 소름이 오싹 끼쳤다.

'제길, 바보같이 왜 이러지?'

브론스키는 이렇게 생각하고 시계를 보았다.

벌써 8시 30분이었다. 그는 벨을 울려 하인을 부르고는 얼른 옷을 갈아입었다. 그리고 꿈 따위는 깡그리 잊고 늦었다는 생각만 하며 현관으로 나갔다.

카레닌의 집 앞에 이르렀을 때 시계를 보니 8시 50분이었다. 두 필의 회색 말을 맨 높고 폭이 좁은 사륜마차가 현관 앞에서 기다리고 있었다. 그것은 안나의 마차였다.

'나한테 오려고 했군. 그게 낫지. 여기 들어가는 건 불편하니까. 하지만 어차피 마찬가지지. 이제 와서 숨을 수는 없어.'

그는 이렇게 속으로 중얼거리며 어릴 때부터 몸에 밴 당당한 몸짓으로 썰매에서 내려 현관문으로 다가갔다. 그러자 문이 열리더니 무릎 덮개를 든 수위가 마차를 불렀다. 원래 사소한 것에 신경을 쓰지 않는 브론스키였지만 이때는 수위가 자기를 힐끗 보고 깜짝 놀라는 것을 보았다. 브론스키는 하마터면 문 앞에서 카레닌과 부딪칠 뻔했다. 검은 모자 밑으로 창백하고 해쓱한 얼굴과, 수달피 외투 속으로 반짝이는 하얀 넥타이가 가스등 불빛에 비쳤다. 카레닌의 흐릿한 눈빛이 브론스키의 얼굴에 박혀 움직이지 않았다. 브론스키는 고개를 숙여 인사했다. 그러나 카레닌은 입술을 조금 움직이더니 한 손을 모자에 갖다 대고 그냥 지나쳐 가버렸다. 그는 뒤도 돌아보지 않고 마차에 올라타고 떠났다. 브론스키는 창문 너머로 그가 무릎 덮개와 쌍안경을 받아 드는 것을 보고는 현관으로 들어갔다. 그는 미간을 찌푸리며 독기 서린 오만하고 담담한 눈빛을 번득였다.

브론스키는 생각했다.

'난처하게 생겼군. 그가 결투하려고 들었다면, 그렇게 해서 자기 명예를 지키려고 했다면 나도 그에 맞서 내 감정을 드러냈을 텐데. 저렇게 소심하고 비겁하다니……. 그는 나를 사기꾼으로 몰려는 거야. 나는 그런 인간이 되고 싶지는 않아. 딱 질색이야.'

브론스키는 브레데 정원에서 안나를 만난 뒤로 생각이 바뀌었다. 모든 것을 그에게 맡기고 따르겠다며 자기의 운명을 결정해주기를 바라던 안나의 애처로움에 사로잡혀 그때처럼 두 사람의 관계가 끝나리라는 생각은 전혀 하지 않은 지 오래였다. 그는 앞으로의 계획을 다시 철수했다. 그리고 모든 일이 일정한 행동 범위를 벗어난다는 것을 온몸으로 느꼈다. 이 감정으로 인해 그는 더욱 강하게 안나에게 사로잡혔다.

현관에 서서 그는 멀어져 가는 그녀의 발소리를 들었다. 그는 그녀가 자기를 기다리고 있다는 것, 귀를 기울이고 있다는 것, 그러다 응접실로 돌아가고 있다는 것을 알았다.

"이젠 싫어요!"

그를 보는 순간 안나는 이렇게 외쳤다. 그러고는 눈에 눈물이 맺혔다.

"이러는 건 싫어요. 계속 이런다면 훨씬 더 빨리, 훨씬 더 빨리 끝나버릴 거예요."

"뭐가요, 내 사랑이?"

"뭐라니요? 당신을 기다리는 게 얼마나 고통스러운지 아세요? 한 시간, 두 시간…… 아니, 더 이상 말하지 않겠어요. 말다툼하고 싶지 않아요. 당신은 빨리 올 수 없는 일이 있었겠죠. 그러니 더 이상 말하지 않겠어요."

안나는 두 손을 그의 어깨에 얹고 깊고 기쁨에 넘치는, 그러면서 뭔가를 떠보려는 듯한 눈빛으로 한동안 그를 바라보았다. 그리고 보지 못한 시간만큼 보상하려는 듯 그의 얼굴을 실컷 들여다보았다. 그녀는 그를 만날 때마다 늘 그렇듯 자기가 상상하던 모습, 현실에는 도저히 있을 수 없는 훌륭한 그의 모습을 실제 그의 모습과 합쳐서 보는 것이었다.

3

"그 사람과 마주쳤죠? 그건 늦게 온 벌이에요."

탁자 옆 램프 불빛 아래 앉았을 때 안나가 물었다.

"어떻게 된 거예요? 회의하고 있는 거 아니었어요?"

"나갔다가 돌아온 거예요 그리고 또 나갔죠. 하지만 상관없어요. 그 얘기는 그만해요. 그런데 지금까지 어디 있다 온 거예요?"

그는 지난밤 잠을 못 자서 깜박 잠이 들었다고 말하려고 했으나 행복에 들뜬 그녀의 얼굴을 보자 그런 말을 하기가 겸연쩍었다.

그녀는 뜨개질감을 들고 있었으나 뜨개질은 하지 않고 다정하지 않은 묘한 눈길로 그를 바라보았다.

"오늘 아침 리자가 우리 집에 왔어요. 그분은 리디야 이바노브나 백작 부인은 신경 쓰지 않고 자주 나를 보러 오죠. 그리고 당신들이 즐겼던 '아테나의 밤(술을 마시며 즐기는 음란한 밤의 파티—옮긴이)' 이야기를 모두 해주었어요. 어떻게 그런……!"

"나도 지금 그 얘기를 하려고 했어요."

그러자 그녀가 그의 말을 잘랐다.

"상대가 예전부터 알고 지냈던 테레즈였죠?"

"내가 먼저 그 얘기를 하려고……."

"사내들이란 어쩜 그렇게도 추잡하죠? 여자들은 그런 것을 절대 잊지 않는다는 것을 왜 모르는지 알 수가 없네요."

더욱 흥분한 그녀는 자기가 화가 난 이유를 설명했다.

"더구나 당신의 생활을 전혀 알 수 없는 여자는 더욱 그래요. 내가 뭘 알 수 있겠어요? 당신한테 들은 것밖에 없잖아요. 그것도 진실인지 알 게 뭐예요?"

"안나! 당신은 나를 모욕하고 있어요. 그렇다면 내 말을 믿지 않는다는 거예요? 전에도 말했잖아요. 당신한테 얘기하지 않은 것이 없다고."

"네, 그랬죠. 하지만 내가 얼마나 괴로운지 알면! 당신을 믿어요. 믿어요……. 그럼 당신이 말하려고 했던 건 뭐예요?"

안나는 질투심을 떨치려고 애쓰는 듯이 말했다.

그러나 그는 무슨 말을 하려고 했는지 얼른 생각나지 않았다. 그는 요즘 그녀에게 자주 나타나는 히스테릭한 질투심에 진저리가 났다. 사랑하기 때문이라는 것은 알지만, 그래서 자신의 감정을 드러내지 않으려고 애썼지만 그녀에 대한 마음도 자연히 시드는 것은 어쩔 수가 없었다. 그는 그녀의 사랑이 자기의 행복이라고 수없이 말하며 스스로를 위로했다. 실제로 안나는 삶의 어떤 행복보다 사랑을 소중히 여기는 여자들만 할 수 있는 그런 사랑을 했던 것이다. 그러나 그는 그녀를 따라 모스크바를 떠나올 때보다 훨씬 덜 행복했다. 그때 그는 불행했고, 앞으로 행복하리라 생각했다. 하지만 지금은 최고의 행복이 이미 과거가 되어버렸다는 생각이 자꾸 드는 것이었다.

그녀는 더 이상 처음 보았을 때의 그녀가 아니었다. 정신적으로도 육체적으로도 나빠졌다. 몸매는 늘어졌고, 조금 전 여배우 얘기를 할 때는 아름다운 얼굴에 앙칼스러운 표정을 짓는 것이었다. 그는 아름다운 꽃을 보고 반한 나머지 그 꽃을 따서 시들게 해버리고는, 그 시든 꽃을 보고는 예전만큼 아름답지 않다고 생각하는 사람처럼 그녀를 바라보았다. 하지만 그는 사랑하는 감정이 절정에 달했을 때도 강력하게 원했다면 자기 가슴에서 그 사랑을 뽑아버릴 수도 있었겠지만, 그녀에 대한 사랑이 느껴지지 않는 것 같은 지금은 오히려 그녀와의 관계를 결코 끊을 수 없다는 것을 깨달았다.

안나는 그에게서 떨어져 마침내 뜨개질감에서 뜨개바늘을 뽑아 집게손가락으로 코를 뜨며 램프 불빛에 반짝이는 하얀 털실로 뜨개질을 했다. 수놓인 소매 끝으로 부드럽고 고운 손목이 신경질적으로 재빨리 움직이기 시작했다.

"그래서 어떻게 된 거예요? 카레닌을 어디서 맞닥뜨렸어요?"

돌연 그녀가 어색한 목소리로 물었다.

"현관 앞에서요."

"그 사람은 이렇게 인사했겠네요?"

안나는 표정을 바꾸고 눈을 반만 뜨더니 손깍지를 끼었다. 그 아름다운 얼굴에 카레닌이 자기에게 인사했을 때와 똑같은 표정이 나타나는 것을 보고 브론스키는 빙긋 웃었다. 그러자 그녀는 특유의 매력적인, 가슴에서 터지는 듯한 명랑하고 사랑스러운 웃음을 터뜨렸다.

"그 사람은 도대체 어떤 마음인지 모르겠어요. 별장에서 당신이 나와의 관계를 털어놓았을 때 당신과 헤어졌거나 아니면 나에게 결투를 신청한 것도 아니고, 이건 정말 납득이 가지 않아요. 그 사람은 어떻게 이런 상황을 견디고 있는 거죠? 물론 그 사람도 분명 괴로워하고는 있겠죠."

"그 사람이요? 얼마나 만족스러워하는데요."

그녀는 냉랭하게 말했다.

"어떤 식으로든 얼마든지 잘 해결될 수 있을 텐데, 우리는 왜 이렇게 괴로워하고 있는 거죠?"

"그 사람은 안 그래요. 내가 그 사람을 모를 리가 있겠어요? 게다가 그 사람에게 가득 찬 허위를? 감정이 있는 사람이라면 어떻게 나하고 살 수 있겠어요? 그 사람한테는 감정이라고는 없어요. 아무런 감정이 없다고요. 감정이 조금이라도 있다면 부정한 아내와 한 집에서 살 수 있겠어요? 그런 아내에게 말을 걸고, 여보라고 부를 수 있겠어요?"

그녀는 또다시 "여보! 이봐, 안나!"라고 남편 흉내를 냈다.

"그 사람은 남자가 아니에요. 사람이 아니라고요. 인형이에요! 다른 사람은 몰라도 나는 알아요. 내가 그 사람이라면 벌써 아내를 죽여버렸을 거예요. 나 같은 아내는 갈기갈기 찢어버렸을 거라고요. 그런 여자에게 도저히 '여보, 안나!'라고 부를 수 없어요. 정말 사람이 아니에요. 관청에서 일하는 기계예요. 그 사람은 내가 자기 아내라는 걸, 나에게는 자기가 남이나 다름없는 하찮은 인간이라는 것을 몰라요……. 하지만 그만하죠. 그런 얘기는 그만해요."

"그건 잘못 생각하는 거예요, 안나! 하지만 이러나저러나 상관없어요. 그 사람 얘기는 하지 말아요. 그보다 요즘 당신이 뭐 하고 지내는지 얘기해줘요. 무슨 일이 있었어요? 대체 무슨 병이에요? 의사는 뭐라던가요?"

브론스키가 그녀를 달래면서 말했다.

안나는 비아냥거리는 듯 유쾌한 표정으로 그를 바라보았다. 분명 우습고 추악한 남편의 모습에 대해 얘기할 틈을 엿보는 것 같았다.

그러나 그가 계속 말했다.

"내 생각에는 병이 아니라 당신 몸이 그래서인 것 같아요. 그런데 그건 언제쯤이죠?"

비아냥거리는 그녀의 눈빛은 사라졌다. 그 대신 그가 이유를 알 수 없는 잔잔한 슬픔의 미소가 떠올랐다.

"곧이요. 얼마 안 남았어요. 당신은 이런 상황을 견딜 수 없으니 어떤 식으로든 끝내자고 하셨죠? 하지만 나도 얼마나 괴로운지 알아주었으면 해요. 아무 거리낌 없이 마음대로 당신을 사랑할 수 있다면 나는 어떤 희생이든 감내할 거예요! 그러면 질투에 사로잡혀 나 자신이나 당신을 괴롭히는 일도 없을 거예요. 그럴 날이 얼마 남지 않았지만, 우리가 바라는 대로 쉽게 이루어지지는 않을 거예요."

어떤 식으로 결말이 날지 생각하자 그녀는 자신이 너무 가엾어서 말을 잇지 못하고 눈물을 쏟았다. 그녀는 램프 불빛 아래에서 반짝이는 반지 낀 하얀 손을 그의 소매에 얹고 계속 말했다.

"우리 뜻대로 되지는 않을 거예요. 이런 말은 하고 싶지 않았지만 당신이 하게 만들었어요. 머잖아 다 끝날 거예요. 그러면 우리 모두 마음의 평정을 되찾고, 더 이상 괴로워하지 않을 거예요."

"나는 이해할 수 없어요."

브론스키는 그녀가 무슨 말을 하는 건지 알면서도 이렇게 말했다.

"언제냐고 물었죠? 곧이에요. 그리고 난 무사히 넘기지 못할 거예요. 내 말 마저 들어요."

그녀는 급히 말을 이었다.

"나는 알아요. 확실하게 알아요. 나는 죽을 거예요. 하지만 죽어서라도 나와 당신을 구할 수 있다면 기뻐요."

그녀는 다시 눈물을 흘렸다. 그는 흥분을 감추려고 애쓰며 몸을 숙여 그녀의 손에 키스했다. 그는 흥분할 까닭이 없다는 것을 잘 알면서도 억누를 수 없었다.

"그렇게 될 거예요. 그래요, 그게 나아요. 그것만이 우리에게 남은 유일한 방법이에요."

그녀는 격하게 그의 손을 잡으며 말했다.

"그런 바보 같은 소리가 어디 있어요? 말도 안 돼요!"

"아니에요, 사실이에요."

"뭐가, 뭐가 사실이란 말이오?"

"내가 죽는다는 거요. 꿈을 꾸었어요."

"꿈?"

이 말을 되풀이하는 순간 그는 꿈에서 본 농부를 떠올렸다.

"네, 꿈이요. 오래전에 꾼 꿈이에요. 나는 뭔가 찾을 게 있어서 내 방으로 뛰어갔어요. 흔히 그런 꿈을 꾸잖아요. 그런데 말이에요. 침실 한쪽 구석에 뭔가가 서 있는 거예요."

안나는 두려움에 눈을 동그랗게 뜨고 말했다.

"바보같이! 그런 걸 믿다니……."

그러나 안나는 그의 말에 아랑곳하지 않고 계속 말했다. 그녀에게는 너무나도 중요한 얘기였기 때문이다.

"그런데 그것이 홱 돌아서는 거예요. 그건 수염이 텁수룩하고 우락부락하게 생긴 몸집이 작은 농부였어요. 나는 달아나려고 했어요. 그런데 그가 허리를 숙여 자루에 두 손을 넣고 뒤적이는 거예요."

그녀는 농부가 자루 속을 뒤적이는 흉내를 냈다. 그녀는 무서운 표정을 지었다. 브론스키도 자기의 꿈이 떠올라 온몸으로 공포가 솟구치는 것을 느꼈다.

"그 사내는 뭔가를 계속 뒤적거리면서 빠른 말투로 프랑스어를 지껄이는 거예요. 목구멍이 떨리는 목소리로 '쇠를 달궈 벼려야 해'라고요. 꿈속에서 너무 무서워 얼른 깨야지 하면서 퍼뜩 잠이 깼어요. 그런데 그것도 꿈속에서 잠이 깬 거였어요. 그래서 도대체 무슨 꿈이지 하고 혼자 중얼거렸어요. 그랬더니 코르네이가 '산고(産苦)로 돌아가시는 거예요. 산고로요, 마님'이라는 거예요. 그러고는 진짜 잠이 깼어요."

"말도 안 돼요. 바보 같은 소리예요."

그러나 그는 자기 목소리에 확신이 없음을 느꼈다.

"어쨌든 이런 얘기는 그만해요. 벨 좀 울려줘요. 차를 가져오라고 하게요. 아, 잠깐, 방금, 난……."

그녀가 갑자기 말을 멈췄다. 일순간 그녀의 표정이 바뀌었다. 공포와 흥분으로 가득했던 얼굴에 돌연 차분하고 숙연하며 행복한 긴장감이 떠올랐다. 브론스키는 왜 그런지 알 수 없었다. 그녀는 몸속에서 새 생명이 움직이는 것을 느낀 것이다.

4

카레닌은 현관 계단에서 브론스키를 마주치고 나서도 계획대로 마차를 타고 이탈리아 오페라를 보러 극장으로 갔다. 집으로 돌아온 그는 옷걸이를 유심히 살펴보고는 군복 외투가 없는 것을 확인하고 평소처럼 곧바로 서재로 갔다. 그러나 여느 때처럼 잠자리에 들지 않고 새벽 3시까지 서재를 서성거렸다. 체통을 지킬 생각도 하지 않고, 애인을 집으로 끌어들여서는 안 된다는 단 하나의 조건마저 어긴 아내 때문에 분노에 사로잡혀 가만히 있을 수가 없었다.

아내는 그의 요구 사항을 지키지 않았다. 그렇다면 그녀에게 문책하고 이혼한 다음 아들을 데려가겠다고 으름장을 놓은 것을 행동으로 옮길 수밖에 없었다. 그러려면 온갖 어려움이 따른다는 것을 그는 잘 알고 있었다. 하지만 그는 그렇게 하겠다고 이미 말했으므로 이제 실행해야 할 상황에 이른 것이다. 리디야 이바노브나 백작부인은 그가 처한 상황에서 벗어나려면 그게 최선의 방법이라고 몇 차례나 귀띔해주었다. 더구나 요즘은 이혼 절차도 잘 정리되어 있기 때문에 형식적인 어려움은 없으리라는 것도 알고 있었다. 하지만 불행은 혼자 오는 법이 없다는 말처럼, 이민족 관리와 자라이스크 현의 관개(灌漑) 문제도 순조롭지 않아서 그는 요즘 계속 마음이 극히 격한 상태였다.

밤새 한숨도 이루지 못하고 날이 샐 무렵 그의 분노는 극에 달했다. 그는 얼른 옷을 갈아입었다. 그리고 분노로 가득한 술잔을 조금이라도 쏟을까 봐 두려운 듯, 또한 아내와 결판을 짓는 데 필요한 힘을 잃을까 두려운 듯 아내가 일어났다는 말을 전해 듣자마자 그녀에게 갔다.

남편에 대해 세세한 것까지 모두 안다고 생각했던 안나도 자기 방에 들어오는 그의 모습을 보고 깜짝 놀랐다. 그는 이마를 찌푸리고 음울한 시선으로 아내의 눈이 아닌 앞을 바라보며, 경멸 어린 입술을 꾹 다물고 있었다. 그의 걸음걸이와 몸짓, 목소리에는 그녀가 여태껏 한 번도 본 적 없는 결연함과 단호함이 넘쳤다. 그는 인사도 하지 않고 곧바로 탁자 앞으로 가더니 열쇠로 서류함을 열었다.

"뭐 찾으세요?"

"당신 애인의 편지."

"여기 없어요."

그녀가 서류함을 닫으면서 말했다. 그러나 그는 아내의 행동을 보고 자기 예상이 들어맞았다는 것을 알았다. 그는 아내의 손을 홱 밀치더니 잽싸게 서류함을 들었다. 그녀가 가장 중요한 서류를 넣어두는 서류함이었다. 그녀가 뺏으려고 하자 그는 그녀를 힘껏 밀쳤다.

"앉아요! 할 말이 있소."

그는 서류함을 겨드랑이에 끼고 어깨가 들릴 정도로 팔꿈치로 꽉 눌렀다.

깜짝 놀란 그녀는 어쩔 줄을 몰라 그를 쳐다보았다.

"나는 당신에게 애인을 집 안으로 끌어들이지 말라고 했소."

"그를 만날 일이 있어서 그랬어요. 그게……."

그녀는 구실이 생각나지 않아 말을 멈췄다.

"아내가 애인을 만나야 할 이유 같은 건 들을 필요 없소."

"나는 단지……. 당신은 정말 대수롭지 않게 나를 모욕하는군요."

그녀는 화를 내며 말했다. 남편이 거칠게 나오자 그녀는 되레 대담하게 나왔다.

"행실이 올바른 남자와 여자에게는 모욕일지 몰라도, 도둑을 도둑이라고 하는 건 사실을 말하는 것일 뿐이지."

"당신이 이렇게 잔인한 줄 몰랐네요."

"남편이 아내에게 체통을 지켜준다면 명예와 자유를 보장해주겠다고 한 것을 잔인하다고 하는군. 그게 잔인한 거요?"

"잔인한 것보다 더한 거예요. 궁금하면 얘기하죠. 그건 비열한 짓이라고요."

극도로 화가 치민 그녀는 이렇게 소리치고는 바로 나가려고 했다.

"거기 서!"

그는 원래의 날카로운 목소리보다 더 높은 목소리로 외쳤다. 그러고는 커다란 손으로 팔찌 자국이 벌겋게 남을 정도로 그녀의 손목을 꽉 쥐고 자리에 앉혔다.

"비열하다고? 그런 말이라면 얼마든지 해주지. 애인 때문에 남편과 자식을 버리고도 남편의 빵을 먹는 것, 그게 바로 비열한 짓이오."

그녀는 고개를 숙였다. 그녀는 지난밤 애인에게 했던, 당신은 내 남편이지만 나에게는 하찮은 인간이라는 말은 생각조차 나지 않았다. 그녀는 그의 말이 다 맞다고 생각하며 나지막이 말했다.

"당신이 무슨 말을 해도 내 자신만큼 내 처지를 나쁘게 말할 수는 없을 거예요. 그런데 대체 왜 그런 말을 하는 거죠?"

"왜냐고? 왜 그러냐고? 당신은 체통을 지켜달라는 말을 지키지 않았으니까. 그래서 마침내 이 상황을 끝내기로 했으니까."

그는 여전히 격앙된 목소리로 말했다.

"그냥 뒤도 곧 끝날 거예요."

그녀는 지금은 차라리 잘됐다고 생각한, 눈앞에 다가온 죽음을 생각하자 눈물이 핑 돌았다.

"당신과 그 애인이 생각했던 것보다 빨리 끝날 거요. 당신들은 동물적인 성욕을 충족하면 되니까……."

"카레닌! 너그러운 건 바라지도 않지만 너무 무례하군요. 이미 쓰러진 사람을 때리다니."

"그래, 당신은 자기 생각만 하지. 남편이었던 사람의 고통 따위는 안중에도 없어. 그 사람의 삶이 망가져도, 그 사람이 아무리 게…… 게…… 게로워해도 아무 상관 없지."

카레닌은 너무 빨리 말을 쏟아내느라 혀가 꼬여 '게로워'라고 발음하고 말았다. 안나는 우스웠으나, 이런 순간에도 우스워하는 자신이 겸연쩍었다. 그 순간 그녀는 그가 가엾게 느껴졌고, 처음으로 그의 입장에서 생각해보니 동정심이 생겼다. 하지만 그녀가 무슨 말을 하고 무슨 행동을 하겠는가? 그녀는 말없이 고개만 숙이고 있었다. 그도 한동안 말이 없었다. 하지만 새된 소리가 아닌 차가운 목소리로 별 의미 없는 말을 힘주어 말했다.

"당신에게 할 말이 있소."

그녀는 그를 힐끔 보았다.

'아니야, 단지 그렇게 보인 것뿐이야. 아니야, 흐릿한 눈으로 아무 반응 없이 자신에게 만족하는 인간이 뭘 느낄 수 있겠어.'

그녀는 그가 혀가 꼬여 '게로워'라고 말했을 때의 표정을 떠올리며 생각했다.

"나는 아무것도 바뀌지 않을 거예요."

그녀가 속삭이듯 말했다.

"나는 내일 모스크바로 떠나겠소. 그리고 다시는 이 집에 돌아오지 않을 거요. 이혼 수속을 맡은 변호사가 당신에게 얘기할 거요. 나는 이 말을 하려고 온 거요. 그리고 세료자는 누님께 맡길 것이오."

카레닌은 아들 얘기를 겨우 생각해내고는 말했다.

"당신은 나를 괴롭히기 위해 세료자가 필요한 거죠? 당신은 그 아이를 사랑하지도 않잖아요. 세료자는 그냥 여기 두세요."

그녀는 그를 쏘아보면서 말했다.

"그래, 나는 아들을 사랑하는 마음마저 잃었소. 당신을 증오하는 마음이 아들에게까지 미친 것이오. 어쨌든 그 애를 데리고 가겠소. 그럼!"

그가 나가려고 하자 이번에는 그녀가 그를 붙잡으며 애원하듯 말했다.

"알렉세이! 세료자를 데려가지 마세요! 다른 할 말은 없어요. 다만 세료자, 세료자는 두고 가세요. '그때'까지만 여기 두세요. 나는 곧 아이를 낳을 거예요. 그 애는 두고 가줘요."

카레닌은 화가 치밀어 아무 대꾸도 하지 않고 그녀의 손을 뿌리치고 방을 나갔다.

5

일요일, 오블론스키는 볼쇼이 극장으로 가서 무용 연습을 하고 있는, 이번에 그가 힘을 써서 입단한 아름다운 무희 마샤 치비소바에게 전날 밤 약속했던 산호 목걸이를 선물했다. 그리고 대낮에도 어두컴컴한 극장의 무대 뒤에서 선물을 받고 기뻐 어쩔 줄을 모르는 그녀의 얼굴에 키스했다. 그는 산호 목걸이를 선물하는 것 말고도 공연이 끝나고 그녀와 만날 약속을 하러 온 것이었다. 그는 공연이 시작될 때까지 오지 못하는 이유를 설명하고 끝나기 전에는 꼭 올 테니 함께 식사를 하자고 약속했다.

오블론스키는 극장에서 나와 오호트니 랴드에 들러 만찬에 쓸 생선과 아스파라거스를 직접 고르고, 12시에 듀소 호텔로 갔다. 그곳에서 그는 다행히 같은 호텔에 묵고 있는 3명을 만나기로 했다. 한 사람은 얼마 전 외국에서 돌아온 레빈, 또 한 사람은 이번에 영전해서 모스크바에 시찰을 온 자기 부서의 신임 국장, 그리고 또 한 사람은 꼭 만찬에 데리고 가야 하는 매제 카레닌이었다.

오블론스키는 만찬을 좋아했다. 특히 거창하게 판을 벌이지 않고, 요리나 음료, 손님에 이르기까지 신경 써서 준비하는 것을 좋아했다. 그는 오늘 만찬 요리가 아주 마음에 들었다. 산 농어와 아스파라거스, 주요리는 간단하면서도 훌륭한 로스트비프, 그리고 여기에 어울리는 술이 준비되었다. 손님은 키티와 레빈이었다. 두 사람이 너무 두드러지지 않도록 사촌 여동생과 젊은 셰르바츠키도 초대했다. 그리고 주빈은 세르게이 코즈니셰프와 카레닌이었다. 코즈니셰프는 모스크바의 철학자이고 카레닌은 페테르부르크의 행정가였다. 이 밖에 괴짜이자 아주 열성적인 유명한 자유사상가이며 음악가인 동시에 역사가인 페스초프도 초대했다. 궤변가에다 쉰 살에도 청년처럼 행동하는 그는 코즈니셰프와 카레닌에게 소스이자 양념이 될 터였다. 그는 분명 그들을 부추겨 논쟁을 붙일 것이다.

상인한테 받은 두 번째 산림 대금은 아직 고스란히 남아 있었다. 돌리도 요즘 기분이 좋은지 살갑게 대했다. 그래서 그는 이 만찬이 여러모로 더없이 즐거웠다. 조금 찜찜한 일 두 가지가 있긴 했지만 그의 가슴에서 물결치는 드넓은 즐거움의 바닷속에 가라앉고 말았다. 두 가지 일이란 첫째, 어제 거리에서 카레닌을 만났을 때 그가 자기에게 어색하고 냉정하게 대한 것이었다. 카레닌의 표정도 심상찮았고, 모스크바에 왔으면서도 자기를 방문하기는커녕 왔다고 알리지 않았다. 이미 소문으로 들어 알고 있던 안나와 브론스키의 일을 생각하면 내외 사이가 좋지 않다는 것을 추측할 수 있었다.

또 하나는 모든 국장들이 새로 부임했을 때는 그렇듯이 이 신임 국장도 아침 6시에 일어나 마소처럼 일하면서 부하에게도 그렇게 하도록 요구하는 무서운 인간이라는 평판이 돌고 있다는 것이었다. 그뿐 아니라 곰처럼 사납기도 하다는데, 전임 국장과 오블론스키가 속해 있는 파와는 정반대 파라는 것이었다. 어제 오블론스키가 제복을 입고 출근했을 때 신임 국장은 매우 친절하게 대해주었고, 마치 오랜만에 보는 친척을 대하듯 말을 건넸다. 그래서 오블론스키는 오늘도 정장 차림으로 그를 방문해야겠다고 생각했다. 하지만 신임 국장이 이상하게 보지 않을까 하는 생각이 들어서 기분이 좋지 않았다. 그러나 오블론스키는 본능적으로 다 잘될 거라고 느꼈다.

'우리 모두는, 누구나 할 것 없이 다 같은 죄 많은 인간들이다. 서로에게 화를 내고 싸울 필요가 있겠는가?'

그는 이런 생각을 하며 호텔에 들어섰다.

"여! 바실리. 구레나룻을 길렀군. 레빈은 7호실에 있지? 안내 좀 해주게. 그리고 아니치킨 백작에게(이 사람이 신임 국장이었다) 만나봬도 될지 물어보고."

그는 모자를 비스듬히 쓰고 복도를 지나가면서 낯익은 사환에게 인사했다.

"예, 알겠습니다. 참 오랜만에 오셨네요."

바실리가 웃으면서 대답했다.

"어제도 왔었네. 다른 문으로 들어왔지. 여기가 7호실인가?"

오블론스키가 들어갔을 때, 레빈은 방 한가운데 서서 트베리에서 온 농부와 함께 방금 잡은 곰 가죽을 자로 재고 있었다.

"이야, 이거 자네들이 잡은 건가? 정말 근사해! 암놈인가? 여, 아르히프!"

오블론스키가 소리쳤다.

그는 농부와 악수하고 나서 외투와 모자를 쓴 채로 의자에 털썩 앉았다.

"모자라도 벗지그래!"

레빈이 모자를 벗겨주면서 말했다.

"아니, 그럴 시간이 없어. 1분만 들를 생각이었네."

오블론스키는 이렇게 말하며 외투 단추만 풀었으나, 곧 외투를 벗고 레빈과 사냥 얘기며 은밀한 얘기를 하면서 한 시간이나 앉아 있었다.

"그래, 외국에서 뭘 했나? 들어나 보세. 어디 갔었지?"

농부가 나가자 오블론스키가 물었다.

"독일, 프로이센, 프랑스, 영국도 갔었지. 하지만 수도가 아니라 공업 도시에 있었어. 새로운 것들을 모두 보고 왔어. 어쨌든 가길 잘했어. 아주 만족스러워."

"나도 노동자 문제에 대한 자네의 철학을 알고 있지."

"그게 아냐. 러시아에는 노동자 문제라는 게 없어. 러시아에는 소작농과 토지의 문제가 있을 뿐이지. 하긴 다른 나라도 이 문제는 있지. 하지만 거기는 무너진 것을 보수하는 거지만, 우리는……."

오블론스키는 레빈의 이야기에 귀 기울이다가 말했다.

"그래, 그래! 자네 말이 다 맞는지도 몰라. 어쨌든 나는 자네가 활기 넘치는 게 보기 좋아. 곰 사냥도 하고 일도 하고 이런저런 문제에 관심을 가져서 기뻐. 셰르바츠키 말로는……, 그 친구를 만났지,

자네가 몹시 우울하게 죽음 얘기만 했다던데……."

"그래, 하지만 뭐 어떻다는 건가? 지금도 계속 죽음에 대해 생각하고 있네. 지금 죽는다 해도 놀랄 게 없어. 다 부질없는 짓이야. 말이 나왔으니 얘기하지. 나도 내 사상과 일을 중요하게 생각하네. 하지만 한번 생각해봐. 우리가 사는 이 세계도 아주 작은 행성 위의 작은 곰팡이에 지나지 않아. 그런데도 우리는 이 세상에 위대한 사상이니 위업 같은 게 있다고 생각하거든. 하지만 다 모래알 같은 것일 뿐이야."

"하지만 그런 건 이 세상만큼이나 케케묵은 생각이야."

"그렇지. 케케묵은 것이지. 하지만 그 사실을 명확하게 인식하면 모든 것이 허무하게 느껴질 뿐이야. 머잖아 죽고 나면 아무것도 남지 않는다고 생각하면 다 무의미하게 느껴져. 나도 내 사상을 중요하게 생각하지만 실현된다고 한들 이 암곰을 만지는 것이랑 무슨 차이가 있겠나. 다 부질없는 짓이야. 사람은 죽음에 대한 생각을 떨치려고 사냥이나 노동으로 기분을 달래면서 평생을 사는 거지."

오블론스키는 레빈의 이야기를 들으면서 부드러운 미소를 슬쩍 지었다.

"물론 맞는 말이야. 이제 자네도 나랑 비슷해졌어. 지난번에 나한테 뭐라고 했나? 쾌락만 좇으며 산다고 비난했잖아. 그러니 '오, 도덕주의자여, 너무 심각하게 굴지 말지어다……'"

"아니야. 하지만 삶에서 더 아름다운 것은 있어. 그것은……."

레빈은 주저하더니 덧붙였다.

"아니, 잘 모르겠어. 단지 내가 아는 것은 사람은 누구나 머잖아 죽는다는 거야."

"왜 머잖아 죽는다는 거지?"

"죽음을 생각하면 인생의 매력은 줄어들지만 마음은 한결 편해."

"아니, 그렇지 않아. 끝에 다가갈수록 더욱 즐거운 법이야. 그건 그렇고 이제 가봐야겠네."

오블론스키는 벌써 열 번째쯤 일어서면서 말했다.

"더 있다 가도 되지 않나?"

레빈이 그를 잡으며 말했다.

"그럼 또 언제 보나? 나는 내일 떠나야 하는데."

"아 참, 내 정신 좀 봐. 용건이 있어서 와놓고는……. 오늘 우리 집에 식사하러 오게. 꼭 와줘. 자네 형님이랑 내 매제도 오기로 했네."

"아니, 그 사람도 여기 있나?"

레빈이 말했다. 그리고 키티 소식도 물어보고 싶었다. 그는 그녀가 초겨울 동안 외교관과 결혼한 페테르부르크의 언니 집에 머물거라는 소식을 들었다. 하지만 그녀가 돌아왔는지는 알지 못했다. 그는 그것을 물어보려다 그만두었다.

'왔든 안 왔든 무슨 상관인가.'

그는 속으로 중얼거렸다.

"오는 거지?"

"그럼, 가고말고."

"5시에 정장 차림으로 오게."

오블론스키는 일어나 아래층의 신임 국장을 만나러 갔다. 오블론스키의 본능적 직감은 들어맞았다. 무섭고 포악하다고 알려진 신임 국장은 사실 굉장히 온화한 사람이었다. 그래서 오블론스키는 그와 함께 점심을 먹고 계속 앉아 있다 보니 어느새 3시 넘어서 카레닌을 만나러 갔다.

<h1 align="center">6</h1>

그날 예배에 참석했던 카레닌은 아침 내내 호텔 방에 있었다. 그날 아침에는 급히 처리해야 할 일이 두 가지 있었다. 하나는 페테르부르크로 가는 길에 지금 모스크바에 머물고 있는 이민족 대표단을 만나 적절한 지시를 하는 것이었고, 다른 하나는 변호사에게 편지를 쓰는 것이었다. 이민족 대표단은 카레닌의 발의로 소환되는 것이었지만, 여러모로 힘들고 위험하기까지 한 회담이 될 것 같았기 때문에 카레닌은 모스크바에서 그들을 만날 수 있어서 잘됐다고 생각했다.

대표단은 자신의 역할과 임무를 제대로 모르고 있었다. 그들은 그저 자신들의 실정과 요구 사항을 호소하고 정부의 지원을 받아내면 된다고 믿었고, 자신들의 실정이나 요구가 일부분 반대당에 유리하게 작용해 모든 일을 망쳐버릴 수 있다는 것을 알지 못했다. 카레닌은 오랫동안 그들과 면담하면서 필요한 행동들을 순서대로 알려주었고, 그들을 돌려보낸 다음 그들을 지도해달라는 편지를 써서 페테르부르크로 보냈다. 이 문제를 도와줄 유력 인사는 리디야 이바노브나 백작 부인이었다. 그녀는 이민족 대표단 문제의 전문가였으므로 그들을 적절히 다루면서 좋은 방향으로 이끌어줄 사람으로 그녀만 한 인물도 없었다.

이 일을 끝내고 나서 카레닌은 변호사에게 편지를 썼다. 그는 조금도 망설임 없이 변호사에게 임의로 일을 처리해도 좋다고 허락해주었다. 그리고 안나의 서류함에서 빼앗은, 안나에게 보낸 브론스키의 편지 세 통을 동봉했다.

카레닌은 두 번 다시 집으로 돌아가지 않겠다고 선언하고 집을 나와 변호사를 찾아갔다. 비록 그 한 사람이기는 했지만, 자신의 계획을 털어놓는 순간, 특히 실제 문제를 서류상의 문제로 바꿔놓는 순간 자신의 계획이 점점 익숙하게 다가왔다. 그리고 이제는 실행 가능성이 또렷해졌다.

그가 오블론스키의 쩌렁쩌렁한 목소리를 들은 것은 변호사에게 보낼 편지를 봉하고 있을 때였다. 오블론스키는 하인하고 옥신각신하면서 자기가 왔다고 전하라고 고집을 피우고 있었다.

'어차피 마찬가지야. 아니, 오히려 잘됐어. 지금 당장 여동생에 대한 내 생각을 저 사내에게 털어놓아야지. 그리고 저 사람 집에서 식

사를 할 수 없는 이유를 설명해주자.'

카레닌은 생각했다.

"안으로 모시게!"

그는 서류를 모아 압지 사이에 끼우면서 소리쳤다.

"거봐, 계시잖아. 네놈이 거짓말을 했겠다."

들이지 않으려고 했던 하인에게 대꾸하는 오블론스키의 목소리가 들렸다.

오블론스키는 외투를 벗으면서 방으로 들어섰다.

"어이, 자네가 있어서 다행이야. 자, 그럼……."

오블론스키는 유쾌하게 말했다.

"나는 못 가게 되었습니다."

카레닌은 손님에게 자리를 권하지도 않고 선 채로 차갑게 말했다.

카레닌은 이혼 소송을 준비하고 있는 아내의 오빠에게 훗날 취해야 할 냉담한 태도를 지금 취했다. 그는 오블론스키의 바다처럼 흘러넘치는 호의를 느끼지 못했던 것이다.

유쾌하게 빛나는 오블론스키의 눈이 휘둥그레졌다.

"왜? 무슨 일 있나? 미리 약속하지 않았나? 우리 모두 자네가 오는 걸로 알고 있다네."

그는 난감한 표정을 지으며 프랑스어로 말했다.

"당신 집에 갈 수 없는 이유를 말씀 드리죠. 우리의 친척 관계가 곧 끊어질 것이기 때문입니다."

"뭐라고? 그게 무슨 말이야? 뭣 때문에?"

오블론스키가 미소를 지으며 말했다.

"당신의 누이, 즉 내 아내와 이혼 소송을 준비 중이기 때문입니다. 나는 할 수 없이……."

카레닌이 말을 끝내기도 전에 오블론스키는 그가 전혀 예상하지 못한 태도를 보였다. 오블론스키는 한숨과 함께 "아!" 하고 외마디 소리를 내뱉더니 안락의자에 털썩 주저앉았다.

"아니, 자네 그게 무슨 말인가!"

오블론스키는 괴로운 표정으로 소리쳤다.

"사실입니다."

"미안하지만 난 도무지 믿을 수가 없네. 어떻게 그런 일이……."

카레닌은 자리에 앉았다. 그는 자기의 말이 기대했던 반응을 이끌지 못했다는 것, 그래서 좀더 설명해야 한다는 것, 그리고 어떻게 설명하든 간에 이 남자와의 관계는 변함없으리라는 것을 느꼈다.

"그래요. 나는 이혼할 수밖에 없는 괴로운 상황에 처했어요."

카레닌이 말했다.

"내 말 좀 들어보게. 나는 자네가 훌륭하고 공명정대한 사람이라는 것을 아네. 그리고 안나도, 미안하지만 안나에 대한 내 생각은 바뀌지 않네만, 아름답고 훌륭한 여자야. 그러니 미안하지만 나는 도저히 그 말을 믿을 수가 없네. 뭔가 오해가 있어서 그러는 거야."

오블론스키가 말했다.

"그래요, 그저 오해일 뿐이라면……."

"그래, 알아. 물론……, 한마디만 하지. 성급하게 굴지 말게. 서두르지 말라고. 절대 서두르면 안 돼!"

"그리 성급한 결정도 아닙니다. 그렇다고 누구와 상의할 일도 아니고요. 나는 결심을 굳혔습니다."

카레닌이 냉정하게 말했다.

"끔찍한 일이야! 하나만 부탁하지. 제발 부탁이니, 이거 하나만 들어주게. 아직 소송 전인 것 같은데. 그 전에 내 아내를 한 번만 만나주게. 그 사람은 안나를 동생처럼 아끼고, 자네도 무척 좋아하지 않는가. 정말 대단한 여자야. 그러니 그녀를 만나서 얘기를 나눠보게. 부탁이야. 우리의 우정으로 그 정도는 들어줄 수 있지 않은가!"

오블론스키는 무거운 한숨을 내쉬며 말했다.

카레닌은 말없이 생각에 잠겼다. 오블론스키도 아무 말 하지 않고, 연민 어린 눈길로 그를 바라보았다.

"내 아내를 만나볼 거지?"

"글쎄요, 어떻게 해야 할지 모르겠어요. 지금까지 찾아뵙지 않은 것도 다 이 일 때문입니다. 우리의 관계도 달라질 수밖에 없다고 생각해요."

"그건 또 무슨 말인가? 난 이해할 수 없네. 나만의 생각인지는 모르겠지만, 우리는 단순한 친척 관계를 넘어서서 자네에 대한 나의 우정과…… 자네도 나에 대한 일말의 진심 어린 존경심은 가지고 있다고 믿네."

오블론스키가 그의 손을 잡으며 덧붙였다.

"그래서 말이야, 자네가 생각하는 그 최악의 상상이 실현되더라도 나는 결코 어느 쪽도 비난하지 않겠네. 앞으로도 그럴 것이고. 따라서 우리 관계가 바뀔 일은 없네. 하지만 그건 그렇고, 어쨌든 내 말을 들어주게. 내 아내를 만나줘."

"그러고 보니 이 문제에 대해 우리의 견해가 완전히 다르군요. 이 얘기는 그만하는 게 좋겠어요."

카레닌이 차갑게 말했다.

"그렇다 해도 우리 집 만찬에 못 올 건 뭔가? 집사람은 자네를 보고 싶어 하네. 정말이야. 오게나. 집사람을 보거든 그 얘기부터 하게. 그 사람은 대단한 여자야. 제발 부탁이네. 내가 무릎 꿇고 빌어야겠나!"

"그렇게 원하신다면 가겠습니다."

카레닌은 한숨을 쉬며 말했다.

그리고 다른 이야기를 하려고 그는 서로의 관심사, 아직 그럴 나이도 아닌데 높은 지위에 오른 오블론스키 부서의 신임 국장에 대해 물었다.

카레닌은 원래부터 아니치킨 백작을 좋아하지 않았고, 그와는 사사건건 견해가 달랐다. 그래서 업무적으로 패배한 사람이 높은 지위에 오른 사람에게 품는 증오심, 공직에 있는 사람이라면 누구나 느낌직한 그 증오심을 억누를 수 없었다.

"그래, 그 사람을 만났나요?"

카레닌은 짓궂은 조소를 띠고 물었다.

"그럼, 어제 우리 관청에 나왔거든. 업무 파악도 잘하고, 대단한 활동가야."

"그렇군요. 그런데 어떤 활동을 하는 겁니까? 일을 크게 한번 해 보자는 건가요, 아니면 진행되고 있는 일을 개조하는 건가요? 우리나라가 안 되는 건 탁상행정 때문인데, 그 방면으로 훌륭한 표본이 바로 그 사람이죠."

카레닌이 말했다.

"사실 그 사람에게서 비난할 점을 찾지 못했어. 어떤 성향인지는 모르지만, 아무튼 아주 뛰어난 인물인 건 분명해. 방금 그 사람을 만나고 왔는데 정말 훌륭한 사람이더군. 함께 점심을 먹었네. 그 자리에서 오렌지를 넣은 포도주 만드는 법을 가르쳐주었다네. 자네도 알지 않은가, 그 음료, 정말 시원하지. 그 사람이 모르고 있어서 놀랐다네. 그 사람은 그 음료를 꽤 좋아하는 것 같더군. 그래, 정말 괜찮은 사람이야."

오블론스키는 이렇게 말하고 시계를 꺼내 보았다.

"어이쿠, 큰일났네. 벌써 4시가 넘었어. 돌고부신한테 들러야 하네! 그럼, 만찬에 꼭 오게. 오지 않으면 나와 집사람이 얼마나 실망할지 자네는 상상도 못 할 거네."

카레닌은 맞이할 때와 완전히 다른 태도로 처남을 배웅했다.

"약속했으니 꼭 가겠습니다."

그가 침울하게 대답했다.

"그러리라 믿네. 정말 고맙네. 자네도 후회하지 않을 거네."

오블론스키가 웃으면서 대답했다.

그는 걸어가면서 외투를 입고, 한 손으로 하인의 머리를 슬쩍 치고는 웃으며 방을 나갔다.

"5시, 정장 차림이네. 꼭 오게!"

그는 문 앞으로 되돌아와 이렇게 소리쳤다.

7

5시가 지나 주인이 돌아왔을 때는 손님 몇이 벌써 도착해 있었다. 오블론스키는 현관 입구에서 세르게이 이바노비치 코즈니셰프와 페스초프를 만나 함께 들어왔다. 두 사람은 오블론스키가 말한 모스크바 지식층의 대표 인사였다. 두 사람 모두 성품으로 보나 지식으로 보나 존경할 만한 인물들이었다. 그들은 거의 모든 문제에 있어서 극도로 다른 견해를 보였지만, 서로를 존경했다. 그것은 두 사람이 같은 파 내에서(반대파는 이 두 사람의 경향을 혼동했다) 각각 독특한 경향을 띠고 있었기 때문이다. 더욱이 반추상적인 문제만큼 의견 차이가 현격한 것도 없기 때문에 이미 오래전부터 상대의 오류를 바로잡을 수 없다는 것을 알고 격분하지 않고 웃어넘기는 데 익숙했다.

그들이 날씨 이야기를 하면서 현관으로 들어섰을 때 마침 오블론스키도 따라 들어왔다. 응접실에는 오블론스키의 장인인 알렉산드르 드미트리예비치 공작, 젊은 셰르바츠키, 투로프친, 키티, 그리고 카레닌이 이미 와서 앉아 있었다.

오블론스키는 자기가 없는 동안 응접실 분위기가 좋지 않다는 것을 눈치챘다. 손님들 모두 마치 사제 부인들처럼 왜 왔는지 모르겠다는 표정으로 억지로 얘기를 꺼내며 시간을 보내고 있었다. 장인은 카레닌을 말없이 곁눈질하고 있었다. 키티는 레빈을 만나더라도 얼굴이 붉어지지 않으려고 애쓰면서 문 쪽을 쳐다보고 있었다. 카레닌은 부인들이 참석하는 연회의 관습에 따라 연미복에 하얀 넥타이를 매고 있었다. 그의 얼굴에는 약속을 지키려고 괴로운 의무를 수행 중이라는 표정이 역력하다는 것을 오블론스키는 알아챘다. 응접실 분위기를 냉담하게 만든 장본인은 바로 그였던 것이다.

오블론스키는 응접실로 들어서자마자 사과부터 하고 어느 공작에게 붙잡혀 있었다고 변명했다. 그 공작은 그가 지각하거나 참석하지 못할 때 늘 잘못을 뒤집어씌우는 속죄양이었다. 그는 사람들을 소개하고 나서, 카레닌과 세르게이 코즈니셰프를 붙여주면서 폴란드의 러시아화라는 화제를 꺼냈다. 그러자 두 사람은 곧 페스초프와 함께 그 문제에 열중했다. 그는 또 투로프친의 어깨를 툭 치고 몇 마디 농담을 하더니 아내와 장인 옆에 앉혔다.

그리고 키티에게는 오늘 특히 너무 아름답다고 말하고, 셰르바츠키를 카레닌에게 소개해주었다. 그는 순식간에 능숙하게 분위기를 풀어주었다. 그래서 응접실은 사람들의 활기찬 대화 소리가 울려 퍼졌다. 그러나 단 한 사람, 레빈이 보이지 않았다. 하지만 오히려 잘된 일이었다. 식당으로 들어간 오블론스키는 포트와인과 셰리주가 레베 상점이 아니라 데프레 상점에서 왔다는 것을 알았다. 깜짝 놀란 그는 최대한 빨리 마부를 레베 상점에 보내라고 이르고 식당을 나오다가 레빈과 마주쳤다.

"늦지 않았나?"

"당연히 늦었지!"

오블론스키는 그의 팔을 잡으며 말했다.

"많이 온 모양이군? 누가 왔나?"

레빈은 자기도 모르게 얼굴을 붉히면서 장갑으로 모자의 눈을 털었다.

"모두 친척들이야. 키티도 왔네. 자, 어서 가세. 카레닌을 소개해주겠네."

자유주의 성향을 가진 오블론스키도 누구나 카레닌과 친분을 맺고 싶어 한다고 생각했다. 그래서 친한 친구들에게는 이러한 기쁨을 선사했다. 그러나 레빈은 그런 것을 기뻐할 기분이 아니었다. 그는 브론스키를 만났던, 잊을 수 없는 그날 밤 이후로 한 번도 키티를 보지 못했다. 물론 시골 큰길에서 잠깐 스친 것을 빼고 말이다. 그는 오늘 저녁 여기서 그녀를 만나리라는 것을 알고 있었다. 그래서 차분한 마음을 유지하려고 별로 개의치 않는다며 스스로를 타일렀다. 그런데 그녀가 여기 있다는 말을 듣는 순간 그는 숨이 가쁘고, 말로 표현할 수 없는 기쁨과 두려움이 솟구쳤다.

'그녀는 어떻게 변했을까? 예전 그대로일까? 아니면 마차에서 봤던 그 모습일까? 다리야 알렉산드로브나의 말이 사실이라면? 혹 사실이 아니라면?'

그는 생각했다.

"그래, 카레닌을 소개해주게."

그는 겨우 이렇게 말하고 결연한 걸음으로 응접실에 들어갔다.

그녀는 예전 그대로도, 마차에서 보았던 그 모습도 아니었다. 완전히 다른 사람 같았다.

깜짝 놀란 키티는 머뭇거리며 부끄러워했는데, 그래서 더욱 아름다웠다. 그녀는 방으로 들어서는 그를 보았다. 그를 기다리고 있었던 것이다. 그녀는 기뻐서 어쩔 줄을 몰랐다. 그가 안주인 옆으로 다가와 그녀를 힐끗 보았을 때, 그녀 자신과 그는 물론 모든 것을 지켜보고 있던 돌리마저 그녀가 한순간 울음을 터뜨릴 것만 같아 당황스러웠다. 그녀는 긴장한 나머지 얼굴이 붉어졌다 곧 하얗게 질렸다. 그녀는 다시 얼굴을 붉히고 입술을 바르르 떨면서 몸이 마비된 듯 가만히 그가 다가오기를 기다렸다. 그는 그녀에게 다가가 인사하고 말없이 손을 내밀었다. 살짝 떨리는 입술과 두 눈에 가득 고인 반짝이는 눈물이 아니었다면 그가 다음과 같이 말을 걸었을 때 그녀가 차분히 미소 짓는 줄 알았을 것이다.

"참으로 오랜만에 뵙는군요!"

그녀는 이렇게 말하고는 자신의 차가운 손으로 그의 손을 힘껏 잡았다.

"당신은 나를 못 봤겠지만, 나는 당신을 보았어요."

레빈은 행복한 미소를 지으며 말했다.

"어머, 언제요?"

그녀가 깜짝 놀라며 물었다.

"당신이 기차역에서 마차를 타고 예르구쇼보로 갈 때요."

레빈은 너무 행복한 나머지 가슴이 벅차 숨이 막히는 것 같았다.

'나는 왜 이렇게 진실한 사람을 두고 그처럼 불순한 생각을 했단 말인가? 그래, 다리야 알렉산드로브나의 말이 사실인지 몰라.'

그는 생각했다.

오블론스키는 그의 손을 잡고 카레닌에게 갔다.

"자, 서로 인사 나누게."

그는 두 사람을 소개해주었다.

"다시 뵙게 되어 정말 반갑습니다."

카레닌은 레빈과 악수하며 냉담하게 말했다.

"두 사람 아는 사이인가?"

오블론스키가 깜짝 놀라며 말했다.

"최근에 3시간쯤 기차를 같이 타고 갔지. 그런데 마치 가면무도회에서 나온 것처럼 이상한 꼴로 헤어졌지 뭔가. 적어도 나는 그랬네."

레빈이 웃으며 말했다.

"아, 그랬군! 그럼 여러분, 이리로."

오블론스키는 식당을 가리키며 말했다.

식당으로 들어가자 남자들은 자쿠스카(식사 전 술에 곁들이는 간단한 요리—옮긴이)가 놓인 식탁에 앉았다. 거기에는 여섯 가지 종류의 보드카와 여섯 가지 종류의 치즈(은제 나이프가 놓인 것도 있고 그렇지 않은 것도 있었다), 캐비어, 청어, 여러 가지 통조림, 접시에 담긴 얇게 썬 바게트 빵이 놓여 있었다.

"곰 사냥을 하려면 엄청난 체력이 필요하죠?"

사냥에 대해서는 별로 아는 것이 없는 카레닌이 거미줄처럼 얇게 썬 빵의 말랑말랑한 부위에 치즈를 바르고 그것을 뜯으면서 말했다.

레빈이 빙그레 웃었다.

"아뇨, 전혀 그렇지 않아요. 아이들도 곰 정도는 쉽게 죽일 수 있어요."

그는 안주인과 함께 자쿠스카를 차려놓은 식탁으로 다가온 부인들에게 가볍게 고개 숙여 인사하고 옆으로 길을 비켜주며 말했다.

"곰을 잡으셨다고 들었어요."

키티는 미끌거리는 버섯을 포크로 찍으려고 하얀 팔이 비치는 레이스 소매를 흔들면서 말했다.

"당신 고향에는 정말 곰이 있나요?"

그녀는 예쁜 얼굴을 그에게로 살짝 돌리고 웃으면서 말했다.

그녀의 말에 특별한 의미가 있는 것 같지는 않았다. 하지만 그는 그녀의 말 한 마디, 입술과 눈빛, 손놀림 하나까지 의미 있게 느껴졌다. 용서를 구하고 싶은 마음, 그에 대한 믿음, 부드럽고 수줍은 애교, 맹세, 희망, 그리고 그에 대한 사랑까지 담겨 있는 것 같았다. 그는 그 사랑을 믿지 않을 수 없었고, 행복에 겨워 숨이 막힐 것 같았다.

"아니에요, 우리는 트베리 현으로 갔어요. 거기에 갔다 돌아오는 기차에서 당신 형부, 아니 당신 형부의 매제를 만났어요. 정말 재미있는 만남이었어요."

그는 한숨도 못 자고 밤을 지새우고 나서 해진 반코트 차림으로 카레닌의 찻간으로 뛰어들었던 얘기를 유쾌하고 재미있게 들려주었다.

"차장이 내 옷차림을 보고는 내쫓으려고 하는 거예요. 그래서 나도 큰 소리로 마구 야단을 쳤죠. 그리고…… 당신도…….."

그는 카레닌의 이름을 까먹고 그를 보며 말했다.

"처음에는 해진 반코트 차림의 나를 내쫓으려다가 나중에는 나를 두둔해주었어요. 정말 고맙게 생각해요."

"승객이 좌석을 선택할 권리라는 게 아주 애매모호하죠."

카레닌은 손수건으로 손가락 끝을 닦으면서 말했다.

"당신이 나를 어떻게 생각해야 할지 망설이는 것 같아서 내 차림새를 상쇄하려고 얼른 재치 있는 얘기를 꺼낸 겁니다."

레빈은 선한 미소를 띠면서 말했다.

세르게이 이바노비치는 안주인과 대화하면서도 한쪽 귀로는 연신 동생의 말에 귀 기울이다가 곁눈으로 그의 얼굴을 보며 생각했다.

'오늘따라 저 녀석이 왜 저러지? 아주 신나서 떠들다니 말이야.'

그는 레빈이 날개라도 돋친 듯한 기분이라는 것을 알 리 없었다. 레빈은 그녀가 자기 얘기를 들으며 즐거워하고 있다는 것을 알았다. 그리고 그 하나의 사실에 온통 사로잡혀 있었다. 이 방뿐 아니라 온 세계에서 존재하는 것은 갑자기 큰 의미와 가치를 가지게 된 자신과 그녀뿐인 것 같았다. 그는 자기 혼자만 아찔할 만큼 높은 곳에 있고, 카레닌과 오블론스키를 비롯해 모든 선량한 사람과 온 세계가 저 아래에 있는 것 같았다.

오블론스키는 두 사람을 쳐다보지 않고 다른 자리가 없다는 듯 레빈과 키티를 슬쩍 나란히 앉혔다.

"자, 자네는 일단 여기라도 앉게."

그가 레빈에게 슬며시 말했다.

오블론스키는 식기에 조예가 깊었는데, 저녁 식사는 식기와 더불어 굉장히 훌륭했다. 마리루이즈 수프도 맛있었고, 입에 넣자마자 사르르 녹는 잘게 썬 고기 파이도 흠잡을 데 없이 훌륭했다. 하얀 넥타이를 맨 하인 둘과 마트베이는 조용하면서도 민첩하게 요리와 음료를 날랐다. 만찬은 겉으로도 대성공이었지만, 눈에 보이지 않는 면에서도 대성공이었다. 전체적으로 혹은 일부 사람들 사이에서 이야기가 끊임없이 오갔고, 식사가 끝날 무렵에는 굉장히 활기 넘치는 대화가 이루어져서 남자들은 식탁에서 일어나면서도 얘기를 그치지 않았다. 심지어 카레닌도 훨씬 더 활기차 보였다.

8

페스초프는 논쟁을 끝까지 파고드는 경향이 있어서 세르게이 이바노비치의 견해에 만족하지 못했다. 더구나 그 자신도 자기 의견이 옳다고 느끼지 않았으므로 더욱 불만스러웠다.

"나는 단순히 인구밀도만을 두고 하는 말이 아닙니다. 주장이나 정책이 아니라 더욱 근본적인 문제와 연관 지어 말하는 것입니다."

그는 수프를 먹고 나서 카레닌에게 말했다.

"나는 별 차이가 없다고 생각되는군요. 내 의견으로는 다른 민족을 동화시키는 건 더욱 발전된 민족만이 할 수 있는 일이죠. 그리고 그 민족은……."

카레닌은 귀찮은 듯 천천히 대꾸했다.

"바로 그게 문제예요."

페스초프는 특유의 저음으로 상대의 말을 잘랐다. 그는 늘 그렇듯 부산스럽게 자기가 하는 말에 온 신경을 쏟으며 말했다.

"더욱 발전했다는 것이 무엇을 두고 하는 말입니까? 영국인, 프랑스인, 독일인 이들 중 누가 더 높은 수준이라는 겁니까? 이들 중 누가 다른 민족을 동화시킬 수 있을까요? 라인 지방이 프랑스화되었지만 독일이 프랑스보다 떨어진다고 할 수는 없어요. 그건 다른 법칙이 있다는 뜻입니다."

"하지만 감화력은 진정한 교양을 가진 쪽에 있다고 생각합니다."

카레닌은 눈썹을 살짝 추켜올리며 말했다.

"그렇다면 진정한 교양이라는 게 뭐죠?"

페스초프가 말했다.

"이미 다 알고 있다고 생각하는데요."

카레닌이 말했다.

"하지만 정확히 안다고 할 수 있을까요? 진정한 교양은 순수한 고전이라는 게 보편적이지만, 격렬한 논쟁이 있는 것을 보면 반대파도 유력한 증거를 가지고 있다고 볼 수 있습니다."

세르게이 이바노비치가 희미하게 미소 지으며 끼어들었다.

"당신은 고전주의자로군요, 세르게이 이바노비치. 자, 적포도주를 드시죠."

오블론스키가 말했다.

그러자 세르게이 이바노비치가 잔을 내밀었다. 그리고 어린아이를 보듯 아량 넓은 미소로 카레닌을 보며 말했다.

"나는 어느 한쪽의 교양을 얘기하는 것이 아닙니다. 단지 양쪽 다 유력한 증거를 가지고 있다는 거죠. 나는 고전주의 교육을 받았지만, 개인적으로 이 논쟁에서는 그쪽을 주장할 수 없네요. 고전 학문이 실용 학문보다 더 뛰어나다는 명확한 근거를 찾을 수 없으니까요."

"자연과학도 그에 못지않게 가치 있는 교육이죠. 천문학이나 식물학, 일반법칙의 이론을 가진 동물학을 보세요."

페스초프가 재빨리 말을 받았다.

"나는 그 의견에 동의할 수 없습니다. 언어의 형태를 연구하는 것이야말로 정신 발달에 특히 긍정적인 영향을 미친다는 것은 이미 알려진 사실이니까요. 게다가 고전주의 학자는 지극히 도덕적인 면에 영향을 미치는 데 반해, 자연과학 교육은 현대사회의 폐단을 일으키는 허위의 교육과 연관되어 있다는 점을 부정할 수 없습니다."

카레닌이 대답했다.

세르게이 이바노비치가 무슨 말을 하려고 했으나 페스초프가 특유의 저음으로 가로막았다. 그는 열렬하게 카레닌의 의견이 잘못되었다는 것을 증명하는 논리를 폈다. 세르게이 이바노비치는 가만히 그의 말이 끝나기를 기다렸다. 상대가 반박할 여지가 없는 논리가 준비된 것 같았다.

페스초프가 말을 마치자 세르게이 이바노비치는 희미한 미소를 띠고 카레닌을 돌아보며 말했다.

"하지만 고전 학문과 실용 학문의 이로운 점과 해로운 점을 명확하게 따지기 어려운 건 사실입니다. 또한 어느 것을 선택하느냐 하는 문제도 그렇게 빨리, 명확하게 결정할 수 없는 문제이지요. 방금 말씀하셨듯이 고전 학문에 도덕적 영향, 그러니까 반허무주의 영향이라는 우월성이 없었다면 말입니다."

"물론이지요."

세르게이 이바노비치는 여전히 희미한 미소를 띠고 말했다.

"고전 학문에 반허무주의 영향이라는 우월성이 없었다면, 양쪽의 논거를 좀더 신중히 비교해봐야 합니다. 그리고 이 두 교육이 자유롭게 전개되도록 해야 할 겁니다. 그러나 지금 우리는 고전 학문이라는 알약에 반허무주의라는 특효가 있다는 것을 알고 있기 때문에 그것을 과감히 환자에게 처방하고 있는 것입니다. 하지만 그러한 효과가 없다면 어떻게 되겠습니까?"

세르게이 이바노비치는 이렇게 결론 맺었다.

알약이라는 말에 사람들 모두 웃음을 터뜨렸다. 특히 사람들 얘기에 귀를 기울이면서 재미있는 말이 튀어나오기만을 고대하던 투로프친이 가장 크게 웃었다.

오블론스키가 페스초프를 초대한 것은 주효했다. 페스초프 덕분에 지적인 대화가 끊이지 않았던 것이다. 세르게이 이바노비치가 재미있는 말로 끝맺자, 페스초프는 즉시 새로운 화제를 꺼냈다.

"나는 정부가 어떤 목적을 가지고 있다는 데 동의할 수 없습니다. 정부는 자신들의 정책이 어떤 영향을 미치는지는 아무 관심도 없고, 그저 막연한 생각으로 판단할 뿐이에요. 예를 들어 여성 교육 문제는 유해한 것으로 간주해야 하는데도, 정부는 여성들을 위해 각종 교육기관을 열고 있잖아요."

대화의 주제는 곧바로 여성 교육 문제로 넘어갔다.

카레닌은 여성 교육은 보통 여성 해방과 혼동되어 유해한 것으로 간주되는 것이라고 자기 의견을 말했다.

"내 생각은 다릅니다. 나는 이 두 문제를 뗄 수 없는 관계라고 생각합니다. 일종의 악순환이지요. 여성은 교육을 받지 못해 권리를 가지지 못하고, 교육을 받지 못하는 것은 권리의 부족에 기인하는 것이니까요. 여성의 속박은 아주 오래되고 뿌리 깊은 역사입니다. 남자들은 우리와 여성 사이에 깊은 심연이 있다는 것조차 이해하려 들지 않는다는 것을 깊이 생각해보아야 합니다."

페스초프가 말했다.

그의 말이 끝나기를 기다리던 세르게이 이바노비치가 말했다.

"당신이 말하는 권리라는 것이 배심원의 권리, 지방의회 의원이나 의장이 될 권리, 관공서에서 일할 권리, 국회의원이 될 권리 등을 말하는 것이지요?"

"물론이지요."

"하지만 어떤 여성이 극히 예외적으로 그런 지위에 올랐다고 해도 당신이 말한 '권리'는 맞지 않는 표현인 것 같습니다. 오히려 '의무'라고 하는 것이 더 타당하지 않을까요? 배심원이나 지방의회 의원, 전신국 관리와 같은 일을 하면서 우리는 의무를 수행한다고 생각한다는 데 모두 이견이 없을 겁니다. 그러므로 정확히 말하면 여성들은 의무를 찾고 있다, 그것도 철저하게 합법적인 의무를 찾고 있다고 말하는 것이 옳을 겁니다. 따라서 사회를 위해 일하는 남자들을 돕고자 하는 여성들의 소망에는 동감할 수밖에 없습니다."

"옳은 말씀입니다. 문제는 여성들이 과연 이 의무를 수행할 수 있느냐 하는 것이라고 생각합니다."

카레닌이 동의했다.

"물론 충분히 해낼 수 있겠죠. 그들이 교육을 받는다면 말입니다. 우리가 알고 있듯이……."

오블론스키가 끼어들었다.

"그럼 이런 속담은 어떨까요? 딸들 앞이니 상관없겠지요. '머리털은 길지만('머리털은 길지만 지혜는 짧다'는 속담―옮긴이)…….'"

그들의 논의에 줄곧 귀 기울이고 있던 공작이 빈정거리는 듯한 눈빛으로 말했다.

"노예해방 전에도 흑인들에 대해 이와 같은 생각이었지요."

페스초프가 화난 투로 말했다.

"나는 다만 여성들이 새로운 의무를 찾는다는 것이 이해되지 않을 뿐입니다. 우리가 보아온 바로는, 대부분의 남자들은 그런 의무를 피하려고 하는데 말입니다."

세르게이 이바노비치가 말했다.

"의무는 권리와 직결되어 있으니까요. 여성들이 찾고 있는 것은 권력, 돈, 명예, 이런 것들입니다."

페스초프가 말했다.

"그렇다면 남자인 내가 유모가 될 권리를 찾는답시고 여자들만 써주고 나는 써주지 않는다고 비난하는 것과 같은 거로군."

늙은 공작이 말했다.

투로프친이 큰 소리로 웃음을 터뜨렸다. 세르게이 이바노비치는 자기가 그 말을 하지 못한 것이 아쉬웠다. 카레닌까지 싱긋 웃었다.

"그렇군요. 하지만 남자는 젖을 먹일 수 없잖아요. 그런데 여자는⋯⋯."

페스초프가 말했다.

"아니에요. 배에서 갓난아이를 키운 영국인도 있어요."

늙은 공작은 자기 딸들 앞에서 이런 얘기를 자유롭게 했다.

"그런 영국인만큼 여성 관리도 있겠죠."

세르게이 이바노비치가 얼른 말했다.

"그래요. 하지만 가정이 없는 처녀들은 어떻게 하죠?"

오블론스키는 계속 마음에 두고 있던 치비소바를 생각하며 페스초프의 의견에 공감했다.

"그런 여자의 내력을 살펴보면, 여자로서 할 수 있는 일을 찾을 수 있는 자기 가족이나 자매들의 가족을 등지고 나왔을 거예요."

돌리가 성난 투로 불쑥 끼어들었다. 남편 오블론스키가 어떤 아가씨를 염두에 두고 하는 말이라는 것을 눈치챈 것 같았다.

"그러나 우리는 원칙과 이상을 옹호해야 합니다! 여성은 교육받은 독립적인 존재가 될 권리를 원합니다. 하지만 그것이 불가능하다는 사고방식에 억눌려 있는 겁니다."

페스초프가 저음으로 또랑또랑하게 반론을 제기했다.

"하지만 나는 보육원에서 유모로 써주지 않는다는 생각에 억눌려 있답니다."

늙은 공작이 또다시 이런 말을 내뱉자 투로프친은 한바탕 웃다가 아스파라거스의 굵은 끝을 소스에 빠뜨리고 말았다.

9

거기 모인 모든 사람들은 대화에 참여하고 있었으나 키티와 레빈은 달랐다. 그들은 단둘이 이야기를 나누고 있었다. 아니, 그것은 얘기가 아니라, 시시각각 두 사람이 더 가까이 다가가고 둘이 함께 들어갈 미지의 세계에 대해 즐거운 두려움을 느끼며 신비로운 교감을 하는 것이었다.

키티는 작년에 마차를 타고 가는 자기를 어떻게 보게 되었느냐고 레빈에게 물었다. 그는 풀베기를 끝내고 한길을 걸어 집으로 돌아가는 길에 보았다면서 이야기를 해주었다.

"이른 새벽이었어요. 당신도 이제 막 잠이 깬 것 같았어요. 공작 부인께서는 한쪽 구석에서 주무시고 계시더군요. 정말 근사한 아침이었어요. 나는 걸어가면서 여행 마차에 누가 타고 있을까 생각했죠. 방울을 단 말 네 필이 끄는 근사한 마차였으니까요. 지나갈 때 언뜻 보니 당신 모습 같더군요. 그래서 창을 보니 당신이 두 손으로 모자 리본을 잡고 생각에 잠겨 있는 거예요. 그때 당신이 무슨 생각을 하고 있었는지 얼마나 궁금했는지 모릅니다. 중요한 일이었겠죠?"

그는 웃으며 말했다.

'혹시 내가 흐트러진 모습으로 있었던 건 아닐까?'

그녀가 생각했다.

그러나 그가 추억을 상세히 떠올리며 환한 미소를 짓자 그녀는 자기가 좋은 인상을 주었음을 느꼈다. 그녀는 얼굴을 약간 붉히고 환하게 웃었다.

"정말 기억이 안 나요."

"투로프친은 정말 잘 웃네요."

레빈은 몸을 흔들며 눈물까지 그렁거리고 웃어대는 그를 바라보며 말했다.

"아는 분이세요?"

키티가 물었다.

"저분을 모르는 사람이 있나요?"

"저분을 나쁜 사람이라고 생각하시죠?"

"나쁜 사람은 아니에요. 다만 보잘것없는 사내죠."

"아니에요. 잘못된 생각이에요. 그렇게 생각하지 마세요. 나도 처음에는 저분을 하찮게 생각했어요. 하지만 저분은 정말 친절하고 선한 분이에요. 황금 같은 마음을 가진 분이죠."

키티가 말했다.

"저분의 마음이 어떤지 어떻게 알죠?"

"아주 친하거든요. 저분에 대해 잘 알아요. 지난겨울…… 당신이 저희 집에 다녀가시고 곧……."

키티는 몹시 미안해하면서도 신뢰하는 듯한 미소를 지으며 속삭이는 목소리로 계속 말했다.

"그때 돌리 언니네 아이들 모두 성홍열에 걸렸어요. 그때 저분이 언니 집에 들렀는데, 어떻게 했는지 아세요? 저분은 몹시 안타까워하시면서 언니를 도와 아이들을 간호해주었어요. 3주일이나 머물면서 보모처럼 아이들을 보살펴주었어요."

그러더니 그녀는 돌리에게 몸을 돌리며 말했다.

"애들이 성홍열에 걸렸을 때 투로프친이 해주신 일에 대해 얘기하고 있어."

"네, 정말 대단한 분이에요."

돌리는 자기 이야기를 하고 있다는 것을 눈치챈 투로프친에게 부드럽게 웃어 보이며 말했다. 레빈은 다시 한번 투로프친을 보았다.

그리고 그의 훌륭한 성품을 왜 몰랐는지 의아했다.

"미안해요. 앞으로는 무슨 일이 있어도 다른 사람을 나쁘게 생각하지 않을게요."

그는 자기의 심정을 진심으로 유쾌하게 말했다.

10

여성의 권리로 시작되었던 대화는 결혼 생활에서 남녀의 불평등이라는, 여자들 앞에서는 조심해야 할 문제까지 이어졌다. 페스초프는 식사하는 동안 몇 차례나 그 문제로 대화를 몰아가려고 했으나 세르게이 이바노비치와 오블론스키가 조심스럽게 그 화제를 피했다.

모두 일어나고 부인들이 식당을 나갔다. 그런데 페스초프가 그 뒤를 따라가지 않고 카레닌에게 불평등의 주된 원인을 피력하기 시작했다. 부부간의 불평등은 똑같이 부정을 저질렀어도 아내와 남편이 법률적으로나 사회적 여론으로나 불평등하게 처벌받는다는 점에 근본적인 원인이 있다는 것이었다.

오블론스키는 얼른 카레닌에게 다가가 담배를 권했다.

"아니, 괜찮습니다."

카레닌이 차분하게 대답했다. 그러고는 자기는 그런 얘기가 전혀 두렵지 않다는 것을 보여주려는 듯 냉소를 띠고 페스초프를 돌아보며 말했다.

"나는 사건의 본질에 근본적인 원인이 있다고 생각합니다."

카레닌은 이렇게 말하고 응접실 쪽으로 향했다. 그런데 그때 투로프친이 갑자기 카레닌에게 말했다.

"프라치니코프 얘기 아십니까?"

샴페인을 마시고 기분이 고조된 투로프친은 조금 전부터 불편한 침묵을 깨려고 틈을 보다 이렇게 말했다.

"오늘 들었는데 트베리에서 크비트스키와 결투하다 상대를 죽였다는군요."

그는 붉고 촉촉한 입술로 선한 미소를 지으며 오늘의 주빈인 카레닌을 보고 말했다.

사람이란 보통 일부러 자신의 아픈 부위를 찌르는 듯 여기게 마련이다. 지금도 그랬다. 오블론스키는 안타깝게도 이야기가 매번 카레닌의 아픈 곳을 건드리는 것 같았다. 그래서 그는 또다시 매제를 다른 곳으로 데려가려 했다. 하지만 카레닌은 오히려 호기심 어린 표정으로 물었다.

"무슨 일로 결투를 했나요?"

"아내 때문에요. 남자답게 행동한 거죠. 결투를 신청하고 상대를 쏴 죽였어요."

"아!"

카레닌은 별 흥미 없다는 듯 눈썹을 한 번 추켜올리더니 응접실로 갔다.

응접실로 가는 길에 카레닌은 돌리를 만났다. 그녀는 깜짝 놀라더니 미소를 짓고 말했다.

"정말 잘 오셨어요. 여기 좀 앉으시겠어요? 드릴 말씀이 있어요."

카레닌은 눈썹을 추켜올려 냉담한 표정 그대로 돌리 옆에 앉아애써 미소 지으며 말했다.

"마침 잘됐군요. 나도 부인께 양해를 구하고 돌아가려던 참이었습니다. 내일 떠나야 하거든요."

안나에게 잘못이 없다는 것을 굳게 믿고 있었던 돌리는 아무 죄없는 친구를 아무렇지 않게 파멸시키려는 이 냉혹하고 무정한 남자에게 화가 난 나머지 입술이 떨리고 얼굴이 파랗게 질렸다.

그녀는 단호한 시선으로 그의 눈을 들여다보며 말했다.

"알렉세이 알렉산드로비치, 안나는 어떻게 지내나요?"

"잘 지내겠죠, 다리야 알렉산드로브나."

카레닌은 그녀의 얼굴을 쳐다보지도 않고 대답했다.

"나한테 그럴 권리는 없지만…… 나는 안나를 친자매처럼 아끼고 존경해요. 그러니 두 사람 사이에 무슨 일이 있었는지 말씀해주시면 좋겠어요. 부탁이에요. 무슨 일로 그녀를 책망하는 거죠?"

그는 미간을 찌푸리고 눈을 감다시피 하며 고개를 숙였다.

"내가 무엇 때문에 안나와의 관계를 끊으려고 하는지 남편께 들으셨을 텐데요."

그는 그녀를 보지 않고 마침 지나가는 셰르바츠키를 시큰둥하게 쳐다보며 말했다.

"믿을 수 없어요. 말도 안 돼요. 있을 수 없는 일이에요."

돌리는 뼈가 두드러진 두 손을 움켜쥐고 거센 몸짓으로 말했다. 그녀는 얼른 일어나 카레닌의 소매에 한 손을 얹더니 말했다.

"여기는 사람들이 왔다 갔다 해서 안 되겠어요. 이리로 오세요."

돌리의 흥분이 카레닌에게도 영향을 미쳤다. 그는 일어나 그녀를 따라 아이들 공부방으로 갔다. 두 사람은 펜나이프로 잔뜩 긁힌 유포가 깔린 탁자 앞에 마주 앉았다.

"나는 믿어지지 않아요. 믿을 수 없어요!"

돌리는 자기를 피하고 있는 그의 시선을 좇으면서 말했다.

"사실을 믿지 않다니요, 다리야 알렉산드로브나!"

그는 사실이라는 단어를 힘주어 말했다.

"그녀가 대체 무슨 짓을 했는데요? 무슨 짓을 했길래 그러는 거예요?"

"그 사람은 남편을 배신하고 자기 의무를 등한시했어요. 그 사람이 그랬단 말입니다."

그가 말했다.

"아니에요, 아니에요. 그럴 리가 없어요. 분명 당신이 오해한 걸 거예요."

돌리는 눈을 감고 관자놀이를 누르며 말했다.

카레닌은 자기 자신이나 그녀에게 자기가 확고하다는 것을 나타내려고 입술만 움직여 냉소를 지었다. 그녀의 열렬한 변호가 그의 마음을 움직이지는 못했으나 그의 상처를 건드린 건 분명했다. 그는 몹시 흥분해서 지껄였다.

"아내가 직접 남편에게 고백했는데 무슨 오해가 있겠습니까? 그 사람은 8년의 결혼 생활도 아들도, 모두 잘못되었으니 처음부터 다시 시작하고 싶다고 말했습니다."

그는 숨을 몰아쉬며 노기등등하게 말했다.

"안나와 부도덕한 행실을 도저히 연관 지을 수 없어요. 믿을 수가 없다고요."

그러자 그는 이제 흥분으로 붉어진 돌리의 선한 얼굴을 바라보았다. 그는 자기도 모르게 말을 쏟아내고 있었다.

"의심의 여지가 있다면 차라리 좋겠습니다. 의심하는 것도 괴롭기는 하지만 지금보다는 나아요. 그래도 희망은 있으니까요. 하지만 이제는 희망조차 사라졌습니다. 그리고 모든 게 다 의심스러워요. 심지어 아들까지 미워하게 되었어요. 가끔은 그 아이가 진짜 내 아이인가 하는 의심조차 드니 말입니다. 나는 정말 불행해요."

그는 이런 말까지 하지 않아도 되었다. 그가 자기를 본 순간 돌리는 이미 알아차렸다. 그녀는 그가 가여웠고, 친구의 결백을 믿었던 마음이 흔들리기 시작했던 것이다.

"오, 이런 끔찍한 일이. 정말 끔찍한 일이에요. 그럼 이혼을 결심한 게 사실인가요?"

"나는 최후의 수단을 강구하기로 했습니다. 그것 말고는 다른 방법이 없어요."

"다른 방법이 없다고요? 어쩔 수가 없다고요?"

그녀는 눈물이 그렁그렁한 채 되뇌었다.

"아닐 거예요. 방법이 있을 거예요."

"이런 슬픔이 무서운 건 다른 경우, 그러니까 실패나 죽음처럼 고통을 견디고 있는 것만으로는 안 된다는 겁니다. 반드시 행동을 취해야 한다는 겁니다. 말하자면 모욕적인 상황에서 벗어나야 하죠. 자신이 빠져 있는 굴욕적인 처지에서 벗어나야 한다는 겁니다. 3명이 같이 살 수는 없으니까요."

그는 그녀의 심정을 헤아린 듯 말했다.

"알아요. 그건 잘 알아요."

돌리는 고개를 떨궜다. 그녀는 자신과 자기 가정의 슬픔을 생각하며 잠시 말을 잇지 못했다. 그러나 갑자기 거센 몸짓으로 얼굴을 들고 기도하듯 두 손을 모았다.

"하지만 조금만 더 기다려주세요! 당신은 기독교인이에요. 안나의 입장을 조금만 더 생각해주세요! 당신이 그녀를 버리면 그녀는 어떻게 되겠어요?"

"나도 생각해봤습니다. 많이 생각해봤어요."

그의 얼굴은 군데군데 붉어졌고, 흐릿한 눈은 그녀를 똑바로 응시했다. 돌리는 이제 그가 너무너무 가엾게 느껴졌다.

"나는 그녀가 자기 입으로 직접 나에게 모욕을 안겨주었을 때부터 지금 말씀하신 대로 했습니다. 나는 모든 것을 묻어두기로 했습니다. 그녀가 참회할 기회도 주었습니다. 그녀를 구하려고 노력했습니다. 그런데 어떻게 되었는지 아세요? 그녀는 체면을 지켜달라는 그 쉬운 요구조차 지키지 않았습니다."

그는 갑자기 격분해서 말했다.

"파멸하고 싶지 않은 사람은 구할 수 있지만, 천성이 문란하고 타락해서 파멸을 구원이라고 여기는 사람을 어떻게 할 수 있겠습니까?"

"뭘 해도 좋지만, 이혼만은 말아주세요!"

돌리가 말했다.

"뭘 해도 좋다는 게 무슨 뜻이죠?"

"이혼은 끔찍한 거예요. 그녀는 더 이상 누구의 아내도 되지 못하고, 파멸하고 말 거예요."

"하지만 내가 뭘 할 수 있겠습니까?"

카레닌은 어깨와 눈썹을 추켜올리며 말했다. 아내의 마지막 행실이 떠오르자 화나고 분한 마음이 극에 달해 얘기를 시작할 때처럼 냉정한 태도로 돌아갔다.

"당신의 관심은 고맙습니다. 하지만 이제 가야겠습니다."

그가 일어나면서 말했다.

"잠깐, 잠깐만요! 당신은 그녀를 파멸시키는 그런 행동을 하시면 안 돼요. 조금만 기다려주세요. 내 얘기를 해드릴게요. 이 집에 시집을 와서 남편은 나를 배신했어요. 분노와 질투로 다 버리고 싶었죠. 나 자신까지도……. 그러나 나는 정신을 차렸어요. 그게 누구 때문인지 아세요? 안나예요. 그녀가 나를 구해주었어요. 그리고 보다시피 나는 이렇게 살고 있어요. 아이들은 자라고, 남편은 가정으로 돌아와 이전의 잘못을 뉘우치고 더 좋은 남편이 되었어요. 난 이렇게 살고 있어요. 나는 모든 것을 용서했어요. 그러니 당신도 용서해주시면……!"

카레닌은 가만히 듣고 있었지만 마음은 조금도 흔들리지 않았다. 이혼을 결심한 그날의 증오가 그대로 고개를 쳐든 것이다. 그는 부르르 몸을 떨더니 날카롭게 소리쳤다.

"용서할 수 없습니다. 용서할 마음도 없습니다. 그리고 그것이야 말로 옳지 못한 짓입니다. 그녀를 위해 할 수 있는 모든 것을 다했어요. 하지만 그녀는 자기의 본성에 따라 그 모든 것을 진창 속에 내동댕이치고 짓밟아버렸습니다. 나는 악한 사람이 아닙니다. 나는 지금까지 한 번도 사람을 증오한 적이 없어요. 그러나 이제 그녀만은 온 마음을 다해 증오합니다. 용서할 수 없습니다. 그녀가 나에게 저지른 악행에 분노가 치밀어 용서할 수 없습니다."

그는 증오의 눈물이 솟구쳐 목멘 소리로 말했다.

"너희를 미워하는 자를 사랑하라고 하지 않던가요……."

돌리가 부끄러운 듯 나지막이 중얼거렸다.

카레닌은 비웃듯 차가운 미소를 지었다. 오래전부터 알고 있는 말이었지만 자기에게는 해당되지 않는 말이었다.

"너희를 미워하는 자를 사랑하라, 맞는 말입니다. 하지만 내가 미워하는 자를 사랑할 수는 없습니다. 괜한 걱정을 끼쳐드린 것 같아 죄송합니다. 누구나 자기의 슬픔만으로도 벅찬데 말입니다."

마음을 가라앉힌 카레닌은 작별 인사를 하고 조용히 떠났다.

11

모두 식탁에서 일어서자 레빈도 키티를 따라 응접실로 가고 싶었다. 그러나 대놓고 눈에 띄게 따라다니면 그녀가 불쾌할까 봐 두려웠다. 그래서 그는 남자들과 함께 어울려 대화에 끼어들었다. 그리고 키티를 보고 있지 않아도 그녀의 몸짓이며 시선, 그녀가 어디에 있는지까지 분명히 느낄 수 있었다.

이제 그는 애쓰지 않고도 그녀와 했던 약속, 그러니까 늘 모든 사람들을 좋게 생각하고 사랑하겠다는 말을 실천하고 있었다.

화제는 어느새 농촌 공동체로 옮겨갔다. 페스초프는 '농촌 공동체'의 독특한 원칙을 발견하고는 그것을 '합창의 원칙'이라고 이름 붙였다. 레빈은 페스초프의 견해나, 러시아의 농촌 공동체의 의의를 인정하는 것도 아니고 인정하지 않는 것도 아닌, 모호하게 받아들이는 형의 견해에도 동의하지 않았다. 다만 그는 두 사람의 견해를 조정하고 대립을 누그러뜨리는 방향으로 이야기했다. 그는 자기의 이야기는 물론 그들의 이야기에도 흥미가 없었다. 다만 그는 두 사람을 비롯해 모든 사람들이 즐겁기만을 바랐다.

이제 그는 자기에게 단 한 사람만이 중요하다는 것을 인식하고 있었다. 그 사람은 응접실에 있다가 점점 가까이 다가오더니 문 앞에서 걸음을 멈췄다. 그는 돌아보지 않고도 자기를 바라보는 눈동자와 미소를 느꼈다. 그녀는 셰르바츠키와 함께 문 앞에 서서 그를 바라보고 있었다.

"피아노 앞으로 가시나 했습니다. 시골 생활에서 간절한 한 가지가 바로 음악이니까요."

레빈은 그녀에게 다가가면서 말했다.

"아니에요. 우리는 당신을 부르러 왔어요. 와주셔서 고맙습니다."

그녀는 마치 선물을 주듯 미소로 반기며 말했다.

"왜 저렇게 논쟁을 즐기죠? 어차피 상대를 이해시킬 수도 없을 텐데요."

"맞아요. 정말 그래요. 상대의 견해를 도무지 이해할 수 없기 때문에 더 열을 내면서 논쟁하게 마련이죠."

레빈은 가장 똑똑한 사람들이 논쟁을 벌일 때도 엄청난 노력과 정교한 논리와 단어를 쏟아내고 난 뒤에야 오랜 시간 서로 논증을 펼친 것들이 논쟁이 시작될 때부터 이미 상대가 알고 있는 것이고,

저마다 취향이 다르므로 상대의 반박을 미리 차단하기 위해 자기의 취향을 말하지 않았음을 깨닫게 된다는 것을 알고 있었다.

그는 또 논쟁 중에 자기도 모르게 상대의 취향을 이해하고 찬성하게 되면 이전까지의 논쟁이 모두 허사가 되는 경험을 한 적이 있다. 그러나 그와 반대로 자신의 취향을 강하게 잘 표현하면 돌연 상대가 그에 동의하고 논쟁을 포기하는 경우도 흔히 있다는 것을 경험한 적도 있다. 그가 말하려는 것은 바로 이런 의미였다.

키티는 그의 말을 이해하려고 애쓰면서 이마를 찌푸렸다. 그리고 그가 설명하자마자 곧바로 이해했다.

"무슨 말인지 알겠어요. 상대가 무엇 때문에 논쟁하는지, 또 상대의 취향이 뭔지를 먼저 알아야 한다는 거군요. 그렇게 되면……."

그녀는 어설프게 설명한 그의 생각을 정확하게 이해하고 확실하게 표현했다. 레빈은 기뻐서 미소 지었다. 그는 페스초프와 형을 상대로 아주 길고 복잡한 논쟁을 하고 나서, 말을 거의 하지 않고도 매우 복잡한 사고를 이처럼 간단명료하게 표현할 수 있는 마음의 교감이 이루어진 것에 무척 감동했다.

셰르바츠키는 두 사람 곁을 떠나고 키티는 카드놀이가 준비된 탁자로 다가가 앉았다. 그러고는 분필을 집어 초록색 새 탁자 덮개에 동그라미를 그렸다.

두 사람은 식사할 때 사람들 사이에 오갔던 주제, 즉 여성의 자유와 직업에 대해 이야기했다. 레빈은 미혼의 처녀는 가정에서 여성으로서 할 일을 찾아야 한다는 돌리의 의견에 동감한다고 말했다. 그는 어떤 가정이든 여자 없이는 살림을 꾸려갈 수 없고, 가난한 집이든 부유한 집이든 고용된 사람이건 집안사람이건 간에 유모가 있고 또 있어야 하기 때문이라고 했다.

"그건 아니에요. 처녀는 모멸감을 느끼지 않고 남의 가정에 들어갈 수 없어요. 자기 가정이면 몰라도⋯⋯."

그녀는 얼굴을 붉히면서도 진실한 눈빛으로 더욱 대범하게 그를 쳐다보았다.

그는 이 정도만으로도 그녀의 말을 이해할 수 있었다.

"맞아요, 그래요. 당신 말이 맞아요."

그리고 그는 그녀의 마음속에 깃든 처녀로서의 두려움과 모멸감을 느낌으로써 페스초프가 식사를 하면서 꺼낸 여성의 자유에 대해 이해할 수 있었다. 그녀를 사랑하는 그는 이 두려움과 모멸감을 이해하는 순간 자신의 논증을 철회했다.

침묵이 감돌았고, 그녀는 계속 분필로 탁자 위에 선을 그리고 있었다. 그녀의 눈빛이 잔잔하게 빛났다. 그도 그녀의 기분에 이끌려 온몸에 행복한 긴장감이 고조되는 것을 느꼈다.

"어머, 탁자에 온통 낙서를 하고 말았네요!"

갑자기 그녀가 나지막이 소리치더니 분필을 놓고 일어서려 했다.

'그녀가 가고 나면 나 혼자 어떡하지?'

그는 두려운 마음에 얼른 분필을 들고 탁자 옆에 다가앉으면서 말했다.

"잠깐만 기다려줘요. 아까부터 당신한테 물어보고 싶은 것이 하나 있어요."

그는 부드러우면서도 두려운 듯한 그녀의 눈을 들여다보며 말했다.

"말씀해보세요."

"이거 보세요."

그는 머리글자만으로 '언, 당, 나, 그, 없, 말, 영, 뜻, 그, 뜻?'이라고 썼다. '언젠가 당신은 나에게 그럴 수 없다고 말씀하셨습니다. 그것은 영원히라는 뜻이었습니까 아니면 그때만이라는 뜻이었습니까?'라는 의미였다.

그녀가 이 복잡한 문장을 이해하기를 바랄 수는 없었다. 하지만 그는 그녀가 이 문장의 뜻을 이해하느냐 못 하느냐에 자기 목숨이 달려 있기라도 한 듯 진지하게 그녀를 쳐다보았다.

그녀는 엄정한 표정으로 그를 바라보다가 찌푸린 이마를 괴고 글자를 읽었다. 그녀는 가끔씩 '내 생각이 맞나?'라는 표정으로 그를 쳐다보았다.

"알겠어요."

그녀는 얼굴이 빨개지더니 말했다.

"그럼 이 글자는 무슨 뜻인지 알겠어요?"

그는 '영원히'의 머리글자를 가리키며 물었다.

"'영원히' 맞죠? 하지만 그 말은 틀렸어요."

그녀가 말했다.

그는 곧바로 자기가 쓴 것을 지우고 그녀에게 분필을 건네주고 일어났다.

그녀는 '그, 나, 그, 대, 수, 없'이라고 썼다.

돌리는 카레닌과 대화하면서 슬펐던 기분이 아름다운 두 사람을 보면서 말끔이 풀렸다. 키티는 분필을 들고 행복한 미소를 조심스럽게 지으며 레빈을 올려다보았다. 그리고 레빈은 탁자 위로 몸을 숙이고 불꽃이 이는 듯한 눈으로 탁자와 키티를 번갈아 바라보았다. 갑자기 레빈의 얼굴이 환해졌다. 그는 알아냈다.

'그때 나는 그렇게 대답할 수밖에 없었어요.'

그는 긴가민가 망설이는 눈빛으로 그녀를 바라보며 말했다.

"그때만 그렇다는 뜻인가요?"

"네."

그녀가 미소 지으며 대답했다.

"그럼 지……, 지금은?"

"그러면 이걸 보세요. 내가 바라는 것을 말씀드릴게요. 진심으로 바라는 거예요."

그녀가 다시 머리글자로 '당, 그, 일, 잊, 용'라고 썼다. 그것은 '당신이 그때의 일을 잊고 용서해주시기를.'이라는 뜻이었다.

그는 몸이 떨린 나머지 분필을 집다가 그만 부러뜨렸다. 그는 '나는 잊을 일도 용서할 일도 없어요. 나는 그때나 지금이나 당신을 사랑해요.'라는 뜻의 머리글자를 썼다.

그녀는 단호한 미소를 짓고 그의 얼굴을 바라보며 속삭이듯 말했다.

"네, 알겠어요."

그는 자리에 앉아 긴 문장을 썼다. 그녀는 확인할 필요 없이 모든 것을 이해했다. 그리고 분필을 들어 대답을 썼다.

그는 그녀가 쓴 것을 이해할 수 없었다. 그는 연신 그녀의 눈을 들여다보며 의식을 잃을 정도로 행복에 젖었다. 그는 그녀가 쓴 낱말의 뜻을 도무지 알아낼 수 없었다. 하지만 행복에 젖어 아름답게 빛나는 그녀의 눈빛에서 모든 것을 알아낼 수 있었다. 그는 세 글자를 썼다. 그러나 그가 다 쓰기도 전에 그녀는 그의 손동작으로 무얼 쓸지 알아내더니 마지막 부분은 자신이 적고 "네."라고 대답했다.

"그래, 서기 놀이에 빠진 거냐? 하지만 극장에 늦지 않으려면 지금 나가야 한다."

노공작이 다가와 말했다.

레빈은 키티를 따라 문 앞까지 나왔다.

그들은 머리글자로 모든 대화를 나누었다. 그녀가 그를 사랑하고 있고, 내일 아침 그가 방문할 예정이라는 것을 부모님께 알리겠다는 이야기까지 했다.

12

키티가 떠나고 혼자 남게 되자 레빈은 금세 마음이 불안했다. 그리고 그녀와 영원히 결합하게 될 내일 아침이 한시라도 빨리 왔으면 하는 마음이 간절해 참을 수 없을 지경이었다. 그리고 그녀 없이 14시간을 보낼 생각을 하니 마치 죽음이 다가온 것처럼 두려웠다. 혼자 외롭지 않게, 그리고 시간을 때우기 위해 누구든 말상대를 찾아야 했다.

오블론스키는 더할 나위 없이 재미있는 말상대였다. 하지만 그는 밤 파티에 가기로 했다면서 사실은 발레 공연을 보러 갈 예정이었다. 그래서 레빈은 그에게 자기는 행복하고, 그를 사랑하며, 자기를 위해 애써 준 은혜를 절대 잊지 않겠다는 말만 겨우 했다. 레빈은 오블론스키의 눈빛과 미소에서 그가 자신의 감정을 이해하고 있다는 것을 충분히 알 수 있었다.

"어떤가? 아직 죽을 때가 아니지 않나?"

오블론스키는 감격스러운 표정으로 레빈의 손을 꼭 쥐면서 말했다.

"그렇고말고!"

레빈이 대답했다.

돌리도 작별 인사를 하면서 마치 축하의 말을 전하듯 말했다.

"키티를 다시 만나주셔서 정말 기뻐요. 오랜 우정을 소중히 간직하기 바라요."

그러나 레빈은 돌리의 말이 못마땅했다. 이날 있었던 모든 일이 얼마나 고결하고 절대 다가갈 수 없는 일인지를 그녀는 알지 못했다. 그러므로 그녀는 감히 언급해서는 안 되는 일이었다.

레빈은 그곳을 나왔다. 하지만 혼자 있기 싫어서 형을 따라갔다.

"형님은 어디로 가세요?"

"회의가 있단다."

"나도 함께 가요. 괜찮죠?"

"그럼, 같이 가자꾸나. 그런데 오늘 대체 무슨 일이냐?"

세르게이 이바노비치가 미소 지으며 말했다.

"저요? 행복해요. 창문 열어도 되죠? 공기가 답답해서요. 난 행복해요. 그런데 형님은 왜 결혼 안 하시는 거예요?"

레빈은 마차의 창문을 내리면서 말했다.

세르게이 이바노비치는 빙긋 웃으며 말했다.

"나도 정말 기쁘구나. 아주 훌륭한 아가……."

"말하지 마세요, 말하지 마시라고요!"

레빈은 두 손으로 형의 털외투 깃을 여며주면서 소리쳤다.

'아주 훌륭한 아가씨'라는 말이 지금 자기 감정과는 전혀 맞지 않게 너무 평범하고 통속적인 표현이었기 때문이다.

세르게이 이바노비치는 보기 드물게 껄껄 웃으며 말했다.

"하지만 정말 기쁘다는 말은 해도 되지 않겠니?"

"그 말도 내일 하세요. 내일요. 지금은 아무 말 마세요. 제발, 아무 말도 하지 말아주세요."

레빈은 다시 한번 형의 외투 깃을 여며주며 말했다.

"나는 형님을 아주 좋아합니다! 그건 그렇고 회의에 같이 가도 되죠?"

"물론, 가도 되고말고."

"오늘 형님께서 말씀하실 주제가 뭐죠?"

레빈은 미소가 떠나지 않는 얼굴로 물었다.

그들은 회의 장소에 도착했다. 레빈은 비서관이 자신도 무슨 말인지 이해 못하고 더듬더듬 읽어나가는 회의록 내용을 들었다. 그는 비서관의 얼굴 표정을 보면서 아주 착실하고 선하고 순수한 사람이라는 것을 알았다. 회의록을 읽어나가는 동안 비서관은 어쩔 줄 모르고 머뭇거리는 태도가 역력했던 것이다. 그다음 본격적으로 회의가 시작되자 사람들은 어떤 비용의 지출과 도관 부설에 대해 논의했다. 세르게이 이바노비치는 두 위원을 심하게 다그치며 의기양양하게 떠들었다. 그러자 또 다른 위원이 종이에 뭔가를 적고 나서 처음에는 우물쭈물하더니 뒤에 가서는 신랄하면서도 단호하게 답변했다. 그다음에는 스비야지스키가(그도 거기에 있었다) 고상하고 신중하게 발언했다. 레빈은 그들의 말을 모두 들으면서, 비용 지출이나 도관 부설 같은 것은 중요한 문제가 아니라는 것, 그들은 전혀 화난 것이 아니며 그들 모두 선하고 좋은 사람들이라는 것, 모든 일이 원활하게 진행되고 있다는 것을 알았다. 그들은 서로에게 해를 끼치지도 않았고 모두 유쾌해 보였다.

레빈은 그들의 마음 깊은 곳까지 들여다볼 수 있었고, 전에는 보이지 않던 작은 징후로 사람들의 마음을 알 수 있었으며, 그들 모두 선한 사람들이라는 것을 알게 되어 특히 기분이 좋았다. 더구나 그와 얘기를 나눌 때 그들의 태도와 잘 모르는 사람들까지 다정한 눈길로 그를 바라보는 것을 보면 이날은 남달리 그들 모두 레빈을 사랑스럽게 대해주었다는 것을 알 수 있었다.

"어때, 즐거웠니?"

세르게이 이바노비치가 물었다.

"네, 이렇게 즐거울 줄은 정말 몰랐어요. 정말 좋았어요. 아주 훌륭했어요."

스비야지스키는 레빈에게 다가와 함께 자기 집에 가서 차를 마시자고 했다. 레빈은 자기가 왜 지금까지 그를 못마땅하게 여겼는지 이해할 수 없었고, 그에게 무엇을 바라고 있었는지조차 떠오르지 않았다. 그는 똑똑하고 굉장히 선한 사람이었다.

"그래, 정말 고맙네."

레빈은 이렇게 대답하고 나서 그의 아내와 처제의 안부를 물었다. 그런데 기묘한 연상 작용으로 스비야지스키 처제의 결혼을 떠올렸고, 자신의 행복에 대해 이야기를 나누기에 스비야지스키의 아내와 처제만 한 사람들이 없다는 생각이 들었다. 그래서 그는 기분 좋게 그의 초대를 받아들였다.

스비야지스키는 농사일에 대해 물었는데, 늘 그렇듯 유럽 다른 나라에 없는 것이 러시아에서 실행될 리 없다는 투였다. 하지만 레빈은 그런 말을 듣고도 전혀 기분 나쁘지 않았다. 더구나 그는 스비야지스키의 견해가 옳고, 그런 건 중요하지 않다고 생각했다. 그리고 그는 스비야지스키가 굉장히 유하고 점잖은 성품으로 자신의 주장을 드러내지 않는다는 것을 알았다. 스비야지스키 가의 여자들은 특히 좋은 사람들이었다. 그녀들은 이미 모든 것을 알고 자기에게 동감하면서도 세심하게 겉으로 내색하지 않는 것이라고 레빈은 생각했다.

그는 이런저런 이야기를 하며 3시간이나 앉아 있었지만, 마음속을 가득 채운 한 가지 생각에 빠져서, 그들 모두 자기 얘기를 몹시 지루해하고 있고 그들은 이미 잠자리에 들 시간이 지났다는 것을 미처 눈치채지 못했다. 스비야지스키는 하품을 하며 현관까지 배웅했는데, 친구의 달라진 분위기에 적잖이 놀랐다.

벌써 1시가 넘은 시각이었다. 레빈은 호텔로 돌아갔다. 그러나 아직 10시간이나 혼자 있어야 한다고 생각하니 두려웠다. 그는 촛불을 켜주고 나가려는 당직 사환을 불러 세웠다. 사환의 이름은 예고르였다. 전에는 레빈이 미처 몰랐는데 이제 보니 아주 영리하고 싹싹하며 잘생긴 사내였다.

"예고르, 어떤가? 잠을 못 자서 괴롭지 않나?"

"괜찮습니다. 제 일이라는 게 원래 그러니까요. 편한 걸로 치면 나리들 댁에 있는 게 훨씬 낫지만 수입은 여기가 더 좋거든요."

한 가정의 가장인 예고르는 슬하에 아들 셋과 삯바느질하는 딸을 하나 두었는데, 그 딸을 마구 가게 점원에게 시집보내려고 한다고 말했다.

레빈은 말이 나온 김에 결혼에 대한 생각을 말해주었다. 결혼을 하는 데 있어서 가장 중요한 것은 사랑이며, 사랑만 있으면 언제나 행복할 수 있고, 행복이란 오직 자기 마음속에 있다고 말했다.

예고르는 귀 기울여 들었다. 그는 레빈의 말을 충분히 이해하고 동조하는 뜻으로 하는 말이 레빈이 듣기에는 전혀 엉뚱한 얘기였다. 그는 한때 좋은 집안에서 일했는데 주인들에게 만족했으며, 지금의 주인도 프랑스인이기는 하지만 진심으로 만족한다고 했다.

'아주 착한 사람이군.'

레빈은 생각했다.

"그런데 예고르, 결혼할 때 아내를 사랑했나?"

"그럼요. 당연히 사랑했죠."

예고르가 대답했다.

레빈은 예고르도 기쁘게 자기의 감정을 실컷 토로하고 싶어 한다는 것을 알았다.

"제 인생도 참 대단했습니다. 어릴 때부터……."

그는 하품이 전염되듯 레빈의 기쁜 마음이 전염된 듯 눈을 반짝이며 이야기하기 시작했다.

그러나 마침 벨이 울렸다. 예고르가 나가고 레빈은 또다시 혼자가 되었다. 그는 만찬 때 거의 먹지 못했고, 스비야지스키 집에서도 차와 식사를 들지 않았다. 하지만 여전히 저녁 생각이 없었다. 그는 전날 밤에도 잠을 이루지 못했는데, 지금도 잠이 오지 않았다. 방안이 시원한데도 그는 후텁지근한 것이 숨이 막힐 듯했다. 그는 환기구 2개를 모두 열어젖히고 그 앞에 있는 탁자에 걸터앉았다.

눈 덮인 지붕 너머로 사슬 무늬의 십자가가 보였고, 그 위로 점점 솟아오르는 황금빛의 카펠라성과 마차부자리의 세모꼴이 보였다. 그는 십자가와 별을 번갈아 쳐다보며 방 안 구석구석까지 스며드는 상쾌하고 차가운 공기를 들이마셨다. 그리고 꿈꾸는 듯 솟아오르는 상상과 추억들을 떠올렸다.

3시 넘어 복도에서 발소리가 들리자 그는 문틈으로 내다보았다. 잘 아는 도박꾼 먀스킨이 클럽에서 돌아오는 것이었다. 그는 침울한 얼굴로 잔뜩 인상을 쓰고 기침을 하며 걸어갔다.

'불쌍한 사람, 불쌍해.'

레빈은 생각했다. 그러자 그를 아끼는 마음과 가엾다는 생각에 눈물이 핑 돌았다. 그는 그와 얘기를 나누며 위로해주고 싶었다. 하지만 자기가 속옷만 입고 있다는 것을 생각하고는 마음을 바꾸었다. 그는 다시 환기구 옆으로 가서 차가운 공기를 쐬었다. 그리고 아무 말은 없지만 깊은 의미로 다가오는 기이한 모양의 십자가와 황금빛으로 반짝이며 차츰 솟아오르는 별을 바라보았다.

6시가 지나자 복도에서 청소부들이 웅성거리는 소리가 들리기 시작했고, 예배 시간을 알리는 종소리가 울리기 시작했다. 레빈은 그제야 추위를 느꼈다. 그는 환기구를 닫고 세수를 한 다음 옷을 갈아입고 거리로 나갔다.

13

거리는 아직 텅 비어 있었다. 레빈은 셰르바츠키 집 방향으로 걸어갔다. 출입문은 잠겨 있었고, 사방이 잠든 듯 고요했다. 그는 다시 호텔로 돌아와 커피를 주문했다. 당직 사환이 커피를 가지고 왔는데 예고르가 아니었다. 레빈은 그와 얘기를 나누고 싶었지만 벨이 울리자 그는 나가버렸다. 레빈은 커피를 마시기 전에 둥근 빵을 입에 넣었지만 어떻게 해야 할지 몰랐다. 그는 빵을 뱉고 외투를 걸치고 다시 밖으로 나와 걸어갔다. 그가 두 번째로 셰르바츠키 집 현관 계단에 도착한 것은 9시가 지나서였다. 집 안에서는 이제 막 사람들이 일어났고 요리사는 식료품을 사러 나갈 시간이었다. 아직 2시간은 더 기다려야 했다.

그는 또다시 호텔로 돌아와 앞에 시계를 놓고 앉아 12시가 되기를 기다렸다. 옆방에서는 기계니 속았다느니 하는 얘깃소리가 들렸고, 아침에 일어났을 때의 기침 소리도 났다. 시곗바늘이 12시를 향해 가고 있다는 것을 아무도 모르고 있었다.

시곗바늘이 마침내 12시에 거의 다가갔을 무렵 레빈은 현관으로 나갔다. 마부들은 모든 것을 다 알고 있는 듯 즐거운 얼굴로 레빈을 둘러싸며 서로 자기 썰매를 타라고 권했다. 그는 다음에 타겠다며 다른 마부들을 달래고 썰매 하나를 골라 타고 셰르바츠키 집으로 향했다. 마부는 붉은빛이 도는 혈색 좋고 건장한 목을 바싹 감싸고 있는 하얀 셔츠 깃을 외투 밖으로 내놓은 모습이 여간 멋있는 게 아니었다. 썰매는 높고 가벼워 보였는데 레빈은 그 후 두 번 다시 그런 썰매를 타보지 못했다. 말도 훌륭했고, 꽤 빨리 달렸는데도 움직임이 느껴지지 않을 정도였다. 셰르바츠키 집을 알고 있었던 마부는 예의를 갖추려고 유달리 공손하게 두 손을 모으고 "도착입니다."라며 입구에 썰매를 세웠다. 셰르바츠키 집 수위는 미소가 떠오른 눈과 인사말로 보아 모든 것을 다 알고 있는 것이 분명했다.

"참으로 오랜만입니다, 콘스탄틴 드미트리치!"

그는 모든 것을 다 알고 있을 뿐 아니라 뛸 듯이 기쁜 마음을 감추려고 애쓰는 것 같았다. 레빈은 그 노인의 순박한 눈을 보는 순간 자신에게 새로운 행복이 더해진 것 같았다.

"모두 일어나셨나?"

"그건 여기 두십시오."

레빈이 모자를 집으러 돌아설 때 그가 웃으면서 말했는데, 그 말에도 어떤 의미가 있는 듯했다.

"어느 분께 알릴까요?"

하인이 물었다.

새로 들어온 젊고 잘생긴 하인 역시 아주 성실하고 선한 사람으로 모든 것을 알고 있었다.

"공작 부인께⋯⋯, 아니 공작께⋯⋯, 따님께⋯⋯."

레빈이 말했다.

그가 집 안으로 들어가 처음 마주친 사람은 마드무아젤 리농이었다. 홀을 가로질러 오는 그녀의 곱슬머리와 얼굴이 환하게 빛났다. 그가 그녀와 몇 마디 이야기를 나누는데, 갑자기 문 너머에서 옷자락 스치는 소리가 들렸다. 그러자 바로 앞에 있는 마드무아젤 리농은 레빈의 눈에 들어오지 않고, 가까이 다가오고 있는 행복에 대한 흐뭇한 두려움과 짜릿함이 전해졌다. 마드무아젤 리농은 그를 놔두고 서둘러 다른 문으로 들어갔다. 그녀가 나가자마자 가볍고 경쾌하고 빠른 걸음으로 마룻바닥을 걷는 소리가 들렸다. 그러다 그의 행복이, 그의 생명이, 그 자신이, 아니 그 자신보다 더 소중하고, 그가 그토록 오랜 시간 갈망하며 찾던 것이 빠르게 그의 앞으로 다가오고 있었다. 그녀는 걸어온 것이 아니라 보이지 않는 어떤 힘에 이끌려 온 듯했다.

레빈은 맑고 진실한, 그의 마음속에도 가득한 사랑의 기쁨으로 들뜬 그녀의 눈만 바라보고 있었다. 점점 다가오는 그 눈은 사랑의 빛으로 그를 눈부시게 했다. 그녀는 그의 옆으로 바싹 붙어 섰다.

그녀는 두 손을 올려 그의 어깨에 얹었다.

그녀는 자기가 할 수 있는 모든 것을 다했다. 그에게로 달려가 기쁨으로 불타오르는 온몸을 수줍게 그에게 맡긴 것이었다. 그는 그녀를 끌어안고 키스를 원하는 그녀의 입술에 자신의 입술을 갖다댔다.

그녀도 뜬눈으로 밤을 지새우고 아침 내내 그를 기다렸다. 아버지와 어머니는 두말없이 찬성했고, 행복해하는 딸을 보고 행복해했다. 그녀는 가장 먼저 그에게 행복한 소식을 알려주고 싶어서 그가 오기만을 기다렸다. 그녀는 혼자 있는 동안 마음의 준비를 하고 그를 맞이할 생각을 하며 기뻐했다가 부끄러워했다가 어쩔 줄을 몰랐다. 그래서 그의 발소리와 목소리가 들렸을 때 문 뒤에서 마드무아젤 리농이 나가기를 기다렸다. 그리고 마드무아젤 리농이 나가자 어떻게 할지 생각해보지도, 스스로에게 물어보지도 않고 대뜸 그에게 달려가 그렇게 한 것이었다.

"어머니한테 가요!"

그녀는 그의 손을 잡아끌면서 말했다. 그는 한동안 아무 말도 하지 못했다. 고결한 자기의 감정을 더럽힐까 두려운 것이 아니라 말을 하려고 할 때마다 너무 행복해서 눈물이 쏟아질 것 같았기 때문이다. 그는 그녀의 손에 입을 맞췄다.

"과연 이게 꿈이 아닌 생시일까요?"

그는 감정이 북받친 소리로 말했다.

"도무지 믿어지지 않아요. 당신이 나를 사랑하다니!"

그녀는 이 '당신'이라는 다정한 말과 레빈이 자기를 수줍게 쳐다보는 모습을 보고 빙긋 웃었다.

"그럼요, 난 정말 행복해요."

그녀가 진지하게 천천히 말했다.

그녀는 그의 손을 그대로 잡고 응접실로 갔다. 공작 부인은 두 사람을 보자 돌연 숨을 가쁘게 몰아쉬더니 울음을 터뜨렸다. 그러고는 또 갑자기 웃더니 큰 걸음으로 달려와 레빈의 머리를 끌어안고 입을 맞추며 그의 뺨을 눈물로 적셨다. 정말 레빈은 생각지도 못한 일이었다.

"이제 다 됐어요! 난 정말 기뻐요. 저 애를 사랑해줘요. 키티, 나는 정말 기쁘단다."

"이거야 원, 잽싸게 끝내버렸군!"

노공작은 침착하려고 애쓰면서 말했다. 그러나 레빈은 자기에게 얼굴을 돌린 그의 눈이 촉촉한 것을 보았다.

"나는 예전부터 이렇게 되기를 바랐다네."

그는 레빈의 손을 잡아끌면서 말했다.

"그때부터, 이 말괄량이가 그런 생각을······."

"아버지!"

키티는 소리치며 두 손으로 아버지의 입을 막았다.

"알았다. 얘기 안 하마! 난 정말, 정말······ 기쁘다······. 아, 내가 바보같이……."

그는 딸을 끌어안고 얼굴, 손, 또다시 얼굴에 입맞추고 성호를 그었다. 그리고 키티는 한동안 아버지의 두툼한 손에 입을 맞췄다. 그 모습을 보면서 레빈은 지금까지 아무 관련 없던 이 남자에게 새로운 애정을 느꼈다.

14

공작 부인은 아무 말도 하지 않고 안락의자에 앉아 싱긋이 웃고 있었다. 노공작이 그 옆에 앉았고, 키티도 여전히 아버지의 손을 잡고 안락의자 옆에 서 있었다. 모두 아무 말도 하지 않았다.

맨 먼저 모든 생각과 감정을 실질적인 문제로 전환한 것은 공작 부인이었다. 그러자 사람들 모두 처음에는 기분이 이상하고, 심지어 가슴이 저리기까지 하는 것이었다.

"언제 하면 좋을까요? 축복식도 해야 하고 선언식도 해야지요. 결혼식은 언제가 좋을까요! 당신 생각은 어때요, 알렉산드르?"

"이 사람한테 물어보구려. 이 일의 주인공이잖소."

노공작은 레빈을 가리키며 말했다.

"언제가 좋으냐고요? 내일로 하면 좋겠습니다. 오늘 축복식을 올리고 내일 혼례식을……."

레빈이 얼굴을 붉히면서 말했다.

"이거 참, 말도 안 되는 소리!"

"그럼 일주일 뒤."

"이 사람아, 정신 차리게."

"왜 안 된다는 거죠?"

"생각 좀 해봐요! 혼수는 어떻게 할 거예요?"

성급하게 구는 레빈이 재미있는 듯 공작 부인이 웃으며 말했다.

'혼수가 다 무슨 필요인가? 혼수니 축복식이니, 이런 것들이 내 행복을 망가뜨리려고 하다니! 말도 안 돼. 그럴 수는 없어.'

레빈은 의아하게 생각했다.

그는 키티를 슬쩍 보고는 그녀에게 혼수가 모욕적인 게 아니라는 것을 알았다.

'필요한 거였군.'

"저는 아무것도 모릅니다. 그저 제 바람을 말씀드렸을 뿐이에요."

그는 사과하듯 말했다.

"그럼 우리가 의논해서 정해요. 축복식이나 선언식은 지금 당장이라도 할 수 있는 건 맞아요."

공작 부인이 남편에게 다가가 입을 맞추고 나가려고 했다. 그러나 노공작은 그녀를 붙잡아 끌어안고는 젊은 연인들처럼 흐뭇한 미소를 지으며 몇 번이나 키스했다. 노인들이 한순간 머릿속이 뒤죽박죽되어 다시 사랑에 빠진 것이 자기들인지 딸인지 모르는 것 같았다. 노공작과 공작 부인이 나가자 레빈은 약혼녀에게 다가가 그녀의 손을 잡았다. 이야기를 할 수 있을 만큼 정신을 차린 그는 그녀에게 할 얘기가 너무 많았다. 그런데 정작 그는 필요 없는 이야기만 했다.

"나는 이렇게 될 줄 알았어요. 한 번도 기대하지는 않았지만 마음속으로는 굳게 믿고 있었죠. 이미 정해진 운명이라고 믿어요."

"그때도 나는……."

그녀는 말을 멈추고 진실한 눈빛으로 그를 바라보며 말했다.

"내 행복을 내 손으로 뿌리쳤던 그때도 내가 사랑하는 사람은 당신이었어요. 잠시 뭔가에 홀렸나 봐요. 이 말은 꼭 해야겠어요. 그때일을 잊을 수 있겠어요?"

"어쩌면 그래서 더 잘됐는지도 몰라요. 나는 당신에게 용서를 구할 것이 많아요. 당신에게 고백해야 할 것은……."

그는 그녀에게 털어놓으려고 마음먹었던 얘기를 꺼냈다. 그는 처음부터 그녀에게 두 가지 이야기를 하려고 결심했다. 하나는 자기가 그녀처럼 순결하지 않다는 것, 또 하나는 자기에게는 신앙이 없다는 것이었다. 괴로운 일이었지만, 이 두 가지는 반드시 고백해야한다고 생각했다.

"아니, 나중에!"

그가 말했다.

"그래요, 나중에 해주세요. 하지만 꼭 얘기해주셔야 해요. 나는 아무것도 두렵지 않으니까요. 나는 모든 것을 알아야 해요. 이제 다정해졌으니까요."

그러자 그가 말했다.

"그렇다면 나와 결합하기로 결정했으니 내가 어떤 사람이든 거절하지 않으시겠죠? 그렇죠?"

"네, 그럼요."

마드무아젤 리농이 들어오자 그들은 대화를 멈췄다.

그녀는 억지로 꾸민 것이기는 하지만 부드러운 미소를 지으며 사랑하는 제자를 축복하러 왔다. 그녀가 나가기도 전에 하인들도 들어와 축복해주었다. 그다음에는 친척들이 마차를 타고 모여들었다. 레빈은 결혼식 다음 날까지 이 행복한 소란통에 있어야 했다.

레빈이 고백하겠다고 약속한 일은 무척 괴로운 것이었다. 그는 노공작과 의논한 끝에 그것이 적혀 있는 자신의 일기를 키티에게 보여주었다. 그는 미래의 아내를 생각하며 이 일기를 썼다. 신앙이 없다는 고백은 별 문제 없이 조용히 지나갔다. 신앙심 깊은 키티는 종교적 교리에 대해 한 번도 의구심을 가진 적이 없지만, 표면적으로 그에게 신앙이 없다는 것에 대해 별달리 신경 쓰지 않았다. 그러나 또 하나의 고백에 그녀는 몹시 큰 슬픔에 빠졌다.

레빈은 그녀에게 일기를 보여주기까지 갈등이 없었던 것은 아니었다. 하지만 그는 둘 사이에 비밀이 있어서는 안 되므로 보여줘야 한다고 결심했다. 그는 그녀의 마음이 어떨지는 생각해보지 않았다. 말하자면 그녀의 입장을 헤아리지 않았던 것이다. 그날 저녁 극장에 가기 전 키티의 방에 들어갔을 때, 레빈은 자신이 초래한 돌이킬 수 없는 일로 인해 슬픔에 빠져 눈이 퉁퉁 붓도록 눈물을 흘린 가엾고 사랑스러운 그녀의 얼굴을 보았을 때, 비로소 자신의 수치스러운 과거와 비둘기와 같은 그녀의 순결 사이에 심연이 놓여 있음을 깨닫고 깜짝 놀랐다.

"가져가세요. 이런 끔찍한 책은 다 가져가세요."

그녀는 탁자 위에 놓인 노트를 밀치며 말했다.

"이런 걸 왜 보여주시는 거예요? ……아뇨, 그래도 보는 게 낫겠어요."

그녀는 절망스러운 그의 표정을 보고는 안타까운 마음에 이렇게 덧붙였다.

"하지만 무서워요. 끔찍해요."

그는 말없이 고개를 숙였다. 그는 아무 말도 할 수 없었다.

"나를 용서할 수 없겠죠?"

그가 나지막이 말했다.

"아니에요. 나는 이미 당신을 용서했어요. 하지만 끔찍한 일인 건 분명해요."

그러나 이러한 고백에도 깨지지 않고 오히려 새로운 느낌의 행복을 더해줄 만큼 그는 크나큰 행복에 둘러싸여 있었다. 그러나 이후로 그는 자신이 그녀보다 훨씬 더 쓸모없는 존재로 여겨졌고, 그녀 앞에서 도덕적으로 더욱 굴복하게 되었다. 또 자신이 누리고 있는

분에 넘치는 행복을 더욱 높이 평가했다.

15

카레닌은 만찬을 드는 동안이나 끝나고 주고받은 대화들을 자기도 모르게 곱씹으면서 쓸쓸한 호텔 방으로 돌아왔다. 그는 안나를 용서해달라는 돌리의 말에 마음이 언짢았다. 기독교의 원칙을 자신의 경우에 적용하느냐 마느냐 하는 것은 경솔하게 입 밖에 낼 문제가 아니었다. 더욱이 이미 카레닌이 부정적으로 결론을 내렸던 문제였다. 그날 밤 있었던 대화 중 그의 마음을 극도로 자극한 것은 착하고 어수룩한 투로프친이 했던, "남자답게 행동한 거죠. 결투를 신청하고 상대를 쏴 죽였어요."라는 말이었다. 예의상 말로 표현하지 않았지만 모두 그 말에 동감하는 듯했다.

'그러나 이 문제는 끝났어. 더 생각할 필요 없어.'

카레닌은 자신에게 말했다. 그래서 곧 떠날 일과 조사 업무를 생각하며 방으로 들어가 뒤따라온 수위에게 하인은 어디 있느냐고 물었다. 수위가 하인은 방금 나갔다고 말했다. 카레닌은 차를 갖다 달라고 하고 탁자 앞에 앉아 〈프룸〉(기차 안내 책자—옮긴이)을 들고 여행 일정을 짰다.

"전보 두 통이 왔습니다. 죄송합니다, 각하! 잠시 밖에 나갔다 왔습니다."

방금 나갔다던 하인이 방으로 들어오면서 말했다.

카레닌은 전보를 뜯었다. 하나는 카레닌이 고대하던 자리에 스트레모프가 임명되었다는 통지였다. 카레닌은 그 전보를 던져버리고 얼굴을 붉히며 일어나 방 안을 왔다 갔다 했다. "신은 멸하고자 하는 자를 먼저 미치게 만든다."라고 그는 중얼거렸다. '신'이란 임명에 관여한 자들을 의미했다. 그는 자기가 아닌 다른 사람이 임명되었다는 것, 즉 자기가 외면당했다는 데 화가 난 것이 아니었다. 그말 많고 허풍 심한 스트레모프가 그러한 지위에 오를 만한 사람이 아닌데도 당국이 그 사실을 모른다는 것이 도저히 이해할 수 없다. 이러한 임명은 자신들의 권위를 떨어뜨린다는 것을 왜 모르는 걸까?

"이것도 그런 거겠지."

그는 다른 전보를 뜯으면서 씁쓸하게 중얼거렸다. 그것은 아내의 전보였다. 파란 연필로 쓴 '안나'라는 서명이 맨 먼저 눈에 들어왔다.

"죽을 것 같아요. 제발 돌아와 주세요. 이렇게 빌게요. 당신이 용서해주면 편하게 죽을게요."

그는 전보 내용을 읽고는 조소를 띠면서 던져버렸다. 맨 먼저 '거짓말도 분수껏 해야지. 교활한 꾀야. 틀림없어.'라고 생각했다.

그는 생각했다.

'어떤 거짓말에도 흔들리지 않아. 해산을 앞두고 병이 난 것인지도 모르지. 그런데 왜 이러는 거지? 새로 태어난 아이를 내 아이라고 우겨서 나를 모욕하고 이혼을 방해하려는 걸까? 그런데 이상한 말을 하는군. 죽을 것 같다고⋯⋯.'

그는 전보를 다시 읽었다. 그러자 그 내용이 진심인 것 같아 그의 마음이 움직였다.

'사실이라면? ⋯⋯죽어가는 고통 속에서 진심으로 뉘우치고 있는데, 내가 거짓말이라고 오해하고 가지 않는다면? 그것은 잔인한 짓이고, 사람들의 비난을 피할 수 없는 어리석은 짓이다.'

"표트르, 마차를 불러줘. 잠시 페테르부르크에 다녀와야겠어."

그는 하인에게 지시했다.

카레닌은 아내를 만나러 가기로 마음먹었다.

'병이 났다는 게 거짓말이라면 그냥 나와야지. 병이 나서 죽기 직전에 나를 보고 싶어 한 것이 사실이라면, 숨을 거두기 전에 도착하면 그녀를 용서할 것이고, 이미 늦었다면 마지막 의무를 다할 것이다.'

가는 동안 그는 자기가 할 일만 생각했다.

하룻밤을 기차에서 보낸 카레닌은 피곤하고 불길한 기분으로 마차를 타고 아침 안개가 깔린 텅 빈 네프스키 거리로 갔다. 자기가 맞닥뜨리게 될 일에 대해서는 일부러 생각하지 않고, 멍하니 앞만 바라보았다. 그는 그 일을 생각할 수 없었다. 앞으로 일어날 일을 생각할 때마다 아내가 죽으면 자신의 괴로움을 일시에 벗을 수 있다는 생각을 떨쳐버릴 수 없었기 때문이다.

그는 현관 앞에서 마차를 멈췄다. 삯마차와 마부가 잠을 자고 있는 여행 마차가 서 있었다. 카레닌은 현관을 들어서면서 뇌의 깊은 한구석에서 끄집어내듯 자기의 결심을 다시 한번 되새겼다.

'거짓말이라면 태연히 비웃어주고 떠날 것이고, 사실이라면 적절히 예의를 차릴 것이다.'

카레닌이 벨을 울리기도 전에 수위가 문을 열었다. 카피토니치, 일명 페트로프라고 불리는 수위는 낡은 프록코트에 넥타이도 매지 않고 슬리퍼를 신은 기묘한 차림새를 하고 있었다.

"마님은 어떠시냐?"

"어제 순산하셨습니다."

걸음을 우뚝 멈춘 카레닌의 얼굴빛이 달라졌다. 그는 자신이 아내의 죽음을 얼마나 바랐는지 비로소 깨달았다.

"그래, 건강은 어떠시냐?"

마침 코르네이가 앞치마 차림으로 층계를 뛰어 내려오더니 말했다.

"몹시 안 좋습니다. 어제 의사 선생님들이 오셔서 지금까지 계십니다."

"짐을 챙겨주게."

카레닌이 말했다. 그리고 죽을 수도 있다는 소식에 조금 위안을 느끼며 홀로 들어갔다.

그는 옷걸이에 걸린 군복 외투를 보고 물었다.

"지금 누가 있지?"

"의사 선생님, 산파, 그리고 브론스키 백작이 계십니다."

카레닌은 집 안쪽으로 걸어갔다.

응접실에는 아무도 없었다. 그의 발소리를 듣고 옅은 자주색 리본이 달린 실내모를 쓴 산파가 안나의 거실에서 나왔다. 그녀는 죽음을 목전에 둔 사람이 있을 때 흔히 하는 허물없는 몸짓으로 카레닌의 손을 잡아끌고 침실로 데려갔다.

"정말 잘 돌아오셨어요. 나리 얘기만 하신답니다. 나리 얘기만."

그녀가 말했다.

"얼음 빨리!"

침실에서 의사가 지시하는 소리가 들렸다.

카레닌은 안나의 거실로 들어갔다. 탁자 옆 낮은 의자에 브론스키가 앉아 있었다. 그는 옆으로 돌아앉아 두 손으로 얼굴을 가리고 울고 있었다. 의사가 지시하는 소리에 벌떡 일어난 그는 얼굴에서 손을 떼는 순간 카레닌을 보았다.

남편의 모습을 보고 몹시 당황한 그는 마치 어디론가 사라지고 싶은 듯 다시 주저앉아 어깨 사이로 고개를 움츠렸다. 하지만 용기를 내어 일어나 말했다.

"그녀가 죽어가고 있어요. 의사들이 가망이 없다고 합니다. 다른 모든 것은 당신 처분에 따를 테니 여기 있게만 해주십시오. 당신 처분에 따르겠습니다……."

카레닌은 브론스키의 눈물을 보자 다른 사람들이 괴로워하는 모습을 볼 때면 늘 그렇듯 정신이 혼란스러워지는 것 같았다. 그래서 그는 브론스키는 쳐다보지 않고 그의 말을 끝까지 듣지도 않은 채 서둘러 침실 문 쪽으로 걸어갔다. 침실에서 안나의 목소리가 들려왔다. 쾌활하고 생기가 넘치며 또렷한 목소리로 뭐라고 중얼거리고 있었다. 침실로 들어간 카레닌은 침대 옆으로 다가갔다. 안나는 그가 있는 쪽으로 돌아누워 있었다. 뺨은 발그레했고, 눈은 초롱초롱했으며, 잠옷 소매 밖으로 나온 작고 뽀얀 손으로 담요의 가장자리를 돌돌 말아 주무르고 있었다. 겉으로 보기에는 건강하고 생기가 넘치며 기분도 좋은 것 같았다. 그녀는 빠르고 또랑또랑하고 또렷하고 진심 어린 투로 말했다.

"왜냐하면 알렉세이는……, 알렉세이 알렉산드로비치 말이에요. 둘 다 알렉세이라니, 얼마나 기이하고 무서운 운명인지 몰라요. 그렇지 않나요? 알렉세이는 내 얘기를 외면하지는 않을 거예요. 난 잊을 거고, 그분도 용서해주실 거예요……. 그런데 왜 안 오시는 거죠? 그분은 자신이 얼마나 좋은 사람인지 몰라요. 아, 괴로워! 얼른 물 좀 주세요! 어머, 그러면 그 애, 내 아기에게 해로워요. 네, 좋아요. 아기를 유모에게 맡겨주세요. 그래요, 좋아요. 그게 더 낮을 거예요. 그분은 분명히 오실 거예요. 그분은 저 아이를 보기가 괴로울 거예요. 저 아이를 유모에게 맡겨버려요."

"마님, 나리께서 오셨어요. 자, 여기 보세요."

산파는 안나의 주의를 돌리려고 애쓰며 말했다.

"어머, 말도 안 돼!"

안나는 남편을 보지 않고 계속 말했다.

"그 아기를 이리 줘요. 내 딸을 줘요! 그분은 아직 오지 않았어요. 그분이 용서하지 않을 거라고 하는데 그분을 모르고 하는 말이에요. 아무도 그분 마음을 몰라요. 그걸 아는 사람은 나뿐이에요. 그래서 더욱 괴로운 거예요. 그분의 눈은, 정말 세료자의 눈과 꼭 닮았어요. 그래서 난 그 애의 눈을 바라볼 수가 없어요. 세료자가 밥은 먹었나요? 모르세요? 틀림없이 모두 잊고 있을 거예요. 하지만 그분이라면 잊어버리지 않았을 거예요. 세료자를 구석방 마리에트에게 데려가 함께 재우세요."

안나는 갑자기 말을 끊고 몸을 움츠렸다. 그러고는 충격을 막으려는 듯 두 손을 얼굴 위로 올렸다. 남편을 알아본 것이다.

"아니, 아니에요! 난 그분을 두려워하지 않아요. 나는 죽는 것이 두려워요. 알렉세이, 가까이 와줘요. 나는 시급해요. 시간이 없거든요. 나는 곧 죽을 거예요. 이제 열이 오르면 아무것도 분간 못할 거예요. 지금은 잘 알아요. 무엇이든 다 보여요."

카레닌이 고뇌로 가득한 얼굴을 찡그렸다. 그는 아내의 손을 잡고 무슨 말을 하려고 했으나 입술이 떨어지지 않고, 아랫입술만 부르르 떨렸다. 그는 정신적 혼란을 억누르면서 가끔 아내의 얼굴을 바라볼 뿐이었다. 그럴 때마다 그는 이제껏 한 번도 보지 못한, 진실하고 온화한 기쁨이 어린 표정으로 자기를 바라보고 있는 그녀의 눈을 보았다.

"조금만 기다려줘요, 당신은 몰라요. 조금만요. 조금만 기다려줘요, 제발."

그녀는 정신을 차리려는 듯 잠시 말을 끊었다.

그녀가 다시 말했다.

"그래요. 그래요. 그래요. 내가 하고 싶은 얘기는 이거예요. 놀라지 말아요. 나는 여전히 나예요. 이전과 똑같은. 하지만 내 마음 속에 또 다른 여자가 숨어 있어요. 난 그 여자가 너무너무 무서워요. 그 여자가 그 사람한테 빠져서, 내가 당신을 미워했던 거예요. 하지만 나는 이전의 나를 지울 수 없어요. 그 여자는 내가 아니에요. 지금의 내가 진정한 나예요. 완전히 이전의 나 말이에요. 나는 지금 죽어가고 있어요. 내가 죽는다는 걸 알고 있어요. 저 사람에게 물어봐요. 지금도 무거운 뭔가가 손이며 발이며, 손가락을 내리누르는 것 같아요. 내 손가락, 어쩜 이렇게 크지? 하지만 머잖아 이 모든 것이 끝날 거예요. 다만 한 가지 소원이 있어요. 나를 용서해줘요. 완전히 용서해줘요! 나는 끔찍한 여자예요. 하지만 유모가 이런 얘기를 해줬어요. 성스러운 순교자, 이름이 뭐였더라, 그 여자는 나보다 더 나쁜 여자였대요. 나도 로마로 가겠어요. 거기에 황야가 있어요. 그러면 나는 누구에게도 해를 끼치지 않겠죠. 세례자하고 갓난아이만 데려갈 거예요. 당신은 용서 못하겠죠? 용서할 수 없는 일이라는 걸 알아요. 아니에요, 아니에요. 나가주세요. 당신은 정말 좋은 사람이에요!"

그녀는 불덩어리 같은 한 손으로는 그의 손을 잡고, 다른 손으로 그를 밀어냈다.

카레닌은 정신적 혼란이 극에 달해 이미 그것과 싸울 의지조차 없었다. 그러자 문득 정신적 혼란이라고 생각했던 것이 일찍이 느껴보지 못한 새로운 행복을 가져다준 황홀한 기쁨이라는 것을 느꼈다. 평생 좇으려고 하는 기독교 교리가 적을 용서하고 사랑할 것을 명했다고 생각지는 않지만, 적을 사랑하고 용서함으로써 얻는 기쁨이 그의 마음을 가득 채웠다.

그는 무릎을 꿇고 잠옷을 뚫고 전해지는 불처럼 뜨거운 그녀의 팔꿈치에 머리를 기대고 아이처럼 흐느껴 울었다. 그녀는 벗어지기 시작한 그의 머리를 끌어안고 가까이 몸을 붙이며 자랑스러운 듯 눈을 들어 올렸다.

"그 사람이에요. 나는 알고 있어요! 그럼 여러분, 안녕히, 안녕! 어머, 저 사람들 또 왔네. 왜 안 가고 있는 거죠! 자, 털외투 좀 벗겨주세요!"

의사가 카레닌을 잡고 있던 그녀의 손을 떼고 베개에 살며시 눕힌 다음 어깨까지 담요를 덮어주었다. 그녀는 가만히 누워 반짝이는 눈으로 차분히 앞을 바라보았다.

"아시겠어요? 내가 원하는 건 오직 당신의 용서뿐이에요. 다른 건 아무것도 바라지 않아요. 그런데 그 사람은 왜 안 오는 거죠?"

그녀는 문가에 서 있는 브론스키를 돌아보며 말했다.

"이쪽으로 와요. 가까이! 저분하고 악수하세요."

브론스키는 침대로 다가오더니 안나를 보자 또다시 두 손으로 얼굴을 가렸다.

"손을 떼고 이분을 보세요. 이분은 성자예요. 자, 손을 떼요. 손을 떼라니까!"

그녀가 거칠게 말했다.

"알렉세이 알렉산드로비치, 저 사람 손 좀 떼줘요. 얼굴을 보고 싶어요."

카레닌은 브론스키의 손을 잡고 얼굴에서 떼어냈다. 브론스키의 얼굴은 고통과 모멸감으로 잔뜩 일그러져 있었다.

"그 사람에게 손을 내밀어주세요. 그 사람을 용서해주세요."

카레닌은 흐르는 눈물을 훔치지도 않고 브론스키에게 손을 내밀었다.

"고마워요, 정말 고마워요. 이제 다 되었어요. 다리 좀 펴게 해주세요. 네, 됐어요. 어머나, 어쩜 이리도 볼품없는 꽃이 있지? 전혀 오랑캐꽃 같지 않아요."

그녀는 벽지를 가리키며 말했다.

"오, 하느님, 하느님! 언제 끝날까요? 아, 모르핀, 의사 선생님! 모르핀을 놓아주세요. 모르핀을 주세요. 아아, 하느님, 하느님!"

그러고 나서 그녀는 몸부림쳤다.

주치의는 물론 다른 의사들 모두 산욕열에 걸려서 살아날 가망이 거의 없다고 했다. 그날 온종일 열에 들떠 헛소리를 하고 혼수상태에 빠지는 일이 반복되었다. 한밤중에는 급기야 환자가 완전히 감각을 잃었고 맥박도 거의 뛰지 않았다.

사람들은 시시각각 임종을 기다렸다.

브론스키는 집으로 돌아갔다가 다음 날 아침 상태가 어떤지 보러 다시 찾아왔다. 카레닌은 현관에서 그를 맞이하며 말했다.

"여기 계속 남아주시오. 분명 당신을 찾을 겁니다."

그러고는 그를 아내의 거실로 데리고 갔다.

안나는 아침에 또다시 흥분과 생기에 넘쳤고, 뭔가를 생각하고 횡설수설하더니 또 실신해 혼수상태에 빠졌다. 사흘째도 마찬가지였으나 의사는 희망이 있다고 말했다. 그날 카레닌은 브론스키가 있는 아내의 거실로 들어가 문을 잠그고 그와 마주 앉았다.

브론스키는 변명할 때라는 것을 느끼고 입을 열었다.

"나는 할 말이 없습니다. 그리고 어떻게 해야 할지도 모르겠습니다. 용서해주십시오! 당신도 얼마나 괴롭겠습니까마는 나는 훨씬 더 비참하다는 것을 알아주시기 바랍니다."

브론스키는 일어나려고 했으나 카레닌은 그의 손을 잡고 이렇게 말했다.

"내 얘기를 들어주시오. 중요한 얘기입니다. 당신이 나에 대해 오해하지 않도록 얘기하는 겁니다. 지금까지는 물론 앞으로도 내가 품게 될 감정에 대해 이야기해야겠습니다. 알다시피 나는 이혼하기로 마음먹고 절차를 밟기 시작했습니다. 솔직히 말하면 이혼 수속에 앞서 무척 고민하고 망설였습니다. 사실 나는 당신과 아내에게 복수하고 싶은 욕구를 떨칠 수가 없었습니다. 전보를 받았을 때도 그런 심정으로 여기에 온 것입니다. 심지어 나는 아내가 죽기를 바랐습니다. 그런데……."

카레닌이 자신의 감정을 숨김없이 말할지 망설이는 듯 잠시 침묵했다가 다시 말을 이었다.

"그런데 나는 아내를 보고 모든 것을 용서했습니다. 그리고 용서를 통한 행복으로 내 의무가 명확해졌습니다. 나는 완전히 용서했습니다. 나는 나머지 한쪽 뺨도 내어주고 싶은 심정입니다. 다만 하느님이 용서를 통한 이 행복을 앗아가지 않기를 바랄 뿐입니다."

그의 눈에는 눈물이 그렁그렁했다. 맑고 고요한 눈빛이 브론스키의 마음을 흔들어놓았다.

"내 상황은 이렇습니다. 당신이 나를 진흙탕에 넣고 짓밟아도 좋고, 사람들 앞에 조롱거리로 만들어도 좋습니다. 나는 그녀를 버리지 않을 것이고, 결코 당신을 비난하지도 않을 것입니다. 내 의무는 명확합니다. 나는 그녀와 함께 있어야 하고, 그렇게 할 것입니다. 그녀가 당신을 찾으면 알려드리죠. 하지만 지금은 만나지 않는 것이 좋을 것 같군요."

카레닌이 일어났다. 하지만 흐느껴 우느라 말을 맺지 못했다. 브론스키도 일어나 엉거주춤하게 서서 눈을 부릅뜨고 그의 얼굴을 바라보았다. 그는 카레닌의 감정을 이해할 수 없었지만, 자신의 관념으로는 도저히 이를 수 없는 숭고한 무언가라고 생각했다.

16

카레닌과 이야기를 나누고 나서 브론스키는 그의 집 현관을 나왔다. 그는 잠시 멈춰 서서 자신이 어디에 있는지, 어디로 가야 하는지, 걸어가야 할지, 마차를 타고 갈지 한참을 생각했다. 그는 모욕과 멸시를 당하고도 그것을 씻을 힘마저 빼앗긴 죄 많은 인간이라고 생각했다. 그리고 지금까지 그토록 당당하고 의기양양하고 경쾌하게 걸어온 경로에서 내동댕이쳐진 기분이었다. 그토록 확고했던 자기 삶의 모든 습관과 규칙들이 갑자기 허망하고 불합리한 것 같았다. 지금까지 자기의 행복을 가로막은, 우습고 불쌍하게만 여겨졌던 남편이 돌연 그녀의 부름을 받고 높은 곳으로 올라서서 자신의 비열함을 깨닫게 했고, 지금은 심술궂고 가식적이고 우스운 인간이 아니라 선하고 진실하고 성스러운 사람이 되었다. 브론스키는 그렇게 느껴졌다. 갑자기 위치가 바뀐 것이다.

브론스키는 그의 고결함과 자신의 비열함, 그의 정당함과 자신의 부정을 절실하게 느꼈다. 남편은 슬픔 속에서 너그러웠고, 자신은 기만 속에서 변변치 못한 하찮은 인간이라고 느꼈다. 그러나 그가 온당치 못하게 멸시했던 사람보다 자기가 더 비열하다는 생각은 그의 슬픔의 일부일 뿐이었다. 그가 말로 표현할 수 없을 만큼 불행하다고 느낀 이유는 요즘 시들었다고 여겨졌던 안나에 대한 정열이 그녀를 영영 잃을지도 모른다고 생각되자 더욱 강렬하게 불타올랐기 때문이다. 그는 몸져누운 그녀를 보면서 모든 것, 그녀의 마음까지 알게 되었다. 그러자 지금까지는 그녀를 전혀 사랑하지 않고 있었던 것처럼 느껴졌다. 더구나 그녀의 모든 것을 알고 진정한 사랑을 깨달은 지금, 그는 그녀 앞에서 모욕을 당하고 수치스러운 기억만을 남긴 채 영영 그녀를 잃고 만 것이다. 가장 끔찍했던 것은 카레닌이 자기의 손을 잡아뗐을 때 우스꽝스럽고 부끄러웠던 자기 모습이었다. 그는 카레닌의 집 현관 층계에서 정신이 나간 사람처럼 멍하니 서 있었다. 그는 어찌해야 할지 몰랐다.

"삯마차를 불러드릴까요?"

수위가 물었다.

"그래, 삯마차를 불러줘."

사흘 밤을 뜬눈으로 지새우고 집으로 돌아온 브론스키는 옷도 벗지 않고 손깍지에 머리를 대고 소파에 엎드렸다. 그는 머리가 무거웠다. 상상과 기억, 기이한 상념이 연이어 빠르고 선명하게 떠올랐다. 자기가 환자의 약을 숟가락에 따르다 엎질렀던 광경이 떠오르는가 하면, 산파의 하얀 팔이며, 침대 앞에 무릎 꿇고 있는 카레닌의 기이한 모습이 떠오르기도 했다.

"자자! 자야 한다. 잊어버려야 해!"

그는 건강한 사람처럼 피곤할 때 마음만 먹으면 금세 잠이 들 수 있다고 자신만만하게 말했다. 그 순간 그는 정말로 머릿속이 아득해지더니 망각의 심연으로 빨려들어 갔다. 머릿속에는 무의식의 파도가 치기 시작하는가 싶더니, 갑자기 그의 몸속에서 엄청난 전기가 솟구치는 것 같았다. 소파 용수철이 튕긴 것처럼 온몸이 펄떡거릴 정도로 몸을 떨던 그는 깜짝 놀라 두 손을 짚고 무릎을 꿇고 튀어오르듯 일어났다. 그는 한숨도 이루지 못한 것처럼 눈을 부릅떴다. 방금 전까지 머리가 무겁고 팔다리에 맥이 풀렸는데 어느새 그런 것도 사라졌다.

"당신이 나를 진흙탕에 넣고 짓밟아도 좋습니다."

그는 카레닌의 말을 들었고, 눈앞에 서 있는 그를 보았다. 그리고 열에 들떠 발그레한 얼굴로 따뜻하고 애정 어린 눈을 반짝이며 자기가 아닌 카레닌을 바라보던 안나의 얼굴도 보았다. 그는 카레닌이 얼굴을 감싸고 있는 자기의 손을 떼었을 때의 수치스럽고 우스운(그는 그렇게 느꼈다) 자신의 모습을 보았다. 그는 다시 다리를 뻗고 처음처럼 몸을 던지듯 소파에 엎드려 눈을 감았다.

'자야 해! 잠을 자야 해!'

그는 속으로 계속 중얼거렸다. 그러나 결코 잊을 수 없는, 경마가 있던 날 밤에 보았던 안나의 모습이 생생하게 떠올랐다.

"이런 일은 이제 없어. 앞으로도 없을 거야. 그녀도 그 일을 기억에서 지우려고 해. 하지만 나는 그녀 없이 살 수 없어. 어떻게 화해를 하지? 어떻게 하면 화해할 수 있을까?"

그는 소리 내어 말하고 나서 무심중에 되풀이했다. 같은 말을 되풀이하면서 그는 가슴속에서 소용돌이치며 솟구치려는 새로운 심상과 기억들을 억누를 수 있었다. 하지만 이것도 오래가지 못했다. 또다시 가장 행복했던 순간과 방금 전에 겪었던 수치스러운 순간이 연이어 빠르게 떠올랐다.

"손을 떼요."라는 안나의 목소리가 들렸다. 그는 손을 떼고, 수치스럽고 우스운 자신의 표정을 느꼈다.

그는 잠들기는 틀렸다고 생각하면서도 가만히 누워 잠이 들기를 바랐다. 그리고 새로운 감정이 솟구치는 것을 억누르면서 잡다한 생각 속에서 그와 무관하게 제멋대로 튀어나온 말들을 나지막이 계속 되풀이했다.

그는 귀를 기울였다. 그러자 미친 사람이 속삭이듯 괴이하게 되풀이하는 자신의 목소리가 들렸다.

'가치를 알지 못했어. 누릴 줄을 몰랐던 거야.'

'이게 무슨 소리지? 내가 미쳐버린 건가? 그럴지도 모르지. 사람들은 이럴 때 미치거나 자살하는 게 아닐까?'

그는 속으로 중얼거렸다.

그는 자기 혼자 묻고 대답하다가 눈을 떴을 때 머리맡에 있던 쿠션을 보고 깜짝 놀랐다. 바랴 형수가 직접 수를 놓아 만들어준 것이었다. 그는 쿠션의 술을 만지며 바랴에 대해, 마지막으로 그녀를 만났을 때를 떠올려보려고 했다. 그러나 괴롭게도 다른 일들이 떠올랐다.

'아니야, 자야 해! 안 자면 안 돼.'

그는 쿠션을 끌어당겨 머리를 묻었다. 하지만 가만히 눈을 감고 있기가 너무나 힘들었다. 그는 벌떡 일어나 속으로 중얼거렸다.

'다 끝나 버린 것 같다. 이제부터 뭘 할지 생각해봐야겠어. 나에게 남은 게 대체 뭐지?'

그의 생각은 뜻밖에도 안나에 대한 사랑이 아니라 자신의 생활로 달려갔다.

'공명심? 세르푸호프스코이? 사교계? 궁정?'

그러나 어느 것도 그의 마음을 붙잡지 못했다. 저마다 의미가 있는 것들이었지만 지금은 아무것도 아닌 것이었다. 그는 소파에서 일어나 윗옷을 벗고 허리띠를 풀었다. 그리고 편하게 숨을 쉬려고 털북숭이 가슴을 드러내고 방 안을 왔다 갔다 했다.

'그래, 사람은 이렇게 미쳐가나 보다.'

그는 또다시 이 말을 되뇌었다.

'이렇게 권총을 쏘나 보다. 머릿속에서 수치심을 지우려고.'

그는 천천히 덧붙였다.

그는 방문을 잠근 뒤 눈을 부릅뜨고 이를 악물더니 탁자로 다가갔다. 그리고 권총을 들어 이리저리 살펴보더니 격발장치를 풀고 생각했다. 2분쯤 그는 권총을 쥐고 고개를 떨군 채 서서 긴장된 표정으로 꿈쩍도 하지 않았다.

'물론이지.'

그는 논리적으로 신중하게 생각한 끝에 의심할 여지 없는 확실한 결론에 도달한 것처럼 중얼거렸다. 하지만 확실하다고 판단하며 내뱉은 '물론'이라는 말도 사실 한 시간 동안 수차례나 되풀이한 기억과 심상의 고리를 빙빙 돌면서 얻은 결론에 지나지 않았다. 그것은 마찬가지로 영원히 잃어버린 행복에 대한 추억, 미래의 삶은 모두 허망하다는 생각, 그리고 자신에 대한 굴욕감이었고, 순서마저 똑같았다.

'물론이지.'

그는 기억과 심상의 고리를 세 번째로 돌았을 때 또다시 이렇게 되풀이했다. 그러고는 권총을 왼쪽 가슴에 대고 주먹으로 부스러뜨릴 것처럼 부르르 떨면서 힘껏 방아쇠를 당겼다. 그의 귀에는 총소리가 들리지 않았다. 그러나 가슴에 가해진 충격으로 그의 몸이 흔들렸다. 그는 탁자 끝을 잡으려다 권총을 떨어뜨렸고, 비틀비틀 쓰러지면서 마룻바닥에 엉덩방아를 찧고 깜짝 놀라 주위를 두리번거렸다. 그는 탁자의 굽은 다리와 휴지통, 호피 깔개 등을 올려다보면서 자기 방이라는 것도 깨닫지 못했다. 응접실을 지나 쿵쾅거리며 달려오는 하인의 발소리에 그는 정신을 차렸다. 그는 생각을 정리하려고 안간힘을 썼다. 그러고는 자기가 방바닥에 주저앉아 있고, 호피 깔개와 손에 묻은 피를 보고는 자기가 권총 자살을 시도했음을 깨달았다.

'바보같이! 빗맞았어!'

그는 권총을 찾으려고 한 손을 더듬었다. 바로 앞에 있는 권총을 멀리서 찾고 있었다. 그는 계속 더듬으며 반대쪽으로 몸을 뻗다가 중심을 잃고 피를 흘리면서 쓰러졌다.

친구들에게 늘 자기는 신경이 쇠약하다고 구시렁대던, 구레나룻을 기른 잘생긴 하인은 방바닥에 쓰러진 주인을 보고 깜짝 놀라 피를 흘리는 사람을 그냥 두고 사람을 부르러 달려갔다. 한 시간 뒤 브론스키의 형수 바랴가 달려와 여기저기 사람들을 보냈다. 의사 셋이 한꺼번에 왔고, 그들의 도움으로 부상자를 침대에 옮겼다. 그리고 그녀는 남아서 병간호를 했다.

17

모스크바에서 돌아온 지 두 달이 지나자 카레닌이 저지른 실수는 그의 앞에 그 실체가 고스란히 드러났다. 그의 실수는 아내를 만나기 전에 단단히 마음의 준비를 하면서 그녀가 진실로 뉘우치고 자기도 그녀를 용서했으나 그녀가 죽지 않을 경우를 상정해보지 않앉다는 것이었다. 하지만 그의 실수는 이것뿐만이 아니었다. 죽어 가는 그녀를 만나기 전까지 그는 자신의 본마음을 몰랐다는 것이었다. 그는 병든 아내의 머리맡에서 난생처음 남의 고통으로 인한, 이 전에는 창피한 약점으로 여겼던 연민의 감정에 무릎 꿇고 말았다.

그러나 아내에 대한 연민과 아내의 죽음을 바랐던 것에 대한 후 회, 특히 용서하는 기쁨으로 일시에 자기의 고통이 누그러지고 일 찍이 한 번도 경험한 적 없는 마음의 평온을 느꼈다. 그는 갑자기 고뇌의 원인이 정신적 기쁨의 원천으로 바뀌는 경험을 했다. 그리 하여 비난하고 질책하고 증오할 때는 도저히 해결할 수 없을 것 같 았던 일들이 용서하고 사랑하고 나니 간단명료하게 다가오는 것이 었다.

그러나 시간이 지날수록 자신이 이 상황에 아무리 익숙할지라도 언제까지나 지속되지는 않으리라는 것을 명확히 깨닫게 되었다. 그 는 자신의 영혼을 지배하는 정신적 행복이라는 힘 외에 자기의 생 활을 지배하는 또 다른 난폭한 힘이 있다는 것, 그것은 앞의 것과 같거나 혹은 훨씬 더 강력해서 자기가 바라는 소박한 평온을 가져 다주지 않는다는 것을 느꼈다. 그는 사람들 모두 의아하고 놀란 표 정으로 자기를 보고 있고, 자기의 심정을 이해하지 못하며, 자기에 게 뭔가를 더 기대하고 있다고 생각했다. 특히 아내와 자신의 관계 가 견고하지 못하고 부자연스럽다는 것을 느꼈다.

카레닌은 죽음이 다가왔을 때 안나의 마음속에 떠올랐던 부드러운 감정이 사라지자 그녀가 자기를 두려워하고 피하며 똑바로 쳐다보지도 못한다는 것을 깨달았다. 그녀는 그에게 하고 싶은 말이 있으나 차마 꺼내지 못하는 듯했다. 그녀 역시 둘의 관계가 이대로 지속될 수 없다고 여기고 그가 뭔가를 해주기를 바라는 것 같았다.

2월 말, 역시 안나라고 이름 지은 갓난아이가 병에 걸렸다. 카레닌은 아침에 아이 방으로 가서 의사를 부르라고 이르고 출근했다. 그는 일을 마치고 3시 넘어서 집으로 돌아왔다. 그가 현관으로 들어서는데 금줄 장식을 단 제복 위에 곰 가죽 망토를 두른 잘생긴 하인이 하얀 털외투를 들고 서 있는 것이었다.

"누가 오셨나?"

카레닌이 물었다.

"엘리자베타 표도로브나 트베르스카야 공작 부인이십니다."

하인이 대답했다. 그의 눈에는 하인이 미소를 짓는 듯 보였다.

괴롭고 힘들었던 지난 몇 달 동안 그가 줄곧 느낀 것은 사교계의 지인, 특히 부인들이 자기 부부에게 관심이 많다는 것이었다. 그는 그 모든 사람들 눈에서 애써 감추고 있는 즐거운 기색, 변호사의 눈에서도, 지금 또 이 하인의 눈에서도 보았던 것과 같은 즐거운 기색을 느꼈다. 마치 누군가를 시집보내기라도 하듯 모두 즐거움으로 가득한 것 같았다. 그러고는 그를 만나면 즐거운 기색을 겨우 감추고는 그녀의 몸이 좀 어떠냐고 묻는 것이었다.

그녀와 관련된 기억도 그렇고, 평소 그가 좋아하지 않는 사람이

어서 그는 트베르스카야 공작 부인의 방문이 못마땅했다. 그래서 그는 곧장 아이 방으로 가버렸다. 첫 번째 아이 방에서는 세료자가 두 발을 의자에 올린 채 탁자에 가슴을 기대고 재미있게 얘기하면서 그림을 그리고 있었다. 안나가 병석에 누워 있을 때 프랑스인 가정교사 대신 들어온 영국인 가정교사가 아이 옆에 앉아 숄을 뜨개질하다가 허겁지겁 일어나 인사하고 세료자를 끌어당겼다.

카레닌은 한 손으로 아이의 머리를 쓰다듬으면서 가정교사가 아내의 건강을 묻자 거기에 대답하고, 의사가 아기에 대해 뭐라고 말했는지 물어보았다.

"의사 선생님은 전혀 걱정 말라면서 더운물로 목욕을 시키라고 하셨어요."

"하지만 아직도 보채고 있지 않소?"

카레닌은 옆방에서 갓난아이의 울음소리가 들리자 귀를 기울이며 말했다.

"아무래도 유모가 문제인 것 같아요."

영국인 가정교사는 결연하게 말했다.

"왜 그렇게 생각하시오?"

그가 망설이다가 물었다.

"폴 백작 부인 댁에서도 같은 일이 있었거든요. 별의별 약을 다 쓰다가 나중에 자세히 알아보니 배가 고파서 그런 거였더라고요. 유모의 젖이 부족했던 거예요."

카레닌은 잠시 가만히 서서 골똘히 생각하다가 옆방으로 갔다. 갓난아이는 유모의 품에 안겨 고개를 젖히고 바동대고 있었다. 몽실몽실 부푼 젖꼭지를 내미는데도 물지도 않았고, 유모와 보모가 허리를 숙이고 소리 내어 어르는데도 울음을 그치지 않았다.

"아직도 좋지 않나?"

카레닌이 물었다.

"정말 걱정이에요."

보모가 나지막이 대답했다.

"에드워드 양 말로는 유모의 젖이 부족해서 그럴 수도 있다던데."

"저도 그렇게 생각해요."

"그런데 왜 진작 그 얘기를 하지 않았나?"

"어느 분께 말씀드려야 할지 몰라서요. 마님은 계속 편찮으시고."

보모가 불퉁하게 말했다.

보모는 예전부터 있던 하녀였다. 그래서 카레닌은 별것 아닌 그녀의 말에도 자신의 처지가 암시되어 있는 듯 느껴졌다.

갓난아이는 몸을 뒤틀면서 목이 쉬도록 더 크게 울었다. 보모가 손을 내젓더니 유모한테 아기를 받아 걸으면서 얼렀다.

"의사에게 유모를 봐달라고 해야겠군."

카레닌이 말했다.

겉으로는 건강하고 멀쩡해 보이는 유모는 해고될지도 모르는 상황에 놀라며 혼잣말을 중얼거렸다. 그러고는 커다란 젖가슴을 옷으로 덮으면서 자기 젖을 의심하는 것을 비웃듯 미소 지었다. 카레닌은 그녀의 미소도 자신의 처지를 비웃는 것 같았다.

"가엾은 아가!"

보모는 아이를 어르면서 방 안을 왔다 갔다 했다.

그는 의자에 앉아 괴롭고 우울한 얼굴로 왔다 갔다 하는 보모를 멍하니 쳐다보았다.

아기가 겨우 울음을 그치자 보모는 침대에 내려놓고 베개를 가다듬어주고 물러났다. 그러자 카레닌은 일어나 까치발로 아기에게 다가갔다. 한동안 그는 우울한 표정으로 아기를 들여다보았다. 그런데 돌연 그의 머리와 이마가 움직이면서 얼굴에 미소가 번졌다. 그는 여전히 까치발로 조용히 아이 방을 나섰다.

식당으로 들어간 그는 벨을 울려 하인에게 의사를 다시 부르라고 일렀다. 그는 아내가 저토록 귀여운 아기를 보살피지 않는 것이 못마땅했다. 이런 기분으로는 아내를 보고 싶지도 않았다. 벳시 트베르스카야 공작 부인 역시 만나고 싶지 않았다. 그러나 평소와 달리 자기 방에 들르지 않는 것을 아내가 이상하게 여길까 봐 애써 감정을 누그러뜨리고 침실로 걸어갔다. 부드러운 카펫을 밟으며 문으로 다가갔을 때 그는 뜻밖에도 들어서는 안 될 얘기를 듣고 말았다.

"그 사람이 떠나는 게 아니라면 당신이 거절하는 것이나 그 사람이 사절하는 것도 이해가 돼요. 하지만 당신 남편은 분명 그런 것에 신경 쓰지 않을 거예요."

벳시가 말했다.

"나는 남편이 아니라 나 자신을 위해서 그러고 싶지 않아요. 이제 그 얘기는 그만해요!"

안나가 흥분해서 말했다.

"하지만 당신 때문에 권총 자살까지 하려 했던 사람과 작별 인사도 안 할 건가요?"

"그래서 더 싫은 거예요."

깜짝 놀란 카레닌은 나쁜 짓을 저지르기라도 한 듯한 표정을 지으며 걸음을 멈췄다. 그리고 돌아가려다 그럴 필요 없겠다 싶어 헛기침을 하고 문 앞으로 갔다. 대화는 뚝 그쳤고, 그는 방으로 들어갔다.

안나는 짧게 자른 검은 머리를 굵은 브러시처럼 둥그런 머리에 얹고 잿빛 가운 차림으로 안락의자에 앉아 있었다. 남편을 만날 때면 늘 그렇듯 갑자기 그녀의 얼굴에서 밝은 표정이 사라졌다. 그녀는 고개를 떨구고 두려운 듯 벳시 쪽을 힐끔거렸다. 최신 유행으로 차려입은 벳시는 램프 갓처럼 높은 모자를 쓰고, 몸통과 치마가 서로 엇갈리게 사선 줄무늬가 있는 비둘기색 옷을 입고 있었다. 그녀는 호리한 몸을 똑바로 펴고 안나와 나란히 앉아 머리를 갸울이고 조롱 어린 미소로 카레닌을 맞이했다.

"어머나, 오셨군요!"

벳시가 놀란 듯이 말했다.

"마침 댁에 계셨네요. 만나뵙게 돼서 반가워요. 안나가 몸져누운 뒤로는 아무 데도 안 나와서 뵙기 어려웠던 참이었는데. 하지만 다 들었어요. 당신의 배려 말이에요. 당신은 정말 대단한 분이세요."

그녀는 아내에 대한 그의 태도에 관용의 훈장이라도 수여하는 것처럼 의미심장한 표정으로 부드럽게 말했다. 카레닌은 냉랭하게 고개를 끄덕여 인사했다. 그리고 아내의 손에 키스하고 몸이 좀 어떠냐고 물었다.

"좀 나은 것 같아요."

안나는 남편의 눈을 피하며 말했다.

"하지만 얼굴은 아직 열이 있어 보이는데."

그는 '열'이라는 말을 강조했다.

"말을 많이 해서 그런가 봐요. 그러고 보니 내가 생각 없이 굴었네요. 이만 가봐야겠어요."

벳시가 말하고 일어났다. 그러나 안나가 갑자기 얼굴을 붉히며 그녀의 손을 잡고 말했다.

"잠깐만요. 잠깐만 있어줘요. 부탁이에요. 할 얘기가 있어요…….
아니, 당신에게요."

안나는 목에서부터 이마까지 완전히 빨개져서는 카레닌을 돌아보며 말했다.

"나는 당신한테 어떤 것도 숨기고 싶지 않아요. 감히 그럴 수도 없고요."

카레닌은 똑똑 소리를 내며 손마디를 꺾고 고개를 숙였다.

"벳시가 그러는데 브론스키 백작이 타슈켄트로 떠나기 전에 작별 인사를 하러 왔으면 한다네요."

그녀는 남편을 쳐다보지도 않고 말했다. 아무리 괴로워도 다 말해버리고 빨리 해치우려는 것 같았다.

"그래서 지금 만나지 않겠다고 말했어요."

"잠깐, 방금 전에는 남편의 뜻에 달렸다고 했잖아요?"

벳시가 안나의 말을 바로잡았다.

"아니에요. 나는 그분을 만날 수 없어요. 그래 봐야 아무 소용도 없고요……."

그녀는 갑자기 말을 멈추더니 눈치를 살피듯 남편의 얼굴을 흘낏 보았다(그는 아내를 보고 있지 않았다).

"아무튼 나는 보고 싶지 않아요."

카레닌은 그녀에게 다가가 손을 잡으려 했다.

그 순간 그녀는 굵은 힘줄이 툭툭 불거지고 축축한 그의 손을 피해 자기 손을 뒤로 빼다가 곧 피하고 싶은 기분을 억누르고 그의 손을 잡았다.

"나에 대한 당신의 신뢰, 참으로 고맙게 생각하오. 그러나……."

그는 자기 혼자 간단히 처리할 수 있는 일인데도 트베르스카야 공작 부인 앞에서는 명확하게 밝힐 수 없는 것이 화가 났다. 그는 공작 부인이 마치 그의 삶을 지배하면서 그가 사랑과 용서하는 마음으로 행동하는 것을 방해하는 포악한 힘의 화신처럼 느껴졌다. 그는 트베르스카야 공작 부인을 보면서 말을 뚝 멈췄다.

"나는 그만 갈게요. 잘 있어요, 안나."

벳시는 일어나 안나에게 입맞춤하고 나갔다. 카레닌은 그녀를 배웅하러 따라 나왔다.

벳시는 작은 응접실에서 걸음을 멈추고 그의 손을 힘껏 쥐면서 말했다.

"알렉세이 알렉산드로비치! 나는 당신이 진정으로 너그러운 분이라는 걸 잘 알아요. 나는 아무 상관 없는 사람이에요. 안나를 사랑하고 진심으로 당신을 존경하기 때문에 드리는 말씀이에요. 그 사람의 방문을 허락해주세요. 알렉세이 브론스키는 그야말로 명예의 화신이라 할 만한 사람이에요. 그는 타슈켄트로 떠나려고 해요."

"부인의 염려와 조언은 고맙게 받아들이겠습니다. 그러나 누군가를 만나건 만나지 않건 그건 아내 스스로 결정할 일입니다."

그는 늘 그렇듯 눈썹을 위엄스레 추켜올리면서 말했다. 그러나 속으로는 어떻게 말하든 지금 자기 처지에서 위엄 따위는 있을 수 없다고 생각했다. 슬쩍 쳐다보며 달갑지 않은 표정으로 비웃는 듯한 벳시의 미소에서 그것을 느낄 수 있었다.

18

카레닌은 응접실에서 벳시와 작별 인사를 하고 아내가 있는 방으로 돌아왔다. 누워 있던 그녀는 그의 발소리를 듣고 얼른 일어나 앉았다. 당황한 듯 자기를 쳐다보았을 때 그는 그녀가 울고 있었다는 것을 알았다.

"나에 대한 당신의 신뢰, 정말 고맙소."

그는 벳시 앞에서 프랑스어로 했던 말을 러시아어로 다시 말하고 그녀 옆에 앉았다. 그녀는 '당신'이라는 말이 가슴을 찌르는 것 같아 견딜 수 없었다.

"그리고 당신의 결심도 정말 고맙게 생각하오. 나 역시 브론스키 백작이 떠나기로 한 이상 굳이 여기를 찾아올 필요가 전혀 없다고 생각하오. 하지만……."

"네, 아까 그렇게 말했잖아요. 그 얘기를 왜 다시 꺼내는 거예요?"

그녀는 돌연 감정을 억누르지 못하고 그의 말을 가로챘다.

'전혀 필요 없다니? 작별 인사를 하러 올 필요가 전혀 없다니? 자기 몸을 해치는 것도 불사하려 들고, 실제로 자기 몸을 해칠 정도로 사랑하는 여자에게? 더구나 자기 없이는 살아갈 수 없는 여자에게?'

그녀는 입술을 꼭 깨물었다. 그리고 눈물로 반짝이는 시선으로 그의 손을 보았다. 그는 힘줄이 불거진 두 손을 비비고 있었다.

"그 얘기는 두 번 다시 하지 말아요."

그녀는 마음을 조금 가라앉히고 말했다.

"이 문제는 당신에게 맡기겠소. 난 너무 기뻐요. 당신의……."

"내 소망과 당신 소망이 일치한 게 말이죠?"

그녀는 속이 훤히 다 드러났는데도 질질 끌듯이 말하는 것이 참을 수 없어 앞질러 말해버렸다.

"그렇소. 그건 그렇고 트베르스카야 공작 부인은 아주 미묘한 남의 가정사에 실없이 끼어드는군. 더구나 그 여자는……."

"사람들이 그분에 대해 뭐라고 하든 나는 안 믿어요. 그분은 나를 진심으로 아껴주니까요."

그녀가 얼른 말했다.

카레닌은 한숨을 쉬고 더 이상 말하지 않았다. 그녀는 그를 보기 싫어 견딜 수가 없었다. 하지만 불안스럽게 가운의 술을 만지작거리며 그의 얼굴을 쳐다보았다. 그녀는 그런 자신을 자책해보았으나 도저히 참을 수 없었다. 이제 그녀가 바라는 것은 오직 한 가지, 몸서리나는 남편한테서 멀리 달아나는 것이었다.

"그건 그렇고 방금 의사를 불러오라고 일렀소."

"나는 괜찮아요. 의사를 부를 필요가 뭐 있어요?"

"아니, 아기가 너무 보채는데, 유모의 젖이 부족한 것 같아서 말이오."

"그러게 내가 젖을 물리겠다는 걸 왜 못하게 했어요? 그렇게 사정했는데도 말이에요. 그래도 어린애일 뿐인데(카레닌은 '그래도'

의 의미를 잘 알고 있었다). 이제 겨우 갓난아이일 뿐인 그 애를 모든 사람들이 죽이려 드는군요."

그녀는 벨을 울려 아기를 데려오라고 했다.

"내가 젖을 물리겠다는데도 못 하게 하더니 이제 와서 나를 나무라는군요."

"당신을 나무라는 게 아니오."

"아니요, 나무라는 거예요. 아, 왜 난 죽지 않았나 몰라!"

그녀는 흐느껴 울기 시작했다.

"미안해요. 내가 좀 흥분했나 봐요. 내가 잘못했어요. 하지만 이제 좀 나가주세요."

그녀는 기분을 가라앉히고 말했다.

'아니야, 언제까지 이렇게 살 수는 없어.'

아내의 방을 나서면서 카레닌은 마음속으로 확고하게 중얼거렸다.

사회적 위신 때문이라도 계속 이렇게 살아갈 수 없다는 사실, 자기에 대한 아내의 혐오심, 자기의 심정과는 반대로 자기의 삶을 지배하며 아내에 대한 태도를 바꾸라고 강요하는 알 수 없는 포악한 힘, 이것들이 오늘처럼 자기 앞에 또렷이 드러난 적이 없었다. 그는 세상 사람들과 아내가 자기에게 뭔가를 원하고 있다는 것은 분명히 알고 있었지만, 그게 무엇인지는 명확히 알지 못했다. 그러자 마음속 평안과 관용과 공덕을 모조리 깨부수고 싶은 마음이 솟구쳤다. 그는 브론스키와의 관계를 끊는 것이 안나에게는 최선의 방법이라고 생각했지만 두 사람이 도저히 그럴 수 없다고 하면, 아이들을 부끄럽게 만들거나 그들을 잃거나 지금의 상황을 바꾸거나 하지 않는 범위 내에서 둘의 관계를 새롭게 허락할 생각이었다. 아무리 옳지 못한 짓을 했더라도 아내를 헤어날 수 없는 치욕의 구렁에 버려두고 자신도 사랑하는 모든 것을 잃고 마는 이혼보다는 훨씬 나은 것이었다. 그러나 그는 자신의 무력함을 절감했다. 그는 모든 사람들이 자기 반대편에 서서 자신이 생각하기에는 지극히 옳고 당연한 일을 하지 말라고 하고, 그 대신 그들이 당연하다고 생각하는 옳지 못한 일을 강요하고 있다는 것을 진작부터 느끼고 있었다.

19

벳시가 현관 홀을 나가기도 전에 그녀는 문 앞에서 오블론스키와 마주쳤다. 그는 싱싱한 생굴이 들어온 옐리세예프의 가게에 들렀다 방금 오는 길이었다.

"아, 공작 부인, 여기서 뵙는군요. 방금 댁에 들렀는데 말입니다."

"이렇게 잠깐 뵙는군요. 나는 돌아가는 길이에요. 그럼 이만."

벳시가 장갑을 끼면서 미소 지었다.

"잠깐만요, 부인! 장갑 끼시기 전에 그 손에 키스하게 해주십시오. 관습의 부활 중에 손에 키스하는 것만큼 고마운 게 없습니다. 그럼 언제 뵐 수 있을까요?"

그는 벳시의 손에 입을 맞췄다.

"당신은 그럴 자격이 없어요."

벳시는 싱글벙글 웃으면서 말했다.

"천만에요! 얼마든지 있습니다. 나는 아주 착실한 사람이 되었거든요. 우리 가정사뿐 아니라 남의 가정사까지 원만하게 수습하려고 노력 중이니까요."

그는 의미심장한 표정을 지었다.

"그래요, 그거 참 반가운 소리네요."

벳시는 안나 이야기라는 것을 곧바로 눈치채고 대답했다. 그리고 두 사람은 다시 응접실로 들어가 한쪽 구석으로 가서 이야기를 나눴다.

"저분이 안나를 죽이려 하고 있어요. 그렇게 내버려둘 수 없어요. 절대……."

벳시가 의미심장하게 말했다.

"당신이 그렇게 마음 써주시다니 정말 고맙습니다."

오블론스키는 진지하고 동정 어린 표정으로 고개를 흔들면서 말했다.

"나도 그 일로 온 겁니다."

"도시 전체가 그 일을 쑥덕거리고 있어요. 이대로 계속 놔둘 수 없는 지경에 이르렀어요. 안나는 말라가고 있어요. 저분은 안나가 자신의 감정대로 갖고 놀 여자가 아니라는 걸 몰라요. 이제 둘 중

하나를 선택해야 해요. 결단성 있게 안나를 데리고 어딘가로 떠나든가, 아니면 이혼을 하든가. 그러지 않으면 안나는 숨이 막혀 죽을 거예요."

그녀가 말했다.

"네, 그렇죠. 정말 그래요. 나도 그 일로 온 겁니다. 물론 그 일만 있는 건 아니지만……. 시종관으로 임명되어 인사도 할 겸 왔습니다. 하지만 이 일을 수습하는 게 우선이죠."

오블론스키가 한숨을 쉬면서 말했다.

"그럼 하느님의 도움이 있으시기를!"

그녀가 말했다.

오블론스키는 벳시를 배웅하러 현관까지 따라 나왔다. 그리고 다시 한번 그녀 장갑 위로 맥박이 뛰는 손목 부위에 키스했다. 그녀는 화를 내야 할지 웃어야 할지 몰라 겸연쩍은 농담을 쏟아내고 떠났다.

오블론스키가 누이동생의 방으로 들어갔을 때 그녀는 울고 있었다.

오블론스키는 금방이라도 뛸 듯이 기분이 좋았지만 곧바로 누이동생의 기분에 맞춰 슬프고 동정 어린 태도를 취했다. 그는 몸이 좀 어떤지, 그리고 아침에는 뭘 하며 시간을 보냈는지 물었다.

"안 좋아요. 너무 안 좋아요. 낮에도 아침에도 지금도 앞으로도 계속."

"견딜 수 없을 만큼 슬퍼 보이는구나. 기운을 좀 차려야지. 그리고 현실을 직시해. 괴롭겠지. 괴롭다는 건 잘 알지만…….”

“여자란 남자의 나쁜 점까지 사랑한다는 말은 들어봤지만, 나는 그 사람의 선행 때문에 혐오스러워 죽겠어요. 나는 더 이상 그 사람과 못 살겠어요. 쳐다보는 것만으로도 몸서리나고, 화가 솟구쳐 이성을 잃는다고요. 도저히 못 견디겠어요. 그 사람하고 같이 못 살겠어요. 어쩌면 좋죠? 나는 원래 불행한 여자여서 더 불행할 일도 없다고 생각했어요. 지금과 같은 무서운 처지는 상상도 못 했으니까요. 오빠는 이해하시겠어요? 착하고 훌륭한 사람이라는 걸 알면서도, 나 같은 건 그 사람의 손톱만큼도 못하다는 걸 알면서도 혐오스러운 마음을 말이에요. 그 사람이 너그럽기 때문에 증오하는 거예요. 그러니 이제 다른 방법이 없어요. 오직…….”

그녀는 ‘죽음’이라고 말하려 했으나 오블론스키는 그녀가 끝까지 말하지 못하게 했다.

“몸이 안 좋으니 신경이 날카로워진 거야. 너는 모든 일을 왜 그리 지나치게 생각하는 거냐? 그 정도로 끔찍한 건 아니야. 그런 건 없어.”

그는 빙그레 웃었다. 이런 절망적인 사건 앞에서 감히 그처럼 웃을 수 있는 사람도 없을 것이다(다른 사람이라면 예의 없게 비쳐졌을 것이다). 그러나 선하고 여자들처럼 부드러움이 넘쳐흐르는 그의 미소에 불쾌해하기는커녕 되레 마음이 누그러졌다. 차분하고 자상하게 들려주는 이야기와 미소가 버터처럼 부드럽고 평온하게 만드는 것이었다. 안나도 이내 그런 기분을 느꼈다.

"아니에요, 오빠. 난 파멸했어요. 파멸하고 말았어요! 아니 그보다 더 나빠요! 그러나 아직 끝난 게 아니에요 다 끝나버린 건 아니라고요. 그래요, 아직 끝나지 않았다는 걸 느껴요. 곧 끊어질 듯 팽팽하게 잡아당겨진 현과 같아요. 하지만 아직 끊어지지 않았어요⋯⋯. 그러다 곧 끔찍하게 완전히 끊어질 거예요."

"그렇지 않아. 현을 조금 늦추면 되지 않니. 절대 벗어나지 못할 일이란 없어."

"나도 생각하고 또 생각했어요. 하지만 구원의 길은 단 하나⋯⋯."

겁먹은 듯 휘둥그레진 그녀의 눈을 보고 그는 또다시 그녀가 단 하나의 구원의 길로 죽음을 생각하고 있는 것을 알아채고 그녀의 말을 가로챘다.

"아니야, 그렇지 않아. 너는 자신의 처지를 나만큼 똑바로 볼 수 없어. 내 생각을 솔직히 얘기하마."

그는 또다시 조심스럽게 버터 같은 미소를 지었다.

"맨 처음으로 돌아가 보면, 너는 스무 살이나 더 많은 남자와 결혼했어. 사랑도 없이, 어쩌면 사랑이 뭔지도 모르고 결혼부터 해버린 거야. 여기서부터 잘못되었다고 하자."

"엄청난 실수였죠!"

"그러나 거듭 말하지만, 그건 이미 벌어진 일이야. 그리고 너는 불행하게도 남편이 아닌 다른 남자를 사랑하게 된 거야. 하지만 그것도 이미 벌어진 일이야. 네 남편도 그것을 받아들이고 용서해주었고."

그는 그녀가 반박할 여지를 주려고 한 마디 한 마디 또박또박 끊어서 말했지만 그녀는 아무 대꾸도 하지 않았다.

"그렇지? 그리고 문제는 바로 이거야. 네가 남편과 계속 살 수 있는가? 너는 그것을 원하는가? 그 사람은 그것을 원하는가?"

"나는 아무것도 몰라요, 아무것도."

"하지만 네가 얘기했잖니? 그 사람을 도저히 견딜 수 없다고."

"아니에요, 그런 말 하지 않았어요. 취소해요. 난 아무것도 몰라요. 아무것도 모른다고요."

"그래, 하지만 말이다……."

"오빠는 몰라요. 나는 심연 같은 곳으로 거꾸로 떨어지는 기분이에요. 하지만 나 자신을 구해서는 안 돼요. 그럴 수도 없고요."

"괜찮아. 우리 모두 밑에 그물을 쳐놓고 너를 받아줄 테니. 네 심정 잘 안다. 네 감정이나 희망을 있는 그대로 털어놓을 수 없다는 걸 잘 알아."

"난 바라는 게 없어요. 아무것도 바라지 않아요. 다만 모든 게 빨리 끝나 버렸으면 싶을 뿐이에요."

"그러나 그 사람도 이 모든 상황을 보고 느끼고 알고 있어. 너는 그 사람도 이 일로 너보다 더 괴로워하고 있다는 것을 모르겠니? 너도 괴롭지만 그 사람도 괴로워. 그럼 어떻게 해야겠니? 이혼만 하면 모든 것이 해결될 텐데.”

오블론스키는 중요한 생각을 겨우 털어놓고 의미심장하게 누이
동생을 바라보았다.

그녀는 아무 말도 하지 않고 아니라는 듯 짧게 자른 머리를 흔들
뿐이었다. 그러나 그는 돌연 이전처럼 아름답고 환한 그녀의 표정
을 보면서 고개를 저은 것은 단지 그러한 행복이 불가능하게 여겨
져서 그런 것일 뿐임을 알아차렸다.

“너희가 애처롭고 불쌍해서 견딜 수가 없구나! 이 일만 해결되면
정말 행복하겠다!”

어느새 그는 아주 대놓고 미소 지으며 말했다.

“이제 그만 얘기하자. 더 이상 아무 말도 하지 마라. 정말이지 내
가 느끼는 것을 있는 그대로 표현할 수 있으면 좋으련만! 그럼 나는
그 사람을 만나고 오마.”

안나는 생각에 잠긴 듯한 눈빛으로 그를 물끄러미 바라보았다.
그러나 무슨 말을 하지는 않았다.

20

오블론스키는 관청에 나가 윗자리에 앉아 있을 때처럼 엄숙한 표
정을 살짝 지으며 카레닌의 서재로 들어갔다.

카레닌은 뒷짐을 지고 왔다 갔다 하면서 조금 전 오블론스키가

아내와 이야기한 것과 같은 생각을 하고 있었다.

"방해한 건 아닌가?"

오블론스키는 매제의 얼굴을 보는 순간 묘한 당혹감이 들었다. 그러한 기색을 감추려고 그는 새로운 방식으로 여는, 새로 산 담배 케이스를 꺼내 가죽 냄새를 맡고는 담배 한 개비를 뽑았다.

"어쩐 일입니까?"

카레닌은 내키지 않은 투로 대답했다.

"뭐, 볼일이 좀 있어서…… 아니, 뭐, 할 얘기가 있어서……."

오블론스키는 평소와 달리 주눅이 드는 자신에게 놀라며 말했다.

그는 뜻밖에 든 묘한 감정이 지금 자신이 하려는 말이 옳지 않은 것임을 알리는 양심의 소리라고는 도저히 믿을 수가 없었다. 그는 온 힘을 다해 자기를 덮치는 위축감을 떨쳐냈다.

"우선 내가 동생을 사랑하는 마음과, 자네에 대한 진심 어린 우정과 존경하는 마음을 알아주리라 믿네."

그가 얼굴을 붉히며 말했다.

카레닌은 아무 대꾸도 하지 않고 걸음을 멈췄다. 하지만 오블론스키는 희생자와 같은 선한 그의 얼굴 표정을 보는 순간 마음이 흔들렸다.

"그러니까…… 누이동생과 자네 둘의 처지에 대해 하고 싶은 얘기가 있어서 말이야."

오블론스키는 여전히 위축감을 느끼며 말했다.

카레닌은 슬픈 미소를 지으며 멀거니 처남을 바라보더니 아무 말도 하지 않고 탁자 옆으로 가서 쓰다 만 편지를 집어 그에게 건네면서 말했다.

"그 일에 대해서라면 나도 끊임없이 생각하고 있습니다. 그래도 글로 쓰는 게 나을 것 같아서, 또 내가 가면 그녀가 흥분할 게 분명하니 지금 편지를 쓰고 있습니다."

오블론스키는 편지를 받아 들고는 가만히 자기를 응시하는 흐리멍덩한 상대방의 눈을 의아하게 쳐다본 다음 읽기 시작했다.

나라는 사람 자체가 당신을 괴롭히고 있다는 것을 잘 알고 있소. 그 사실을 인정하기가 무척 고통스러운 일이기는 하지만 그것은 사실이며 다른 이유가 없다는 것을 알고 있소. 나는 당신을 비난할 생각이 없소. 하느님께 맹세코, 당신이 몸져누워 있을 때, 나는 우리의 지난 모든 일들을 깨끗이 잊고 새롭게 시작하려고 결심했소. 나는 내가 한 일을 후회하지 않고, 또 앞으로도 절대 후회하지 않으리라 확신하오. 나는 오직 당신의 행복, 마음의 평온을 바랄 뿐이었소. 그런데 지금 와서 보니 그 바람이 이루어지지 않았다는 것을 알게 되었소. 그러니 당신이 진정으로 행복하고 평안한 마음을 가지려면 어떻게 해야 할지 말해주시오. 나는 당신의 생각과 진실한 감정에 모든 것을 맡길 것이오.

오블론스키는 편지를 돌려주고 나서 무슨 말을 해야 좋을지 모르겠다는 표정으로 매제를 바라보았다. 거북한 침묵이 흘렀다. 아무 말 없이 카레닌의 얼굴을 계속 바라보는 동안 오블론스키의 입술이 병적으로 부르르 떨렸다.

"이것이 내가 그녀에게 하고 싶은 말입니다."

카레닌은 얼굴을 돌리면서 말했다.

"그래, 그래. 자네 마음 잘 알네."

오블론스키는 울컥 목이 메어 말을 잇지 못했다.

"나는 그녀가 바라는 게 뭔지 알고 싶어요."

카레닌이 말했다.

"내 생각에는 저 애도 자기 처지가 어떤지 모르는 것 같은데. 저 애는 재판관이 아니니까. 저 애는 완전히 억눌려 있어. 말하자면 자네의 너그러운 마음에 말이야. 그러니 저 애가 이 편지를 읽으면 아무 말 못하고 고개를 푹 숙일 거야."

오블론스키가 마음을 다잡고 말했다.

"그렇군요. 그럼 어떻게 해야 할까요? 뭐라고 설명해야⋯⋯. 그녀가 바라는 게 뭔지 어떻게 알아내죠?"

"내 생각을 이야기하면 말일세, 이 상황을 정리하는 방법은 오직 자네의 단호한 결정에 달려 있다고 생각하네."

그러자 카레닌이 그의 말을 가로챘다.

"그 말은 이러한 상황을 끝내야 한다는 말인가요? 그럼 어떻게 해야 하죠? 도무지 빠져나갈 길이 보이지 않는데."

카레닌은 그답지 않게 두 손을 내저으며 덧붙였다.

"어떤 경우든 빠져나갈 길은 있게 마련이네. 자네가 이혼하겠다고 말한 적이 있지 않은가. 지금으로서는 둘 다 행복할 수 없다면……."

오블론스키는 일어나더니 활기찬 목소리로 말했다.

"행복이라는 것은 여러 가지로 해석될 수 있어요. 하지만 내가 모든 조건을 받아들이고 아무것도 요구하지 않는다고 했을 때 이 상태에서 빠져나갈 수 있는 방법은 뭘까요?"

"내 생각을 말한다면……."

오블론스키는 안나와 얘기했을 때처럼 상대의 마음을 누그러뜨리는 버터처럼 부드러운 미소를 띠고 말을 꺼냈다. 그 다정한 미소는 큰 효과를 발휘했다. 카레닌은 마음이 약해져서 자기도 모르게 오블론스키의 말은 뭐든지 들으려고 했던 것이다.

"저 애는 절대 그런 얘기를 꺼내지 않을 거네. 그러나 저 애가 바라는 것은 하나 있네. 그것은 두 사람의 관계, 그리고 그에 관한 모든 기억을 끊어버리는 것이네. 내 생각에 두 사람에게 필요한 것은 새로운 관계를 명확하게 정립하는 것이네. 그리고 그것은 서로가 자유로워질 때만 성립되는 것이지."

"이혼이로군요."

카레닌은 혐오스러운 기색으로 그의 말을 가로막았다.

"그래, 이혼. 나는 그렇게 생각하네. 맞아, 이혼이야."

오블론스키는 얼굴을 붉히며 되풀이했다.

"두 사람의 경우에는 모든 점에서 그것이 가장 합리적인 방법이라고 생각해. 어쨌든 부부가 함께 살아갈 수 없다고 느낀다면 다른 도리가 없지 않겠나? 이런 일은 얼마든지 있을 수 있는 일이야."

카레닌은 한숨을 크게 내쉬고 눈을 감았다.

"이런 경우 한 가지 문제는 부부 중 어느 한쪽이 다른 사람과 결혼하기를 원하느냐 하는 것이네. 그런 것만 아니면 아주 간단한 문제지."

감정이 격해진 카레닌은 별다른 대꾸는 하지 않고 잔뜩 인상을 쓰며 혼잣말을 중얼거렸다. 오블론스키에게는 지극히 간단한 이 일을 카레닌은 수천 번도 더 생각해보았다. 그에게는 결코 간단하지 않을 뿐 아니라 불가능한 것이었다. 이미 상세한 부분까지 모두 알아보았는데도 이혼은 불가능한 것으로 여겨졌던 것이다. 자존감과 종교심이 간통죄를 허용하지 않았고, 자기가 용서하고 사랑하는 아내가 그 죄로 체면을 잃는 것은 더더욱 용납할 수 없었기 때문이다.

그것 말고도 더 중요한 이유로 이혼할 수 없다고 여겼다. 이혼하면 아들은 어떻게 해야 하는가? 어머니에게 맡길 수는 없다. 이혼한 어머니는 법적으로 인정하는 가정을 꾸릴 수 없다. 그런 가정에서 의붓자식으로 살면서 교육받는 것은 아무래도 좋지 않을 것이다. 그렇다면 자기가 데리고 있는 것은 어떤가? 그것은 일종의 복수가 되리라는 것을 그도 잘 알고 있었다. 그는 그러고 싶지 않았다. 그러나 이것 말고도 카레닌이 이혼할 수 없다고 생각하는 가장 큰 이유는, 이혼은 곧 안나의 파멸을 의미하기 때문이었다. 그는 모스크바에서 돌리가 했던 말, 이혼을 결심하면서 자기 생각만 하고 안나가 영영 파멸할 수밖에 없다는 생각은 조금도 하지 않는다는 그 말을 마음 깊이 새기고 있었던 것이다. 그래서 그는 이 말을 자신의 용서와 자식에 대한 사랑과 연관시켜 나름대로 해석했다. 이혼을 결심하고 안나를 자유롭게 놔주는 것은 결국 자기한테는 삶의 마지막 끈인 사랑하는 아들과의 연이 끊어지는 것이고, 또 안나한테는 선을 지탱하고 있는 마지막 기둥을 빼앗아 그녀를 파멸에 빠뜨리는 일이었다. 이혼하면 안나는 브론스키와 함께 살 텐데, 그것은 비합법적인 죄악이었다. 교회법에 따르면 아내는 남편이 살아 있는 한 재혼할 수 없기 때문이다.

카레닌은 생각했다.

'그녀는 그 사내와 함께 살겠지. 그러다 1, 2년쯤 지나 그 사내한테 버림받거나 아니면 새로운 남자를 만나거나 하겠지. 그렇게 되면 나는 불법적인 이혼을 허락한 셈이므로 그녀가 파멸하는 데 조력자가 되는 것이다.'

그는 이러한 점들을 수천 번도 더 생각한 끝에 이혼이 처남의 말처럼 그리 간단한 문제가 아니며, 불가능한 것이라고 확신하고 있었다. 그는 오블론스키의 말을 전혀 받아들이지 않았고, 한 마디 한 마디마다 반박할 말이 수천 개는 있었다. 그러나 상대의 말에서 자신의 삶을 지배하는, 거부할 수 없는 강력하고 광포한 힘을 느끼면서 귀를 기울이고 있었다.

"문제는 자네가 어떤 방법과 어떤 조건으로 이혼하는가 하는 것이네. 저 애가 바라는 것은 아무것도 없네. 감히 뭘 바랄 수 있겠나? 저 애는 단지 자네의 너그러운 마음에 모든 것을 맡기고 있네."

'아아, 난처하군. 난처해. 대체 무엇 때문에?'

카레닌은 남편이 모든 잘못을 떠안아야 하는 이혼 수속의 세세한 절차들을 떠올리고는, 브론스키가 그랬던 것처럼 비참한 마음에 두 손으로 얼굴을 가렸다.

"자네가 흥분할 만하지. 나도 알아. 그러나 잘 생각해보면……."

'오른뺨을 치거든 왼뺨까지 내놓으라, 겉옷을 뺏거든 속옷까지 내주라는 격이군.'

카레닌은 생각했다.

"그래요, 알겠어요. 내가 치욕까지 떠안죠. 아들도 포기하겠어요. 하지만…… 그냥 이대로 사는 게 낫지 않을까요? 그러나 이젠, 뭐, 어떻게 하든 하고 싶은 대로 해주세요."

그가 날카로운 목소리로 외쳤다.

그는 처남에게 얼굴을 보이고 싶지 않아서 창가에 놓인 의자에 앉았다. 그는 마음이 아프고 수치스러웠다. 그러나 한편으로는 자신이 보여준 고결한 겸손에 기쁨과 감동을 느꼈다.

오블론스키는 그에게 감동받아 한동안 아무 말도 하지 못했다.

"알렉세이 알렉산드로비치, 저 애는 분명 자네의 너그러운 마음을 고맙게 생각할 거야. 내 말을 믿어주게. 그러나 어쨌든 이 모든 것이 하느님의 뜻이네."

오블론스키는 이것이 얼마나 어리석은 말인지를 느끼고 자기 자신을 비웃고 싶은 마음을 겨우 억눌렀다.

카레닌은 무슨 말을 하고 싶었지만 눈물로 말을 잇지 못했다.

"이건 정말이지 운명적인 불행이야. 그렇게 생각해야 해. 나는 이 불행은 운명이라고 생각하고, 저 애나 자네에게 힘이 되어주려고 애쓰겠네."

오블론스키는 큰 감동을 느끼며 매제의 방을 나왔다. 그리고 이 문제를 아주 잘 해결했다는 만족감도 들었다. 카레닌이 번복하지 않으리라 확신했기 때문이다.

21

브론스키는 총알이 심장을 비켜나기는 했지만 심각한 부상을 입었다. 그가 며칠 동안 생사를 오가다 처음 입을 뗐을 때 그의 방에는 형수 바랴밖에 없었다.

그는 그녀를 보며 진지하게 말했다.

"바랴! 나도 모르게 나 자신에게 총을 쏘고 말았어요. 그러니 이 얘기를 아무한테도 하지 말아주세요. 다른 사람에게도 그렇게 일러주세요. 그러지 않으면 내가 너무 우스워질 테니까요."

바랴는 아무 대꾸도 하지 않고 그의 몸 위로 몸을 숙여 기쁜 미소를 지으며 그의 얼굴을 가만히 들여다보았다. 그의 눈은 맑고 열에 들뜨지도 않았지만 표정은 굳어 있었다.

"정말 다행이에요! 아픈 건 좀 어때요?"

"여기가 조금."

그가 가슴을 가리키며 말했다.

"그럼 붕대를 갈아드릴게요."

그녀가 붕대를 가는 동안 그는 이를 악물고 그녀를 바라보았다. 일이 끝나자 그가 말했다.

"헛소리가 아니에요. 제발 권총 자살을 시도했다는 소문이 퍼지지 않게 해주세요."

"그런 말을 하는 사람은 없어요. 하지만 앞으로는 두 번 다시 충동적으로 방아쇠를 당기지 말아요."

그녀는 다짐을 받으려는 듯 미소 지으며 말했다.

"그럼요. 절대 그럴 일 없어요. 하지만 차라리 그렇게 돼버렸다면 좋았을걸……."

그가 씁쓸한 미소를 지었다.

바랴는 이런 말과 미소에 깜짝 놀랐다. 하지만 그녀는 그의 염증이 아물고 몸이 회복되면서 그가 자신의 슬픔에서 일정 부분 벗어난 것을 느꼈다. 자신의 행위로 인한 수치심과 굴욕감을 말끔히 씻어낸 것 같았다. 이제 그는 카레닌에 대해서도 냉정하게 생각할 수 있었다. 그는 그의 너그러운 마음을 인정하지만 반대급부로 자신을 비열한 인간이라고 생각하지 않았다. 뿐만 아니라 그는 원래 궤도로 돌아와 부끄럽지 않게 사람들과 눈을 맞추었고, 자기 습관대로 생활할 수 있었다.

다만 끊임없는 갈등 속에서도 결코 지울 수 없는 감정이 하나 있었다. 바로 안나를 영원히 잃어버렸다는 절망스러운 후회였다. 그는 남편에게 속죄한 이상 안나와의 인연을 끊고, 잘못을 뉘우치고 새롭게 시작하는 그녀와 남편 사이에 절대 끼어들지 않겠다고 굳게 다짐했다. 그러나 그는 안나의 사랑을 잃었다는 고통스러운 후회의 감정을 마음속에서 뿌리 뽑을 수 없었다. 그녀와 함께했던 행복한 순간, 그때까지는 그렇지 않았으나 지금 새삼스럽게 마음을 사로잡는 기억들이 가슴을 파고들었던 것이다.

세르푸호프스코이가 그를 위해 타슈켄트로 파견 나갈 것을 권했을 때 그는 조금도 주저하지 않고 받아들였다. 그러나 떠날 날이 가까워질수록 자신의 의무라고 여긴 희생에 마음이 점점 괴로웠다.

그는 상처가 완전히 아물고 나서 타슈켄트로 떠날 준비를 하며 이리저리 돌아다녔다.

'마지막으로 딱 한 번 그녀를 보고 싶어. 그러고 나서 몸을 숨기든지 죽든지 해야겠어.'

그는 작별 인사를 하려고 벳시를 방문했을 때 이런 마음을 털어놓았다. 그리고 벳시는 이 임무를 띠고 안나를 방문하고 나서 부정적인 대답을 그에게 들려주었다.

브론스키는 그 소식을 듣고 생각했다.

'차라리 잘됐어. 그것은 나의 마지막 힘을 빼앗는 약점이었어.'

그런데 다음 날 아침, 벳시가 그를 찾아와 오블론스키에게 소식을 전해 들었다면서, 카레닌이 이혼을 승낙했고 이제 그가 안나를 만날 수 있다고 말했던 것이다.

그러자 브론스키는 자신의 결심 따위는 깡그리 잊고, 언제 만날 수 있는지, 남편이 어디 있는지 물어보지도 않고, 벳시를 배웅할 생각도 하지 않은 채 곧장 마차를 타고 카레닌의 집으로 갔다. 그는 어떤 사람에게도, 어떤 것에도 눈길을 주지 않고 계단을 뛰어올라 마구 내달리고 싶은 마음을 겨우 참고 빠른 걸음으로 안나의 방에 들어섰다. 그리고 그 방에 누가 있는지 살필 겨를도 없이 얼른 달려가 안나를 끌어안고 얼굴이며 손, 목덜미에 키스를 퍼부었다.

안나는 이렇게 만날 것을 예상하고 마음의 준비를 하고 있었고, 그에게 할 말도 생각해두었다. 하지만 아무 말도 할 수 없었다. 그의 정열이 안나를 완전히 휘감아버렸기 때문이다. 그녀는 그를 진정시키고, 자기도 진정하려고 했다. 그러나 이미 늦었다. 어느새 그녀는 그의 감정에 전염되고 말았던 것이다. 그녀는 입술이 몹시 떨려 한동안 말이 나오지 않았다.

"아, 나를 사로잡은 당신! 난 이제 당신 거예요."

그녀는 그의 두 손을 잡고 자기의 가슴에 대면서 말했다.

"이렇게 되어야 했어요! 우리가 살아 있는 한 이렇게 되는 것이 당연해요. 나는 이제 그것을 깨달았어요."

그가 말했다.

"그래요, 맞아요. 하지만 이렇게 되고 나서도 뭔가 무서운 일이 벌어질 것만 같아요."

점점 창백해지는 얼굴로 그녀는 그의 머리를 감싸 안으며 말했다.

"다 끝난 거예요. 다 끝났어요. 우리는 지금처럼 계속 행복할 수 있을 거예요! 뭔가 무서운 일이 있을수록 우리의 사랑이 더 강해지는 거예요."

고개를 든 그는 가지런한 이를 드러내고 미소 지으며 말했다.

그녀도 사랑으로 불타오르는 그의 눈을 보며 미소로 답했다. 그녀는 그의 손을 잡았다. 그리고 그 손으로 자기의 차가운 뺨이며 짧게 자른 머리를 쓰다듬었다.

"머리를 짧게 잘라서 몰라볼 뻔했어요. 너무 예뻐요. 마치 사내아이처럼. 그런데 얼굴이 너무 창백해요……."

"네, 너무 쇠약해졌나 봐요."

그녀는 살짝 웃으며 말했다. 그러자 또다시 그녀의 입술이 떨리기 시작했다.

"이탈리아로 떠나요. 그럼 당신 몸도 회복될 거예요."

"그럴 수 있을까요? 우리 둘이 부부가 될 수 있을까요? 우리가 함께 가정을 이룰 수 있을까요?"

그녀는 바싹 다가가 그의 눈을 바라보며 말했다.

"나는 도리어 지금까지 그러지 못한 게 이상할 정도예요."

"오빠는 그이가 모든 조건에 동의했다고 말했지만, 나는 그의 너그러운 처사를 받아들일 수 없어요."

그녀는 근심 어린 표정으로 얼굴을 돌리며 말했다.

"난 이혼하고 싶지는 않아요. 이제 나는 이러나저러나 마찬가지예요. 다만 그이가 세료자를 어떻게 할지 그걸 알고 싶어요."

그는 자기와 다시 얼굴을 마주 보고 있는 지금 이 순간에도 아들이나 이혼을 생각하는 그녀를 이해할 수 없었다. 그런 일은 아무래도 상관없지 않은가?

"그런 얘기는 그만해요. 생각하지도 말아요."

그는 그녀의 손을 더욱 세게 잡고 그녀의 주의를 자기에게 돌리려고 애썼다. 그러나 그녀는 여전히 얼굴을 돌리고 있었다.

"아, 어쩌자고 나는 죽지 않았을까요? 차라리 그랬으면 좋았을 것을."

눈물이 소리 없이 그녀의 두 뺨으로 흘러내렸다. 그러나 그녀는 그의 기분을 상하지 않게 하려고 애써 웃음 지었다.

브론스키의 원래 사고방식으로 보면 위험하지만 매혹적인 타슈켄트 파견을 거절하는 것은 불명예스럽고 있을 수 없는 일이었다. 하지만 그는 1분도 망설임 없이 그것을 거절했다. 그리고 상관들이 그의 행동을 못마땅하게 여기는 분위기를 눈치채자 곧바로 전역해버렸다.

그로부터 한 달 뒤, 카레닌은 아들과 함께 집에 남았고, 안나는 이혼에 동의하지 않고 그것을 확고하게 거부한 채 브론스키와 함께 외국으로 떠났다.

〈2권에 계속〉

The Classic Books

안나 카레니나 1

초판 1쇄 인쇄 2014년 10월 25일
초판 1쇄 발행 2014년 10월 30일

지은이 레프 톨스토이 | **옮긴이** 북트랜스 | **펴낸이** 신경렬 | **펴낸곳** (주)더난콘텐츠그룹

상무 강용구 | **기획편집부** 차재호 · 남은영 · 허승 · 성효영 · 이서하 | **디자인** 서은영 · 박현정
마케팅 견진수 · 김대두 · 서영호 | **교육기획** 양인종 · 지승희 · 이소정 · 구본중
디지털콘텐츠 민기범 · 홍영기 · 최정원 | **관리** 김태희 · 김이슬 | **제작** 유수경 | **물류** 김양천 · 박진철
기획 추지영

출판등록 2011년 6월 2일 제25100-2011-158호 | **주소** 121-840 서울특별시 마포구 양화로 12길 16
전화 (02)325-2525 | **팩스** (02)325-9007
이메일 book@ibookroad.com | **홈페이지** http://www.ibookroad.com
ISBN 979-11-85051-73-4 04800
        979-11-85051-72-7 (세트)